Every Living Thing

万物生光辉

James Herriot

（英）吉米·哈利 著

余国芳 谢瑶玲 译

九州出版社
JIUZHOUPRESS

图书在版编目（CIP）数据

万物生光辉 / （英）哈利著 ；余国芳，谢瑶玲译
. -- 北京:九州出版社，2014.12（2023.6重印）
ISBN 978-7-5108-3441-7

Ⅰ. ①万… Ⅱ. ①哈… ②余… ③谢… Ⅲ. ①长篇小说—英国—现代 Ⅳ. ①I561.45

中国版本图书馆CIP数据核字(2014)第308538号
著作权合同登记号：图字：01-2014-7988

万物生光辉

作　　者	（英）吉米·哈利 著　余国芳 谢瑶玲 译
出版发行	九州出版社
策　　划	双螺旋文化
责任编辑	陈春玲
特约编辑	唐　浒 李　丹
装帧设计	友　雅
地　　址	北京市西城区阜外大街甲 35 号（100037）
发行电话	（010）68992190/3/5/6
网　　址	www.jiuzhoupress.com
印　　刷	固安兰星球彩色印刷有限公司
开　　本	880 毫米 ×1212 毫米　32 开
印　　张	11.75
字　　数	200 千字
版　　次	2015 年 3 月第 1 版
印　　次	2023 年 6 月第 11 次印刷
书　　号	ISBN 978-7-5108-3441-7
定　　价	55.00 元

目录

农场惊魂记

每天大清早是我最最没劲的时候。尤其是在约克郡的春晨，冷飕飕的三月风从山丘扫下来，一路钻进衣服里，刺得人耳朵鼻子都发痛。这么无趣的一个时间，更何况还站在铺着圆石子的庄院里，眼睁睁地看着一匹漂亮的好马濒临死亡，却无能为力。

事情发生在早上8点。凯特威先生来电话时，我刚吃完早餐。

“我有一匹拖车的好马，它身上冒出好多斑点。”

“是吗，什么样的斑点？”

“呃，圆圆扁扁，全身都是。”

“突然冒出来的吗？”

“是啊！昨晚上还好得很，啥也没有。”

“好，我马上过来。”我几乎要开始摩拳擦掌了！是荨麻疹，这玩意儿通常会自动痊愈，不过注射一针更可以加速疗效，而且我有了抗组织胺的新药——据说专克这种毛病。总而言之，这对兽医来说，绝对是小菜一碟。

20世纪50年代，拖拉机虽然扛下农场上绝大部分的工作，但农庄里仍旧养着为数不少的马匹。我一到凯特威先生的农场就发现这匹马可真是与众不同。

农场主牵着它从饲料厩走进院子。好一匹雄壮的种马，高度足足有两米，朝我走过来时，高贵的头骄傲地左右摆着。我简直怀着崇敬的心在鉴赏它，那颈部的弧度、那壮硕的身躯、那四条强劲有力的腿，大脚上覆盖着绒嘟嘟的厚毛。

“好漂亮的马！”我赞叹，“太棒了！”

凯特威先生一脸得意地说：“是啊，它的确很棒。上个月刚买回来的。我一心就想得到一匹好马。”

凯特威先生个子矮小，有些上了年纪，人很开朗，很有朝气，是我最爱的几个庄稼人之一。他必须尽量撑高了手才拍得到马的脖子，马儿也亲昵地回应着他的动作。“它脾气也好，很文静。”

“马的脾性和卖相一样重要。脾气好，卖相好，难得啊。”我摸着它皮肤上的斑块。“没错，就是荨麻疹。”

“什么东西？”

“也叫做风疹块。是过敏引起的现象，也许它吃了些什么特别的东西，不过真正的病因很难确定。”

“很严重吗？”

“不会不会。注射一针很快就好了。它的体质不是很棒的吗？”

“当然，棒得没话说。”

“太好了。荨麻疹对有些动物或许会造成一些麻烦，不过这壮小子绝没问题。”

我把抗组织胺注入针筒，自信满满；这匹高大的骏马浑身散发着健康与活力，哪里会有什么问题。

注射时它一动不动。快要抽出针管时,我想到了一个主意。以往我对荨麻疹都有一套适当的疗法,非常管用,不妨来个补充,也许双管齐下,疗效更快。

于是我转回车上取过医药包,再为它注射常用的药剂。马儿照旧无所谓的模样,农场主看得哈哈大笑。

“哈,它满不在乎啊?”

我收拾起针筒:“可不是,但愿我们的病人全都像它这样,它真是了不起。”

我心想,这样的诊疗真叫做求之不得。简单的病例,和善的主人,听话的病人,再加上这个病人,简直就是一幅让人看一千遍也不厌倦的美景。纵使还有许多病号在等着,我硬是舍不得离开。我着迷似的站在那儿,边听着凯特威先生闲聊渐有起色的天气。

“好吧,”我终于开口,“我得走了。”身子才转得一半,发觉农场主静悄悄地不再说话。

静默持续了几分钟,他才说:“它有点怪。”

我注视着那匹马。只见那马四肢的肌肉很轻微地在颤动,轻得几乎看不出。可是就在我的注视下,颤动一点一点地扩散,整个脖子、身体、臀部都在打颤,颤动的程度还算轻微,但显而易见,有越来越强的趋势。

“这是怎么了?”凯特威先生问。

“喔,只是一点反应,很快就会过去。”我故作轻松,可自己心里也没谱。

我和农场主愣愣地定在原地,眼看着颤抖由原来的轻微缓慢发展成全身的震动,而且强度仍在持续而稳定地增加。我仿佛待了有一世纪那么久,努力摆出镇定从容的姿态,但实实在在不能相信眼前所见。

这个突如其来的变化,真是找不出任何一个道理来。我的心脏开始跳得厉害,我的嘴也渴得厉害,因为马的颤动已经由剧烈的痉挛替代。它的眼睛,不久之前是那么的清澈明朗,现在惊惧无比地圆瞪着,白沫从它嘴里嗒嗒 垂下来。我心乱如麻:也许我不该把两种药剂混合注射,但照道理也不会发生这么可怕的副作用,不可能啊!

时间分分秒秒地过去,我怕自己已经没法再承受。血液在我耳朵里鼓噪:它当然得好起来,绝不能再坏——再坏就完了。

结果我错了。几乎是不声不响地,这头庞然大物居然开始在摇晃了,起初只是微微的晃,接着越来越凶,就像一棵在狂风中东倒西歪的大橡树。天呐天呐,它要倒了,倒了就完了。完结的一刻近在眼前。大骏马栽倒的一刻,连脚下的圆石子路面都在震动。它倒在地上,侧向一边,四条腿抽搐地蹬了两蹬,就此不再动弹。

这下好,玩完了。我害死了这匹登峰造极的帅马。这简直不可能!谁能相信几分钟前,它还神气活现地站在那里。我带了刚出炉的特效药来,结果把它治死了。

我说什么好呢,凯特威先生,真是太对不起你了,我真的搞不懂怎么会出这种事。我张着嘴,却一个字也吐不出来。仿佛从外面看幅画似的,我这才意识到整个农庄的建筑衬着白雪皑皑的山丘,这才意识到天空很低、风很凌厉;意识到农场主、我,还有那匹动也不动的马的"尸体"。

我感觉冷到骨子里,难过得半死。可是我必须得表示一点意见,哆哆嗦嗦地吸了一大口气,正要发话,马头极轻微地抬了抬。我不说话,凯特威先生也不说话,马儿自顾自地磨蹭一下胸口,朝四面张望几秒钟,站了起来。它甩甩头,缓步走向主人。马复原之快,真是不可思议,一如先前的崩倒,丝毫看不出任何不良的后遗症。

农场主伸手拍拍马的脖子:“哈利先生,那些斑点好像都没啦!”

我上前看个仔细:“没错,都快看不出了。”

凯特威先生诧异地摇着头说:“这真是,真是神奇啊。不过有句话希望你别介意,我觉得……”他把着我的胳臂,看定我的脸,“这个新的疗法实在有点恐怖。”

一离开农场,我便把车停靠在石墙的挡风处,强大的虚脱感笼罩着我。这种事情对我有百害而无一利!我现在慢慢上了年纪——三十出头了,没办法像从前那样受得住这些惊吓。我翻下后视镜照照自己,有些苍白,不过还不至于白到吓人的地步。自责与昏乱的感觉仍旧挥之不去,想转行的念头又再次浮现:比乡下兽医好干的行业,肯定多得是。唉,一个礼拜七天,一天二十四小时,棘手、肮脏的意外伤害层出不穷,不时会碰上类似今天这样的灾祸。我靠着椅背,闭起眼睛。

等我睁开双眼时,太阳已破云而出,为绿色的山坡与闪烁的雪岭带来活泼的生气,更将暴露的岩层染成了金黄。我摇下车窗,呼吸着自高地吹下来的冷空气,清新干净。一只麻鹬的叫声划破密封的沉静,我瞧见路边草堤上冒出了春天里的第一簇樱草花。

温柔的感觉在心头涌现。或许对凯特威先生的马我并没做错什么,或许抗组织胺的药剂有时是会出现这些反应。总之,在我发动引擎继续上路的时候,熟悉的感觉又再次涌上来,不一会儿便强烈无比:能够在这个多姿多彩的乡间与这么多动物为伍的感觉真好,能够在约克郡当一名兽医真是福气。

爱吃薯条的小宝

毫无疑问，人在饱受惊吓之后，整个神经系统会变得特别敏感。我离开了凯特威先生的农场，却依旧惊魂未定，一时间似乎对什么东西都像是第一次看见似的。对于约克郡的美，我从来没有一天忽略过，它永远让我有惊艳的感觉。然而，今天早晨，约克郡的魔力更是强上加强。

看着由黄兮兮的荒泽中冒出来的绿地，我的眼睛忍不住在高耸的山麓上一再流连。仰望山巅，这片人烟稀少的旷野始终令我激动莫名。

走访过了偏僻的农场，我再也按捺不住冲动的心情，把车往路边一停，便和我的宝贝猎犬丹丹，一起登上那频频召唤着我的大乡野。一夜的工夫，雪几乎都融净了，只剩下几道白白的雪痕躺在篱笆后面，仿佛早先被收押起来的大地气息与生机，一下子都被甜蜜的春光释放了。我上气不接下气地爬到峰顶，贪婪地猛吸着纯净透明的空气。

这里不见任何斧凿的痕迹，我和我的狗徜徉在绵延几里的欧石南花丛、沼地和泛着阵阵黑色涟漪的水泽之间，丛丛的灯心草在风中摇曳。

云层掠过时，在无止境的棕黄与新绿之上留下光与影的彩带。站在约克郡的屋脊，我感觉快乐得不得了。一幅空白的美景，没有任何“活物”的动静，除了远方有一声鸟鸣，周遭静极了。然而在静谧中，我有种超强的兴奋感，我清楚地觉得自己与天地万物是如此的靠近。

旷野的孤独之歌魅惑着我，但晨光不断在向前走，我还得赶往好几个农场。

怀着充实的心情，我向自己住的小城德禄镇出发。下了山谷，方方正正的教堂塔楼已经在望，不一会儿便驶入铺着石子路面的大市场。这儿有店面有酒馆，那一间间顶着方格瓦的屋宇每天招呼着此地的三千居民。

我转上川格街，我的诊所就在这条街上。把车停在一幢爬满藤蔓的三层砖造楼房前面——“史盖得居”，我的工作坊兼甜蜜的家，我和我太太海伦在这里生儿育女。

脑海里重现那些难忘的回忆，当年打光棍的日子里，我跟我的好搭档法西格，还有他那位举世无双的兄弟法屈生三个人，生活在一起，欢笑在一起，可惜他们结了婚，现在都各自有自己的家。屈生进了农业部，西格仍旧是我的搭档。我不止上千次地感谢老天，他们两兄弟一直都是我最亲密的好友。

我儿子小吉米今年十岁，女儿罗丝六岁，这时候都上学去了。只见西格一面下台阶，一面往口袋里塞瓶子。

“啊！吉米，”他叫着，“我正要找你。你的至尊客户之一——伯特伦太太，小宝召你去。”他边说边咧着嘴笑。

我惨兮兮地回他一个苦笑：“喔，你不是有意自己去跑一趟吗？”

“没有没有。剥夺阁下的乐趣,我连想都没想过。”他快活地挥挥手爬上自己的车。

我看表,离午饭还有半个钟头。小宝那里走几步路就到了。我拎起药包上路。

炸鱼和薯条的美妙香味弥漫在空气中,透过橱窗,我看见穿着白色制服的身影正忙着铲起香脆的炸鱼,排在金黄色的薯条旁边,饥肠辘辘的感觉立刻出现。

午餐时间生意兴隆,等候的队伍绕着店铺稳稳地挪动,一拿到用报纸包好的美食,有的人急急赶回家,有的人忙着洒上盐和醋,准备来个当街大嚼。

到这家小吃店楼上看伯特伦太太的狗,对我的胃液永远是一大刺激。我捞本似的再用力吸足一口气,便走进弄堂,登上楼梯。

伯特伦太太坐在厨房常坐的那把椅子上,肥胖的脸上面无表情,嘴上一成不变地叼着根烟。她不停地从搁在腿上的袋子里掏薯条抛给她的狗小宝。而小宝则坐在对面,熟练地一根一根接着吃。

小宝跟它的名字实在不相衬。它是只血统不详的长毛巨无霸,而且脾气暴躁。我待它尊敬有加。

“它还是太胖了,伯特伦太太。”我说,“你没有照我的话改变一下它的饮食吗?我说过它真的不可以只吃炸鱼和薯条。”

她耸耸肩膀,一截烟灰顺势落到她的罩衫上。“有啊,我稍微改变了一下,不给薯条,只给它吃鱼。可是它不爱鱼,它就爱薯条。”

“是是。”这话题不能说得太多,我看得出伯特伦太太自己也只爱这两种口味,要是硬说大块的炸鱼对减肥有好处,那未免太白痴了;因为她的体型,跟她的宝贝狗一样,已经是最好的见证。

说实在的,我看她们俩面对面,笔挺地坐在那儿还真像。两个都硕大无朋，动也不动，一副高深莫测的模样。

胖狗多半懒懒的，脾气又好，可是小宝变脸跟翻书一样快，成串的邮差、报童、推销员被它的怪声怪像吓得逃命都来不及。我记得最清楚的是那名叫卖刷子的小贩。当时那贩子悠闲地踩着货车，车把上挂着货品，在弄堂里兜售。他到了这幢楼下，刚要减速慢行，小宝闯了出来，速度之快就像百米冠军。

“是什么问题，伯特伦太太？”我改变话题。

“它的眼睛，不停地流出东西来。”

“噢，我明白。”大狗的左眼几乎完全闭上了，一道分泌物把脸上的毛发沾湿了，黏成黑黑的一撮。这使它的外观看起来更加阴险。“有些发炎，很可能受了什么感染。”

病因不会太难找，有可能是进了异物，也有可能只是轻微的结膜炎。我伸手准备拉下它的眼皮检查。小宝不动，只用它那只好眼瞪着我，嘴皮向后翻，露出一口白森森的牙。

我缩回手：“嗯……好……我开些抗生素眼药膏给你，每天替它点三次。你会做吧？”

“当然会。它温顺得像头老绵羊。”她面无表情地用原来那支烟点上新的一支，深深地吸了一大口，“什么事我都能为它做。”

“太好了。”往药包里翻药膏时，那种吃败仗的感觉又出现了，不过并不为别的。替小宝看病向来是“远程”治疗，我从没做过像量体温之类的事；坦白说，我这辈子连根手指头都没碰过它。

两星期后，伯特伦太太传来了消息：小宝的眼睛非但没有好，反而更加糟糕。

我连忙赶过去，一进弄堂又把可口无比的香味吸个饱。小宝坐的位置和上回完全一样，笔挺地面对女主人，那只眼睛里的分泌物显然增加了。这次我敢说我好像看见了一些什么，我靠近它，仔细观察大狗的脸。这时，一记闷闷的，可是极具威胁性的吼声明确地警告我：休得无礼！有了，果然毛病出在这里：一小粒肉刺就长在眼皮边上，磨到了角膜。

我转向伯特伦太太："它那里长了一点点东西，刺激了眼睛，才流出这些分泌物。"

"长东西?!"这位女士脸上难得有任何表情，不过有一道眉毛挑了起来，嘴里的香烟也抖了一下。"我不喜欢听见这话。"

"啊，这绝对是良性的。"我说，"尽管放心，除掉它很容易，只要一除掉，它很快就会痊愈。"

我口气十分轻松。事实上就是这么轻松，注射少许麻醉药，用剪子一剪，不费吹灰之力。可是当我瞧见那只狗用独眼冷冷地瞄着我时，我真有些忐忑不安。对付小宝，事情可能不会那么轻松。

第二天早上，伯特伦太太带它到诊所，把它留在我那间小小的诊疗室里，立刻证明我的疑虑不是杞人忧天。很明显，如果不先镇住它，就休想做任何治疗，所幸现在出了好些新药，像乙酰丙嗪就是最好的镇静剂。无论如何，一个人揪住它的大脑袋，另外一个掂起它的皮肉，同时插上针管应该是小事一桩。小宝表现得非常明白：这种事不在它的"议程"上。人生地不熟对它构成威胁，我和西格脚还没进门，它就张开大嘴连声咆哮。我们赶紧退后锁上房门。

"捕狗圈？"西格拿不定主意。

我摇头。捕狗圈是在一根长竿子顶端装了一个伸缩圈套，很方便的工具，专门对付难对付的狗。在注射的时候，圈子往它们头上一套，立刻制伏。可是对小宝，这就像用捕狗圈去套一头大灰熊。假使我们胆敢把这个圈圈往它头上套，那保准是一场恐怖角力赛的序幕。

不过，我们以前不是没碰到过凶狠的恶犬，妙招当然有。

“看样子得用戊巴比妥钠了。”西格小声嘀咕。我点头赞同。为了这些难对付的病患，我们在冰箱里总是备着许多味美多汁的碎牛肉。鲜美的滋味没有一只狗抗拒得了。只要把麻必妥胶囊剥开几粒，拌在碎肉里，就等着瞧它们进入快活的昏睡状态吧。这可是屡试不爽。

然而，这种方法很耗时间。切除小肉刺要不了几分钟，可是等药效发作总得二十来分钟。我尽量不去想其他各处等着我们看护的急诊病例，专心制作加料牛肉。

诊疗室向花园的一面，有扇上下拉动的窗，窗子底部缝隙开了几寸。我从这个缝隙把肉扔进去，我们俩便回办公室做巡查的准备工作。

当我们转回来时，原以为小宝已经安详入梦，不料往里一探，小宝呼的窜到窗边，吼得像头饿狼。地上的肉原封不动！

“怎么会有这种事?!”我大叫，“我不相信。从来没有一只狗拒绝得了如此美味！”

西格拍着额头：“这太离谱了！难道它闻得出麻必妥的味道，再多加点肉试试。”

我再调制一份做补给，仍旧从缝隙投进去。为了解除大狗的猜疑，我们暂且撤退。十分钟后，再来偷看，房间里的景象丝毫没改变，小宝连一口也不吃。

“我们到底该怎么办？”西格火了，“再不想办法都要吃午饭了！”

的确该吃午饭了，因为那间小吃店的第一阵鱼香和薯条香已经随风轻送过来。

“稍等一会儿，”我说，“我有答案了。”

我飞奔上街，捧了一袋薯条回来。我很快地在每根薯条里塞一粒胶囊，再一根根从缝隙弹进房间。小宝像闪电般赶过来，毫不犹豫地往肚里吞。一根薯条，一粒胶囊，一根接一根，一粒接一粒，直到吞足了需要的剂量。

就在我们俩的注视下，大狗的凶相渐渐被温顺的呆相取代，它蹒跚地晃了两步便侧身倒下。我们赢了！在我们终于打开房门走进诊疗室的时候，小宝正处在神魂颠倒的快乐状态，手术两三分钟就大功告成。

稍后它的女主人来接它时，小宝仍旧迷迷糊糊，出奇乖巧。伯特伦太太带它进我办公室，它的大头和我的办公桌等高。我坐下的时候，它几乎在对我微笑。

“那颗小东西已经切除了，伯特伦太太。”我说，“它眼睛很快就会好的。不过我还是要开一些消炎药，防止感染。”

我拿笔开药方，瞥见我写过的一些别的用药须知。那个年代，注射并不是很普遍的疗法，绝大多数仍采用口服药。我那些用药须知上写着不同的服法：“给大型牛内服的混合剂，掺一品脱糖水服用。”“小牛内服药水，掺半品脱面糊服用。”

我拿着笔停了片刻，然后，以史无前例的方式写下：“给狗的内服药片，一天两次，塞在薯条里一并服用。”

糖果店的阿福

我的喉咙好痛。连续三个晚上在狂风吹的山坡上接生小羊，感冒就此发作，现在我最需要的就是一包杰夫·贺非的咳嗽糖。这是很不科学的疗法，可是对这种神奇的小糖果我始终有一份很天真的信心，那一粒粒的糖球在嘴里爆开，一股凉凉的药味立刻直达支气管内。

小店在一条几乎找不着的斜弄堂里，店面好小，小得就像玩具屋，连招牌——杰夫·贺非糖果铺——都只能搁在窗户上面。这么小的铺子却天天客满；今天是市集日，更是挤翻了天。

小铃铛"叮"的一声，我推开店门，挤进层层的小姐太太们中间。看这光景势必得多等一会儿，但我不在意，因为观赏贺非先生的举动是非常值得的一桩乐事。

我来得正是时候，正赶上这位店主挑选商品的"挣扎期"。他背对着我，一头银发的大脑袋在宽阔的肩膀上不停地微微点着，他在察看墙上那一排排高高的玻璃糖罐。他两只手绞在背后，一会儿握紧，一会儿放松，这表示他在做内心的挣扎。接着他沿货架走了几步，专心地轮流看过每一只糖罐。这姿态使我想起当年纳尔逊将军在胜利号甲板上踱方步的情景,将军苦思制敌的良策,简直专心到了极点。

每逢他一伸手,然后摇摇头把手缩回来时,总会引起全店一阵骚动。等到他终于慎重地点点头,抬起肩膀,伸长胳臂,抓住一只糖罐转身面对全场时,众女士们便不约而同地发出一声赞叹。和蔼可亲的笑容立刻在他那张罗马元老型的大脸上绽开。

"好,莫法太太,"他声若洪钟地招呼一位个头高大的妇人,两手捧着玻璃罐,微微侧倾着,姿势优雅、庄重,就像卡迪亚的珠宝商在展示一条钻石项链,"不知道这是否合你的意。"莫法太太紧抓着购物袋,仔细张望玻璃罐里裹着糖纸的糖果:"这,我不晓得……"

"我如果记得没错,莫法太太,你说过想找一种类似俄罗斯牛奶糖的东西,那我非大力推荐这种糖不可。这不完全像是俄罗斯牛奶糖,可是绝对是一种好吃又爽口的太妃糖。"他的表情严肃又诚恳。

他的描述配上洪亮的音调,连我也恨不得抓一把太妃糖,当场吞进肚里去。这番话对这位女士似乎也有相同的效果。"好好,贺非先生,"她热切地答应着,"我要半磅。"

店主人躬了躬身子,"多谢。相信你一定不会对这个选择后悔的,莫法太太。"肃穆的面容转化成亲切的微笑,当他以充满爱意的手势把太妃糖送上磅秤准备过磅时,我又兴起想买下它的冲动。

贺非先生两手撑在柜台上,两眼专注地盯着这位顾客,不但目送她出门,而且礼貌周到地鞠躬致意,"慢走啊,莫法太太。"然后,他再转向其他人,"啊,道森太太,看到你真高兴。今早想吃些什么口味?"

被指名的女士一脸的笑意,显然很开心。"我想要一些上个礼拜买过的巧克力软糖,贺非先生。味道真好,不知道今天还有没有?"

"有,道森太太。很高兴你赞同我的看法,真是好香好浓的奶油味。

今天刚巧进货，而且还有特别为复活节设计的礼品盒。”他从架上取了一个放在手掌上，“是不是很美？”

道森太太头点得飞快：“是啊是啊，真的好美。我要一盒，另外再买一些别的。给全家人吃的大袋装硬糖。杂色的那种，有没有？”

贺非先生掂着手指，盯着她瞧了一会儿，深吸了一口气。这个姿势维持了大约几秒钟，他接着转个身，背着手，再次巡视他的糖罐。

这是我最爱欣赏的片段，一个非常熟悉的画面：拥挤的小店，店主跟他的糖果罐在角力，阿福静静坐在柜台的尽头。

阿福是杰夫·贺非养的猫，它总是在那里，笔直高贵地坐在柜台靠门帘的位置。这道门帘后面是贺非先生的小客厅。像平常一样，它对店里的动静显得十分有兴趣；它的眼光不断从主人的脸移到客人的脸上。也许只是我的幻觉，我总觉得它的神情充分表现出对交易过程的参与感和对交易结果的满足感。它永远坚守岗位，从不进占柜台的其他位置。偶尔一两位女士会摸摸它的脸颊，它就立刻报以响亮的一声“喵呜”，再把脑袋转向她们亲昵地动一动。

它决不显露任何不当的情绪。情绪化有损尊严，而尊严是它的本色。即使在它还是小猫咪的时候，也从来不过分贪玩。三年前我替它做绝育手术，它倒并未因此而仇视我。由于手术的关系，它长成了一只慈眉善目的大肥猫。现在，我看着它，看它守在自己的地盘上，怡然自得。毫无疑问，它确实是非常有佛相的巨猫。

我更有一种很强烈的感觉，阿福在这方面真像它的主人。所谓“物以类聚，人以群分”，难怪他们俩如此投缘。

轮到我上前时，我靠近阿福，伸手搔搔它的下巴。它得意地把头抬得高高的，同时从丹田发出阵阵的喵呜声，到最后小店里全是它洪亮的回声。

贺非先生连包我的咳嗽糖也有一套生动的仪式。他先对准糖包猛吸一口气，再朝自己胸口拍个两三下。"哈利先生，光是闻这股喷香的药味，就包你药到病除。"他鞠躬微笑。我发誓，阿福也跟着他一起在笑。

我从女士堆中挤出来，走入弄堂时，想起小糖果店的景观仍旧回味无穷。德禄镇还有好几家糖果铺，门面又大又宽敞，橱窗里的摆设更是诱人，可就是没有一家生意比得上我方才离开的那间又小又挤的铺子。这全得归功于杰夫·贺非的独门销售技巧。他这种技巧当然不是伪装，而是出于对职业的一份执著，真心喜欢他所做的工作。

杰夫·贺非的言行举止，以及他那"装饰"味特重的措辞，惹得不少人批评。批评他的大都是当年十四五岁时候和他一道踏出校门的那些男生。而在小酒馆里，大家常常戏称他为"主教"。这是因为他一脸的福相，倒不是什么坏话。当然女士们都喜欢他，老是成群结队地等着他的"青睐"。

大约一个月后，我再次进他的店，替罗丝买她最爱的什锦糖果，景观依旧：杰夫·贺非声若洪钟，笑容可掬；阿福端坐原位，关心着店里的一举一动；这对主仆散发着无比的庄重与幸福感。我接糖果包时，店主凑在我耳边说：

"我中午12点打烊吃午饭，哈利先生，可不可以劳驾你来替阿福检查一下？"

"可以，没问题。"我盯着柜台上的大猫，"它病了？"

"啊，不是不是……我只是觉得有些不对劲。"

稍晚我敲敲关上的店门，贺非先生便引我进入难得一见的空店面，穿过门帘便是客厅。贺非太太坐在餐桌边上饮茶。她的长相比她丈夫朴实多了。"哈利先生，你来看这只小猫啦。"

"它可不算小。"我笑呵呵地说。坐在火炉边的阿福看起来真是比平常显得更巨大。它一瞧见我便起身，不慌不忙地迈过地毯，拱起背贴着我的腿，令我觉得无上的光荣。

“它的确漂亮啊！”我自言自语地嘟囔着。有好长一段时间没有如此仔细地看过它，那张友善的脸上，深色的条纹直达那双聪慧的眼睛，太吸引我了。我抚摸着那层在火光下闪闪发亮的皮毛。

“你是只漂亮的大家伙。”我朝贺非先生说，“它看起来挺好的，什么地方令你担心了？”

“呃，也许啥事也没有。它的外观的确一点也没变，可是这一个礼拜我注意到它不大有胃口，不大活泼。它不是真的在生病……它只是不大一样了。”

“我明白。好，我们好好来看看它。”我仔细查看了一遍，体温正常，黏膜呈健康的粉红色。我又取出听诊器诊察心、肺，听不出任何不正常。触摸腹部也得不到什么线索。

“贺非先生，”我说，“看情形似乎并没有哪里不对劲。或许是有些疲劳吧，不过也不太像。总之，我替它先注射一针维他命，应该会使它活泼起来。要是过几天仍不见好转，你就通知我。”

“真是太感谢了，哈利先生。我总算可以安心了。”魁梧的店主一手搭在他的宠物身上。他嘴里的安心敌不过脸上关注的表情。看着他们相亲相爱的模样，使我对人与猫——人类与动物——的投契有了新的感受，永生难忘。

整整一星期没有阿福的消息，我以为它已经恢复正常，就在这时候它的主人来了电话。“它还是那样，哈利先生。确切地说，它好像更差了一些。如果你肯再来看它一次，那真是感激不尽。”

情况跟上次完全一样，再怎么仔细地检查也瞧不出什么毛病。我开给它一些多种维他命与矿物质混合的丸剂。没必要动用新的抗生素作治疗，因为体温既没升高，也不见任何细菌感染的迹象。

我每天都经过这条弄堂,它离我的诊所不过一百米的距离。每天我都习惯性地在小店前面停下来,从小窗口瞧瞧店里的情形。每天都是那幅熟悉的画面:贺非先生笑容满面地向顾客打躬作揖,阿福静静地坐在柜台上的老位置。样样事情都好得很,唯独……这只猫的确有那么一点不对劲。

一天傍晚,我再度去为它作检查。“它体重减轻了。”

贺非先生点点头:“是啊,我也这么认为。它胃口还可以,就是吃得没以前多了。”

“再给它配几天药试试,”我说,“如果还不见好,那就得带它回诊所做彻底的诊疗。”

我有种不祥的预感,病情不可能就此好转,于是有天晚上我带了猫笼到店里去。阿福体型太大,塞进笼子煞费周章,所幸它对这番折腾并没有反抗。

在诊所我替它抽了血,照了X光。片子非常干净,验血报告也完全正常。

按理说,应该没问题,但对实际状况毫无帮助,它的病情每况愈下。接下去的几个星期就像一场噩梦。从窗子窥探小店里的情景现在已变成我每天的一大折磨。大猫阿福仍守在原位,只是越来越瘦,瘦得几乎都不像它了。我用尽各种药物和疗法,却收不到半点功效。我让西格检查他,西格的看法跟我一样。依这种持续瘦弱的情况看来,很像是体内长肿瘤,可是再怎么照X光片也照不出什么异象。这期间,阿福被“整”得很惨,不断测试,不断地挤压它的腹部,它却不曾表示过一丝丝的不耐烦。它把这些看得稀松平常,将一切都照单全收。

另外还有一个因素使已经令人沮丧的情况变得更坏。贺非先生本人也在紧张的压力下越来越颓丧。他整个人瘦掉一圈,原本福态的赘肉不见了，原本红润的面颊如今苍白而凹陷；更糟糕的是，连他那精彩夸张的销售方式似乎也离他而去了。那天我不看窗内的情景，直接挤进店里，看到的是一幅令人心痛的画面。贺非先生直着腰，做买卖的时候连个笑容也没有，没精打采地把糖果塞进袋子，嘴里不知所云地咕哝一两句。洪亮的声音、顾客间快乐的闲扯全没了，小店里弥漫着一股怪异的沉默，感觉上就和其他糖果店一般无二。

最悲哀的景观莫过于阿福。它依旧勇敢笔挺地坐在老地方，瘦得叫人不敢相信。它的毛已失去原来的光彩，两眼无神地瞪着前方，仿佛不再有任何事能引起它的兴趣。它就像一只稻草扎的假猫。

我无法再忍受了，当晚便去看杰夫·贺非。

“今天我看见你的猫了，”我说，“它的情况恶化得厉害。有没有发现什么新的征兆？”

贺非先生迟钝地点点头：“有。其实我正准备拨电话给你。它有些呕吐。”

我的指甲掐进手掌心。“果然，各种迹象都显示它体内出了问题，坏在我就是查不出来。”我弯下身子抚摸阿福，“我真不愿意看见它这副模样。看看这身毛，本来很亮的。”

“对啊，”贺非先生附和着，“它是在自暴自弃。现在它从来不清理自己，好像嫌烦似的。以前它对这件事最起劲了——每天舔啊舔的，可以舔上好几个钟头。”

我瞪着他。这句话在我心里闪起了一些火花。“舔啊舔的，”我沉思，“没错……的确没有一只猫像阿福那么爱清理自己……”火花忽然变成火焰，我猛地坐直身体。

“贺非先生，我想做一次试探性的剖腹！”

“什么意思？”

“它肚子里可能塞了毛球,我要把它剖开来印证一下。”

“剖开它的肚子,你是说……”

“对。”

他一手捂着眼睛,下巴抵在胸口,半晌不动。然后用一对疑惑的眸子看着我,“我,我不知道。我没想过。”

“我们一定要想个办法,否则猫会死。”

他弯下腰,一遍又一遍地摸阿福的头,不看我,哑着声音问:“好吧,什么时候?”“明天早上。”

第二天在手术室里,我和西格弯身看着这只睡着的猫时,我的思潮起伏不定。最近这一阵子我们常做一些无关紧要的小手术,对结果都有十成的把握。这次的感觉却像是在探索未知。

我割开它的外皮、腹肌和腹膜,就在朝横膈膜推进的时刻,我觉得它胃里有一团糊糊的东西。划开胃壁,我的心欢腾起来。所有麻烦的原因就在这里,一大团乱七八糟的毛球,一种X光照不出来的东西。

西格咧开了嘴:“哈,这下全明白了!”

“对,”我松了一口大气,“这下全明白了。”

毛球不止一团。在我清除完它的胃,缝好线之后,又发现许多比较小号的毛球撑在肠子里。这些都得一并清除,肠壁也有好几处粘连。我最不喜欢这种现象,这表示病人随时会因此而陷入精神异常或休克。好在结局圆满,能看见的只剩它皮肤上一道齐整的缝线而已。

我送阿福回家,它的主人几乎不忍心看它。最后他怯怯地朝这只麻醉未醒的猫瞥了一眼:“它会不会活?”声音像耳语。

“机会很大,”我回答,“它动了几项大手术,可能需要一段时间才能恢复。不过它年纪轻,身体又壮,应该没问题。”

我看得出贺非先生并不很相信我的话,这在往后几天获得了证实。我不间断地到糖果店后面的小房间替阿福注射盘尼西林，而贺非先生抱定了阿福必死无疑的决心。

贺非太太倒很乐观，她只是对自己的丈夫很担心。

“他不肯往好处想，”她说，“那都因为阿福成天躺着不动。我一再告诉他，这猫要跑要跳总得过一段时间，可是他根本不听。”

她眼神焦虑地看着我，“他精神越来越坏，哈利先生，像变了个人似的，有时候我都不知道他还会不会变回原来的样子。”

我从门帘往店里张望。贺非先生在那里的一举一动活像个机器人，形容憔悴，面无笑容，死板板地把糖果递给顾客。即使是开口说话，他也是冷淡地发出一个单音；更令我震惊的是，他的声音已经完全失去原来的音质。贺非太太说得没错，他真是变了一个人。我接着想，如果他一直照这样下去，他的顾客会变成怎样呢？目前他们的忠诚度还维持原样，可是我相信很快就要开始“转台”了。

情况慢慢好转的前一个星期，我走进小玄关，阿福不在里面。

贺非太太从椅子上跳起来。“它好多啦，哈利先生，”她激动地说，“吃得下，而且一心想往店里跑。它现在就跟杰夫在前面。”

我再次躲在门帘后头偷看。阿福果真已经在它的原位了，很瘦，却坐得很挺。反倒是它的主人看不出任何好转。

我转回小玄关：“贺非太太，我用不着再来了。你们的猫恢复得很快，过不久就可以完全好了。”对阿福我有相当的把握；对贺非先生，我不敢保证。

这个期间适逢产小羊的季节，接生的工作和生产小羊之后的种种麻烦压得我透不过气来，年年如此，迫使我无暇再分心其他的病人。我到小糖果店替海伦买巧克力至少已经是三个礼拜以后的事。小店客满，我往里面挤的同时，所有的恐惧立刻涌了上来，我紧张兮兮地瞧着男人和猫。

阿福，又恢复以往的壮大威风，坐在柜台的一端像个国王。贺非先生两手撑在柜台上，专注地盯着面前的一位女士。“据我的了解，哈太太，你是要找一种更软的软糖。”浑厚的声音回响在整个店里，“会不会是土耳其软糖？”

“不是，贺非先生，不是那个……”

他把头垂到胸口，十二万分用心地研究着亮晶晶的柜台面，然后抬起头，凑近女士的脸：“方块软糖？”

“不是……不是。”

“麦芽糖？牛奶软糖，薄荷奶油夹心？”

“不是，都不是。”

他直起身，碰到棘手的了，他抱着两条胳臂，瞪着前方，深吸一口气。这些都是我最熟悉的动作，我看得出他又变回了从前那个魁梧的大个子，又有宽阔的肩膀、红润富态的脸孔。

思考不得要领，他鼓起下颚，仰着脸，向天花板追寻灵感。这时我注意到阿福也在朝上看。

贺非先生姿势不变，全场鸦雀无声。只见一抹微笑慢慢地、慢慢地漫上了他高贵的五官。他抬起一根手指：“夫人，我肯定猜中了。白白的，你说……有时候粉粉的……很松。听我的建议……棉花糖，”

哈太太一拍柜台：“对，就是它。贺非先生，我就是想不起它的名字。”

“哈哈，我也是！”店主洪钟似的声音直冲屋顶。他大笑，女士们大笑。我敢肯定，阿福也在大笑。

一切都还原了。小店里人人快乐无比——贺非先生、阿福、女士们以及绝不可少的吉米·哈利。

变幻莫测的兽医生活

“你自命为兽医，其实根本是强盗！”

西洛太太瞪着一对冒着火的小眼珠，破口大骂。我看着她那张瘦巴巴的脸，配上长直的黑头发和削尖的下巴，心里不止一次地想着，她简直像极了女巫。很容易就联想到她跨着扫把，咻地飞过月亮。

“全村的人都在说你漫天开价！”她没完没了地骂，“我真不知道你怎么逃得掉，这是白昼抢劫啊——抢我们这些穷种田的，还好意思神气活现地坐在新车上。”

导火线就在这里，我原来的老爷车破得快“解体”了，不得不换上这辆二手的奥斯丁。这辆车已经跑过两万里程，可是维护得很好，看上去像全新的。黑色的车身在阳光下闪闪发光，看得西洛太太两眼发火。

买这车着实被不少农夫消遣过，“生意挺好的嘛。”大家总是咧着嘴边笑边说，口气倒很友善，绝没一丝恶意，哪里像西洛家，他们是存心找茬。

西洛家最恨兽医，不只是针对我，而是全部。这话绝不夸张，因为方圆百里内的兽医全给他们找遍了，结果没一个令这家人满意。问题出在西洛先生身上，他算是这个区里惟一“精通”兽医术的人士——他妻子和全家都把这件事奉为圣旨，任何时候只要他家的牛得了病，保准由这位老爸出马。只有在他的偏方实在不管用的情况下，才会延请兽医过来。而我每次来所看到的，都是一些让人回天乏术的牲畜；也因此西洛一家子对于我个人以及我的职业都抱着牢不可破的成见。

今天我又见到了与过去相同的绝望场面。一头瘦弱无神的小牲畜缩在圈栏的黑暗角落里，经过一整个星期的肺炎折磨，已经奄奄一息。而这家人横眉竖目地围着我，连呼吸都充满了敌意。就在我疲乏地走回车上时，西洛太太从厨房窗口瞟见了我，像弹弓似的弹了出来。

“你倒好过啊，”她继续叫骂，“我们在这儿省吃俭用辛苦过日子，你倒好，一来就拿钱，啥事也没做。我知道你打的鬼主意，你是想不费力气就大富大贵！”

要不是我坚守“顾客永远是对的”这句名言，早就跟她对骂起来。现在我不骂反笑。

“西洛太太，”我说，“我敢向你保证，我这人什么都不缺，就是缺钱。你如果看得到我的银行存款，就会明白我的意思了。”

“你是说你没什么钱?”

“没错。”

她朝奥斯丁挥挥手，再赏我一个白眼：“那这辆豪华轿车是装样子摆阔气?！”

我无话可回。她这句话太厉害——就算我不是大富翁，也是个爱显摆的穷鬼。

开车上路后我回顾农场，坚固的房舍，又多又大，在这块山脚下足足有五百亩地。西洛他们称得上是大户人家，不必承受山里人在贫瘠的高地上打拼的苦处。为什么偏要对我这种纯属虚构的富翁不悦呢，搞不懂。

连带想起最近跌到谷底的财务状况，打击真是不小。换档时，我瞧见灯芯绒裤的膝盖已经磨穿了孔，露出一方粉红色的皮肉。这条裤子和我其余那些衣服一样，实在穿够本了，不过一切的一切都以两个孩子为重。再说我的工作也不适合穿得像个服装模特儿——我这行可以列入世界最粗最脏的职业，而我求的只是一份合理的尊敬而已。可堪告慰的是，我总算还有一套保存多年，非常“崭新”的西装，理由很简单，根本难得有机会穿它。

问题是我始终都在闹穷，这确实很怪。我和西格把诊所搞得有声有色。我几乎全年无休地忙着，一周工作七天，晚上、深夜，而且非常辛苦，跟生产的母牛在石子地上翻滚拼斗到精疲力竭，被踢、被压、被蹬，粪便排泄物甩得满身都是。一连几天全身疼痛等于是家常便饭。可是收入老是不见增加，永远都在透支，数字总在一千镑左右。

当然，我有一大半的时间都花在开车上。开车没钱可拿。或许这就是我拮据的道理吧。但不管怎么说，开车也好、工作也好，我整个多姿多彩的生活都来源于这个丰富多样的乡间，我真的喜爱这一切。惟有遭受诬告，告我是个贪财的大骗子，矛盾的心情才会复苏。

路逐渐爬高，教堂的塔楼和德禄镇鳞次栉比的屋宇都尽收眼底，最后驶近小镇边缘，彭福瑞太太家的大门就在那里向我招手了。我看表，中午12点整。好不容易摆脱了恐怖刻薄的西洛家，现在分秒不差地赶在午饭前来到这位老寡妇家里，享受片刻的温馨款待。长久以来，彭福瑞太太这儿给我的生活带来很多的欢乐。

车轮一上车道我就笑了，因为吴把戏已经在窗口欢迎我。它现在年事已高，可是照样知道趴在最有利的位置，那张“北京脸”也照样绽开好大一个欢迎贵宾的笑容。

登上台阶，我瞧见它离开了窗口，欢天喜地的一路叫进客厅。女仆露西笑嘻嘻地出来开门，吴把戏已扑上我的膝盖。

“见你来它好高兴哟，哈利先生。”她把着我的臂，“我们都好高兴！”

她引我进入可爱舒适的客厅，彭福瑞太太坐在火炉边的安乐椅上，她放下书，抬起头，开心地喊着：“啊，哈利先生，太好了！吴把戏，你的哈利叔叔又来了，多开心啊！”

她示意我坐上她对面的安乐椅，“我也正在盼着你来替吴把戏检查检查，不过不急。先坐下来暖暖身子，外头太冷了。露西啊，给哈利先生倒杯雪利酒。你不会反对吧，哈利先生？”

我连声地说谢谢。对于这一大杯好喝无比的雪利酒，我永远不会反对，只要喝下它，无论什么时候都提神醒脑，全身舒畅，尤其在这么寒冷的日子。我埋在椅垫里，向着壁炉内跳跃的火焰舒服地伸长了腿。我喝下第一口雪利酒的时候，女仆露西端了一盘精致的小饼干摆在我边上，吴把戏也适时地爬上了我的膝盖，于是先前在西洛家所受的奚落便款款地离我远去。

“哈利先生，从你上次来过之后，吴把戏健康得不得了，”彭福瑞太太说，“我知道关节炎使它动作有点不灵活，不过没什么大碍，咳嗽也好多了。最好的是，”她两手一拍，睁大了眼睛，“它没有再突然倒在地上，像死了一样，一次也没有！所以我想，你用不着再那么用力地挤可怜的吴把戏了。”

“当然不会，放心吧。除非必要我不会随便挤它的。”我替吴把戏挤了多年的大便，这是因为女主人常说它有大便不通的毛病。这只小宠物倒从来没有为挤肛门的事生气过。我摸着吴把戏的脑袋，彭福瑞太太继续说着话:“有件趣事我一定要告诉你。你知道的,吴把戏对赛马懂得多,判断准,它下的注几乎把把都赢。最近,”她竖起一根指头,郑重其事地压低声音,“它的兴趣转向赛狗了!”

“真的?”

“千真万确。它不但密切注意米德布罗的赛狗大会,而且还叫我替它下注。你猜怎样,它已经赢了一大笔啦!”

“不得了!”

“是啊,就是今天早上,司机老高才刚从出纳那儿领了昨晚赢来的十二英镑。”

“太好了。”我真替老实的阿乔难过,这位马场出纳连续几年在赛马上输钱给只小狗已经够窝囊,现在又要为赛狗继续做同样的付出。“真是了不起。”

“可不是嘛!”彭福瑞太太笑得一脸灿烂,接着换上一本正经的脸色,“可是我不明白,哈利先生,这个兴趣的转变是什么道理。你说呢?”

我慎重地摇头:“难说,很难说。”

“我倒有个想法,”她说,“会不会是它年纪大了,对自己的同类越来越有兴趣,所以喜欢上赛狗?”

“可能……有可能……”

“也就是因为这份吸引力的缘故,才使得它眼光看得更准,赢的机会更大。”“嗯,有道理,是个重点。”

吴把戏很清楚我们在谈它,得意地摇着尾巴,仰着开心的笑脸,伸着舌头望着我。

雪利酒开始发挥效力,我全身暖洋洋地窝在椅子里,听着彭福瑞太太生动地描述吴把戏的种种动作。这是个熟悉而快乐的情景。她是位慈祥高雅的老太太,人缘极佳,也是各大慈善会里的善心施主,在委员会里更有举足轻重的地位。但是只要她的小狗在场,她便绝口不提公事,只谈跟吴把戏有关的一些稀奇古怪的趣事。

她把身子向前倾:“再告诉你一件事,哈利先生,你知不知道我们德禄镇上开了家中国餐馆?”

“知道,好事一桩。”

她哈哈大笑:“谁想得到呢,一家中国餐馆开在德禄镇这种小地方,真是想不到!”

“的确想不到。不过最近这一两年英国各地都在开中国餐馆。”

“是啊,不过我要跟你谈的是,这个消息对吴把戏影响很大。”

“什么?!”

“它对这整件事非常生气。”

“怎么会……”

“哈利先生,”她眉头皱着,神情严肃,“好多年前我就对你说过,你也很清楚,吴把戏是皇亲贵族的后裔,它的祖先都住在中国皇帝的宫殿里面。”

“对,对,当然。”

“我看还是得从头说起才能解释明白。”

我吞了一大口雪利,整个人舒泰得像飘荡在梦的世界里,“请说。”

“餐馆刚开幕的时候,”她说,“地方上好多人都很愤慨,他们批评饭菜,批评开馆子的那个中国人和他太太。他们说德禄镇容不得这种饭馆,谁都不应该上门光顾。那时候我刚好带吴把戏一块儿出去溜达,它在街上听到了这些闲话,简直气疯了。”

“真的?”

“真的,真的气坏了。它有那种感觉的时候我一看就知道,脸上一副受污辱的表情,再想安抚它都难了。”

“啊呀，难为它了。”

“其实，它的心情很容易理解，谁愿意听见自己人被外人抹黑呢。”

“当然当然，理所当然。”

“不过……哈利先生，”她再次竖起一根指头，给我一个会心的微笑，“这只聪明的小东西自己把自己治好了。”

“它治好了自己？”

“对，它对我说我们应该带头，经常不断地上那家餐馆品尝他们的菜式。”

“哦。”

“我们说做就做，马上叫老高开车送我们上那儿去吃午饭，好吃极了。而且还发现可以把饭菜装在小盒子里带回家吃，又热又香，好玩极了！现在老高常常开了车帮我们买晚餐回来。你知道，现在这家馆子的生意很不错了，我们的功劳很大啊。”

“绝对相信。”我由衷地说。莲园，挤在市场的一个角落里，门面很小，里头摆了四张小桌位。这么小的馆子外面，经常停了辆黑得发亮的大轿车，司机穿着笔挺的制服。这场面够抢眼，太镇得住了。我可以想象镇上的人从馆子的窗户偷看彭福瑞太太和吴把戏坐在其中一张小桌上大快朵颐的情景。

“很高兴你也这么认为。我们吃得好开心，吴把戏爱吃‘下水’，我最爱炒面。那位小个子的中国人还教我们怎么拿筷子夹菜。”

我把吴把戏抱上沙发椅，仔细按它的肚子，没问题。我再戴起听诊器，仔细听它的心和肺，心跳和支气管里一些模糊的气声都在我的意料之中。经过这么多年的诊察，我对这位老朋友的体内活动早已了如指掌。再来就是牙齿——下次该彻底洗个牙了。“眼睛部分开始出现老狗水晶体浑浊的现象，好在并不太严重。”

我转向彭福瑞太太。其实吴把戏必须分别服用类固醇及四环素来治疗关节炎和支气管炎，不过我从来没有向她做如此详尽的描述——医学名词太多反而使她心烦意乱。“以它的年纪来说，状况真的很棒！彭福瑞太太，常备的药丸你都有了，需要我来的话通知一声就成。只有一样，最近你对它的饮食控制得相当好，所以千万别再给它吃太多的好东西——连‘下水’也不行！”

她淘气地看着我，笑得东倒西歪。“好啦好啦，哈利先生，别骂我了，我保证听话。”她停顿一会儿，“说起吴把戏的关节炎，有件事我必须提一提。你知道何格辛跟它玩了好几年的丢圈圈游戏吧？”

“知道。”她这一问立刻勾起一个印象：阴沉的老园丁不情不愿地在草地上丢橡皮圈，小狗一边叫、一边跑啊跳地把圈圈捡回来给他。何格辛显然非常讨厌狗，脸上一副受够了的表情，嘴唇动来动去，不知是对吴把戏还是对他自己在嘀咕。

“我考虑吴把戏的身体状况，总觉得何格辛把圈圈抛得太远了点，我对他说只要一两尺远就够了，吴把戏少费点力气一样玩得很开心。”

“我明白。”

“很遗憾的是，”她的神情不悦，“何格辛根本就是存心如此。”

“怎么说？”

“本来我完全不知情，”她压低声音，“是吴把戏偷偷告诉我的。”

“有这回事？”

“有，它告诉我何格辛狠狠地抱怨说，这样一来，他得弯更多次腰去捡圈圈，他说他也有关节炎。对这些抱怨我倒并不在意，”她的声音已几近耳语，“可是吴把戏吓坏了。因为何格辛骂脏话，连着用‘×’字骂了好几次。”

“天呐，我了解我了解。”

“这对吴把戏来说真是尴尬死了,你看我该怎么办才好? ”

我明智地点个头,发表感言:“彭福瑞太太,我认为最好的办法是减少丢圈圈的课程和时数。毕竟,吴把戏和何格辛两个人都不再是青春少年了。”

她注视我片刻,然后满意地笑起来:“啊,谢谢你,哈利先生。你说得对,你一直都是对的。我会照你的话做。”

就在我准备告辞时,彭福瑞太太一手按住我的胳臂:“哈利先生,你走之前,我想给你看样东西。”

她带我到门厅边上的房间,打开一只大得惊人的衣橱。我望着橱里整排的华贵西装——即使在店里都没看过有这么多。

“这些,”她的手顺着各种款式的上装,慢慢地滑过,有深色礼服型的,也有浅色粗呢料的,“都是我先生的衣服。”她一件接一件地摸着衣袖,沉默了好一会儿,忽然掉过头来朝我开朗地一笑,“他一向喜欢穿好的,所有的西装都去伦敦定做。这一件,”她伸手取下一套名贵的粗呢西服,“是塞维尔街一家最好的西装店缝制的。哇,好重,帮我拿一下好吗?”她气喘吁吁地把整套西服搁在我伸长的手臂上,它的重量连我也吓一跳。

“这是最漂亮的乡村服,”她继续说,“他一次也没穿过。”她摇着头,抚摸着衣领,眼神好温柔。“真的一次都没有穿过,这套衣服做好没几天他就死了。他期盼了很久呢。他喜欢户外生活,更爱体面的穿着。”她说着说着,猛地抬头,眼神坚决地望着我,“哈利先生,你肯不肯接受这套西装? ”

“啊?! ”

“我希望你肯接受,我相信对你非常实用。把它挂在这个衣橱里纯粹是浪费。”我不知道该说什么,心思很快地转回到我们在壁炉边谈话期间的无数次暂停。每次我举起酒杯时,发觉她的眼光总是很快地在我磨损的袖口和穿孔的膝头瞟过。

看我不说话,她显得十分不安。"我是不是让你太难堪了?"

"哦,不是不是,没这回事。你太好心了,我很愿意接受。"

"我太高兴了。"她两手一拍,"这套衣服再适合你不过,正合乡村兽医的身份。你穿起来一定很神气。"

"对……对……"我仍有些疑疑惑惑,"非常感谢,"我终于开怀大笑,"真是个意外的惊喜。"

"好,好!"她也大笑,"露西、露西,"她对着门厅呼叫,"帮忙拿一大张牛皮纸来包这套衣服好吗?"

女仆忙着办事的时候,彭福瑞太太斜歪着头说:"只是有一样,哈利先生,我先生个头很高大,得修改一下才行。"

"这没关系,"我说,"我会处理。"

踩着碎石路回自己车上时,我为这天两极化的遭遇好笑不已。不过几个钟头之前,我在一个农场上饱受奚落和责难,像只野狗似的落荒而逃,再看看现在的我,彭福瑞太太和女仆露西在大门口笑容可掬地向我挥手道别。吴把戏又回到窗口的位子,拼命地用叫声向我说再见,一张脸笑得像开花似的,窗帘也被它起劲摇摆的尾巴弄得动个不停。我的胃里热烘烘装着雪利酒和可口的小饼干,臂弯里夹着一套体面又潇洒的免费西装。

我不止一次地感谢命运之神:兽医这一行真是多姿多彩,变幻莫测。

『苜蓿』的主人

“快来看啊，海伦！”我回家打开纸包大喊，“彭福瑞太太送我一套西装！”

新的收获一露脸，我太太惊讶不已：“好美啊，吉米，看起来蛮奢侈的！”

“可不是，我这辈子也买不起。”

我们盯着这套质料高级的粗呢西服，深绿之间夹杂着看不大清楚的棕色图案，海伦拎起上衣想看个仔细。

“啊哟，这么厚这么重，我简直都拿不动了！我从没看过这种料子，穿上它一定暖和得很。你不想试穿一下吗？反正午饭的时间还没到。我趁现在回厨房去看看，别把菜烧焦了。”

我兴冲冲地跑进卧室，脱下长裤，换上新装，然后照镜子。其实根本不必照，从一开始我就知道希望泡汤了。长裤像手风琴似的在我足踝上打了好几层褶，袖子比我的手长出好几寸。已故的彭福瑞先生岂止是个子大，他简直是个巨人。

就在我垂头丧气地看着自己时，听见门口有一阵强忍住的笑声。海伦倚着墙，颤抖着手指指向我，笑得上气不接下气。“啊哟，”她笑着喘着，“对不起。可是这，哈哈哈……！”

“好啦，我知道，我知道很失败。”我再瞄一眼镜子里的自己，忍不住苦笑，“你没错，我这德行是很滑稽。真丧气，这么棒的一套西装，原以为这一下我准是德禄镇穿着最时尚的男人了。该怎么办？”

海伦把笑出来的眼泪擦掉，走到我身边：“真是可惜。不过，别急。”她替我卷起袖口，露出我的手，再蹲下帮我把裤脚也往上卷了几道，然后退后几步观赏成果。“嗯，只要改一改绝对合身。”

“算啦，不可能的，你没看见我整个人都埋在衣服里。”我对着镜子火气再度上升。

海伦一个劲地摇头：“我不这么认为。你看现在就比刚才好多了，改过之后一定很棒。总之我先带去给彭老板瞧瞧，说几句好话，央求他尽快帮忙修改一下。”

一想到那位自命不凡的裁缝师傅彭迪乐我不禁失笑：“恐怕是奇迹了。”

“不试怎么知道。”海伦说。

那天稍后，海伦回来告诉我，彭老板被这套西装的料子和剪裁迷昏了，他一口答应立刻动手赶工。

午餐后一通急诊电话，使我暂时忘了对这套西装的兴奋心情。

泰德的声音在电话那头紧张得发抖。“是苜蓿——它生产了，只见一个头，别的都出不来。我试了好几次，怎么也摸不到腿——铁定是头好壮的小牛。这是我最想要的……你记得吧？”

“记得，当然记得。”

“你能不能尽快过来，哈利先生？”

"我现在就出发。"

苜蓿是泰德手上最好的一头母牛，三岁不到，和头品种特优的公牛配了种。对泰德这样的山地农夫来说，损失小牛简直是大难临头。我向海伦大声交代了几句，便冲上车。

泰德的小农场位于靠近山顶的坡地，灰不拉叽的一小块地。没有开路的关系，我的车只好一路颠上山坡，身后的瓶瓶罐罐和医药器械震得乒乓乱响。荒芜的院子，厚厚的墙壁，少说也有好几百年的历史；再加上整个房舍阴沉沉的感觉，只有泰德这样的贫户才肯抱着"安居乐业"的梦想住在这儿。租金低廉，对他来说却已经是竭尽所能。

我停车时，他刚从牛棚走出来。高高瘦瘦，跟我同年，也已经是一儿一女的父亲。两个小孩每天下山走两里路到村子里上学。他愁容满面，但仍勉强地挤出一个笑脸："好车，哈利先生！"他用衣袖夸张地擦了擦光亮的车头。以他平日的作风来看，这点小动作离他的嘲弄本事差远了。我跟随他进入小小的牛棚，立刻明白了他无心开玩笑的理由。我瞧见那头漂亮的母牛不住地抽搐呻吟，看它每用一次力，好大一截脑袋就从阴道口挤出来的样子，连我脸上的笑容也消失殆尽。

没有一个兽医乐于看见这种情况。这不是什么胎位不正，而是小牛太大，简直找不到一个出口能让它钻出来。

"我试过了，"我脱了衣服，在热水桶里洗干净手臂时，泰德说，"就是摸不到腿——那脚隔得有几丈远。我记得你说过把脑袋推回去再拉脚，我试了，可是它的力道实在太大。"

我点头。泰德虽然瘦得可怜，一双胳臂还是强劲有力。我明白他的意思，"谁的力气都比不过这头牛，泰德。"

"我一直担心小牛不知道能不能保住性命。它挤在里头太久了。"

我也在担心这件事。用肥皂洗净手臂之后，我一手伸进产道。顺着小牛的大脑袋探向肩膀时，苜蓿又是一阵抽搐，我的臂膀就此被夹在里面好几秒钟，痛得不得了。

“这样不行，”我大喘气，“里面连一丝空隙也没有，我还是推它的头试试。”

我用手抵住小牛的脑门稳稳地推，推进几寸就用劲顶着。好不容易有那么一点进展时，母牛又发动一次强劲的攻势，于是我又被推回到原位。

我再洗手和手臂，“不可能了，泰德。除非能抓住脚，否则小牛绝对出不来。照这种情形来看，要摸到四只脚根本不可能。苜蓿力气太大，我们不是它的对手。”

“天呐！”他两只眼睛瞪得像铜铃，“该怎么办，剖腹生产？那是大工程啊！”

“也许不是，”我说，“我还有一个绝招。”

我回车上取来针筒和麻醉剂。“抓牢尾巴，泰德，”我说，“把它当抽水泵的把手一上一下地按。对，就是这样。”我触摸到脊椎骨之间的空隙，注射10cc的麻醉剂进去，便退后观察。

等不了多久，大约不到一分钟，苜蓿便舒坦得像没事人似的。泰德指着它说：“你看，它不再用力了！”

“它现在使不出力了，”我回答道，“它已经局部麻醉，这会儿究竟在做什么它完全不知道。”

“只要它不再反抗，我们就有办法把小牛的脑袋推回去了吗？”

“就是这个主意。”我再刷洗一次手臂，手掌按住小牛脑袋。啊，感觉真好，牛头，牛脖子，整头牛的身体顺着我的手势游走，丝毫没有反抗的迹象。空间够大，我用套圈圈住一只脚，再套住第二只，慢慢地两只蹄子在阴道口露脸了。我一手抓住一只往后拽，小牛的脑袋再次出现,接着便看见两只掀动的鼻孔,我这才松了一大口气。

“小牛活着,泰德。”我开怀大笑。

“谢天谢地。”他长吁了一口气,“现在一切都没问题了吧?”

“差不多。问题还是有一点,苜蓿现在没法使力,一切都得靠我们自己。”

产道仍旧很紧,我们花费半个钟头的时间小心翼翼地拉出腿和头,不停地涂抹润滑油。两个人汗流浃背,苜蓿却事不关己似的大嚼着干草,对我们的动作全不理会。我最害怕的是小牛的屁股会卡住,所幸经我们两个最后的一次努力,往外一拽,小牛哗地溜进了人世间。我及时抓牢它滑不溜丢的身体。

泰德拾起它一条后腿。“是头公牛。这么大个儿想也知道准是公的。”他笑得好开心,“我一直想要母牛,不过公的可以配种卖好价钱。它可是地道的优良血统啊。”

他用稻草搓着小牛的肋骨和脑袋,小牛很懂回应,仰起头嗅着闻着。苜蓿听见动静立刻东张西望,快活地发出哞哞的叫声,看得出它相当惊讶。因为方才的生产过程它毫不知情,怎么忽然蹦出这么一只迷人的小东西,它显然有些莫名其妙。我们将小公牛拖到它面前,它马上从头到脚,从脚到头,热诚无比地舔遍小牛的全身。

我笑起来。真是百看不厌的场面,也是我干兽医这行最值得的一件事。“看了真叫人舒服,是吧,泰德?我真希望所有的生产都能有这样圆满的结局。”

“对,你说得对。哈利先生,我不知道该怎么谢你。我真的以为这次没救了。”

我弯腰洗手时,他亲昵地在我背上拍了一下。我擦干手臂,看着牛棚里一排照料得相当不错的母牛。不过几个月的时间,泰德已经把这里改头换面,他拆了老曹的木头隔板,改成金属条的隔间;粉刷了墙壁,铲掉了原来的碎石地,铺上水泥。这些工作全都靠他一个人完成。

他跟踪我的目光,“对于这块小地方,你觉得如何?”

“真棒,你真了不起,泰德。而且你还盖了一小间乳酪坊。”

“是啊,我一定得拿到检验证明才行。”他搓着下巴,“虽然还有几件事不大符合标准,比如凹槽和后墙间的距离不够宽敞,但都是一些超出我能力之外的问题。要是部里肯发证明,每加仑奶就可以多赚四便士,这对我可是天大的喜事了。”

他像是看透我的心事,哈哈大笑:“也许你认为四便士算得了什么,可是你知道,我们的要求不多。晚上我们从来不出门,每天快快乐乐地和孩子们一起玩纸牌、掷骰子。一天两次挤牛奶、喂饲料、清理粪便,一年三百六十五天,天天如此,哪里走得开。”他再次大笑,“我都记不得上回去德禄镇是什么时候的事了。真的,我们要求不多,也不想很有钱,可是现在只够糊口而已。反正行不行得通,下个礼拜四就见分晓。他们要开会决定。”

我一句话也没说。我不能透露我就是向乳业公会呈报有关他这件案子的人,事情成与不成全看我是否能说服得了他们。换句话说,泰德的四便士就捏在我手里。这倒令我有些胆战心惊,万一证件不通过,我不敢想象凭他这块单薄的农场和少得可怜的一些牲口,能苦撑到几时。

我收拾好医疗工具,两个人一起走出来。我呼吸着清新冰凉的空气,眼望着云影扫过的绵延绿丘和属于泰德的几亩地。这小小的几亩地就是他的全世界,像一座围着墙篱的小岛,四周密密麻麻地被泥沼地的野草包围着,茂密的水草似乎随时随地想爬过来把这座小岛吞掉。这些田地必须经常施肥灌溉,才能防止它们回归荒野。至于那道鞠躬尽瘁了几个世纪的老墙，仍持续不断地在崩塌着——这又是一件非他莫属的“大工程”。我想起有一次泰德对我说，他的奢望之一是睡到半夜醒过来，因为只有在这种情形下他才能翻个身再呼呼大睡。

我发动引擎。他挥着手，一只长满老茧的大手。车子一路颠下山坡时，我回顾站在屋前那个瘦长微驼的身影，屋旁的小树也是一副营养不良的体态，感慨的心情又像以往般的涌现。跟他比起来，我的生活简直是如沐春风。

第二个星期四，一早醒来满脑子转的就是该怎么为泰德美言几句。接了几通电话出诊时，开着车嘴里还不停地念念有词。我预定上午11点到达乳业公会办公室，10点整我已经回到家整装待发。

正要上楼，海伦进来了。

“你绝对想不到的，”她气喘吁吁地说，“我走过彭老板的店门，他一看到我就把这套西装给我了。”

“彭福瑞先生的西装？”

“是啊，全改好了，马上可以穿上身。”她睁大眼睛盯着我。

我错愕地盯着包裹：“哎呀，这是从来没有过的事。真是心想事成啊。”

“没错，”海伦说，“而且我觉得是个好预兆。”

“怎么说？”

“你穿上它在乳业公会会议席上发言，一定令大家印象深刻。”

她的话一语中的。我不是丘吉尔，我这个发言人的确需要各种外在的辅助。我进卧室剥掉身上的旧衣服，迫不及待地套上修改过的新长裤。长短正合适，但是出了些别的状况，是我上回试穿时没发觉的状况：裤腰高得离谱，不但高过我的胸口，更几乎杵到我的胳肢窝底下。在那个年代流行高裤腰，裤腰带很服帖地围在臀部上面，可是按照彭福瑞先生的身高比例剪裁，显得更加夸张。于是我又一败涂地。转过身面对海伦，她的嘴已经开始"抽筋"。她低下头，拼命想忍住笑，全身都在抖动。

"拜托！"我大叫大嚷，"简直跟上次一样滑稽，你不说我也知道。反正，我就是没福气穿这身衣服。我等于是一条会走路的裤子，只有一个脑袋瓜和肩膀露在裤腰口上而已。"

我正准备脱掉这条把人气疯的长裤，海伦突然举起手。"等一等，等一等……"她说，"把上衣穿上。"

"那有什么用？"

"翻领蛮高的，先穿上再说。"

我窝囊至极地套上上衣，转身面向她。

海伦用近乎景仰的眼神望着我。"太棒了！"她小声地称赞着，"不可思议。"

"什么!？"

"你自己看吧。"

我照镜子，德禄镇的哈利大爷就在镜子里看着我。高裤腰整个遮掉了，看到的只是这套西装华贵的质地和一流的手工，精致优雅地罩在我身上，简直像是特别为我定做似的。

"上帝！"我呼出口气，"我从来没想到衣服居然有这么大的能耐。我像换了个人。"

"的确，像换了个人，"海伦热烈地附和着说，"像个德高望重的要人。你非穿这套西装去开会不可，把他们唬得死死的！”

在梳洗的时候，我觉得有一种绝处逢生的爽快感。我朝镜子投下最后满意的一瞥，信心十足地踏出了家门。

外面，冷风凌厉，我毫无感觉。任何东西都穿透不了这身华服。老实说，穿了它，就算走到北极也不成问题。

在车里我全身发热，不得不把车窗摇开。到了目的地，正庆幸能呼吸几口新鲜的冷空气，可惜高兴的时间太短，农务部的旋转门刚一关上，让人窒息的热空气便直逼上来。打从以前开始，我就老想不通这里的人怎么能够在如此闷热的中央暖气系统中办公。我沿着走道，透过玻璃隔板看见那些打字员、技师、职员们若无其事地在里面各忙各的，再一次让我觉得不可思议。不过这次感觉更糟，糟到一塌糊涂。因为这次我被两层厚得像地毯高得几乎碰到下巴的衣料裹得密不通风。

问题当然出在腰带上，它像钳子似的紧紧掐着我的胸口。我甚至觉得是这套西装在带动我，带我走向走廊尽头会议室的双开门。大会议室热得更可怕，我真怕就此不能呼吸了。所幸我还算镇定，委员们以一贯的友善态度对我表示欢迎，主席并引导我就座。

乳业委员会共有二十个人，包括几位大农场的场主、部里的专员、两位地方上的大地主，达布洛爵士与亨利布鲁克雷爵士，一位医生，还有一位兽医——就是本人。能够应邀列席会议是我的光荣。一直以来我都努力恪尽职守，但是今天上午的意义更为特殊。

亨利爵士担任主席，他宣布会议开始。我开始祈祷，但愿议程越短越好。我知道，照这样的闷热我怕支撑不了多久。时间一分一秒地爬着龟步，我发觉要解决的议题多得惊人，讨论消毒问题、农舍问题、耕作问题、牛得病的问题和法律条款的问题，没完没了，我坐在那里越来越热。讨论中间经常会询问我的意见，我在回答的时候显得呼吸急促，真希望他们没发觉这副窘相。看样子，我最重要的这篇宣言势必要压轴了。

糟糕的情况延续了一个小时之后，我确信自己已在窒息的边缘，昏倒后被人抬出去只不过是早晚的事。我呼吸困难，汗水从脖子滴到领口，恨不得一把扯开上装，放掉一些热气，可是想到正襟危坐的这批人一看见我的“搞怪”裤腰哄堂大笑的情景，我最终还是忍住了出手的冲动。

当亨利爵士环顾会议桌，终于介绍我的主题时，几乎已过了两个钟头。“各位，”他说，“今天上午最后一项议题就是有关山地农户泰德申请肺结核检验证明的案子。我了解我们的年轻朋友哈利先生一直在为本会调查这件事。哈利先生……”他满面笑容地望向我。

有个人开始侃侃而谈，起初一段时间我竟然不知道那个人就是自己。说的内容很熟悉，但感觉上好像发自我本身以外的地方，哑哑的，喘喘的。汗水模糊了我的视线，在朦胧之中只见全体委员都温和亲切地望着我。他们对我始终温和亲切，也许因为我是最年轻的一个会员。铿锵有力的措辞不断从我嘴里冒出来——“杰出的劳工……干净健康的牛群……刻苦耐劳的人物……注重卫生，一丝不苟……是正人君子……”委员们不停地微笑，频频地点头，最后一段结论出炉了——“泰德的厂房或许不是很完善，但他确确实实在努力，只要他能拿到检验证明，他绝对不会令任何一个人失望。”我似乎已经被一堆喜悦又友善的面孔团团围住。

亨利爵士笑眯眯地对我说：“太感谢了，哈利先生。你的报告对这个议案大有帮助，我们向你致最诚挚的谢意。各位，我想核发检验证明应该不会有任何困难吧？”全体一致举手通过。

我不记得自己是怎么离开会议室的，只知道冲下楼梯直奔洗手间，把自己锁在厕所里，脱掉上衣，张开嘴，瘫倒在马桶上。我打开裤扣，解开衬衫，气喘如牛地往后靠，热浪和着轻松与胜利的感觉在我全身翻滚。我过关了！泰德拿到了证明，我仍旧活着！

在我慢慢恢复的当口，听见两个人走进来。从我半躺半靠的角度看得见门底下的四只脚，也听得出是亨利和达布洛两位爵士的声音。他们一转向对面的墙壁，脚就看不见了。

先是沉默了一阵子。"亨利，"达布洛爵士开口说，"刚才看那个年轻小伙子竭力为山地农夫争取的表现真是过瘾。"

"的确，真是精彩。"

"真是想尽一切办法啊，他可真是不遗余力啊。没见过这么认真的—— 一脸的汗。"

"嗯，我看见了。这才叫完全投入。"

"对，完全投入。以他这个年纪，难得啊。"又是一次停顿，"你知道吧，亨利，这小伙子还有一个特别的地方。"

"什么特别，乔治？"

"他的穿着，好漂亮的西装。真羡慕他有那么好的裁缝。"

挤奶专家小吉米

“看看这孩子！”

农夫杜格代兴趣十足地看着小吉米，我在接生小牛，我儿子打着手电筒为我照明。十岁的小吉米做起事来一本正经，非常尽责。牛棚里相当暗，他认真地打着光追随着我的每一个动作，一会儿对准牛的后面，一会儿对准我净手的热水桶，一会儿又照向浸绳子的消毒药水。

“是啊，”我说，“他最爱打夜工。”

其实只要是兽医的活儿他都爱。不过最令他开心的，莫过于晚上在他睡觉时间之前，我带他一起出诊。车头灯照着乡间迂回曲折的羊肠小道，他坐在我身边，全神贯注。今晚，一到这儿，他抢先进牛棚，挑出系小牛头脚用的各色绳子，再把适量的消毒药水倒进桶里。

“绑头的是红绳吧，爸？”

“对。”

“就在耳朵后面？”

“没错。”

他点点头。这一问一答,半是在求证,同时也在提醒,免得我忙中出错。

两个孩子都喜欢我的工作,实在让我想不通。我总以为他们看着这个老爸成天忙得团团转,没日没夜,三餐不定,连周末都不得闲,而我那些非兽医的朋友们都能悠闲地在假日打高尔夫球的情况下,两个孩子铁定会对我的职业不屑一顾;谁知道他们非但不嫌弃,而且还抢着跟我“出差”,学习所有的医护细节,而且乐此不疲。

我想最简单的理由是,像我,像海伦,他们对动物也有难分难舍的依恋。只要能跟这些可爱的牲畜在一起,什么苦都值得。在我这两个宝贝蛋的心目中,将来的愿望毫无疑问——要当兽医。

看看小吉米,不过十岁,已经做得有模有样。小牛一落地,他立刻把小东西鼻孔和嘴巴上的黏液擦掉,再抓起一把干草替它擦身体。

“是小母牛,爸。”他一副专家的眼光朝小牛后腿缝间一瞄,“太棒了!对不对,杜先生?”

农夫哈哈大笑:“对对。小母牛越多越好。说不定你手上这头将来就是头最好的乳牛呢。”

第二天是星期日,不用上学。早餐后,两个孩子已经整装待发。实际上他们已经开动了。两人合力掀起护车盖,把空的瓶子箱子统统清理掉,再检查所有我可能用得着的配备。

“钙片不够了,爸。”罗丝说。她现在六岁,从两岁起就跟着我“出差”,所以对于大药箱里的内容熟得不能再熟。这只大药箱是我一位朋友特别为我做的,专门存放医疗用品。

“对,小宝贝。”我回答,“你快去拿些来吧,钙片是最不可少的一样东西。”

罗丝红着一张小脸,很有使命感地跑向贮物库。我就是不明白这件事，无论在家，或是在农场，罗丝为我办事都是小跑着，而小吉米总是走着去办。

常常在看诊的时候我吩咐说："小吉米，替我再去拿些绷带。"我儿子就一面吹着口哨，一面慢条斯理地下车，显得非常悠闲。不管他对手边的事多么有兴趣，他的态度绝对不慌不忙。如今他成了经验老到的合格兽医，我发觉他仍旧不慌不忙。这样很好，做我们这一行压力奇大，镇定泰然是最好的。

一切准备停当，我们便向山区出发。明朗的早晨，苍凉的山影与泥沼地都因阳光而显得温柔起来。夜里下过雨，乡野的气息畅通无阻地送入敞开的车窗。

首先来到一座有好几道大门的农场。罗丝兴奋极了，因为这件工作非她莫属。

我们在第一道门前刚刹住车，她已经一溜烟下了车，红彤彤的小脸上一副正经八百的表情。她拉开大门，我把车顺利地开过去。

"今早幸亏有我在，爸。"她说，"前面还有两道门，我看见了。"

我点头："一点没错，乖宝贝。我生平最讨厌的，就是开车的时候遇到门。"

女儿朝椅背上一靠，得意得不得了。记得她快上学的那段日子，一直忧心忡忡。"没有我陪着，你怎么办呢？"她说，"哥哥上学了，我现在也要上学了，就剩下你一个人。"

小吉米对我好像信心十足，他总认为我一定有能力应付各种状况。罗丝就显得很悲观，老是对我不放心。周末对她来说，不仅是玩耍时间，更是一个照顾老爸的大好机会。至于我，这不仅是一段美好的欢乐时光，更让我觉得自己真有福气。太多的男人因为工作的压力无法兼顾家庭，而我真是幸运，在工作时还有一对小儿女陪在身边。

说实在的，真亏得有罗丝替我开启这重重“关卡”。她聚精会神地站在那里，盯着我穿过最后一道关口，小手把着门闩，小脸洋溢着大功告成的满足感。

几分钟后，我已置身牛栏，搔着脑袋百思不得其解。我的“病人”体温高到41度，可是它的乳汁却又白又清，原先断定的乳腺炎因此不成立。

“怪啊，”我对农夫说，“它的肺没问题，胃的功能也很好，可是烧得这么厉害，你说它不肯吃东西？”

“是啊，今早上干草饼干都不肯吃，你看它抖成这样。”

我扳着牛头，想寻找可能的症状，儿子的声音从我身后响起：“我想是乳腺炎，爸。”

他坐在母牛的乳房边上，挤出几线乳汁用手掌盛着。“这一边的乳汁很烫。”

我再检查乳头，果然，有一边的乳汁看起来正常，实际上却比另一边的暖热。我挤了些乳汁测试，虽然肉眼瞧不出，却能感觉到有块状物打在手上。小吉米说得没错。

我无奈地看着那个农夫，他放声大笑：“看样子徒弟懂得比师父多了，谁教你的，孩子？”

“是我爸。他说这种受骗的状况在所难免。”

农夫朝大腿上一拍：“可不是，真给他说中了！”

“好啦好啦。”我说着转回车上取盘尼西林，心里嘀咕，不晓得我这儿子在跟我跑腿的行程里，还吸收了多少这一类的“小状况”。

稍后循原路驶出农场时，我向他恭喜：“干得好，小伙子。你懂得的超乎我的想象！”

小吉米咧着嘴笑：“是啊，还记得我连牛奶都不会挤的那件事吧？”

我点头。挤牛奶在大农场十分普遍，可是在小农场仍旧靠人工。我儿子最爱看人挤牛奶。记得那次他站在提姆沙吉身边，专心地看着老提姆挤一头乳牛的奶。提姆蹲在小凳子上，头抵着乳牛的侧腹，毫不费力地把一道道白色的乳汁嘶嘶有声地射进夹在他膝盖中间的木桶里。

老农夫抬头看见孩子渴望的眼神。

"要不要试试啊，小伙子？"他问。

"要要要！"

"好，干净的桶在这儿，看看你有没有办法把它装满？"

小吉米蹲下来，一手抓住一只乳头，用力地拉扯，没任何动静。他再试另外一边的乳头，结果还是一样。

"怎么都出不来，"他气急败坏地嚷，"连一滴也没有。"

老提姆大笑："哈，做起来没那么简单是吧？我看你要想替我这六头大母牛挤奶，还得学上好长一段时间呐。"

我儿子一副垂头丧气的模样，老农夫摸摸他的小脑袋："过一阵子来我教你，很快就能让你变成挤牛奶专家。"

几个礼拜之后的一天下午，我出诊回家，见海伦站在门口台阶上，一脸愁容。

"小吉米放学没回来，"她说，"他有没有跟你说起要去哪个朋友家？"

我想了一会儿："没有，没有印象。或许只是去哪里玩一下吧。"

海伦望着渐渐降临的暮色："奇怪，平常他都会先回家说一声。"

我们拨了好几通电话问他的同学都不得要领，于是我到德禄镇四处打转，向一些熟人探听消息，得到的答案全部一样："抱歉，我们没看见他。"而我也尽量装得若无其事地说："谢谢谢谢，打扰了。"心却越抽越紧。

回到家，海伦急得快哭了："他还没回来，吉米，他到底上哪儿去了呢？天都黑了，不可能还在外面玩啊。"

"他会回来的。不回来一定有理由的，别担心。"我故作轻松，却没敢告诉她我连园子尽头的水槽都掏过。

惶恐的感觉越来越强的时候，我忽然想起一件事，"慢着，他不是说过哪天放学要到提姆沙吉那里去学挤牛奶吗？"

小农场就在德禄镇上，我开车几分钟便到了。半掩的牛栏里透出柔和的灯光，我往里探身看，我儿子蹲在凳子上，木桶夹在膝盖中间，小脑袋顶着那头耐心十足的母牛。

"嗨，爸，"他快活地叫着，"你看！"他向我展示那只盛了几品脱牛奶的木桶，"我现在会挤了耶！沙吉先生教我的。用不着扯乳头，只要用手指头像这样子挤就行了。"

我真想上前一把搂住小吉米，亲他，亲老提姆，亲大母牛；不过我只做了几次深呼吸，克制自己的激动。

"谢谢你了，提姆，他没给你惹麻烦吧。"

老农夫呵呵地笑着："没有没有。我们处得很好。这小伙子真用心，我跟他说要是想当兽医，先得学会怎么挤牛奶。"

这份记忆一直鲜活地留在我脑海中，多亏那一夜学挤牛奶的经历，才使他今天能正确地诊断出乳腺炎，把他老爸给比了下去。

到今天我仍常常在想，劝阻罗丝从事我们这个行业是否正确。也许我错了，我太武断。可是，在二十世纪四五十年代，兽医的生涯与现在大不相同，我们的"业务"90%都是对付大型动物。我固然喜爱我的工作，但被踢被踹，沾得满身秽污却是家常便饭。纵使有再多的魅力、再多的补偿，这到底是一份既肮脏、危险性又高的职业。好几次，我应附近的兽医诊所急召赶去帮忙，理由是那里的兽医骨折了。我自己也曾经遭一头拖车的大马踹伤腿骨，跛了好几个礼拜。

我身上的气味经常很难闻，再多的消毒药水也不能完全消除接生已近溃烂的死产小牛和摘除胎衣的腥臭味。我也习惯了人家一见我走近就皱鼻子的怪相。

有时候接生小牛小马时间太长，全身肌肉无处不痛，连续好几天，就像被大木杖毒打过一顿似的。

现在大不相同了。现在有塑胶长手套隔开难闻的气味，有金属箍固定这些大动物的位置，有剖腹产解除难产的危险性。更不同的是，现在的兽医工作一大半都在诊疗小型的宠物，这项发展真是难以想象。

我进兽医学院时，班上只有一个女生，奇货可居，但是现在兽医学校里女生占学生人数的50%。事实上，最优秀的一些女兽医就在我们的诊所服务。

这一切在40年前我哪里会知道。当时我只能想象坚强的小吉米或许能够继承我的衣钵，过这种苦日子。可是对罗丝，我无论如何不忍心。想想都很不公平，我简直想尽各种招数打消她的念头。我竭力说服她宁可医人不要医兽。

现在，她也是一个快乐的医生。不过，我仍然觉得……

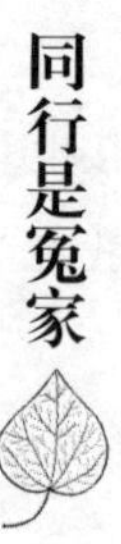

“明人不说暗话，哈利，你太不老实。”

“什么?！”我不是没挨过骂，只是从来不像这次打击这么重，尤其是出自一位高大、高贵的同行口中，而且还一脸的不屑。“你这话是什么意思，怎么可以随便出口伤人？”

雨果·莫特仑那对傲慢的蓝眼珠嫌弃地瞪着我：“我是忍无可忍才这么说。我认为不道德的行为就是不老实，而你，就是犯了这个错。不管你再怎么补救，也无济于事。”

运气可真够“好”，我想。特别是今天，我好不容易偷得半日闲来到布劳登，正心满意足地窝在史密斯的书店里狼吞虎“看”时，瞥见莫特仑顺着书架晃过来，心里还在羡慕着，自己如果能够像他几分该有多好。他是我理想中最完美的乡村兽医形象：格子帽，猎装式的上衣，及膝的短裤，长统袜，厚皮靴，再加上英俊的五官，够权威够帅。他五十开外，可是走起路来昂首挺胸，仍有年轻人的精气神。

我深呼吸，设法让自己镇定下来。“莫特仑先生，你这些话是侮辱我,我认为你应该道歉。你明明知道我和我的合伙人都不是有意要抢你的客户——那件事纯属巧合。在当时的情况下我们根本没有选择,你只要肯稍微想一想……”

这位大高个的下巴抬得比先前更高。“我当然想过,我说的就是我想过的话。我没有兴趣再浪费时间讨论这个话题,我只希望从今以后绝不再跟你有任何的接触。”

他一转身大步迈出书店,留下我一肚子怨气站在那里。我直勾勾地盯着我的靴子。海伦随时会到——她在剪头发,然后我们的娱乐节目马上就要开始,逛街、喝茶、看电影,最后是吃一顿悠闲的饭,和好友雷戈登夫妇聊聊家常。老雷是自治桥的兽医。其实这些是最平常不过的消遣,但是对日日忙碌的我们来说,已经引颈盼望了整整一星期。现在全部泡汤,整个搞砸了。

关于莫特仑的事件要回溯到两个星期之前。当时我正在诊所为一只西班牙犬看皮肤病,狗的女主人突然说:“我在甘东镇的莫特仑医生那儿看过一阵子,他说是湿疹,可是老看不好,所以我想八成不是这个病。我希望能听点别的意见。”

我望着这位女士:“你应该一开始就说明这个情况,我也好打个电话给莫特仑医生,先征得他的同意。”

“啊,我不知道有这个规矩。”

“是啊,于情于理都应该这么做。现在我得先跟他说一声才行。”

我告退,随即进办公室拨电话。

“是莫特仑。”熟悉的声音,沉稳冷静。是同行又隔得不远,我跟他见过几次面,感觉上是不太能亲近的一个人。他那种贵族式的傲慢,在我看来太过于做作。不过我总是尽量保持友善。

“嗨,我是德禄镇的哈利啊。你好吗?”

"很好,哈利。想必你也一样。"该死的,他还是那副高高在上的腔调。

"事情是这样的,你的一位客户贺太太现在在我这儿。她的狗,我看是皮肤的毛病。她说她想听一些别的意见。"

对方的声音顿时变得冰冷:"你看过那只狗了吗?我觉得你应该事先和我商量一下的。"

"我很抱歉,实在没有机会预先通知你。那只狗躺在我的诊疗台上时,贺太太才告诉我它原先是你的病人。我向你郑重致歉。现在,我想知道你是否允许我继续此项诊疗工作。"

电话那头传来一阵沉默,接下来,又是冰冷的语调:"既然这样,一切悉听尊便。"电话"砰"的一声挂掉了。

我窘得脸发烫。这家伙怎么回事?这一类的情况我们兽医经常会碰上;有时候我向邻镇的同行求援,有时候他们也来找我帮忙。两方面的反应都是:"当然,没问题,我很乐意听听你的看法。"附带就把到目前为止的治疗情形说明一番。

莫特仑不来这套,我也不想再跟他通话。要想明了前面的疗程,恐怕只有问狗主人了。

事后我把情形说给西格听。

"傲慢的东西!"他骂着,"还记得好久以前我邀他晚餐的事吧,他说兽医之间做公事上的沟通与联络并不为过,但不必做无谓的社交应酬。"

"记得,当然记得。"

"我佩服他的观点,可是这种无聊的联系我看不必了。"

过了一两个星期,我在诊视一条跛狗的后腿时,又出现厄运来临的预感。狗主人,一位慈祥的老先生在一旁说着话:"哦,对了,我该跟你说一声，我这狗一向都在甘东镇莫特仑先生那儿治疗，我看没什么好转，所以想来听听你的看法。”

我的脚趾蜷了起来，没辙，只好再跟这位“邻居”通个电话。

“莫特仑。”一样的声音，很冷。

我把情况说一遍，征求他的同意。

停顿半晌，然后，轻蔑的一句：“你又搞这种花样？”

“又搞……什么意思?！我什么花样也没搞，我只是遵照你客户的意思，征求你的同意。”

“悉听尊便。”线那头传来熟悉的喀哒声。

几天后，西格神色凝重地进屋时，我立刻感到大事不妙。

“你绝对想不到，吉米，今天早上莫特仑的一个客户，叫白兰兹的召我去。他的马断了一条腿，又联系不上莫特仑，他简直急坏了。我拨到莫特仑的诊所，他出诊没回来，我只好赶去白兰兹那儿，场面真是悲惨：穿破性骨折，断骨杵在皮肉外面，可怜的马痛苦极了。除了一枪结束它，没有别的法子。我也不能再让它受这种折磨。可是莫特仑，一直到现在，我还联系不上他。”

西格在处理一只狗发炎化脓的耳朵，我帮他，两人正忙着，万万没想到莫特仑居然出现在手术室门口。他照旧整齐干净，冲天的怒气也被他冷静地克制着。

“啊，两位都在。”优越感十足的腔调，“这样也好，反正我要说的话对两位都很合适。法西格，关于白兰兹那匹马的事你胡作非为得太过分。现在我只有一个结论，你们合伙预谋抢走我的客户。”

西格涨红了脸：“莫特仑，这太可笑了，我们绝对没有要抢走你的客户的意思。至于那匹马的事，因为我根本联系不到你，可是……”

莫特仑举起一只手：“我不想再听。你爱怎么说随你，我现在更相信自己的看法，只维持公事上的关系。幸亏我坚守原则，不来那套'一起吃顿饭'的无聊玩意。"他高傲地向我们点个头，扬长而去。

西格难过地看着我："完了，本来想友好相处，这下全完了。"

现在站在史密斯的书店里，回忆着前因后果，只有自认倒霉。我那偷得浮生半日闲的兴致全都毁了。望着他的背影，我知道莫特仑跟我的决裂已成定局。

我和西格一样，对这种局面很不开心，但也只好暂且抛开不去想它。大约一个月以后，有天凌晨1点，我床边的电话铃响了。我疲倦地伸手接听。

电话那头的声音很激动："我是蓝登，莫特仑先生的助手。他的马得了腹绞痛，我怎么治也治不好它，请帮帮忙吧。"

我顿时清醒过来，"莫特仑呢？"

"他在苏格兰北边度假。"年轻人的声音在发抖，"唉呀，偏偏他不在的时候出这种事。他好喜欢这匹马，他天天都骑的，是他的最爱。我什么办法都试过，好像快没救了。莫特仑先生回来我真不知道该怎么向他交代。"稍稍停顿一下，"其实，我是想拜托法西格先生，他对马最在行的，对不对？"

"对。"我在黑暗中把话筒搁在胸口，两眼盯着天花板，海伦在我边上翻动着身子。"蓝登，"我开口说，"今天是法西格先生轮休的日子，不过我会转告他，看他意思如何。总之，我保证我们总有一个人会过来帮忙。"

我打断了他的千恩万谢，立刻拨电话到西格家里，把情形说给他听。我能感觉出在线路那头的他已经完全清醒。"天呐！莫特仑！"

"是。你怎么说？"

长长的一声叹息传入我耳中："只有去呗。"

“我陪你去。”

“真的？真的陪我去？”

“当然。今天本来该我值班，再说多少也能帮点忙。”

在路上我们没多说什么，倒是西格说中了彼此的心思：“真玄，就好像是天意，躲都躲不过。这次我们居然跟他的爱驹之死也扯上了干系。我看莫特仑真是要‘爱’我们入骨了。腹绞痛本来就是大麻烦，危险性高，普通单一的症状都很难应付。我敢说这回八成还有并发症。”

莫特仑的家就在甘东镇外围，车灯照着一条种满栗子树的车道，尽头是一幢气派的建筑，大门口还有石柱。我们转到屋后，见蓝登亮着手电筒指引我们驶入铺石子的中庭。

车子刚停好，他便转个身快步奔向院子角落的马厩。我们紧跟在后，立刻明白他如此匆忙的原因。景象实在吓人，我的胃在缩紧，耳朵边听见西格轻轻的一声：“我的老天！”一头红棕色的大马在马厩里蹒跚地打转，垂着头，瞪着眼，全身冒汗。它艰难地弯着膝盖，用尽全力想让自己倒下去。只要一倒下，任何兽医都知道肠子就会打结，非死不可。年轻人没命地扯着马腿的套绳，强迫它不停地兜圈子。

蓝登十六岁上下，但是作为一个合格的兽医，非得再大上十岁不可。他身材细瘦，稚气未脱的面孔显得苍白而疲惫。

“你们肯来真是太好了，”他喘着，“我实在不想吵醒两位，可是从昨天一整天到现在，我一直在跟这场腹绞痛作战。要是这匹马出了什么状况，我死定了。”

“没事的，老弟。”西格安慰他，“这会儿由吉米接手，你先把治疗的过程告诉我。”

“呃，我不断给它服软便剂，再用三氯乙二醇帮它镇痛，另外还注射少量的槟榔碱。因为肠子阻塞太厉害，我怕这个药用多了会把肠子撑破。它只要能稍微排出一点大便就好了,可是四十八小时什么也出不来。”

“没关系,你做得都很对,放心吧。”西格搭着马腿肘后方量脉搏,再检查眼睑和结膜,神情凝重地看了半晌才量体温。

“嗯……”他脸上的神情不变,转向年轻人说,“你去屋里拿桶热水、肥皂和一条毛巾。我替它灌肠。”

蓝登急匆匆地离去,西格回过身来:“很不乐观,吉米。脉搏太弱,几乎测不到。结膜充血,体温39.4度。我不想吓这个孩子,只怕凶多吉少。”他瞪起眼睛,“而且又是莫特仑!真有这么倒霉的事?”

我只顾紧紧地揪着这头挣扎的动物,不答话。脉搏弱对马来说是最不好的征兆;至于其他的症状,都在显示肠子有严重发炎的现象。

年轻人一赶回来,西格便卷起袖子,整条手臂伸入病马的直肠。“嗯……嗯……就像你说的,阻塞得好厉害。”他轻轻地吹一会儿口哨,“好,我们先减轻它的痛苦再说。”

他由颈静脉一面注射镇静剂,一面不停地对马儿温柔地说着话,“这样你就会舒服多了,老弟,可怜的家伙。”接着再做静脉盐水注射和打抗生素,防止休克并消炎。“现在把一加仑的石蜡液灌进去,设法使结硬块的地方润滑一下。”他迅速地将胃管由鼻孔送进马的胃里,我开始灌油。

“下一步,松动它的肌肉。”他又做了一次静脉注射。

等西格把胃管洗净收好时,这匹马看上去比先前轻松多了。腹绞痛是非常吓人的一种病痛,我个人觉得马罹患这个病所承受的痛苦好像比其他动物更厉害,几乎叫人不忍心看。眼看着这匹高大的动物平静下来,不再重复急于栽倒的动作,我们的心情也跟着轻松许多。

“现在,”西格平静地说,“我们耐心等吧。”

蓝登的眼里带着问号:“你说的是真的?打扰你们睡觉我很过意不去,现在都过了2点……我大概可以应付了。”

我的搭档报以苦笑:“小伙子,这事必须要联合作战。这匹马目前只是在麻醉的状态,我也用不着摆明地说它的情况有多严重。假如我们再没办法使它排便,它就铁定会死。事情还没忙完,反正一句话,我们得坚持到底。”

年轻人坐在干草堆上,呆呆地瞪着自己的靴子:“老天,但愿不是最坏的。莫特仑先生临走特别交代说‘火柴盒就交给你了。’”

“火柴盒?”

“火柴盒,这匹马的名字。莫特仑先生对它疼得不得了。”

“真是的,”西格说,“你的确很为难。我看莫特仑不像是个好说话的人。”

蓝登搔着头发:“是啊……”接着他抬起头看定我们,“不过,他的人并不坏,对我很好,只是个性如此。只要他随便瞟我一眼,我都会乐得简直有些飘飘然。”

“我能体会。”

西格看着他半晌:“你叫什么名字?你妈妈平常叫你什么来着?”

“阿力。”

“阿力,你说的也许是事实。我很喜欢你的忠诚,也许他的个性就是如此,只是我和吉米跟他碰面的时机都不对。不谈这些,你能不能为我们泡一壶咖啡,今夜可能会干很长时间。”

夜确实很长。马儿一出现要栽倒的迹象,我们便轮流拉住它。西格反复地做静脉注射,打镇静剂、肌肉松动剂,外加槟榔碱。5点整,他两度使用胃管灌泻盐(硫酸镁)。不管是在注射药品还是哈欠连连地倒在干草堆上,我们内心都盼着痛苦真能结束,马儿的情况真能改善,最要紧的就是把大便解出来。

眼看着火柴盒垂着头，磨蹭着脚步的模样，我真的很担心。一般来说，马很容易死亡。牛和其他动物的生命力大都很强，在庄稼之间有句老话说“硬骨头撑不久”还真是有道理。时间慢慢地流逝，我的新陈代谢活动也慢了下来，精神开始不振。我认为这匹痛苦的马随时都会停下脚步，歪倒在一边，呻吟着吐出最后一口气，然后我和西格只好凄惨地驶回德禄镇。

穿过马厩半掩的门，我瞧见逐渐隐没的星星和东方的一线光亮。近6点时分，鸟儿在栗子树林间开唱，黎明的天光漫进了马厩，西格站起来伸伸懒腰。

“外面的大千世界又开始运转了，朋友，现在该怎么办？两边的诊所都得有人照应，谁留下来守着火柴盒？我们不能抛下它不管。”

三个人睁着疲倦的眼睛，面面相觑。就在这时，火柴盒突然竖起尾巴，挤出一小堆热腾腾的粪便。

“啊，太美了！”西格喊叫着，我们三张疲惫的脸上全绽开了松懈的笑容。“这一下我舒服多啦，不过暂时还不能掉以轻心。它仍旧有肠炎的现象，在走之前我再替它打一针抗生素。阿力，现在算是平安了，我们可以走了。万一再有什么状况，随时给我们电话。”

我们在院子里握手道别。年轻人困得直眨眼，但是神情愉快。“我不知道说什么才好。”他喃喃地说着，“太感谢了，你们帮我解决这么大的难题，光是谢谢怎么够。”

“哪里的话，小伙子。”西格开心地回答道，“能帮得上忙最高兴。随时联络……不过，这一两天之内千万别再来肠绞痛的‘病人’，吃不消啊。”

大伙哈哈大笑，西格发动引擎，挥挥手，驶出了庭院。

直到次日，我才从电话中接到蓝登的消息。“火柴盒完全好了，大便正常，起劲地嚼着干草，棒极了，”他说，“谢谢——再一次谢谢你们！”

三星期过去，在忙碌的工作中，甘东镇那段插曲已近乎归入记忆的档案。有一天早上西格在翻看他的记事本。

“吉米，我总觉得莫特仑应该对我们的善行表示点什么。我倒不是要求什么肉麻兮兮的感谢词，不过他总该说两句话吧。”

他气呼呼地在本子上涂着：“我就不相信这个鹰钩鼻的家伙倔成这副德行。”

“很难说啦，西格，也许他还在度假。”

“嗯！”他不大相信地看着我，“也许吧，也许我对他有欠公正。但无论如何，能医好那匹马实在太有成就感了。”他的脸色缓和下来。

第二天我出完早诊回来，瞧见我那搭档弯腰对着一只打开的木板箱。木箱里是整排镶金盖的瓶子。

“那是什么？”我问。

“香槟，一打。”他抽出一瓶看标签，“嚯~~~Bollinger牌香槟酒！”

“哇塞，哪里来的？”

“不知道。早上我们都不在的时候送到的，箱子里也没附字条。放心，是我们的没错。你看，清清楚楚写着法西格和吉米·哈利先生收。”

“太好啦！会不会是……”

正说着，有敲门的声音，莫特仑医生走进了办公室。

我们俩谁也没开口，只是猛盯着他看。

他瞥一眼木板箱：“我想你们已经收到香槟了。”

我们异口同声：“你送的？”

“是……对……表示一点谢意。昨晚刚刚度完假回来……呃，蓝登把两位对火柴盒所做的一切都告诉了我。”

“那、那不必要……应该的……”一时间西格几乎成了结巴。

莫特仑也有些张皇失措。他照旧高大尊贵，但是很明显是相当不自在，急着想找恰当的措辞，脸上半点笑容也没有。“有必要……有必要表示我的感激……真是……铭感五内。同时也有必要……向两位道歉，前几次我对两位出言不逊……”

“啊呀，过去的事别再提它。”西格急忙制止他再往下说，“我们绝没有……”

莫特仑举起一只手：“请让我把话说完……我是由衷地感到抱歉和惭愧。我也不知道当时为什么会说出那些话……以前也有过同样的情形……我好像太……刻薄了，老是改不掉。”

他说话时，下巴依旧往外凸，眼光依旧注视自己的鼻尖。看样子，这个习惯他也改不掉了。但是这番告白无疑地费了他不少力气，我可以感觉屋子里紧张的气氛在节节升高。

西格显然也觉得情况非“降温”不可。他张开双臂摆出一副宽宏大量的姿态：“啊呀，莫特仑，这是做什么？只不过一个小误会，转眼就忘。别再提了好不好，拜托。说句真心话，我和吉米在乎的，只是你那匹漂亮的马是否能够完全康复。”

大高个的神情一下子柔和许多，“它确实漂亮，对不对？”

“但愿我也能有这么一匹好马。”西格的语气更加柔和，“好羡慕你啊。”

我发现这两个爱马人在对看之下，顿时有了交心的感觉。

莫特仑点着头，一叠声地说：“好说好说。”

“对了，蓝登托我带样东西给你。”他把一只小包裹递给西格，“他对两位也是感激不尽。”

西格飞快地打开包裹，开心地大叫大喊起来："威士忌！阿力太可爱了！今天真是我们的幸运日，应该好好庆祝一番，为火柴盒，还有其他一堆的好事，理由太充分了。"他从木箱取出一瓶香槟，"你怎么说，莫特仑？离午餐还有一段时间。"

"好，西格，我赞成。"

"太棒了，快坐下，不必客气。吉米，去拿杯子吧！"

不一会儿工夫，香槟已经开瓶，我们围着桌子入座。西格举杯，欢喜地看着闪亮亮的美酒："敬火柴盒，祝它永远不再肚子痛！"

喝了酒，莫特仑清清嗓子说："我还有一句话要说，我真希望早先就能和两位多多认识，交个朋友。不知道下周五，两位能不能赏光一起吃顿晚饭？"

每次费太太家的问题狗一上诊疗台，我就浑身不自在，但这回我不仅轻松而且信心十足。这个表现要归功于我的“失心疯”。

失心疯——精神亢奋只是布鲁氏杆菌病的诸多症状之一。这种会引起牛群流产的传染病在我那个时代不但毁了成千上万的好庄稼，对于那些必须接生早产牛和扫除胎衣的兽医来说，更是持久不断的威胁。

感谢上苍，由于布鲁氏杆菌病计划案的推动，这个病如今已近乎绝迹。但在50年代，这是连想也不敢想的。当时的我和所有的人几乎天天都处在受感染的危机中。

我还记得打赤膊站在牛栏里——接生穿的罩袍在当时并不普遍，塑胶长手套更是闻所未闻——就这样毫无防护地挤在病牛群里连续忙上几个小时，清楚地看着那些坚韧的胎盘和坏死的绒毛组织。这些都在告诉我，自己正在与上百万的病菌打交道。事后我用消毒剂大肆刷洗时，整个地方都充满了流产的刺鼻馊味。

这个病对我许多同行更产生了各种各样的影响。有一位胖大个因为高烧不退，病歪歪的，几年下来瘦得只剩一把骨头。有些人因此得了关节炎，还有一些人就此染上精神病。有一个人在"兽医手记"中写了他感染病菌后的部分症状，有一晚他回家突然兴起一个念头：把老婆杀掉。当然他并没有真正付诸行动，但是他要忠实地记录下当时的冲动，作为一个实例，证明"布鲁氏杆菌病流产症候群"能对人造成多大的影响。

我常常为自己的免疫感到得意又庆幸。这么多年身处感染的范围内，却始终不曾体验过丁点的反应。看看周遭受苦受难的朋友，更为自己的幸免感恩不已。也因此，我自认为这种苦难笃定不会降临到我头上。

这是我发生"突变"之前的想法。

在我们家，对于这连串突如其来、来得快去得也快的神秘发作称之为"突变"。

起初我只当是受了风寒。因为我总是在空旷的野地打赤膊，而且多半都在半夜里。之后我又当是得了流行性感冒。症状全是一个样——先是情绪很坏，沮丧，接着冷到发抖，非上床不可；不到一个钟头，温度一下子升到41度。一旦烧到这个程度我就觉得快乐得不得了。我又暖又乐，笑得好开心，一个人自言自语说个不停，最后开始唱歌；不唱都不行——实在太舒服了。

而这最后一项也是孩子们最大的乐趣所在。每次只要一到高歌的阶段，就听见我房门外咯咯的笑声。我不在乎——这时候的我对什么都不在乎。

话虽如此，我到底还是得查明病因。由艾灵生医生提出的验血报告证实，我对布鲁氏症所呈现的确实是阳性反应。于是，我不得不承认自己也加入了这个病友俱乐部。

特别征兆出现是在一个周六，也是费太太带着她的狗到诊所来的同一天。我和几个朋友刚从森得兰赛完足球回来，我们队赢了，大伙兴高采烈，有说有笑。我做梦也没想到这会是我人生欢宴的终结。一回到诊所就知道不对；我缩在炉火边，抖得像在发疟疾。

海伦只看一眼便催我上楼，再为我灌热水袋。我像死人似的躺在层层被单下，怀里抱一只热水袋，脚上再压一只。我抖得连床都在震动。海伦又再拿一床鸭绒被盖在我身上，然后关灯走开。接下来会出什么问题，我们心里已经有数。

熟悉的症状发作得很快，没隔多久我便觉得人舒服多了，暖洋洋地很愉快，暖意不断上升增强，扩散到全身每个角落，可以说是通体舒泰，所有的烦恼全都没了，像在天堂。我真希望能永远停留在这个状态，可是暖热转成了火热，这时我的感觉更妙，不是愉快的慵懒，而是强劲的欢畅，快乐得像个白痴。

通常在这个时候，我就会伸出火烫的胳臂，拿取床边的体温计，夹在腋下。哈，果然不出所料，41度。我得意非凡地笑着，万事如意。

躺在床上，觉得人生充满乐趣，我开始大声地说话，跟自己说各种的趣事。高亢的情绪必须有更大的宣泄口，唱歌是最理所当然的了。

“麦斯威尔镇的山坡美又美，安妮小姐的情意真又真。”我放开音量铆足劲地唱，嗓音之浑厚嘹亮简直前所未有。

房门外传来嘻嘻的笑声，接着是小吉米的窃窃私语：“又来了。”罗丝捂着嘴猛笑。这两个小鬼又在偷听，有什么关系?!“情意真又真呀，海誓山盟永不移！”我忘情地高歌，全不理会房门外的爆笑。

唱过了瘾，我便洋洋自得地和自己聊起天来。再过一会儿我的诗兴大发，深深地吸口气，开始吟诵《特拉里玫瑰》中“苍白的月亮照在青色山脉上”的诗句。

“哈哈——哈哈!”两个孩子在门外乐坏了。这时我听见门铃声,不久就传来上楼的脚步声,接着有人在敲我的房门。

小吉米探头进来,“爸,” 他一副强忍住笑的表情,“费太太带了狗在楼下等,她说很紧急。妈妈刚巧有事出去了,一会儿才回来。”

“没问题。”我骨碌翻下床,“我马上下楼。”

我儿子瞪大眼睛:“你行吗? ”

“绝对行。两秒钟就到。把她带进门诊室。”

小吉米带着惊愕的眼神关门离去。

我穿上衬衫长裤,血液在我耳朵里鼓噪,面孔像在火烧。平常只要一提起费太太三个字,我整个人都会矮半截。这个有钱、跋扈的中年妇女加上她那只假毛病特别多的贵宾狗乐乐,已经折磨了我好多年。

乐乐其实非常健康,它像大多数贵宾狗一样,体质很强,原地一蹦就能跳六尺高,好像跳弹簧床似的。问题是这位费太太,她是标准的紧张大师,对这只小狗关爱过度。从生意观点来看,有这么位阔绰的客户自愿把狗送上门来求诊,而且小狗本身又没什么病痛,这应该是求之不得的好事。可是我却觉得越来越厌烦,无休无止地对这位趾高气扬的费太太说:“真的,费太太,所说的情形真的很正常。”“我保证,费太太,你只管放心。”而她呢,趾高气扬地抬着下巴:“哈利先生,你的意思是说我在胡思乱想?我亲眼目睹也不算数?我可怜的小乐乐在吃苦啊,你一定要想想办法。”

没用的我总是无奈地认输,只好配一些对小狗没有伤害的安慰剂哄骗她,但羞愧感却更加深。我不得不承认自己怕这个女人,在她面前懦弱无能,任由她挥来指去。为什么我就不能争口气?!

然而,此刻我打着领带,哼着小曲,镜子里一对发亮的眼睛在赤红的脸上瞪着我,似乎在为过去的缺乏自信大为不满。现在,我真的好期待能再和这位女士见面。

我奔下楼,从挂钩上抓起白大衣,穿过通道,便瞧见费太太站在诊疗台旁边。

该死的,她长得并不难看,非但不难看,而且还很标致。怪在我以前从来没注意过。我毫不犹豫地决定搂住她,给她一个热吻和拥抱,让彼此之间的误解从此烟消云散。

就在我迈步向前时,怪事出现,她忽然不见了。一秒钟之前明明站在那儿,我眨眨眼再看,只见她躲在台子后面。有意思,想不到她也会害羞,玩起"躲猫猫"游戏。

这时她的头突然露出来,我开心地大声招呼:"哟呵——我看见你啦!"她却只是弯着身子把诊疗台上的小狗抱起来,"你是在度假吗,哈利先生?"她眼神怪异地看着我,"脸这么红。"

"不是不是不是,我只是太爽快了,我——"

费太太嘟起嘴,不耐烦地打断我的话头:"我实在很担心我们家的乐乐。"

一报出它的名字,小狮子狗立刻名副其实地在台上快乐地旋转,连蹦带跳地撞到我脸上。

"这样啊,太糟糕了!快告诉我怎么回事。"我拼命忍住笑。

"我们在做黄昏漫步的时候,没走几步它忽然就咳嗽了。"

"就只咳了一声?"

"不,两声,像这样,咳咳——咳咳。"

"咳咳——咳咳,是吧?"我实在很难再一本正经板着脸,"后来呢?"

"没什么后来!这还不够吗?咳得这样?"

“呃，你的意思是咳咳了两次，还是一次？”我无论如何非笑出声不可了。

“哈利先生，我的意思是这声咳嗽是很不好的病兆。”女士的眼里闪起危险的光芒，“是，是。”我拿出听诊器和温度计，慎重彻底地为“病人”做检查。当然，一切都正常，甚至我敢发誓我亲眼看到乐乐投来抱歉的一瞥。

我忍了再忍的笑声终于爆发，而且从原来的“咯咯”变成惊人的“哈哈”！

费太太柳眉倒竖，恶狠狠地瞪着我：“你笑什么？”她的语气冰冷到极点。

“呃，这，真的太滑稽了。”我靠着台子，笑得更厉害。

“滑稽？”费太太的表情混杂着恐怖和不相信。她的嘴无声地张开了几次，“我看不出一只满身是病的小狗有什么滑稽。”

我竖起一根手指向她摇了摇：“就是因为它没有病，所以才觉得滑稽。从你带它来这儿起，它从来就没病过。”

“你再说一遍！”

“真的，费太太，乐乐的病全是你假想出来的。”整张台子又被我另一次的爆笑震动着。

“你胆敢说出这种话？！”她不屑地瞟着我，“这是侮辱，我真不能——”

“慢着，容我解释。”我拭掉眼角笑出来的几滴泪水，急促地吸两口气，“你记不记得，乐乐喜欢抬起一条后腿走两步的习惯，害你担心得要命？我说没关系，那只是小狗本身的怪癖，你却坚持说那是关节炎。”“嗯，记得。可是我担心呐。”“我知道，你硬是不肯相信我的话，可它到现在不还是有这个习惯吗？很多小狗都喜欢这样，那根本不是什么毛病。”

“有可能，不过……”

“还有，”我边笑边说，“有一次你说它做噩梦，非要我开安眠药给它吃。”

“对，的确是做噩梦。它睡觉的时候发出呜呜的声音，好凄惨，脚爪一直在动，就好像在逃避什么可怕的东西。”

“它是在做梦，费太太！也许是在梦里追皮球，所有的狗都会做这种美梦。”

我捧住乐乐的小脑袋：“你看，哈哈哈！八成你还记得那次你硬说它眼睛里长东西，怎么都不肯相信我说那是它的第一层眼皮，哈哈哈！你看，这眼皮不是还在吗？跟它相处得好得很呢，哈哈哈哈！”我笑得东倒西歪，甚至弯下身子想戳她的肋骨。她退得快，闪开了我的手指。

她捂着嘴，继续用大眼睛瞪着我，两条眉毛竖得老高，“你……你不能以偏概全！”

“我能，我当然能。我可以说个没完。”

“我不管了，今晚它这咳嗽怎么说？”

“你带它回家吧！”我说，“要是还会咳咳——咳咳的，明天再来找我。应该是不会了。”我抹了把热得发汗的脸，抱起乐乐。

我一路送她到门口。费太太神色恍惚，一只手始终捂着嘴，斜着眼不停地瞄我，但是不说话，仿佛吓傻了。

送走了她，我回房怀着满意的心情倒头便睡。轻轻松松解决一个大难题，这件事处理得太漂亮了。

第二天早上心情完全两样。这是每次“突变”之后的必然现象：经过前一夜的志得意满，接踵而来的便是彻底的消沉、倦怠、郁闷外加无以名状的懊恼（尤其是这次）。我躺在床上，被单拉高到盖住脖子，对于昨晚的回忆只有一个“乱”字。我简直理不出任何头绪。

我醒来不过几分钟，记忆便闯入脑海中。费太太，天呐，我对她说了什么、做了什么，细节无论如何想不起来，但主线仍在；我大笑过，我嘲弄过她，甚至有可能侵犯过她。难道我真有过搂抱她的企图？送她到走廊时，我有没有碰她？我张开嘴连连地唉声叹气。

有一件事绝对能确定：我犯了行为不检的大罪，我会因此付出极大的代价，这叫咎由自取。当然从今以后她绝不会再踏进我的诊所，这件丑闻很快就会传开。搞不好她还会向皇家学院告我的状。我都能看见《德禄时报》的大标题：“兽医遭严重起诉，吉米·哈利受纪律委员会惩处。”

我没精打采地盯着海伦搁在我床边的茶，一边哀叹一边更加往被子里缩。每次突变过后我总是需要一整天的休息，然后便恢复得很快。可是这次不同，心里的伤疤得费好一段时间才能愈合。

自食恶果，我无法再忍受这种折磨，灌完茶，穿上衣服，干脆下楼。

“好些了吗，吉米？”我太太轻松地问，她在洗碗盘。“每次都这样，发得快，好得也快，真是怪事！不过孩子们很开心，你昨晚的歌喉棒得没话说。”她拿毛巾的时候笑得东倒西歪。

我想出去散散步，吸点新鲜空气或许会舒坦些，于是就到镇上走走。谁知道竟有这种巧事，我看见费太大朝我这边走来，我们相隔不到一百米。我慌忙赶紧过街，走另外一边，不料她也跟着我过街。穿着华服的身影越来越近，我知道躲不掉了。

好，我跟自己说，该来的就来吧。“哈利先生，你该知道我已经把星期六晚上所发生的一切都交给律师处理了。你的行为太恶劣，我有义务保护我们女性日后不再受你的骚扰。我真不敢相信会有你这样的兽医——利用职业的方便不知检点。尤其是对于我那只生病的小狗如此残忍无情,想起来都痛心。”

然而事实根本不是我以上所想象的那样。费太太走到面前一手抓住我的胳膊:“哈利先生,昨晚你可真是帮了大忙。”

“啊?!”

“你说得真准。我现在才明白自己太蠢了。我一定把你烦死了。”

“没有没有……”

“你是好人,我太无理取闹,总是在不合宜的时间去烦你,这次又挑了个星期六的晚上。”

“我可以向你保证……”

“可是你非但不生气,反而笑。你用这么好的办法让我明白自己的愚蠢。我太难为情了,每次你苦口婆心地向我解释,告诉我不必要作无谓的担心,我总是不肯听。希望你能够原谅。真的,从今以后,我要做一个明理的狗主人。乐乐其实很健康的,对不对?”

看着这只漾着笑脸、眼睛明亮、一听见人叫它名字就蹦得老高的小狗,我整个人轻松了。“这个,我也不敢太确定。我看它好像也不算怎么太活泼。”

“哎哟,你又要逗我笑了。”她捂着嘴,显露出我记忆中熟悉的尴尬表情。“看样子,以后我有得笑了。”从那次以后,我已经有三十年不曾再“突变”过。这个怪病已渐渐从我的生命中消失。但是每当我一想起那一夜与费太太的事,仍然会情不自禁地猛打哆嗦。

兽医助手克鲁克

真不敢相信我会让这个孩子单枪匹马地进入兽医界的丛林。约翰·克鲁克，曾经趁着大学放长假的时候来我们这儿打过工，学些心得，看些门道，偶尔也亲自干点活，但总是有我们庇护着。现在这张熟悉不过的面孔就站在我桌旁，愉快开朗。唉，太年轻了，他看上去只有十七岁左右，由着他毫无护卫地出去闯荡，好像是不大公平。

然而，不容置疑，皇家学院兽医系毕业生约翰·克鲁克君已经站在这儿，手提箱摆在他身边，眼神明亮，急着出发。事实俱在，我必须适应。

我清清喉咙，笑盈盈地看着他："约翰，恭喜啊，你现在是羽翼丰满的正式兽医了，所有的通关考试都过了，真叫人高兴。你知道吧，这真是机缘，你是本诊所第一位受聘的助理医师。"

他笑得好开心："真的？你这么说使我觉得自己很了不起。我记得以前打工的时候，诊所也有人在帮忙，不是吗？"

"对，是屈生。不过他是自己人，我们从来没把他当助手看。另外，当然也有过一两个临时人员。总之,你才是第一位正式的助理。"

"太好了,既然如此我更应该及早开工。"

"对,把车子装备好,先到宿舍报到。你是寄宿在白太太那里吧?"

年轻人装满了一车厢的药剂和器材。我看得出他已经迫不及待要投入兽医这一行探个究竟,而且我也很好奇,不知道他碰上那些难缠的约克夏农夫时会有多紧张。他对付得了吗?不少刚毕业的学员都打了退堂鼓。看他驾着福特拖着行囊离去,我的手指不由自主地交叉起来。

那一整天我心里都吊着一块大石头,就像家人要受审讯似的,两只手绞得都快打结了。这小可怜不知道是否顺利?我们都在忙,没空找他谈话,只是由衷地希望他别碰上任何难堪的状况。虽然此地的农夫绝大多数都是和善讲理的好人,但总有一两个例外的客户。

我想起几天前和萨克少校的一段"过节"。那天我在诊治他的马,这位凶悍的小矮个在一旁冲着我大吼大叫:"哈利,你在搞什么?!你到底会不会治病,我看你压根就没什么概念!"骂了我又骂他的马夫:"别把桶搁那儿,你这个白痴!"他是个最难取悦的人,出口伤人丝毫不留余地,尤其是对兽医,就好像对他手下的大头兵。而事实上,我觉得自己真丢脸,每次他一吼,我的大拇指就嵌进裤缝里,仿佛又回到当年在皇家空军服役的日子。

我回到诊所察看约诊簿时已近黄昏,簿子上几个字赫然跳入眼帘:"萨克少校,猎马,蹄叶炎。"约翰在这一项目做了记号——他现在应该就在少校那儿。

我的眼珠几乎弹出来。一匹价值连城的好马,一种问题多多的病症,这绝不适合交给一个年纪轻轻的新手对付。萨克少校会生吞活剥地吃了他,不行,我得尽快赶去。

到达如发农庄，一下车便听见从马厩那边传出少校找碴的声音，我真担心约翰已经支撑不住。

我从半掩的门朝里探望。一匹漂亮的母猎马痛苦地蜷着腿站着，后脚无力地拖在地上。一匹显然才出世几天的小马紧紧地偎依在它身边。少校两手叉腰，几乎吼到约翰的脸上："你给我听着，呃……呃……你叫什么来着？约翰，好，约翰，你说这匹马得了蹄叶炎，发这么高的烧，跛得站不直，而你居然又说没关系。我当初诚心诚意地买下它，从小养到大，你的意思难不成它以后都是这副德行？啊，啊？我听人家说马常会得这种毛病，你的意思我是受骗了。我说你到底懂不懂医术啊，啊？"

年轻人似乎一点也不气馁，语气十分缓和："萨克少校，我已经把病因告诉过你，你这匹马因为生产之后胎盘出不来，引发子宫炎。蹄叶炎本来是最普遍的一种并发症，只是它的情形比较特殊。我替它注射了抗生素，这两天我会继续来为它注射。子宫炎很快会好的。"

小个子的少校仍旧颐指气使的模样："那蹄叶炎呢？你打算怎么办，啊，啊？"

"你都看见了，我也另外注射过了。"约翰给他一个安心的微笑，"你只要照我的指示好好喂它吃几天麦麸，再让它站在水池里凉凉脚，我保证它很快就能康复。"

"它不是先天性的毛病？"

"不是不是。"

"你怎么知道？"

"它蹄上没有纹路嘛，你看。"他抬起母马的前脚，"这脚底凹得多漂亮。它确实没得过……"

"会不会复发，啊？"

"不会有复发的可能。"

“希望你不会出错。”

“绝对没错。你太操心了。”

当约翰伸手朝少校肩膀上安慰性一拍时,我连忙闭起眼睛,抖得不敢看。我以为少校一定勃然大怒,却不料他脸上竟漾起一个类似害羞的笑容:“你真这么认为啊?”

“当然。你实在犯不着操这么多的心。”

这对少校来说可是全新的经验,他抬头盯着约翰看了好几秒钟,然后摘下帽子搔搔头:“嗯,也许你说得对,有道理,年轻人。嘿嘿!”

我简直无法相信他在笑。约翰把头一仰,也在笑,一副老友重逢时的欢乐景象。刹那间我发现站在那里的不是小约翰,我们的学生,而是一位高大、俊秀、自信满满的年轻兽医,嗓音清亮,说话沉稳,权威感十足。我悄悄地回车上,悄悄地驶离农庄,心中宽慰至极。我想,我是不必再为约翰瞎操心了。

过了几个礼拜,有天早上我接听一个电话。“喂,是哈利先生吗?”很愉快的声音在问,我一听便知是以前一位熟客户。

“对,盖兹先生,”我答道,“有事吗?”

“没、没啥事,我是想跟那个年轻人聊聊。”

这个打击非同小可。怎么回事,年轻人就是我啊,我向来就是众人口中的年轻人,虽然我只比西格小六岁而已。不对,一定是搞错了。

“你说要找谁?”我再问。

“那个年轻人——克鲁克先生。”

哈,原来如此。我一面去叫约翰一面想,到今天才发觉自己竟然这么在乎头衔。不过伤感很快被安慰取代,好庆幸这么快就有了一位称职的好帮手。我一直很喜欢约翰这孩子。特别是在凌晨3点钟,我能把接生小牛的工作转交给他,放心地继续回房睡觉时,我的喜欢转变成了热爱。

约翰对于治疗方法很有见地，而且勇于表达。那天西格进手术室找我们两个："我看了利用电流感应器治马腿抽筋的疗法，很有革命性的一种新方法。只要每天用电缆裹住马腿一段时间，电流的热度自动就会消除肌腱的紧绷感。"

我不置可否地嗯着。我很少发表什么意见，说实话，我这人本来就不喜欢变化，对任何新发明都没兴趣。我知道西格最讨厌我这个脾气，所以照惯例，我保持沉默。

可是约翰说话了："我也看了，不过我不大相信它的疗效。"

"为什么？"西格双眉倒竖。

"在我看来这是旁门左道。"

"什么话！"西格大为不悦，"我认为这个方法很有道理。我已经订了一套设备，我相信对我们绝对大有帮助。"

西格是治马专家，我当然不跟他争论。这套设备功用如何我倒是很感兴趣，查证的机会很快来临。德禄镇的领主，大家习惯叫他大爷。他在街尾（离我们不到一百米的距离）有几个马厩，就像是天意，有匹马得了肌腱紧绷症。

西格两手一搓："机会来了。约翰，我现在要赶到惠特比去检查一匹种马，这个病号就由你处理吧。我猜想到时候你一定会认为这项新疗法是个大突破。"

我很清楚西格真正想说的是"我早告诉过你们了"。但是经过一星期的疗程，约翰仍然没有改变初衷。

"我每天把这玩意儿缠在马腿上，缠的时间也照它的规定长度，可是我实在看不出任何效果。今天下午再试一次，如果仍旧不见好转，我就要建议采用原来的旧疗法。"

那天下午5点，雨大风大，我在诊所门外刚刚停好车，整个人便怔在驾驶座上。好可怕的景象；大爷家的几个仆人抬着一个人从街那边赶过来，是约翰！我下车时他们已经把他抬进屋里，搁在楼梯口。约翰似乎完全失去了知觉。

“怎么回事？”我惊惶失措地看着瘫在楼梯口人事不省的小同事。

“这年轻人把他自己给电到了。”其中一人说。

“什么?！”

“是啊，他全身都被雨淋湿了，八成是插电插头的时候，手指不小心触到插座。当时他大喊大叫，可是脱不了身。他不停地叫，我因为抓着马头，没法子帮忙。他摇来晃去最后跌倒在马的后腿边，这才脱开身，否则我看他早翘辫子了！”

“天呐！这该怎么办？”我回头见海伦从厨房里出来，“你拨电话找医生！”我喊着，“哎，等等，他好像醒过来了。”

约翰有了动静，他伸伸手脚，半睁着眼看着我们，嘴里吐出一连串的“国骂”。

海伦目瞪口呆地望着我：“你听听！这么好的一个年轻人！”

她的惊愕我能理解，约翰不同于一般兽医，他老实规矩，从来不说粗话。没想到他竟是深藏不露，真所谓“不鸣则已，一鸣惊人”。

过了半晌，骂声转成了模模糊糊的嘟囔。

出诊回来的西格便以纯杜松子酒慢慢地灌他。约翰很可能就此断送性命，所幸随着时间分秒的过去，他渐渐有了起色，最后总算能坐在楼梯上了。我们一面安抚他，一面劝他暂时不要乱动。他却挣扎着站起来，面对西格。

“法先生，”他义正辞严地说道，“如果你再要我操作那个该死的仪器，我就递辞呈。”

电流感应器的短暂命运就此告终。

过了没几天，赛普克拉格在来诊所的路上撞见我。跟往常一样，一见他那魁梧的身形，我便不自觉地全神戒备。

“嗨，哈利，”他嚷着，“我有话跟你说！”

他是个粗人，反正我也习惯了他这种指名道姓的招呼方式；主要因为他算是个很有分量的客户，他和四个完全受制于他的儿子共同经营一座大农场。

“克拉格先生，有什么问题吗？”我温文有礼地问。

他挺着一米九五的身躯俯视着我，然后凑近我的脸：“我来告诉你什么问题！你简直是浪费我的时间！”

“真的？怎么说？”

“你记不记得要拿乳炎粉给我的事？”

啊呀，磺硫胺，消炎粉！我真的忘了。“呃，真是抱歉，我……”

“你忘了，对不对？你说‘下午来一趟，我会把消炎粉搁在门口的药箱里。’好，我3点钟来了，药箱里啥也没有，问谁谁都不知道有这么回事。我根本被耍了嘛！”

“克拉格先生，我真的非常抱歉……”

“抱歉有啥用，从我那儿到德禄镇好长一段路啊，我得撂下所有的事情，结果白跑一趟。你知道我是个大忙人，像这样浪费时间怎么吃得消！”

嘿，他还真是得理不饶人。但这种举动却让我重新冷静下来。我到药局取了消炎粉递给他。

他继续发他的牢骚：“这种事绝对别让我碰上第二次，你给我记住。下次再要我来拿什么东西，给我记住，一定要先准备好。”

我迟钝地点着头，他却还在说什么。“我看你自己最需要消炎粉！”

他继续嘀咕,“把这些粉给我牢牢记住!”他恶狠狠地瞪我一眼,才愤愤地离去。

我做了几次深呼吸,一心指望以后千万别再得罪这位仁兄。

这件事还记忆犹新,不料第二个礼拜,我出诊回来,发现赛普克拉格又在诊所等我。

他的脸色阴晴不定,但是从他泰山压顶的架势,我已经猜出八九分。

“今早我是来拿一瓶外敷的药膏,可是药箱里没有。”他含含混混地说。

老天,别又来一次!我是得了健忘症吗?我的指甲掐进手掌心。“很对不起……我……我真的不记得有这件事。”

哎呀,这次居然没有任何发作。这人低声下气得有些古怪,“不是你,是那个年轻人。”

惨了,这次轮到约翰遭殃。该怎么消他的怒气才好?我故作轻松地哈哈一笑:“哦……是这么回事。约翰这人好得没话说,就是记性差了些。”

“快别这么说,别乱批评这个年轻人!他要记的事情实在太多了,哪里还有时间去记一瓶药膏这种小事。”

“啊?”

“我说不要怪他!啊什么?!”他一脸的不高兴,“他有那么多的事要做,你总不能指望他样样都记得吧。”

我张开嘴,却说不出一个字。

我从没见克拉格先生笑过,现在他那张花岗岩似的面孔不但放松许多,而且眼里出现了些梦幻般的光彩。“他懂得还真多。这孩子——我真没见过哪个人有这么好的学问。我跟你说,哈利,那天他治疗一头烂脚的牛，他可不像你那样，又是柏油又是盐的磨叽一整个礼拜。他根本不碰那只坏脚，只在它肩胛上打针，那头牛没两天就全好了。你怎么说，啊？”他敲着我的胸口问。

要是我告诉他现在我也改用这种注射消炎剂的新方法，他肯定不会相信。所以，我干脆不答腔。

“我再跟你说，”他继续说道，“那坏腿是在右边，他却往左肩胛打针。”他的眼睛瞪得老大，“这简直像在变戏法嘛！”

“好……很好……”我哑着声音说，“我这就去替你拿药。”

我取了软膏交给他：“软膏给你，克拉格先生。真抱歉害你又多跑一趟。”

这位大高个摇摇头：“没关系，没关系，从我那儿过来不过几分钟的路嘛。”

像做梦一样，我眼看他走出门。我走上街，一个念头升上来：约翰如果能打动塞普克拉格的心，他的未来绝对大有希望。

事实上，也从那时候起我认定约翰铁定能够成大器。从一开始我便发觉他不同凡响的特质，天赋的异秉使他能与各式各样的人沟通相处。不单是因为他的外貌，他的自信，他悦耳的声音，另外还有一些别的东西，一时我也很难说得清楚；不管是什么，总之他一切的一切都明确地标示着：这是个“最具成功相的年轻人”。

爱妻如命的克鲁克

约翰的家乡在西敏寺所在的贝佛里，离德禄镇五十里远，所以他在工作半日时通常会回家待上几个小时。接下来那一年里，当他和我谈及这些探访时，一个女孩的名字开始越来越频繁地出现。她叫海珍。每当他提到她时，目光常常有些迷离，脸上也会浮现一种迷茫的笑容。这些症状逐月变得越加明显，直到有一天他向我透露说他订婚了，而且他和海珍都希望早日成亲。

一个冬日，我在史盖得居的游廊上踏掉靴子上的雪时，约翰在门口出现了。

“海珍在里面。”他有些气喘吁吁地说，“她在办公室里，我想让你们见个面。”

我是真想见见她。事实上，在听过有关她的一切后，我简直是迫不及待地想见她。我将领带拉好，又勉强以手指将头发梳好后，便快步走进屋里。很不幸，我的靴跟处塞了一小团雪，因此当我推门而入时，一踩到平滑的油布地毯，我便凌空飞起，“砰”的一声四脚朝天摔在房间的另一端。当我睁开眼睛时,我发现我正仰望着一个拼命要压住笑声、长相十分迷人的黑发女郎。

那便是我和海珍的见面方式——仰望着她,且自那以后我便对她十分敬重。在她和约翰未来的婚姻中，可以用许多种字眼来形容她——可贵的终身伴侣、忠实可靠的帮手、快乐的伙伴——她全都当之无愧,而且还是两个聪明可爱的小孩的母亲。

自我们初次会面后,约翰的追求急速进展;我看得出他越来越把日渐逼近的婚事放在心上。先前的症状越来越严重,而且他透露有时会有突发性的健忘症，使他不得不在出诊时在乡间野外停下车子,努力回想他到底要去哪里又要做什么事。偶尔我会在无意中看到他满面含笑;很显然他一定是在想着什么即将发生的妙事。

一个雨天下午,她的未来在他心中究竟占有多少分量清楚地显露了出来。我们的一位农夫打电话给我:“我是要传话说克鲁克先生的未婚妻病了。他刚刚离开我这儿;我还以为我没法立刻向他通报这个消息,但是我立刻又看到他的车卡死在我们闸门外的浅滩处。”

“哦,老天,我最好立刻过来接他。”

“不必了。我开车追了出去,把话传给他了。他跳下车,请求我载他到德禄镇车站去,随即搭上一列火车离开了。”

“天啊,那可真够快的。”

“是呀,我说,他可真是当机立断！”

“他那辆车现在在哪儿呢？”

“还卡在水里呢。”

“好,谢谢你告诉我。我会和法先生过去把车子拉回来。”

当我们到达浅滩时,迎接西格和我的场面是约翰与我们在一起的这段时光中所留下的最鲜明的回忆之一。在狭窄的盘山路上有个小坑,河水流过柏油路面,而约翰的小福特就停在那小坑上,车轴深陷在水里。现场可见匆忙离去的迹象——驾驶座旁的车门开着,挡风玻璃上的雨刷仍在动着,懒洋洋地来回刮着玻璃。约翰连半秒钟都没有耽搁。

幸好,海珍的病并不严重,所以我们得以继续忙碌的行医生涯,而约翰也得以继续为小牛、小羊接生和为小马绝育的例行工作,日复一日地证明他的工作能力。

这对年轻人在一个晴朗的五月天里结了婚,然后他们便住进了西格宅邸的一侧。海珍是个老师,所以在我们一起行医的那段日子里她一直都在教导着西格的两个孩子。

令人遗憾的是,那无可避免的一天终于到来——约翰决定要独立出来,自行开业。他搬到贝佛里去设立诊所,而我却觉得不只失去了一个优秀的助手,也失去了一个朋友。我只比约翰年长大约十岁,因此得以有相同的兴趣和理想。我想,随着岁月的流逝,其他的"年轻人"逐一加入我们的诊疗,我的身份便逐渐进步到老同事、老前辈,最后是老古董。但是我和最初那几位助手却是在同一个世界中,而约翰和我更共度了许多有趣的时光。

史盖得居一直是个充满笑声的地方,而谢天谢地,约翰更将他独有的一种生动的幽默感带进了诊所。他和我们一样,也有失败或多灾多难的时候,却可以以一种自我解嘲的天赋加以描述。他很敏感,个性虽强烈却完全缺乏虚荣心。

最重要的,我觉得他就像是一个几乎是旧派的典型英国人,热爱板球,对旧价值有种毫不动摇的信仰,且对我们所工作的乡间有种虔诚的敬仰。

在约翰离开到贝佛里去自行开业后,我们各自过着忙碌的生活,免不了便越来越少见面了。当然，还是有些特殊的场合。当克鲁克家的第一个孩子安奈出生时，海伦和我很荣幸地成了她的教父母。然后我们又快乐地接到杰姆诞生的消息，而后是伊莉莎。我们设法偶尔在史盖得居和海珍与约翰碰面，而且我得以在兽医会议上和约翰会晤。只是那旧的一章业已结束。

然而，由于我深信他一定会在这一行中出类拔萃，多年来我一直在关注他的发展，并注意到他的诊所迅速扩增，直到他雇用了好几名助手。他的冲劲和组织能力逐日受到更多人的赏识，他也参与到这个行业的增长和行政中来。我的预言是对的，最后终于阻止约翰高升的惟一原因是他已高居首位。1983年，在他离开德禄镇三十年后，他当选为英国兽医协会的会长。

在时隔多年后，他竟回头来找他的第一位顶头上司，邀我在他的就任典礼上发表演说，委实令我感动不已。

“在德禄镇的那几年是海珍和我一起度过的最快乐的日子。”他说，“我要你来。”

就这么敲定。在那伟大的一天，我和来自世界各地的数百名兽医一起坐在兰卡斯特大学的会议厅里，所有的名医都在这儿在当地都是响当当的角色。但是在我说过我那段话后，我抬头注视讲台上那些相貌堂堂的同伴，却意识到在这些人中最重要的一位却是来自德禄镇的“年轻人”，我便觉得十分得意。

我的演讲结束，典礼继续进行，约翰肃然而立，好穿上会长的服饰。协会的秘书帮他穿上有绿色水丝边的黑袍后，前一年的会长便把代表会长职务的链子挂到他脖子上。我望着这链子在他颈背处系紧时，整个场面突然令我联想到在接生小牛之前穿上助产袍，而旁边还有个从后面绑紧测量卷尺的农夫。约翰似乎亦有同感，因为在那极为庄严的一刻，他说："请给我一桶热水、肥皂和一条毛巾。"全场笑声雷动。因为，我们有许多人都说过这句话不止上千次。

最后，在他穿戴齐整之后，他转身面对众人。他比在德禄镇时厚实得多，头发也已成了银灰色，但他真的是威风凛凛。我望向礼堂的前排，海珍和他们一家人坐在那儿，骄傲地仰视着。我看见了他们的第一个孙女小艾米丽坐在杰姆的膝上，只觉光阴似箭。啊，约翰已不再是年轻人了，但他却是个快乐且有名的人。

我在演讲中试着指出约翰能够影响他人的独特能力，而当我想不出最正确的字眼时，我只能大而化之地说他可以触及别的兽医所无法触及的部位。

当我坐视台上的典礼时，我回想起那条孤独的山路和那辆困在浅水中的车，车门开着，挡风玻璃的雨刷一左一右地来回刷动。我突然想到这儿可能有个线索。或许那一幕便摘录了约翰之所以能在兽医这一行成为个中翘楚的其中两个人格特性——对太太的忠心奉献和当机立断的力量。

买房记 1

“哈利先生，这房子会要了女人的命。”

我正要送一个农夫离开，他低头注视正在刷洗前门阶梯的海伦说。他的话利如刀刃；他的大胆直言正是在我心中思考已久的事实。

“是的。”他又说了，“这老房子虽大，却会要了女人的命。”

就在那一刻，我决定无论如何我一定要将海伦救出史盖得居。我们很爱这栋老屋，只是对收入不丰的一对年轻夫妻而言，它却有太多不利之处。这是一栋迷人、优雅且里面的气氛又十分快乐的宅邸，只是它的面积实在太大，在天冷时又冷得像座大冰窖。

我望向披覆在大卧室窗前的藤蔓，以及早先我们曾设有套房的二楼。如果连有几个小房间的夹层也算的话，那就又多了一层楼了；这儿有个用弹簧撑住的大铃铛，是本世纪初用来召唤楼下小女仆的。

在我们接收史盖得居之前，住在这儿的老医师有六个仆人，包括一个全职的管家，可是海伦却在一个接一个的临时女仆协助下照管一切。这些女仆们多半都很快便对辛勤的工作和老屋的许多不便利之处感到厌烦。

在走回屋里之前，我又一次低头注视辛勤刷洗的妻子。这太疯狂了！“请停止吧”几个字在我心中翻滚沸腾，可是我却没说出口。没有用，我已不知几次试图阻止过她，却全是白费时间。她天生如此。她用心于家务事，所以无法坐下来承认挫败。她下定决心要使屋里屋外都保持整齐干净。

这也是使我既忧虑又气恼的原因。我娶了一个美丽、聪明、心肠又好的女孩为妻，但我衷心希望她能对自己好些，也多抽出一些时间休息。

我们刚结婚时，我常常求她，有时也制造我并不擅长的生气场面想使她改变，但一切都好像是对一堵墙说话一样。她无动于衷，继续辛勤工作，还有烧饭。我从未见过比她更会以食物制造奇迹的人。身为一个热爱美食的老饕，我意识到自己十分幸运，但我热切地希望她不要花那么多时间在炉灶上。然而，当我的一切努力都归于白费，而她仍我行我素时，我安慰自己至少当她握着她的吸尘器和扫把在屋里转来转去时，我可以听她唱歌。此刻，她正边刷着那可恨的梯阶边低声轻哼。

即使是现在，过了五十年后，我们都已快得到金婚照片登在《德禄镇与霍尔屯时报》上的美妙奖赏了，她仍边唱着歌边忙东忙西的——幸好这房子面积小多了。我很久以前便已领悟到她那样是快乐的。

我由前门沿着铺了瓷砖的通道往前走。这条通道在夏天时充满了阳光和个性，但在这个春日里却和屋外的街道一样寒冷。我向前走，经过餐厅和客厅，再向左转向施药处，然后右转，再左转，走向另一段通道，经过诊疗室和早餐室，最后到达房子后侧长型侧翼末端的厨房和洗物槽。我觉得好像已走了五十米路了，所以谁又能怪法屈生以前为了到前门去便骑上单车呢。

在途中，我遇到了小罗丝，她穿着坚硬的鞋踩在瓷砖上咔咔作响，两腿裹在厚长裤内，就像小吉米以前那样。有时我不禁想着我们是怎么在这种沁人心骨的寒冷中将孩子们带大的；对于他们似乎并不比别的小孩更容易咳嗽或打喷嚏，我心怀感激，最大的受害者是海伦，她的两脚脚踝处都生了可怕的冻疮。

第二天一早刚一醒来，我的决定便充塞在心胸里：我们必须离开。史盖得居当诊所倒好，可是我们必须另找一个较小的地方住。

这个念头在我心里像着了魔一样，因为那天早上我跳下床后一心只想着这件事情。我想借着结霜的窗子向外望，却只是徒然。然后我便在冰冷的空气中很快地穿好衣服。我猛地推开房门，全速展开早上的例行公事。两阶一步地下楼，在冻人的走道上全速冲刺——要诀在于不停地跑步——直跑到厨房里，将水壶放上。我又以全速冲回餐厅，那该死的无烟煤炉子又熄了。那是全屋惟一的暖气来源，只是现在我没有时间再将它重新点燃了。

我又跑了很长的一段路回到厨房泡了茶后，便端一杯上去给海伦。接下来，我一边对着双手哈气又一边跳动以防血液冻结，好不容易在厨房里生了火。我从不像童子军那么会生火，又不比海伦总是能一下子便生好火，等到全家人下楼来时，我照常生好了由木炭中蹿出的一点点火苗。

早餐是很愉快的；只有一个灯管的电暖炉奋力抗争，而我们每个人都设法制止牙齿打颤。我一直保持沉默，满脑子想着自己的决定，又回想着以前那些热闹的季节，以及我们如何环着大客厅中的炉火相拥而坐，背部却是冰冷的，而圣诞节的装饰也在阵阵吹进的寒风中摇晃。

当我到德禄镇郊去拜访戴登太太半独立式房屋时，那一幕仍鲜明地浮现在我脑海中。

我为戴登太太的猫治疗两耳内的疥癣已有好些时候了。

“来吧，苏弟。”我把猫抱到桌上，说道，“你今天看起来好多了。”

它的女主人微微一笑：“哦，是的。它已不再摇头搔耳了。在你把它的耳朵清理干净之前，它简直快疯了。”

我又用棉花棒清理了一下，再以一点药水滴进猫耳朵里，只见这只黑猫舒服地低声呜呜叫。“是的。它已不再需要我照料了。别忘了每天早晚都在它耳朵里滴药水，只要再过几天，我相信它就没事了。”

我走到厨房水槽去洗手，隔窗望向整理得宜的花园：“戴登太太，这栋小屋真不错。”

“是呀，哈利先生，只不过我就快将它脱手了。”

“真的，为什么呢？”

“呃，我需要钱，就这么简单。罗勃死后并没有留下多少钱。”

我相信她的话。她是个退休农夫的遗孀，我很清楚他们靠着那座小农场拮据度日的情况。罗勃·戴登和我在山区里一起经历过一些辛苦的日子。虽然有小牛和小羊的诞生，但我记得一个多灾多难的春季里他们的许多小牛死于腹泻。罗勃是个很好的人，在我记忆中他就像个朋友。

我问：“可是你要住到哪儿去呢？”

“噢，我要搬到霍尔屯去和我姐姐一起住。我在那里会很好的，只是要和这栋温馨的小屋分开，我会很难过。罗勃和我都很高兴在他退休时能够买下这房子。然而，我希望能将这房子卖到两千镑，那对我的晚年将是天赐的幸运。”

当时的我正好陷于一个盲点。这正是适合我们的居处，非常完美，而且我确定可以得到购屋贷款。

我热切地问：“你愿意卖给我吗？”

她笑道:“只要可能我当然愿意的。哈利先生,只是一切都已安排妥当了。这房子将在星期二于多福路口公开拍卖。”

我的心跳加速:“嗯,戴登太太,我会去那里竞价的。”

我认定我会得到那栋房子,因此当我环顾那间厨房时,我的一切忧虑似乎都已消融了。真是运气!我可以想象海伦坐在窗口边望向外面与绿野田畴相接的小花园和耸立在河对岸树林间的教堂塔楼。而且一切都非常精巧。有一扇门通向客厅,不必端着饭菜走上五十米。小玄关处有楼梯通往二楼的三间卧室,几乎只是一臂之遥。只要伸出手,便可触及一切,而我为这想法欣喜。在我当时的心态下,小就是美,其他的种种都不重要。

我到“购屋协会”去谈了,没有什么问题,他们会给我一笔贷款。以现在的市价而言,这幢房子的价值约在五六万镑之间,但是在50年代初期两千镑差不多了。

我一直沾沾自喜,直到星期二我载着海伦驶到多福路口的拍卖会场,房间里挤满了人。当我和海伦找到位子坐下时,一个农夫客户用手肘轻推我,低声说:“塞兹卜兰也来了。他要买这房子给他刚结婚的儿子,而且他认为他会买到的。他的钱很多,但他是个精打细算的生意人。”

我望向那个钱多的谷物商人。他的鹰钩鼻、红彤彤的脸和骆驼毛外套都令人印象深刻,而且他一脸的自信。我感到一阵晕眩,但立即又恢复了铁似的决心。我要买下那栋房子。

自一千五百镑的底价开始,竞价迅速进行,比我所预期的更为迅速,直升到我的两千镑上限。卜兰叫出了两千一百镑。他显然很习惯于这类事情,只是微微动了一下厌倦的食指。我急切地高举手指再加一百镑——我确信我的贷款金额可以再多加一些。可是卜兰又动了一下手指，接下来又由我决定了。

不多久便只剩下我们两人了。其他的竞价者都已退出，使我觉得颇不自在。现在每次只加五十镑了，而当房价越来越向三千镑逼近时，我的心跳加速，掌心也开始冒汗。

每次一加价，海伦便抓抓我的膝盖，急切地低语道："不要，吉米，不要！我们没有钱！"可是我却疯了。钱并无任何意义，我所能想见的只是海伦在那栋干净的小屋子里，从漂亮的厨房内眺望花园。那影像挥之不去，所以我固执地持续加价。

当价钱叫过三千镑后，每次一加价，房里拥挤的观众们便会发出一声兴奋的"啊"！现在每次加价只有二十五镑了。

"卜兰先生叫价三千两百二十五镑。"当拍卖主持人以询问的目光注视我时，我只觉口干舌燥。

海伦的手紧掐我的膝盖，以全身力气用力摇动："不要，吉米，不要！"

我举起了手，"三千两百五十。谢谢你。"然后目光转向卜兰。"三千两百七十五。"主持人和所有人的目光都集中在我身上。我恍如置身梦中，举起了手。

"现在是三千三百镑。"

卜兰又挥了一下食指，"三千三百二十五。"

在一片紧张的静默中，所有人又向我行注目礼了。我觉得全身虚脱，干渴疲惫。我在颤抖，只是微微意识到海伦在打我的腿且都快哭出声来了，"停止！请你停止！"我以为她真的要哭了。我对拍卖主持人摇了摇头，这档子事便结束了。

房里充满了兴奋的谈话声，可是我却只是瘫在座位上，模糊地意识到卜兰上前和主持人说话，而海伦则无声地坐在我的身旁。最后，我站起身来望着她。

她惊喘道:“老天,吉米,你的脸色白得像纸一样！”

我无言地点点头。我真的觉得很苍白。在走出门时,卜兰先生狠狠地瞪了我一眼。因为我,他必须比那房子的所值多付出一千三百二十五镑——约为当今的三万镑。我当然不可能是他喜欢的人,但是我不在乎。当时我感受到的只有卑微的失败。在我脑海中那幅海伦眺望窗外田野的快乐影像已破碎无遗,而我又回到了起点了。我一事无成。

我在屋外的市场站了一会儿,吸着冰凉的空气。就在我挽住海伦的胳臂,想要离开之时,有只手按住了我的肩膀。我低头望向戴登太太那张甜蜜的脸。她正对着我笑。

“哈利先生，我真遗憾你没买到那栋房子。不过你为我争取到很多——多亏了你,我得到了那么一大笔额外的钱。相信我,那对我的帮助太大了。我真不知道该怎么谢你才好。”

当她走开时，我注视她那弯腰驼背又瘦小的身躯和她的满头白发。她是老好人罗勃·戴登的妻子,而他应该会为此感到高兴的。我终究不是一事无成的。

对吉米奉若神明的农夫

我从乳牛的奶头上转下螺旋状工具后，牛奶立刻喷了出来。

"嘿，真是太棒了，太神奇了。"道森先生恭敬地低语道，"我不知道你是怎么做到的，你又救了我一次。哈利先生，你是个伟大的人。"

这种乳头手术当时我们仍然做得很多。因为挤奶机还不普遍，因此农夫们的硬手拉扯乳牛奶头常会伤及内层而造成阻塞。兽医们并不很喜欢这种程序，因为当你蹲在牛乳房旁时，你的头大有挨踢的可能性。不过使一个无用的奶头恢复生机，却无可置疑地令人十分满足。当一头乳牛变成只有三个乳头时，它的价值也丧失了大半。

然而，这手术对农夫而言虽然可贵，像道森先生这样感激涕零的人并不多见。只是道森先生一向就是那样，他对我赞不绝口。虽说这么多年来我确定我在他农场上的病例不可能全部都是胜利的，但在他的想法中却是如此。就算过去曾出过错，他也是绝不会承认的。

这和我们多数的农夫客户恰成强烈对比。无论我们多顺利地完成医护和治疗，我们很少听到赞美。西格的理论是，他们不喜欢提到我们治愈的病例,以免我们在账单上多加额外的一笔。他说的可能有些道理,因为他们从不忘记向我们通告治疗失败。例如“嘿,你医治的那头畜生一点也没好转了”的评语,时常是在拥挤的市场中令人困窘地叫喊过来的。

尽管如此,道森先生的态度却一直是我心灵的慰藉。现在他正望着我把工具放回一瓶酒精内,一张棕色的脸露出和善的笑容。他摘下帽子,将额前的一绺白发向后顺了顺。

“我不知道。你真是聪明透顶了。我刚刚在想我那头镁元素不足的母牛。它倒在地上,像是死了,我真的以为它已停止呼吸了。但是你对着它的血管打了一针,然后你望着手表说,‘道森先生,这头畜生在整整12分钟半后就会站起来了。’”

“我那样说了?”

“我可不是在开玩笑,你就是那样说的。而且不管你相不相信我,就在你手表上的指针走过了正好12分半后,那头母牛便跳起身来,走开了。”

“老天!它真的那样吗?”

“真的,而且我还可以告诉你一件事,它那一走再也没回过头。”

“呃,那真棒。”道森先生的称颂一向令我迷惑不解,这回也不例外。我从不记得自己所做过的那些奇迹般的事,但这还是很愉悦的。我真的有那么神吗?还是那全是他捏造的?他那句“不管你相不相信我”的口头禅似乎表示他自己可能也有疑问,可是那并不改变他总是以最肯定和强调的语气发表赞颂的事实。

就连他的农场四周也都是如诗如画的。我在洋溢着夏日香气的微风中走向车子,回头注视那栋倚着绿色山坡而筑的小农舍,和一直延展到河边、已经犁过的田地,还有那在阳光中闪闪发亮的河水。

我又一如往常地在夕阳的余晖中驶离，而道森先生挥手相送，直到我连人带车完全失去踪影为止。

不到一个星期，我又回到那里，去为一头小母牛接生。道森先生很担心因为预产期已经过了，但是分娩过程却很顺利，不久便有一头体型颇大的小公牛在牛房里的干草堆里哼哼喷气。

“嗯，很好。”我说，“有时候这些块头大的小牛会晚点出世。刚才要挤出来时有点紧，但现在都好了。”

“是呀，是呀。”道森先生说，“我真是瞎操心，早该知道的。一个多月前你就跟我说过那头母牛会晚五天生产，你又照例说对了。”

“我真的那么说过吗？我怎么可能知道……”

他耸耸肩：“呃，哈利先生，你就是那么说的。我早该记住的。”

我们离开牛房后，道森先生停下来拍抚一匹在农舍旁的草地上快活地咀嚼青草的小马：“记得这个小家伙吗？记得它上回生的病吗？”

“啊，是的，我当然记得。它现在看起来很好了。”

“是呀。老天，上回它病得可厉害咧！我还以为我会失去它了。它鼻塞眼肿，痛苦呻吟。我什么药都试过了，想要使它通便，可是那些药全没效，整整两天它什么也没有排出。然后我把你找了来。我永远也忘不了你所做的。”

“我做了什么？”

“我告诉你，那简直就是个奇迹。你在早上过来，为它打了两针，对我说‘道森先生，它今天下午2点就会通便了。’”

“我那么说吗？”

“一点也没错。然后你又说：‘它会先排出大约一小把。’”他拱起手心加以举证，“果然，2点整，它真的排出了一小把，不多，也不少。”

“老天！”

“是呀。然后你又说‘2点半时，它会排出正好够装满那把小铲子的粪便。’道森先生忙走到屋旁去拾起一把放在煤仓旁的小铲子，将铲子举向我，“就是这一把。就在我的表指着2点半时，它果真排出了你所说的数量。我量过了。”

“不可能吧！你确定吗？”

“信不信由你。然后你说‘3点时，它就会排个痛快。’结果果然是那样。我看着表，它尾巴一翘，便把它的一切困扰全都排泄掉了。自此之后它便十分健康了。”

“呃，那真是太好了，道森先生。我真高兴听到你这么说。”我摇摇头想要驱散开始在我脑海中翻腾的幻想之迷雾。我是个普通的外科兽医，辛勤工作且颇有良心，仅此而已。被称颂为一个天才使我差点没乱了方寸。不过，一如往常，听道森先生说话有助于滋润我常受伤淤血的自我。我必须承认我很喜欢听，所以当他继续往下说时我并不在意。

“既然你在这儿，就顺便看看这头猪吧。”他拉住我的臂膀，将我带向一间谷仓，“就在那儿。”他靠向猪圈，指着一头横躺在干草上、还有一窝小猪忙着吸吮它乳头的大母猪。“就是这头猪曾有一只脚肿了起来，走路跛得可厉害了，害我担心得要命。你给它打了一针，又留下一些膏药让我为它涂抹脚上的肿块，第二天肿块便消失了！”

“你是说……一夜之间就消肿了，完全消失？”

“是呀，没错，我可不是开玩笑的，全都消失了。”

“呃……真是惊人。”

“我不觉得，哈利先生。你为我做的一切都有很好的结果。我真不知道没有你我该怎么办。”

即使在困惑中，我仍为他的信心感动，只希望他能永远保持这份信心。

几周后当道森先生又找我到他的农场去时,我以为他信心动摇的一刻终于来临了。我问:“这次有什么问题呢?”

这位老先生搔搔他的下巴:“呃,我告诉你,实在蛮奇怪的。是这头小牛。”他指指一头大约才一个月大的小牛,“它不肯好好喝奶。看,你看。”他在一只大桶里注入一些牛奶后,把桶放到这头小牛的前方。可是小牛非但不喝奶,甚至将头一低,用力撞开桶,使得桶被撞到一旁,牛奶四处喷溅。

“它每次都这样吗?”

“是呀,每次都撞翻,真令人讨厌,而且也浪费了不少好牛奶。”

我检查过小牛后又转向道森:“它看起来非常健康呀。”

“噢,是的,它是很健康,活蹦乱跳的。可就是爱撞翻桶这回事……我想也许你可以给它打上神奇的一针,阻止它再这么做。”

“呃,道森先生,”我笑道,“这并不是医学问题,而是心理上的。它就是不喜欢桶。我只怕这回我无能为力了。你不能在它喝奶时按住桶吗?”

“是可以,我就是那么做的,但即使如此它还是不停地用头撞桶。”他把手插进裤袋内,很气馁地看了我一眼,“我确定你帮得上忙的。你说这不是医学问题,可是这是和牲畜有关的问题呀!而你为我做的一切与牲畜有关的全都很成功的。我希望你能试一试。来吧,为它打一针吧。”

我注视这张沮丧的老脸,心想要是我什么也没做便走出这座农场的话,他一定会很气恼的。我该如何不在胡乱行医的前提下取悦他呢?如果我不为那头牛打一针,他会很伤心的,可是我……我……我在心中搜寻放在行李箱内的物品,当我想到一瓶维他命B_{10}的注射液时,我感到绝望。这种维他命是我们用来治疗一种称为“大脑坏疽”脑部疾病的。这头小牛自然并无任何脑部疾病,但至少它的毛病和头有关。因此,我以不会向这老人索取任何费用的想法抚慰了我的良知,便快步走向车子。

“我给它打一针这个吧。”听我这么一说,道森先生立刻回报给我一抹璀璨的笑容。我为它注射了几CC,心知这不会造成任何伤害的。这一针不会有什么效用,但倒也有其目的。道森先生很快乐。仔细想想,就算我的医疗偶尔无效,应该也没什么不好;这样我的绝无过失的记录解除了,以后他就不会再期望我做什么不可能的事了。

我又一次见到道森先生,是一个多月后的事了。他在牛市场中靠着栏杆站着,一看到我便挥挥手走了过来。我想着这将是第一次他被迫报告我的失败了。他会用什么话呢?以前他从不必这么做的。我确定他必然会难以启齿。

他瞪大眼睛望着我说:“呃,哈利先生,你又办到了!”

“办到了?”我茫然注视他。

“是呀,那头小牛,你打的针很有效咧。”

“什么?!”

“非常有效。”道森满面笑容,“自那天以后它再也没撞过桶了。”

小飞

有时候当我们的猫狗病人死去时，主人们会把它们带来让我们处置。那种场合总是很悲伤的，所以我一看到老狄克·傅赛的脸便有种不祥的预感。

他将用来装猫的自制纸盒放到手术台上，用不快乐的眼神望着我。

“是小飞。”他说。他的双唇颤抖，好似已无法再多说。

我没有发问，只是开始解开绑住纸箱的绳子。狄克没钱买猫盒，但他以前使用过这个自制猫盒——在纸箱两侧都打了小洞。

我解开最后一个结后，望着箱子里那动也不动的躯体。小飞，我熟知的毛色光泽黑亮、又喜欢玩耍的小猫，总是低声哼叫、十分友善，而且是狄克的同伴和朋友。

我温和地问道：“狄克，它是怎么死的？”

他用手抹过枯瘦的脸，又搔了搔纠缠的灰发：“呃，今天早上我发现它躺在我的床边。可是……哈利先生，我并不确定它是不是死了。”

我又望了箱内一眼。没有呼吸的迹象。我将那瘫软的躯体抱到桌上,摸摸那已视而不见的眼角膜,没有反应。我拿起听诊器,按到小飞胸前。

“还有心跳,狄克,但是非常微弱。”

“你的意思是随时可能停止吗?”

我犹豫了一会儿,“呃,只怕听起来确实是这样。”

我说话的当儿,小猫的胸腔微微挺起,但随即又低伏。

“它还在呼吸,”我说,“但只是苟延残喘。”我彻底地检查过小飞后,并未发现任何不寻常之处。眼结膜的颜色很好,事实上并没有不正常的迹象。

我用手抚摸那柔软的小身躯,“狄克,这真是叫人想不透。它一向都很活泼的——事实上,猫如其名。可是它却躺在这儿,而我又找不出任何原因。”

“它可不可能是中风了呢?”

“我想是有这个可能性,不过我不认为它会因中风而完全失去知觉。我在猜想它是不是头部遭到重击。”

“我想不会吧。昨晚我上床时它还好得很,而它夜里是从不出门的。”老狄克耸耸肩,“无论如何,它现在好像不太乐观,是不是?”

“恐怕是的,狄克。它已奄奄一息。不过我要给它打一针兴奋剂,然后你就得带它回家去,不要使它受凉。如果它明早还活着,把它带来让我看一看。”

我设法以较乐观的语气说话,但是我十分肯定我是再也不会见到小飞了,而且我知道老狄克也有同感。

他绑箱子时双手颤抖、一言不发。直到我们走到门口时,他才转过身来,对我点了点头:“哈利先生,谢谢你。”

我目送他拖着蹒跚的脚步走过大街。他正提着垂死的宠物要走回一栋空荡荡的小屋。他在许多年前便已失去了他的妻子——我从未见过傅赛太太，现在他靠着养老金独自过活。他的日子过得乏善可陈。他是个善良而沉默的人，很少出门，也似乎没几个朋友。可是他有小飞。这只猫是在六年前投宿到他家的，不久便改变了他的生活，使那静默的小屋变得热闹而欢快。小飞用它的各种把戏和嬉耍带给那老人欢笑声，到处跟着他，在他双腿间摩挲。狄克不再寂寞了，而我目睹这段友情逐年加深。事实上，不只是友情而已，老狄克似乎依靠小飞而活。现在，却发生了这种事。

当我走回通道时，我心想：呃，干兽医这一行就是会碰到这种事。宠物总是活得不够久。只是这回我觉得更难过，因为我一点也不知道我的“病”猫是怎么回事。我完全大惑不解。

第二天早上，当我看到狄克·傅赛抱着纸箱坐在候诊室里，我觉得很惊讶。

我瞪视他：“怎么了？”

他没有回答，脸上的表情也高深莫测，和我一起走进诊疗室里，解开绳子。当他打开盒子时，我已有最坏的打算，但令人震惊的是，那只小猫竟跳到桌上，用它的脸摩挲我的手，如摩托车般哼哼有声。

老狄克哈哈笑着，一张瘦脸显得神采奕奕。“呃，你认为呢？”

“我不知道该怎么想，狄克。”我仔细地检查小飞。它已完全恢复正常了。“我只知道我很高兴。这简直就像是奇迹。”

“不，不是的。”他说，“是你给它打的那一针颇有神效。我非常感激。”

呃，他说的话让人心窝发暖，只是事情没这么简单。我不明白是怎么回事，但是算了。我为结局圆满而谢天谢地。

三天后，就在这件事已消退为美好的回忆时，狄克·傅赛又抱着他的箱子出现在手术室内。箱子内装着小飞，和上次一样，一动也不动且失去了知觉。

我在困惑中重复检查的过程，然后照样打了一针，而那只猫也在次日又恢复了正常。由那时起，我便陷入了每个外科兽医都很熟识的情况——牵涉到一件令人不解的病例，以一种命中注定的悲观心情等着某种悲剧发生。

将近一周都没有什么事发生，然后狄克的邻居杜根太太打电话："我是为了傅赛先生打的电话。他的猫生病了。"

"什么状况呢？"

"噢，只是直挺挺地躺着，好像昏死了。"

我忍住尖叫说："这是什么时候发生的？"

"今天早上发现的。傅赛先生没法带它过去找你，他自己也不舒服，躺在床上休息。"

"真遗憾。我立刻就过去。"

一切都和先前没有两样，一只几乎已毫无生命迹象的小动物直挺挺地趴在狄克床上。狄克自己脸色也很难看，苍白且枯瘦，但他仍强露出微笑："哈利先生，看来它好像又需要打针了。"

我在灌注针筒时，心里直想着这可真是太神奇了，但绝不在于我打的针。

"我明天再来看看，狄克。"我说，"我也希望你明天会觉得好些。"

"噢，只要这小家伙好起来，我不会有事的。"老狄克伸手摸摸小猫闪亮的黑毛，嵌在那瘦削脸庞上的眼睛露出了极端的忧虑。

我环顾那个空荡荡的小房间，只能希望再有一次奇迹。

当我在次日清晨返回狄克家中，看到小飞在床上乱跑，想要抓住老狄克为它高举的一根细线时，我已不很吃惊了。我虽松了口气，心中却更加强烈地感觉到前所未有的茫然无知。这到底是怎么回事？这整件事太不合情理了。像这样的症状，谁也不知道这只猫患了什么病。我深信就算把全国图书馆的兽医学书籍都翻遍，也不会有什么帮助的。

不过，看着那只小猫躬身而立，绕着我的手哼哼作声，已是足够的补偿了；对狄克而言那更是他的一切。他如释重负，面带笑容："哈利先生，多亏了你的帮忙。我真不知该怎么谢你。"接着他的眼眸中又闪过了一丝忧虑，"只是它会持续这样吗？我真怕总有一次它会回不来。"

嗯，那便是问题所在。我也怕，但我不得不强颜欢笑："或许那只是一种过渡阶段，狄克。我只希望我们再也不会有麻烦了。"可是我不能给他任何保证，而这个卧病在床的人也知道这一切。

杜根太太送我出门时，我看到地区护士在前门处下了车。

"嗨，护士。"我说，"你来看傅赛先生吗？真遗憾，他病了。"

她点点头："是的，可怜的老头子。真可惜。"

"我不明白你的意思。难道很严重吗？"

"只怕是的。"她双唇紧抿，从我身上移开了目光，"他快死了。是癌症，迅速恶化。"

"老天！可怜的狄克。几天前他还带着猫到我诊所去呢。他对此只字不提。他自己知道吗？"

"噢，是的，他知道。但是他就是那样，哈利先生。他就像颗小石子一样顽强。他真不应该死的，真的。"

"他……他……痛苦吗？"

她耸耸肩："现在有些痛了，不过我们尽可能以药物使他保持舒适。必要时我便给他打一针。我不在时，他也可以自己服药。他抖得厉害，没法将药水倒进汤匙内。杜根太太乐于帮他的忙，但是他却太独立了。”她笑了笑,“他把药水全倒进一个小碟子里后,再用汤匙舀出来喝。”

“一个小碟子……”在迷雾中现出了一抹亮光。“什么样的药水呢?”

“噢,吗啡加哌替啶,也是艾生大夫常开的药。”

我抓住她的胳臂:“护士,我要再和你一起进去。”

老狄克对我再度出现感到惊讶。“怎么了,哈利先生?你忘了什么东西吗?”

“没有,狄克。我只是要问你一件事,你的药水是不是很好喝呢?”

“是呀,甜甜的,很爽口,一点也不难喝。”

“你把药水倒在小碟子里吗?”“对的。我的手不太灵光。”

“当你在睡前服过药后,小碟子里还会剩下一点吧?”

“是呀,是有一点。那有什么事呢?”

“因为你把那碟子留在你的床边,对吧,而小飞就睡在你床上……”

老狄克一动也不动地瞪着我:“你是说,那小乞丐把药水舔干净了吗?”

“我敢打赌是这么回事。”

狄克仰头大笑,一阵快活的长笑。“所以它才会昏死过去!怪不得那药水也总是使我立刻入睡!”

我和他一起笑。“总之,现在我们知道了,狄克。以后你喝过药后,会把小碟子收进食柜里了,对吧?”

“我会的,哈利先生。那么小飞就不会再那样昏倒了吧?”

“不会,绝不会了。”

“哎呀,那真棒!”他在床上坐起身,抱起那只小猫,将它贴到脸颊旁。他发出一声满足的叹息,又对我笑笑。

“哈利先生,”他说,“现在我已没什么放不下心的事了。”

在外头街上，当我第二次向杜根太太告别时，我回顾那栋小屋。“‘没有放不下心的事’,听他那样说实在很好。”

“噢,是的,而且他说的是真心话。他根本不担心他自己。”

又隔了半个月后,我才又见到狄克。我到德禄镇的一所小型医院去探望一个朋友时,看到狄克躺在病房角落的病床上。

我走过去,在他的床边坐下。他的脸虽瘦削,神色倒很安宁。

我说:“嗨,狄克。”

他睡眼惺忪地望着我,低声说道:“嗨,哈利先生。”他闭上眼睛一会儿,然后再次抬眼注视,脸上有一抹飘忽的微笑,“我真高兴我们查出了小猫的毛病。”

“我也一样,狄克。”

又是短暂的静默。“杜根太太收养了它。”

“是的。我知道。它在那儿有个很好的家。”

“是呀……是呀……”他的声音更微弱了,“只是我常常希望它就在这里。”瘦骨嶙峋的手抚了抚床单,他的嘴唇又动了。我弯身靠向前倾听。

“小飞……”他说,“小飞……”然后他闭上了眼睛。我看得出他已睡着了。

次日,我接到了狄克·傅赛的死讯。很可能我是最后一个听到他说话的人。他的最后一句话竟是关于他的猫,虽然奇怪,倒也合适。

“小飞……小飞……”

奇怪的兽医助理

现在我得回头写当约翰·克鲁克刚离开诊所的那段日子。我一时难以适应他已永远离开的事实，也难以相信再也听不到他雄浑的声音在电话线另一端说好。我可以再多睡一会儿，他会在寒冷的黑暗中出门去替母牛接生。还不仅是那样而已。正如我已说过的，当时我年纪还够轻，可以和一个助手交朋友，所以我好似失去了一个朋友——应该说是两个，因为约翰和海珍一起到贝佛里去开创共同生活了——这使我有种空洞的感觉。

然而，空想无益。我们得再另寻一名助手，而由于我们在《兽医通讯》上的广告相当成功，此刻已有一位在到我们这儿来的途中。我看看表，已经快2点半了。卡隆·卜强的火车再过几分钟便会靠向德禄站了。我跑出门去，开车驶向车站。

等火车靠站后，只有一名乘客下车。这是个高大的年轻人，脚边还跟了一只大型的猎犬。他沿着月台朝我走来时，我注意到他提了一只破旧的旅行箱，脸上蓄了颇长的黑色小胡子，眼眸是深黑色的，但是最引人注目的是披在他左肩上的一只毛茸茸的动物。

他伸出手,露齿而笑:“哈利先生吗? ”

“是的……是的……”我和他握手,“你一定是卡隆·卜强了。”

“没错。”

“很好……很好……不过在你肩膀上的那个是什么呢? ”

“那是玛琳。”

“玛琳? ”

“是的,我的獾。”

“獾! ”

他大笑,是自在的笑声。“抱歉,或许我该事先在信中警告你的。它是我的宠物,跟着我到每个地方去。”

“每个地方? ”

“一点也不错。”

各种担心和忧虑在我心中翻滚。一个兽医助理若整天都有一只野生动物挂在他肩上,他要怎么执行任务呢?! 还有,哪一种人会带着一只獾和一只大狗去赴职上任呢?

无论如何,我知道很快就会明白了,因此我将心中的疑虑都推到一旁,带他出了车站,一路上承受售票员、两位坐在月台座位上的女士、和一个差点没把一车行李推撞上墙的搬运行李工人的瞪眼注视。

我说:“我看到你也带了一只狗。”

“是的,它叫风暴,是只可爱又温驯的动物。”

那只猎狗摇摇尾巴,以和善的眼神望着我。我摸摸它的毛头:“它看起来是很温驯。”

“事实上,”我又说,“由你的姓氏,我猜想你会有苏格兰口音,可是你并没有。”

他微微一笑:“没有。我是在约克郡长大的,不过我的祖先是苏格兰人。”他的眼眸明亮,下巴微翘。

“你引以为荣吧?”

“的确。”他严肃地点点头,“我引以为傲。”

在史盖得居,我让他看了他的车,又帮他准备好我们全都携带着的主要装备药物、仪器、接生袍和保护性的衣物,然后我带他上楼到他的住处。他最感兴趣的似乎不在内部陈设,而是透过俯瞰楼下长型花园的窗子而可以看到的花和鸟。

“对了,”我说,“我早该问你的,你吃过午餐了吗?”

“午餐?”

“是呀,你有没有吃点东西呢?”

“吃……吃……”那双黑色的眼眸露出沉思的神色,“是的,我确定我昨天吃过东西。”

“昨天!我的天,现在已经快下午4点了,你一定饿坏了!”

“噢,不,不会,一点也不会。”

“你是说,你不饿吗?”

他似乎认为我的问题很寻常,甚至无关紧要,仅以不置可否的耸肩回答我。

我说:“我还是要下楼去,看看能不能为你找到什么吃的。”

在诊所的食柜里有一大个海伦刚刚烤好、让我们在出诊时就着咖啡充当点心吃的水果蛋糕,连切都还没切过。我把这个蛋糕和一把刀放在盘子上,端到楼上去。

“来。”我把蛋糕放到桌上,说道,“请便。稍后你再好好吃一餐。”

在我说话的当儿,我听到楼梯上有脚步声,接着西格已冲进房内。

我介绍道:“这位是卡隆·卜强。这是法西格。”

他们握了握手。西格用一根颤抖的手指指着那年轻人的肩膀："那是什么鬼玩意儿？"

卡隆热心地笑笑："玛琳，我的獾。"

"你要把那只动物养在这儿吗？"

"没错。"

西格深吸一口气，又缓缓地透过鼻子将气呼出，但是他什么话也没说，只是依然定定地瞪视我们这位新来的助手。

这个年轻人正侃侃而谈他的医疗经验、他乐于到像德禄镇这样的迷人小城，以及他在花园中可以看到的东西。

他已开始吃蛋糕了，但并没有用到刀子，而是边说话边用手剥着吃。"多美的紫藤，是我所见过长得最好的。那里有一只很漂亮的小黄鹂鸟，在你的苹果树上还有一只啄木鸟，它们可并不多见呢。"说着，他把一大口加了葡萄干的蛋糕扔进嘴里。"老天，我可以看见那里有一只变种的白头画眉，真美！"

西格也是个自然学家和鸟类学家。通常这一类谈话会立刻引起他的兴趣，但这回他却仍保持静默，难以置信的目光来回游移在那只獾、那只狗和那块逐渐消失的蛋糕之间。

"呃，非常谢谢你。现在，我得整理行李了。"

我吞了口口水："对，待会儿见。"

我们下楼后，西格立刻拉着我走进空无一人的办公室里，"吉米，我们找来了什么玩意儿了？一个脖子上围了一只獾的助理！还有一只骡子那么大的狗！"

"呃，是的……不过他像是个很好的小伙子。"

"也许是吧，但也'非常'怪。你没看见吗，他把那整个蛋糕都吃了！"

“是的,我看见了。可是他很饿呀,他从昨天起一直没吃东西。”

西格瞪着我:“从昨天?!你确定吗?”“我当然确定。他自己倒好像不很清楚。”

我的伙伴发出一声呻吟,一只手拍打着前额:“噢,天啊,我们在接受这个家伙之前真应该先来个面谈的。只是大学写来的推荐信把他写得那么好。他们说他非常优秀,我以为我们不可能选错的。”

“谁晓得,说不定他对工作十分在行,这才是最重要的。”

“嗯,我们只好这么希望了。不过他真的是个怪人,我已经察觉到麻烦了。”

我没有吭声,但我也有自己的忧虑。各方面都很优秀的约翰·克鲁克是个平凡的好人,而楼上那个黑眼睛的年轻人却一点也不平凡。

电话铃打断了我的沉思。我接了电话后,转向西格:“是迈尔·霍利。他的母牛要生了。”

我的伙伴点点头,抿着唇沉思。一会儿之后,他下定决心似的举起一根指头:“对,我们就派那个新助手去。我们还不确定他是否能胜任这份工作,这是我们查明的好机会。”

“等一等,西格。”我说,“这年轻人才刚取得兽医资格,而打电话来的人是迈尔·霍利。他是个专家。在那里接生向来不是易事,而且这回还是头初次生产的母牛。说不定会很棘手的。也许还是我去比较好。”

西格用力摇摇头:“不行,我要查明这家伙是块什么料,而且越快越好。请你把他叫下来吧。”

卡隆镇定地接受了指示,轻吹口哨看我们在地图上指出农场的位置。他转身要走时,西格开了临行一枪:“这可能会很棘手,不过在你为那头母牛接生完毕之前不要回来。听清楚了吗?”

我的血液冻结了,但卡隆却似乎不为所动。他点点头,对我们随意挥了挥手，便出门朝他的车子走去。

他离去之后，西格面带苦笑转向我："吉米，或许你觉得我太苛刻了，只是我不要他在半小时内回到这儿来，告诉我们说这件事有多不寻常，最后变成我们去接手。不行，我说。只有这样做，才是最好的方式。"

我耸耸肩，只希望这个新来的年轻人会游泳。

那时大约是5点半。到了7点半时，令人难受的紧张简直使我受不了。我想象那个倒霉的生手在干草上乱滚，全身沾满了鲜血和黏液。每隔五分钟我就看一次表。正在我差不多开始要在房里来回踱步时，西格进来了，抱着一只侧面受伤、需要缝针的小狗。他问："卜强怎么样了？"

"我不知道。他还没回来。"

"还没回来！"我的伙伴瞪了我一眼，"那么一定是出错了。我们把这只狗的伤缝好后，其中一人最好到那里去看看情况如何。"

我们两人都在静默不语中工作；我为那只小狗麻醉后，西格为它清理伤口。我知道我们都在想着同一件事——派新助理到霍利农场去是个错误。当西格在穿线时，我注意到他也不停地看表。

8点刚过，手术门开了，卡隆·卜强走了进来。

我的伙伴，手里仍拿着针，望着他："怎么……"

"那是一桩非常艰难的病例。"卡隆答道，"母牛很小，小牛不但很大，而且头朝一侧偏离，正好挤到后面，用手根本抓不到。我绝不可能为它接生。"

西格涨红了脸，眼中闪现危险的光芒，"所以呢……"

"所以我就为它剖腹生产了。"

"你为它什么？"卡隆沉着地笑笑，"剖腹生产呀。别无他法。那头小牛还活着，所以不可能用胎儿切开术。”

西格张嘴望着他：“告诉我……然后……然后呢？”

“噢，其实还蛮顺的。我离开时那头母牛已经可以站起身，看起来也不错，而且我们取出了一头很可爱的小牛。”

“嗯……嗯……”我的伙伴似乎不知该说什么。在50年代，为母牛进行剖腹生产的手术十分稀罕。但最后他又恢复了自然的正义感，“嗯，孩子，你显然做了一件了不起的事，所以我向你道贺。那也是你身为合格兽医的第一项证明。干得好。”

那年轻人再次展现他的微笑：“真谢谢你。”他俯视双手，“要是你不介意，现在我得洗个澡了。”

“亲爱的小伙子，悉听尊便。别忘了再吃点东西。”

门在我们的新助手身后关上之后，我的伙伴便张大眼睛望着我：“呃，你怎么说呢？”

“简直太棒了！”我说，“任何可以处理那样一件差事的人——而且才刚刚抵达此地——必然十分出色。老天爷，他甚至还没时间把他车子里的仪器放置妥当呢！”

“是的……是的……”西格若有所思地将伤口缝好，然后一语不发地放下针，走到墙边的洗手台去洗手。接着他蓦地转向我，“你知道，吉米，我仍然无法置信！你想他是不是骗我们的？”

我大笑：“当然不是！他不敢的。”

“我不知道。”西格咕哝道，“那家伙实在很怪。我不知道该怎么想他。”他擦干手，脸上缓缓展露出微笑。“这么办吧。等我们把这儿收拾干净后，我们就偷偷溜到迈尔·霍利那里去。开车只消十分钟，而且我们可以到村里的酒馆去喝杯啤酒。酒馆差不多就在农场正对面。我要自己去看看才会满意。”

迈尔·霍利是个四肢瘦长、身高一米八二的溪谷人,一个颇为正直而且不能对他打马虎眼的人。他是个知识丰富的奶牛场主人,也是个完美主义者。他开门后,大理石般的脸上露出了笑容。

“啊,两位,今晚我们见到了很多兽医呢。有何贵干?”

“啊,是的,迈尔。”西格打着哈哈,“吉米和我要到铁匠酒馆去喝杯酒,所以我们想顺道过来检查一下你的母牛。”

迈尔点点头:“是呀,好的。进来看看吧。”他领头走过黑漆漆的院子,在远端打开一个松松的盒子,将灯扭开。

一头菊花青色的母牛正悠闲地嚼着干草,同时还有一头壮大的小牛正在吸它的奶。在母牛的身体左侧,有一块几近完美的长方形被剃除了牛毛,而在这光秃秃的长方形中央则有一排我所见过的最整齐的缝线。

“你们那个年轻人真是不错。”迈尔说,“不过,我得告诉你们,当我看到他肩膀上那只獾时,对他可有满肚子怀疑呢。”

西格仍惊异地瞪着手术部位:“是的……是的,的确。”

“是呀,那小伙子真有自信。”迈尔又说,“我也喜欢他做事的手法,谨慎,又非常利落。他把所有的仪器统统搬进屋里,统统煮沸之后,才开始进行手术。我敢说,这头母牛的伤是绝不会受到感染的。而且我还得到了一头十分健壮的小牛。”

西格伸手摸摸母牛的背,又抚抚小牛的头,“我真高兴结果如此圆满。迈尔,多谢你让我们过来看。”

在铁匠酒馆里,我的伙伴若有所思地喝了一大口酒:“手法干净利落,吉米,但很奇怪——我总觉得事有蹊跷。”

“为什么,我不明白你的意思。很显然的,我们找来了一个一流的兽医。”

“噢,是的,看似如此。只是他非常特别,我不住地想到那只见鬼的獾,还有他那如海狮一般的长胡须。还有那块蛋糕!我从未见过有人一口气吞下这么大一个水果蛋糕的,而且他好像甚至没注意到自己在干什么。”

我大笑:“噢,是的,我知道。他无疑是个很不寻常的年轻人,但是我觉得他是个好人,他有种令人喜欢的特质,而且他是个高明的兽医,那才是最重要的。”

“我同意,我同意。”西格用手梳了梳头发,又搅了两下,“或许是我多虑了,只是……时间会说明一切的……”

『小乖狗』

“乖狗。”我说着，将桌上那只大狗的直肠清理干净。它发出低哼声，但幸好它的尾巴仍友善地晃了晃，虽说它不可能喜欢我用力压它的屁股。“我真高兴它逞能摇尾巴。”

“是呀，可是——”寇提老太太开口道，但已太迟了。我移到前面想检查狗的眼睛时，那只大狗突然转向我，龇牙咧嘴，不时用利爪抓向我的脸。我的闪躲技巧在多年演练之下已十分灵活，但我只躲过了留下血淋淋的伤口。

“大狼，停止！你这只顽皮的坏狗！”老太太尖叫道，“乖乖的，不然我就揍你一顿，真的！”

那只大狗在女主人的叱责下收敛了些。我向后退一步，以免受害。“你知道，大狼实在与众不同。”我瞪大眼睛望着它：“它仍在拼命摇尾巴，然而它却龇牙咧嘴的，恨不得把我撕成碎片似的。”

“是呀，吉米先生，这可真麻烦呢。它总是给人错误的印象。人们看到它摇尾巴，还以为它很乖，然后就被它咬了。”

“呃，寇提太太，它的确咬到我了。我从没看到像它这样边摇尾边咆哮的狗，全看你看到的是哪一头了，对吧？”

寇提太太住在市政府为老年人所盖的一排平房中。有时我在探访过她后，会顺道去看看住在同一排平房、隔几间远的一对老夫妇——哈特先生和哈特太太。

他们的猫也和他们一样，年纪很大，所以已在脱毛，有好几个部位都光秃秃的。我拨开猫毛检查皮肤时，可以看到很明显的湿疹。

“像皮皮这种动过绝育手术的雄猫，很容易会有这种情况。只要为它打一针荷尔蒙，再让它吃些药，就可以使它康复了。”

就连我在为它打针时，皮皮仍低声呜呜叫。它是一只对任何一种关注都会十分感激的猫。但是我注意到它的主人们有些不安。当我把药丸倒进盒子里，又开始写指示时，他们似乎更不快乐了。

“哈利先生，我们有些担心。”老先生突然开口道，“这种治疗并不便宜，所以我们无法付钱给你，至少是今天。”

“是的。”他太太插嘴道，“我们一向喜欢付现金，只是现在我们没有钱，因为我们被抢了。”

“被抢？”

“是呀，真不幸。我先生最近身体不太好，所以花园没人整理。有两个人来按铃，说他们可以帮我们照顾花园。可是当我们在游廊这里和其中一人谈话时，另一人却在厨房里，把我们放在壁炉架上的养老金和一点现钞都偷走了。”

“哎，真下流！”我说，“不过付钱给我的事请你们别担心，任何时候都行。我真的很难过，你们一定觉得很难过吧？”

我离开他们家时，实在难以相信竟会有那种人——找可怜的老人家下手，到他们家里去将他们宝贵的一点儿钱抢走。可悲的是，像这种事却时有所闻。这两个人最近在德禄镇出没,用借口侵入别人的房子里,然后借机偷抢。他们最喜欢抢劫老人,实在是够窝囊的。

几天之后我正巧经过寇提太太的平房，便想到可以顺便为大狼检查一下。老太太让我进门后，我便看到那只大狗边猛摇尾巴边狂哮不已。

“它很厉害。”寇提太太说,“现在不会再拖着屁股蹒跚而行了。”

“噢,那很好。”我说,“对狗而言那是很不舒服的。”

她挽住我的胳膊:“我还有别的事要告诉你。有小偷到我们家来过呢！”

“真糟糕！是那两个人吗,连你也被抢了吗？我真遗憾！”

“你听我说嘛！”她兴奋地说,“其中一人和我谈话时,另一个和大狼在厨房里。我听见他说‘好乖的小狗,乖狗。’然后是一声可怕的叫声和扭打声,接着那家伙便冲出了阳台门口,尖叫不止,大狼则跟在他身后紧追不舍。另一个家伙也跑了,可是就在他要冲出大门时大狼咬住了他,他痛得叫不出声来!最后我看到他们两个逃命似的跑过大街,而大狼还跟在后面追呢。”

她把手伸到壁炉的角落去,随即递给我一块染了血的破布,显然是从一件男人长裤的臀部处咬下来的。“大狼咬了这个回来。”

我大笑不止,被迫靠向壁炉架。“哦,真好听的故事。我敢打赌那两个人再也不敢到这附近来了。”

“可不是嘛！”寇提太太用双手掩着嘴咯咯笑道,“呵呵,我一想到那家伙说‘好乖的小狗,乖狗’,就忍不住笑。”

“是呀,真好笑。”我说,“他一定是看错头了。”

怕狗如命的丹尼

俗话说:有90%的马跛在脚上。在此例中足见其真实不虚。

这匹大拖车马举起右后腿,颤抖的马蹄离地数寸,然后又小心翼翼地放下。这种情况我见过不下数百次了;这是一种病的征兆。

我对它的主人说:“它踩到碎石子了。”这是本地对马脚受到感染的说法。当马的脚底有裂伤时,便会引起细菌入侵。脓疮形成后,惟一的治疗方法便是把角质割开,将脓完全取出。

这牵涉到将马蹄抬起,若是后脚受伤,便将蹄子放在你的膝上;而若受伤的是前脚,便将马蹄放在你的两腿之间;然后再用一把马蹄刀把伤口割开。有时候脓疮的角质硬如大理石,长脓的确切部位有时很难找,那时我便得腰酸背痛地死敲活敲半天,承受整匹马的重量,听任汗水淌过鼻尖滴进马蹄内。

“对。”我说,“我们仔细看一下吧。”我顺着马腿向下摸,正要摸到马脚时,马儿生气地嘶鸣,迅速转身,将后腿一踢,在我大腿上扫了一记。

我喃喃说道:“至少它还可以用那只坏脚踢我。”

农场主人更用力地抓紧缰绳，双腿站开。“是呀，这家伙最会翻脸不认人了。你得留心点。它也赏过我几下子。”

我再试一次，却得到同样的结果。第三次尝试时，它那只向后飞踢的脚只差一点就踢中我，然后那马一个转身，将我撞到了马厩边。我站起身来，气愤地决心再试一次，想伸手抓住它的脚时，它却又转过身来，用前脚踢中我的肩膀，接着还想咬我。

马主人年纪大了，身材瘦小，被那匹乱撞的马儿拖着团团转，看起来也不怎么快乐。

“看来，”我喘着气揉着肩膀说，“我们有点麻烦。今天下午我得带丹尼·波登出去看这附近的另一匹踩到碎石子的马。我们大概2点左右再来治疗这匹马吧。它反正钉了蹄铁，所以如果有个铁匠来，这件事情就会好办得多。”

何森先生松了口气：“是呀，那最好不过了。我也觉得我们好像在马术会场呢！”

我开车驶离时，思忖着我和丹尼的关系。我们是老朋友了。他比我年轻些，经常和我一起去看马。在50年代时，农场已开始大量使用拖拉机，但是有些农夫仍喜欢养拉车马，且颇引以为傲。这些拉车马多半都高大、温驯，而我也一向与它们很有同感，因为它们总是耐心地做着每天的工作；可是何森先生的那匹马却很不同凡响。

通常我会在不很费力的情况下取下马蹄铁后，再开始探索痛脚。每个兽医在学医早期便已学过有关马蹄铁的一切，而我又带有工具；不过若是想对何森那匹马动手，那我可有的玩的。那是丹尼的工作。

波登家的铁匠铺在罗福村末端。当我驶向那低矮的房子与房子旁群集的大树和房子后青翠的山坡时，又和平常一样地觉得正在注视属于过去的最后遗迹之一。当我初到约克郡时，每座村庄都有家铁匠铺，而德禄镇上更有好几家。可是随着拉车马的消失，这些铁匠铺也逐渐消失了。那些世世代代活在铺子里的人走了，而他们那些回响着马脚步嗒嗒声和打铁咚咚声的铺子也遭到遗弃，变得沉寂。

丹尼的铺子是少数仍残存着的铁匠铺之一，主要是因为他是个马蹄铁专家，擅长于各种乘骑马匹所需的不同蹄铁。

我走进铺子时，他正蹲在一匹狩猎马的脚跟前，与站在一旁的年轻漂亮的马主人高声谈笑。

“哈利先生，”他一看到我便喊道，“我马上就过来。”他正将烫热的蹄铁压向马脚，烟味由烧焦的角质上传来。发亮的锻铁炉和他偶尔在铁砧上敲打烫红铁块的咚咚响声，往往引起人对往昔的无限遐思。

丹尼并不高大，却很精瘦，手一使劲，上臂臂肌便会隆起。他有干铁匠这一行所特有的宽阔强壮的背，但除此之外，他看起来和那些整天与我共事的溪谷农夫一样精瘦而有韧性。

现在他忙着把钉子敲进蹄铁中。两分钟后，他便站起身来，拍拍马屁股：“好了，安琪，你现在可以把这老小子带走了。”他说着，对那女孩露齿而笑。

她轻笑了几声，使我觉得这是很典型的一幕。丹尼淘气的眼神和脸上的一股轻狂孟浪无疑吸引了许多年轻的乡下姑娘把马牵到他这儿来。我从未见过他工作时不笑话连篇的。到波登铁匠铺走一趟说起来也算是种社交吧。

女孩骑马离去后，丹尼抓起他那袋工具：“好了，哈利先生，都听你的了。”

我问道：“丹尼，你有没有时间顺道再做件碎石子的差事？”

他笑道：“没时间找时间呀。”

我们驶离时，我想到应该让他知道何森的马是匹怎样的马。我知道他自小也不知面对过多少受惊且危险的马匹了，我也不止一次见过他不费吹灰之力地推动那些巨大又具有破坏性的动物，仿佛它们是小猫一般。但是我还是得警告他才对。

“丹尼，”我说，“何森的那匹马可能会很麻烦。它野性难驯。我几乎无法靠近它。”

“噢，是吗？”这年轻人将工具袋放在膝上，嘴巴叼了根烟，懒洋洋地望着车窗外的乡村景色，他似乎听而不闻。

我又试了一次：“它用后脚踢了我好几下，然后又挥动前脚……”

丹尼很不情愿地自车窗处移开目光，“哈利先生，不会有事的，不会有事的。”他心不在焉地低喃着，强压住呵欠。

“它还会咬人呢，丹尼。我正想跳开时，它差点没咬到我的肩膀。”

“嘿，等一下！”我们经过路边的一栋农舍时，丹尼叫道：“乔治·哈瑞在院子里呢。哈利先生，请你停一下好吗？”他很快摇下车窗。“嘿，乔治，你好吗？”他对那个背着一捆干草的年轻农夫叫道，“你酒醒了吗？哈——哈——哈——哈！”

他们两人互相说了几句愉快的问候之后，我们才驶离。丹尼转向我：“乔治昨晚在执照酒馆舞会里喝得烂醉。现在脸色还有点发青呢，嘿嘿！”

我决定放弃尝试向他提出警告。他显然并不感兴趣。

他滔滔不绝地闲谈，对我说着前一晚各种喧闹的细节，但是当我们驶入何森的院子时，他却沉默下来。当他透过车窗左右张望时，他的脸板得紧紧的。我知道他接下来会问什么。

“哈利先生，这里有什么凶狠的狗吗？”

我强忍住笑，认识他这么多年以来，他总不免有此一问。

我答道：“没有，丹尼，一只也没有。”

他怀疑地瞪着在厨房门口欢饮牛奶的一只老牧羊犬，“那一只如何呢？”

“那是老查克。它十二岁了，和羊一样安静的。”

“是呀，也许，但那并不表示你可以信任它，还是把它请到屋里去吧。”

我走过院子，等那只老狗将它的碗舔干净后，再带着为得到注意而猛摇尾巴的它进屋里去。这种事我已做过许多次了，可是丹尼还是不肯就此下车。在最后将每个方向都仔细检视清楚之后，他才下车，紧张地在碎石路上站了好一会儿，然后快步走向马厩隔间，何森的马此时正在里头等候着。

何森紧握住缰绳，有点不确定地对刚刚走进的丹尼笑笑："当心它，小伙子。它的脾气可不好捉摸。"

“古怪，是不是？”丹尼一手握着铁锤，面带笑容朝那匹马一步步走近。那匹马似乎决心要证实他们的评语，两耳向后一缩，使劲踢了一腿。

丹尼熟练而敏捷地避开那一腿，仰起头发出魔鬼般的笑声："啊哈！你是那样的，对吧？对，你这个畜生，我们走着瞧吧！"说着他再度上前。我至今仍不清楚他是如何一再避开那匹马的攻击的，但不到一分钟内，他已以铁锤弯钩处钩住了挥动中的马蹄铁，将马脚拉向他。“好了，你这大畜生，我可逮住你了吧！”

三脚着地的拉车马几次想要将那被抓住的另一脚抽开，丹尼却牢握不放，边喋喋不休地对它说话，因此那匹马显然很快就意识到眼前之人的不同凡响。将马脚放在膝上的丹尼，伸手取他的工具，不断地出言威胁，而我则难以置信地旁观。他把钉头敲掉，用老虎钳拔出铁钉，取下了蹄铁。那匹马已完全臣服，除了侧身肌肉微微颤抖外，几乎一动也不动。

丹尼抬起马脚底部让我检查。“现在，哈利先生，你告诉我在哪里吧。”

我沿着脚底轻敲，直到找到了似乎较松软的部位。为了准确起见，我又用老虎钳夹了夹那个地方；只见那匹马儿向后昂头。

“就是这儿了，丹尼。”我说，“这儿有道伤口。”

年轻的铁匠开始用他的利刃熟练地切掉角质，这件事我自己也常做，但看一个专家动手仍是一大乐趣。不一会儿他已割开脓疮，在“嘶”的一声之后，一股脓便流了出来。这是在兽医这行中最令人满足的事情之一，因为如果不将脓疮清理干净，便会使马感受到剧烈的疼痛。有时候脓疱会在马蹄下滋长，直到马儿经受长期的疼痛之后在蹄冠处绷破。在某些病例中，我还看过当所有想要祛除感染的尝试都告失败之后，那可怜的动物因一只肿大的脚而倒卧在地上呻吟，只有将它杀了了事。这种自以前用拉车马的日子中所留下的回忆，常在我脑海中萦绕不去。

这回那种事例是不会发生了，使我又一次如释重负。

“谢谢，丹尼，太好了。”我为马儿注射抗生素和防止破伤风的针，又对老何森说：“何森先生，它很快就没事了。”

然后丹尼和我便出发赴下一个任务了。我们驶出院子时，我看看这个年轻的铁匠：“嗯，你真的很会对付那匹野马。你那么快便制服了它，实在令人吃惊。”

他靠向椅背，又点起一根烟，懒洋洋地说：“那匹马只是有点发疯罢了，没什么。有很多匹马也都是那个样子的——蠢畜生。”

他又开始畅谈前一晚，不时夹杂着低笑声。只见他完全轻松自在，将帽子推到头部后方，面带他那不羁的笑，看起来好像什么也无法惹恼他。然而，当我把车停在我们必须再看另一匹马的农场时，他那漫不经心的神情消失了，仿佛被一只无形的手猝然攫走。

他紧抓着工具袋,焦虑地张望农场院子的每一个角落。我自信地等待他的问题。

“哈利先生,这里有什么凶狠的狗吗?”

多才多艺的卡隆

“那是什么呀？”“那是什么鬼玩意儿？”“一只獾？不可能！”

多福酒馆一阵骚动。卡隆和我刚刚出诊回来，当我建议去喝杯啤酒时，卡隆下了车，将玛琳甩到肩膀上，走进了酒馆。

酒馆常客的眼睛瞪得老大，嘴里的酒喷进杯子里。在数秒钟之内，我们已被兴奋的人群团团围住。我抽身而出，握着我的啤酒静坐一旁，让那个年轻人去独撑场面，沉着且满足地回答连珠炮似的问题。显而易见的，他喜欢对任何感兴趣的人展示他的宠物，而对多数人来说，这不只是兴趣而已，他所到之处都会创造一种狂潮。

当我在史盖得居的玄关里向我的家人介绍他时，也有相同的场面。我的孩子正在弹奏音乐——罗丝弹钢琴，小吉米吹口琴时，这个蓄着海狮胡须的高大青年带着他的野兽走了进来。我已成为耸高眉和张大嘴的鉴赏家了，其中尤以海伦最为典型。吉米和罗丝的反应则是瞪大眼睛的喜悦。

“哇，好可爱哟！”“我可以摸它吗？”“你是在哪里找到它的？”“它叫什么名字呢?”他们的问题没完没了,而说笑打趣的卡隆所引起孩子的兴奋不下于他那只毛茸茸的同伴。

大家正其乐融融时,丹丹——继山姆之后我们的第二只长耳小猎犬——从花园里跑了进来。我说:“这是丹丹。”

“哎哟哎哟,小胖丹丹。”卡隆用低沉的男低音说着。这可不是一句恭维,因为我的小狗无疑是太胖了,对常告诫人们要让狗保持苗条的兽医而言,实在是很糗,但丹丹却似乎不以为意。它猛摇尾巴,直到我以为它的尾巴大概快要摇断了。它的反应很特别,而且它显然觉得这名新助手的声音非常迷人。卡隆弯身摸它的肚子,丹丹便陶醉得倒卧在地。

海伦笑道:“天啊,它真喜欢你!”

当时我们并不知道她这句话将是未来熟悉且有趣的一幕的开端。我将会发现所有的动物都喜欢卡隆,而他和动物之间更有一种独特的融洽情感。它们喜爱他的声音、影像和气味——对外科兽医而言简直就是天赐的财富。

当玛琳快活地在地板上爬行、接受孩子们的抚摸等见面的场面结束后,卡隆便在钢琴凳上坐下来,开始弹琴。他不是鲁宾斯坦,但是他可以轻易弹奏出玩闹的曲子,使得孩子们快乐地拍手、跺脚。

小吉米举起他的口琴:“你也会吹这个吗?”

卡隆接过那乐器,以拉利·艾德勒一般的神态将口琴按到嘴边。听他吹出几个音后,你就知道他和只会吹“天佑女王”的小吉米不是一个级别的。吹了两分钟的莫扎特后,我的助手将口琴交还,大笑不止。

年轻人都着迷了。小吉米叫道:“我要去把六角形风琴拿来!”

他跑出了客厅,不久便把我和海伦新婚时从房屋拍卖场买回来的一件纪念品拿来。当时我常被派到各家各院的旧物拍卖去买诸如桌、椅之类的重要物品,而通常我带回的却是一些毫不实用的东西:装饰用的墨水台之类的。在此例中则是那个六角形手风琴。这是一种古老的小型乐器，共有六面，末端为雕花水管，系在身上的皮带已经磨得裂开了缝。这东西令人联想到一个水手在一艘古式帆船的甲板上弹奏船歌的景象，所以我才会情不自禁地买下它。只是很不幸，因为没有人会演奏这种乐器，所以它已和我所买的其他一些无用之物一起被搁置在阁楼上好多年了。

卡隆将琴从木箱中取出，轻轻将它翻转。"哦，真好，非常好。"他双手穿过系带，手指在小象牙绊扣上摸索，不一会儿屋内便洋溢着甜蜜的琴声。他演奏的是《情人渡》。我们全都侧耳倾听这完全出人意外的优美音乐。我似乎又回到多年前所梦想的帆船甲板上。

我记得卡隆所留下的许多回忆，但最常萦绕在我心中的便是他坐在我的家人之中，和平常一样深不可测的黑色眼眸定定地望向墙上高处，而他的手指则诱使我们的手风琴流泻出美妙的音符。

当他奏完曲子后，一阵如雷的掌声响起，两个孩子边拍手边跳跃。从此他们心目中的卡隆是个神奇的人。他有一只獾，他可以弹奏任何一种乐器，他什么都会。

就在那时，我们想到了玛琳。它一直安静地在房间里四处爬动，但这会儿却不见踪影了。我们检查过沙发椅下面，又把扶手椅搬开，却都没找到它。正在我们困惑得面面相觑时，从壁炉内传来了抖动声，接着那只獾便全身盖了层煤灰从烟囱里掉了下来。它不愿被抓，在房里跑了好几圈后，才让卡隆给逮住，带到屋外去。

小古米和罗丝几近于歇斯底里；他们已有许久没这么尽兴过了。但是海伦和我望着满目疮痍的地毯和家具，却怎么也笑不出来了。

由灵感涌现的高潮到一团混乱，可谓是从天堂跌到地狱。我突然直觉地想到：难道和卡隆在一起的日子将总是如此吗？

班洛先生

我听说过以前的裁缝们都是盘腿坐在桌子上缝衣服的，但是我亲眼看过以此坐姿工作的裁缝就只有班洛先生一位。

木屋的门一开，便由大街直入厨房中，而里面的一幕是如此的熟悉。杂乱的小房间内，地板上横七竖八的全是碎布，缝纫机放在角落里。班洛先生的大白狗白可，躺在火边，对我摇了摇尾巴以示欢迎。班洛先生则盘腿坐在桌上，和一名顾客谈话，手里的针还放在一件衣服上，伺机而动。

这已不是第一次班洛先生的针看似伺机而动了。我好像没看过他确实将针刺进布料中，因为他总是忙着说话。他现在就在说话，对着一个农妇微感兴趣的脸说个不停。

“你不相信我对你说的吧，郝太太？”

“我是不相信，班洛先生。不过不知道我先生那件背心你做好了没，你上次说……”

“可是许多年前真的发生过这件事呀，和我现在坐在这里一样确定。你不会相信——”

“要是你做好了，我想拿走了。他想要穿去——”

班洛先生咯咯笑道：“我又不是老头子，我才五十而已。不过以前发生的那些事情……我记得……”

“你那件背心已经做了三个月了，你知道，你答应过——”

“噢，是的，我知道，我知道。我快做好了。不知道摆哪儿去了。你再过两星期再来吧，太太，到时你就可以带走了。”

“可是他要穿去——”

“我已经尽力了，太太，再见。”

两手空空的郝太太无奈地走过我身边出门去了。我随即笑容满面地取代她的位置。

“现在，年轻人。”班洛先生那张吉普赛人般的瘦脸上表情一成不变，但他的眼睛却恨恨地瞥了一下我挂在臂上的那条长裤。

他咕哝道：“你要找我干什么呢？”

“呃，是这些裤子的底边，班洛先生。有点磨破了，所以我想——”

“是呀，你想要我将它们换新的对吧。没问题。你要害死我呀，你知道，你会害死我。圣诞节快到了，我简直快忙死了。日夜赶工——一分钟也不停歇。”

“呃，只是纽扣而已，班洛先生……”

“偏偏我这只腿又不管用。已经多久了？哦，好多年了。我去找艾灵生大夫。他问我‘你以前有过这种情况吗？’我说‘有的。’他说‘那你又中奖了。’他给了我六十片药，我吃了一半后就好多了，等我全部吃完后也差不多全好了。但是医生也料想到了。‘班洛先生，’他说‘这药你吃了一半后就会好多了，等你再吃掉另一半，你会以为你已经好了。可是你还不会全好，你知道，不会的。我知道你的情况——你是不会再回来找我的。但是等你吃完六十片药后，我要再看你。就在你把药吃完的那一天。”

“于是我就在他说的那一天回去找他啦。他说‘现在，班洛先生，你来了。’我就说‘是呀，大夫，就在你说的这一天呀。’他问我‘你把药都吃完了吗？’我说‘是呀，我全吃了。’他便又给了我一百片药。”

“呃，那很好，班洛先生。我太太说，麻烦你看看这些纽扣。”

“他又说，‘你一定不要再楼上楼下那样跑了。’我就说，‘不行呀，大夫。我不可能不跑的，我的工作很忙呀。’我就是忙个不停。但是哈利先生，你听听这个。我现在要告诉你一件事。如果你在四十岁以前还没发财的话，你这辈子就别想了。”

“你也看得出来，这些扣子只是有点磨损……”

“啊，是的，哈利先生，你可以谈关于以打赌足球赛而发财的可能性。我也可以告诉你球队的事。现在你听听这个。”

就在他专心地倾身向前时，前门开了，一个大块头的男人走了进来。我立刻认出来人是杰勒·布比，一个大地主的儿子，也是个不容忽视的人。

“请见谅。”他快步走过我身旁，大声说道，“班洛先生，我是来拿我的套装的。我上礼拜也来过。”

那裁缝甚至不看他一眼。“你知道我以前常赌小山队而赢钱吗？不过总是在外围下注，最多只赢六先令。所以我告诉自己，想要发大财，就得花大钱。”

“你听到我的话了吗，班洛？”那洪钟般的声音充满了整个房间。“自从十月以来，我每星期都来一次，而——”

“于是我就狠心下了三倍，结果连赢二十四分。我等着那张七万五千镑的支票寄来，结果却从未寄来。没有！我只接到了一封小山队经理的来信。”

“你给我听着，班洛！”布比先生的吼声震动了窗子，“我那套装你已经做了一年了——”

他突然停住口。白可不知何时从炉火旁走了过来，站在桌旁，抬头望着他。它可不必极目四望，因为我从没见过比它更大的狗。班洛先生曾对我说过它是一只瑞典山区狗。我还记得当我告诉他说我从未听过有这品种时，他脸上浮现了非常自傲的笑容。我敢说白可是一只混种狗，只是不管它是什么狗，它实在是巨大无比，而且浑身雪白。此刻它站在布比先生身旁，一动也不动地昂起那颗狮子般的头，定定的凝视带着压迫感，还有一种低微的吼声从它的胸膛中滚滚而出。

就在人狗互相对峙之际，那吼声增大了。有一会儿，白可的唇向上掀动，露出了一排像鳄鱼般的牙齿。

布比向后退了一步，以较柔和的语气说：“请你把我的套装给我好吗？我……”

显然并不喜欢这番打岔的班洛先生举起针比了比：“还没做好，下礼拜再来吧。”

那大高个儿最后又瞥了白可一眼后，心不甘情不愿地离去了。

“那是一封措辞和善的道歉信。”班洛又继续说道，“他告诉我说我确实赢得了二十四分，只是由于一个小细节，他不能给我那七万五千镑。是的，我告诉你一个小细节，我签的是十六场而不是八场。那封信写得很委婉；他真的很抱歉，但是他也无能为力。”

“呃，呃，真可惜。你是不是可能在下一周内将这些扣子弄好呢，我会十分——”

“不过那么多钱对我也没什么好处。我可以告诉你，那些有钱人……”

我把衣服放到桌上，匆匆向他挥手再见后便逃走了。

我慢条斯理地走在街上，只觉得满脑子嗡嗡作响，充满了他快如急雨的话。多亏了现今记笔记的方式，我才可在此逐字照录下来。当然，他拖到最后还是会把带来给他的衣物归还的，因此可以推测他多半是在夜晚进行裁剪和缝补的工作。事实上，他是个相当不错的裁缝；我见过他所做出的非常合身且做工十分精细的套装，所以我可以明白何以像布比那样的人仍继续找他做衣服。那全凭运气，偶尔他竟会在合理的时间内将一件衣服修改好，也真是叫人惊讶。

他对自己的能力和才智非常有自信。事实上，他相信自己无所不知，尤其是在国家财政的领域上；他也认为他有责任将他的知识传授给任何碰见他的人。由于他从未结婚，除了顾客外他也没有别的听众了。

我只有一次看到他茫然无措。好几年前，当他为了替海伦做一条裙子而为她量腰身，却在几个月后才让她试穿。当那天终于到来时，裙腰却少了两寸。他难以置信地瞪视，几次拉扯那布料，却未造成任何不同。他很快又用量尺绕过她的腰，再看看他的笔记，又测量了一次。他跪在地上，抬头望着我们，一脸迷惑。

海伦微微一笑，解除了他的痛苦。“我早该告诉你的。”她说，“我怀有身孕。”

他瞪眼瞧她，但是由于他必须为自己的延迟许久负责，也不能怪谁。不过，若非我与他所钟爱的白可有长久的交情，那从未听说过的丢脸事件很可能会使我们的关系趋于紧张的。

白可大约五岁，虽然它大致说来还算健康，但也有几次需要过我的注意，通常是从它的肉趾中拔出别衣服用的大头针。它是我所知道的惟一属于裁缝的狗。我常想着像它那样整天躺在它主人的碎布堆之间，也算是一种职业危险。那些大头针经常会刺得很深，必须用镊子深入掘出。白可总是显得十分感激；事实上，它是少数喜欢到我手术室来的狗之一。有些狗一走上川格街便过街走另一侧，经过诊所时则夹着尾巴偷偷溜走。但是白可每次要进来我们这里时，都兴奋地差点没把班洛先生拉倒在地。

前一周它到诊所来进行每年一次的犬瘟预防注射时，它一路跳着走过通道，用力摇动尾巴，极热情地将头探进每一个房间。在它之后的一只大型的黄色拉布拉多母狗与它就完全不同了，它坐着不肯动，必须一路被强拉过走道的瓷砖，一脸愁容，虽说它不过是得在爪子上贴块胶布而已。

白可性情十分温驯；只有在它以为班洛先生受到胁迫时，才会显得气愤。这种保护性对那个裁缝而言是极为可贵的，因为那房子的状况颇能激怒人，而我也听过几个火冒三丈的男人和尖叫的女人因他的无限延迟而吵闹。但是那个白色的大狗头和冷漠的眼睛只要一在桌角出现，便有惊人的镇定效果。有时候，一点吼声或在顾客的足踝处嗅它几下也是必要的，但我从未见过有不奏效的例子。

我常想到白可是我的一个由来已久之理论的实证，那就是小房子喜欢养大狗，而大房子喜欢养小狗。事实上，这是千真万确的；因为在占地数亩的华宅中，你所看到的全是边境小牧羊犬和小约克夏，而在狭小的平房里，却可看到像白可这样的巨犬。

一周之后，我很乐观地回到班洛先生那里去。他仍然照常盘腿坐在桌子上，像个守着宝藏的地精。

另一个顾客——一个满脸不高兴的农夫——正要离开，但不忘甩给他的裁缝几句告别之语。

“在你满口答应之后，我还得每个礼拜都到这儿来，差不多受够了。”他的声音透着怒气，“你好像不为所动，但是这样还不够好，你知道。”

班洛先生又用针照例一挥：“下礼拜……下礼拜。”

农夫吼道：“你总是这么说。”我隔桌望向横躺在炉火旁的白可。像这样的场面通常会使它站起来，可是现在它却不表示兴趣，也没有任何动作，听任那农夫最后又哼了声后，转身离去，用力将门摔上。

“早安，班洛先生。”我谨慎地说，“我只是来看看——”

“现在，哈利先生！”那小个子持针对着我比划，“上一回你要走的时候，我正要告诉你一些关于有钱人的事。住在苹果闸的老柯洛德，留下了八万镑。我为他补裤子时，他得躺在床上呢。我可不是瞎说，他得躺在床上。”

“班洛先生，谈到裤子……”

“他有个女管家——叫做莫德什么的——她什么都得替他做。扶他上床下床，为他烧饭，替他做牛做马干了三十年活。可是，你知道吗？他连半毛钱也没留给她。她对遗嘱争论，你知道，但是她才得到五百镑。所有的钱都给了远房亲戚了。”

“我的长裤好了吗？我需要穿着去……”

“哈利先生，我还可以告诉你一个更糟的事例。我年轻时曾经替一个农夫工作。那个人的财产可多了，可是他连一间酒馆也没去过，从未照过相，从未去过任何地方。每一分钱都存下来。也不知道他要那么多钱干吗。大概把钱全都放在屋子里了。噢，那使我想到了另一个故事。”

我正想再开口请求时，在我后面的一个身材颇结实的太太忍不住说话了：“听着，我并不想打岔，但是我有急事。我现在就要我那件洋装了。你答应过今天给我的。”

裁缝师挥挥他的针：“还没好。这阵子太忙了，下礼拜再来吧。”

“太忙！我看是忙着聊天吧。”她的声音尖锐高亢，且对裁缝说话时毫无保留。我又望向白可，它依然毫无动静地趴在炉火边。它这样无精打采，实在很不寻常。

班洛先生似乎也很需要这只狗的支持，因为他竟然很意外地在这名女士的攻击下退缩了。

“是呀，呃。”他低声道，“下礼拜一定给你，一定。”他瞥了我一眼：“哈利先生，你也是。”

又过了一星期，我去造访时，在门口停住了脚步，被眼前惊人的一幕吓呆了。班洛先生竟真的用他的针在缝补衣服！他坐在桌上，低头望着手上的一件外套，另一手则极其熟练地在缝着衣领。而且他也没有再说话。

说话的是一个男人和他的妻子，两人喋喋不休地向他抱怨。裁缝虽不快乐却默然无语，没有答腔。白可则依然睡在炉火旁。

在追查我那条长裤的过程中，我先后来过几次，但每次这里总有好多个人在，而我又没时间等。然而，我倒注意到了每一次班洛先生都坐在他桌上工作，默默承受，而他的狗则一动不动地躺在炉火边。这幅画面令我难受。对这个小个子而言，谈话是他的生趣所在，也是他单身汉生活中的嗜好和慰藉。一定有什么不对劲了。

有一晚我又去了，发现只有班洛先生一人，而他仍在缝补。

我没有提及我的长裤，只是问道：“白可怎么了？”他惊讶地望着我：“就我所知，没事。”

“它吃得还正常吗？”

“是的，还正常。”

“有足够的运动吗？”

“有呀，每天早晚都出去散步。哈利先生，你知道我很照顾我的狗的。”

“是的，当然。只是……它不再像以前那样走到你桌旁来了。对你的顾客也……呃……不感兴趣。”

他可悲地点点头：“是呀，就这件事。但是它没生病。”

“让我给它检查一下吧。”我说着，走到炉火旁，在那只狗身旁跪了下来，“来吧，白可，老小子，我们来看看你的脚吧。”

我拍拍它的屁股，它便慢吞吞地站了起来。我望向裁缝：“它好像有些僵硬。”

“是呀，也许。不过我带它出去时，它很快就不会那样了。”

“脚没有跛吗？没有大头针吗？”

“没有，没有。它的脚刺到大头针时我一向看得出来的。”

“嗯。不过，我最好还是看看它的脚爪吧。”

我每举起白可的一只脚，就觉得我好像是在检查一匹马的马蹄似的，甚至还得制止自己说“哦，停住，马儿”，然后才把它的脚夹到我的两膝之间。

我谨慎地检查过每一只脚，捏捏通常会有大头针陷入的肉趾，但一切似乎都很正常。我测量它的体温，用听诊器听它的胸部，又触诊它的腹部，却没找到任何线索。但是当我低头注视这只大狗时，我却十分肯定它一定是出了什么问题。

对我的关切渐感厌烦的白可坐了下来，非常小心地，慢慢蹲伏在火炉边的地毯上。

那实在是很不对劲。我立刻说：“白可，站起来。”

问题一定是出在它的臀部，会不会是肛门腺体受到挤压呢？不是，没有什么不对。我沿着大腿向下摸；在左后腿，我正一路压过肌肉组织时，那狗突然痛得退缩。左后腿肌肉明显肿胀。当我把那部位的毛剪除后，总算真相大白：紧嵌入肌肉中的是它的旧敌——一根大头针。

我用镊子在一转眼工夫内便将它拔除了。然后我转向班洛先生，“呃，就是这根针。它一定是在地毯上坐下时被针扎到的。想不到它竟没有跛着腿走路，不过令它困扰的脓疮还在。脓疮实在很令人头痛……”

“是呀……是呀……可是你能怎么办呢？”他忧虑地望着我。

“我得把它带到手术室去，将它的脓液除净，那它就没事了。”

白可到史盖得居的手术进行得很顺利，我除去了因大头针而引起的脓，又在它的伤口滴了几滴万灵的盘尼西林。

我又过了一周才去找班洛先生，一心希望他已将我的工作裤修补好了。我的衣服不多，所以我很需要这条裤子。

眼前的一幕一如往常，裁缝盘腿坐在桌上，白可则横躺在壁炉边。奇怪的是我初次拿长裤来时所碰见的那名农妇郝太太，也在那儿。

她正和班洛抢夺她丈夫的背心——显然班洛先生终于做好但又不情愿给她。他的双唇飞速掀动，流出一串连珠炮似的话：“那家伙就是这么对我说的。你不会相信吧，还不只是如此而已……”

郝太太用力一拉，终于赢得了那件背心。“真多谢，班洛先生。我现在得走了。”她点点头，挥挥手，快步走过我身旁，看起来虽疲惫，却也得意洋洋。

裁缝转向我：“啊，哈利先生，是你呀。”

“是的，班洛先生，我是想……”

“你记得上回我正要告诉你关于一个有钱人的故事吧。”

“我的长裤……”

“他是个老农夫，把钱都存放在家里的桶里。他太太拿了一个桶来，说‘这桶子里有一千五百镑。’那老农夫说‘有点不大对。这里面应该有两千镑才对。'你知道吗,那人和他太太总是各自付自己买的食物。我说的绝不是假话,她出去买她自己的,而他也一样。哈利先生,我再告诉你另一件事……"

"不知道你是不是抽空把——"

"哈利先生,你听我说……"

"嘿,班洛!"一个大块头刚刚进门,隔着我的肩对裁缝吼道:"我听得到你的话,但是我不想听!我要我的外套!"

这是戈柏钮浩,一个又胖又大的酒鬼,而且很喜欢耍流氓。他再度怒吼时,四周充满了酸啤酒味。"班洛,别给我任何见鬼的借口,我摸透了你!"

白可犹如一头露出水面的白鲸般,由火边站起身,游到桌旁来。它似乎知道它所面对的是哪一种人,并未对他浪费任何时间。它高昂起巨头,张开大嘴,对着那张淌着汗的红脸猛力吠叫:"汪!汪!"

戈柏向后退。"该死的狗……坐下……班洛,叫它走开。"

"汪!汪!汪!"白可叫着。

那大块头一脚已踏出前门时,班洛先生挥挥手上的针说:"下礼拜再来吧。"然后他又将注意力转回到我身上。"哈利先生,我刚刚说到……"他继续往下说。

"我真的需要——"

"下礼拜,一定的。不过我要告诉你……"

"我必须走了。"我低喃了一声,便逃入了街道。

在街上,我的感觉十分复杂,但大致上是快乐的。我还是没拿回我的长裤,但白可已完全康复了。

早晨5点，电话铃在我耳边响个不停；华登家的母羊要生小羊了。华登的农场是矗立在高地荒原上的一座孤零零的农场。我爬出了温暖的被窝，在冰冷的卧室内穿衣时，只能尽量压抑自己不要去想接下来那辛苦的一两个小时。

我拉上衣袖，冰冷的布料刮过我的皮肤，使我牙齿不禁打颤。在昏暗的曙光中，我可以看见双手一直到手肘处冻得红裂的皮肤。在小羊出生的季节里，我几乎一直都没机会穿上外套，而经常在羊圈里或在多风的田野中洗手，也使我的皮肤干裂红肿。我可以嗅到一丝海伦每晚为了保护我的手臂而在两只臂膀上所敷的甘油和玫瑰水的气味。

海伦在毛毯下动了动。我走过去亲吻她的面颊，低声说："我到华登家去了。"

她眼睛仍闭着，靠在枕上点了点头。我可以听到她困倦的低喃："好……我听到了。"

走出卧室时，我回顾妻子簇拥着被窝的身影。在这种情况下，她也会被拉进工作和职责的世界中。电话铃声随时可能再响起，她就得和我取得联系。除此之外，她还得生火、泡茶、让孩子们吃早餐。这些我试着帮助她的小事，在我们这栋如冰箱中的美丽巨宅中却非易事。

穿过仍在酣睡中的小镇，然后转向蜿蜒而狭窄的小路，直到两旁的树木渐渐消失，留下了疾风呼呼、四周光秃秃的高原，在这个时刻显得冷酷而无情。

我随意地想着不知那头母羊身上是否盖了被子。在50年代早期，并没有许多农夫想到应该把快生产的母羊带到屋子内，所以我所接生的羊绝大多数都在户外空旷的羊圈中。也有几次，当我看到在温暖的羊棚院子里一排围栏时，我如释重负几乎忍不住偷笑。有时候，农夫们会用堆高的一摞摞干草筑成羊圈。但是这一回，当我驶进农场时，我的心情却陡然下沉。华登先生提着一桶水走出屋子，朝闸门走去。

我试图以并不在乎的口气问道："母羊在外面？"

"是呀，就在那边。"他指指长满了羊齿类植物的长形放牧地，极远处有一坨毛茸茸的身躯——"就在那边"看起来可真远。我穿上接生袍，拎着医药袋，走过结霜的草地。无情的冷风夹着西伯利亚冰雪的寒冽，虽是约克郡的春末，仍似乎要将我的皮肤撕裂。

我脱下外套，在母羊身后跪下后，打量了一下四周。我们就在世界的顶端，而周围的山陵、幽谷、灰色的农舍和有鹅卵石的小河所构成的景色虽美，但在温暖的夏日午后，如果我能和家人一起准备野餐，一定会更显得迷人。

我伸出手，华登便在我掌中放了一小块肥皂。我一直都认为农夫们特别为兽医准备了不寻常的肥皂——小小的一块去油污的肥皂，小得几乎派不上用场。我就用这一小块肥皂拼命搓揉双手，不停地浸到水中，还是只能搓出薄薄的一层肥皂泡，不足以保护我将插入母羊体内的手臂。当我将手探入子宫颈，嘴里忍不迸发出"呜！""啊！"的低喊声时,华登不解地看着我。

我所摸到的正是我并不想碰到的情况。单单一只体积颇大的小羊紧紧卡在那儿。通常一胎生两只小羊是正常的,一胎两只也很普遍,但是单单只有一只却反而麻烦。我喜欢在一团纠结中摸出是双胞胎还是三胞胎,可是在一只小羊的情况下常常会出现空间不够的情况,因此必须非常谨慎小心地将小羊拉出。这是一件费时既久又很累人的工作。此外,单只小羊常会因受压太大而死,所以必须以碎胎术或剖腹的方式将它移出。

一旦对我必须蹲在这多风山顶上多时的事实认命后,我便将手探到最深处,用一根手指插入小羊嘴里。我感觉到一根小舌头在我手中轻动,觉得放心多了。至少它还活着。我精神一振,开始了擦润滑膏、摸清小羊腿的位置、将羊腿都拉到一处的熟悉过程。最后,就在我席地坐下喘一口气时,我知道现在我要做的只是将小羊头拉过骨盆。这并不容易。只要羊头一出来,我就大功告成了;万一头出不来,那我就有麻烦了。华登先生忙着将阴户四周的羊毛拨开,沉默地望着我。尽管他养羊养了一辈子,他在这种情况下还是帮不上忙,因为他和多数的农夫一样,有一双因工作繁重而变得粗糙的大手,手指粗大如香蕉,所以不可能伸进一头母羊内部。只有像我这种被人称之为“女人手”的小手才派得上用场。

我弯起食指钩入眼窝内。这是我最喜欢的把戏,因为除了脆弱易碎的下颚外别无可以握紧之处,然后开始万分谨慎地向外拉动。母羊一个用力,将我的手压向骨盆——虽比不上为母牛接生时那么痛,但仍然非常疼痛,使我张开了嘴巴,继续拉、扭,直到在一鼓作气下,小羊的头终于滑出了多骨的骨盆开口。

紧接着,脚和鼻子也出现了;我迅即将这只小生物接到这世界来,放到草地上。

它沉静地躺了一会儿，嗅着它四周冰冷的空气，然后便用力摇摇头。我微微一笑，那是最好的迹象了。

我又和那一小块肥皂挣扎了一会儿后，华登便默默无语地递上一块粗麻布让我擦干手。在当时，这是十分平常的。毛巾在农场上是很稀有的物品，所以我不能责怪农妇们不愿拿干净的毛巾给两手刚伸入一只动物尾端的人。通常他们所给的只是一条并不很干净的旧毛巾，不然便是随手便可拿到的粗麻布袋。我不能用那粗麻布揉擦我的臂膀，只好以轻拍了事，然后才将依然潮湿的手臂伸进外套的衣袖内。

母羊听到小羊的尖声叫唤，开始以我所熟悉的咩咩叫声回答。当它站起身来，开始用力舔那只小动物时，我站在那儿，忘了寒冷，倾听它们的对话，陶醉在生的奇迹中。小羊显然觉得自己在浪费时间，颤颤巍巍地站起身，脚步不稳地绕到吸得到母乳之处。我满意地咧嘴而笑，转身朝车子走去。

吃过早餐后，我的下一个任务是去“清理”，为母羊做产后处理。在和一块如大理石般硬邦邦的肥皂挣扎过后，我又一次得到一块粗麻布将自己擦干，只不过这回的麻布袋不久前才装过马铃薯，所以我发现自己在干裂的手臂上拍打着泥块。那天早上稍后，在我做过一次直肠检查诊断怀孕之后，我的选择是一块上面不知布满多少细菌的脏“牛棚毛巾”，或是舍此脏毛巾而就另一块粗麻布。

当我开车驶入毕乐农场时，我藏在衣袖中的双臂已又红又肿，可是我知道这里有较好的事物在等着我。事实上，是美妙的事物。

我从不知道乔治·毕乐或他太太对毛巾的态度如何，但是他母亲毕乐老奶奶，对这件事却有很清楚的看法。当我为一头母牛撕裂的乳房缝完伤口后，我浑身溅满了血却满怀期待地站在碎石路上等待这位老太太。果不其然，她牵着最小的孙女——四岁的露西——走进牛棚。

她将挤牛奶的坐凳放好后,便将一块刚刚洗净、折成完美长方形的雪白毛巾放在凳子上,然后又在毛巾上放一块连包装纸都未撕开的昂贵薰衣草香皂。一个装了热水、洗刷干净的铝制水桶,完成了这个画面——每次我看到都觉得很美的画面。

我虔诚地将香皂的包装纸撕开——总是全新的一块,当我把手浸到水里,在温热的手臂上揉出厚厚一层肥皂泡,又吸着薰衣草的香味时,我几乎发出了迷醉的低吟。那农夫毫不动容地站在一旁,或许只有嘴角因感到有趣而略略扬起吧,但是毕乐奶奶和露西却无比欢欣地注视我的清洁过程。

在毕乐农场一向都是这样的;我深深喜爱却从不明白为何会如此。或许西格说老太太们都很喜欢我,并不是完全没有道理的。他喜欢扯我后腿说我的"后宫佳丽"都是坚持要我为她们看狗的七十岁老太太。无论如何,我深感庆幸能得到毕乐奶奶的青睐。在她眼中,为我准备的一切都得是正确无误的,哈利先生应该要享有最好的。

一个星期六早上,西格将《德禄镇与霍尔屯时报》推过桌面给我。

"吉米,对你来说恐怕有点坏消息。"他喃喃说着,指着报上的一段记载。

那是段讣闻:"玛嘉·毕乐太太,享年七十八岁,是已故赫伯·毕乐的爱妻……"我看着,感到一阵阵的失落,并为"所有的好事都会有结束"的感觉而扼腕。

西格对我撇嘴一笑:"你的干净毛巾老友,呃?"

"对。"她的干净毛巾便是她表达友情的方法,而我也将永远记得她这个朋友。在我脑海中,我可以看到她围着花围裙,手牵露西站在挤牛奶的圆凳旁。她是曾经经历过战前艰难时代的那一代,而她那枯瘦、微驼的身躯和那张满是皱纹的脸便是那些艰苦时代的证据。我在许多老约克郡人中都看到过这种脸，严肃，却慈善。我知道我会很想念她。

直到我再访毕乐农场，我才知道我有多想念她。我做完差事后，望着两只脏手，痛苦地意识到那个老太太不会再由那扇门走进来了。我知道乔治·毕乐不会给我一个麻布袋，可是他会给我什么呢？

就在我这样想着时，那半扇门被推开了。小露西走进牛棚，脚步略微不稳地提着那桶熟悉的热水。接着她取出夹在腋下的毛巾和香皂，放到挤牛奶的圆凳子上。同样一条折叠整齐、毫无瑕疵的毛巾，也是同样一块新香皂。

那脸色酡红的小女孩抬头看着我。“奶奶说我得照顾你。”她喘着气说，“她告诉我应该怎么做了。”

我强咽下喉中哽咽：“呃，露西……那真是太好了。而且你做得好极了。”

她高兴地点点头，我则偷瞄了她父亲一眼。乔治站在那儿，靠向一头乳牛，脸上的表情深不可测。

我撕开了香皂的包装纸，开始洗手。当我闻到薰衣草的香味时，我不禁回想以前的那些日子。

我一语不发地在手上揉满肥皂泡。这时那小女孩又开口了：“哈利先生，只有一件事。我现在五岁，很快就要去上学了。我不知道以后你该怎么办。”

一种旧事重演的感觉涌上心头。我自己的女儿，罗丝，在她这么大时，也常为如果我没有她真不知该怎么活下去的问题而感到忧心忡忡，时常安慰我说她在周末时还是会在我身旁的。我不知道该怎么说，但是她父亲插嘴了。

“别担心，孩子。”他说，“只要你教我怎么做，我会尽力做好的。再说，从现在开始，我要尽量只有在星期六时才找哈利先生来了。”

买房记2

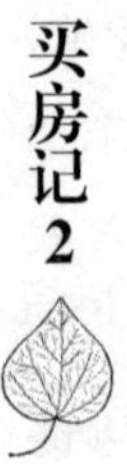

我拿起电话时，觉得有些气喘吁吁。

“哈顿爵爷，很抱歉。”我说，“恐怕今早我会晚一些去看你的马。我的房子昨晚被风吹垮了。”

电话那一头没有声音；我可以察觉到这个友善的贵族一时难以接受我的宣布，所以我觉得有必要做进一步的解释：“你也知道的，昨晚刮了一阵疾风，据我所知，时速九十英里。而我请人盖的房子才刚刚盖到屋顶高度。我每天早上都要去看看盖得怎么样了，所以今早我也去看了，而——正如我所说的，它被吹垮了。到处是一堆堆的砖块，还有乱七八糟的脚手架。我必须先做几项安排。”

又是一阵静默，好半晌后才传来了两个字：“哦，碎片。”

那是我生命中伤痛的一刻，而我永远也忘不了那个古怪却亲切的哈顿侯爵所说出的短暂妙答。他以惯常的精妙并抑制的口吻说出那两个字，表达了这个子矮小的爵爷显然感受到的惊愕和同情。

在我无法买到戴登太太的小房子后，我便更加积极地要将全家搬到一处更合适的居所。这一次事件使我必须要重整旗鼓。

我过了好一段时间才得以将多福路口那场拍卖竞价的失败释怀。由于我寄以厚望，因此当我望着海伦仍在宽敞的史盖得居勤奋工作时,便会感到一种深深的挫败感。海伦本来就是个比我更易于适应的人,所以对这整件事情只是一笑置之。

她快乐地洗着刷着,轻描淡写地说:“还会有别的房子的。”那才真叫人生气——她并不在意。但是我在意,而且更执意要让她搬出史盖得居。

当我看到在《德禄镇和霍尔屯时报》上的广告时,我立刻感到有一线希望。

“海伦,你看这个！”我热切地指着在头版上房地产广告中的一帧照片,“我知道这房产,是个很不错的地方。”

她隔着我的肩膀瞄了一下:“噢,对,在德纳比路上。我看过,很迷人。”然后她询问地望了我一眼,“可是那是一幢独栋式的房子,不太大,我知道,但也不像戴登太太的那么小。大概蛮贵的。”

“不会的。老卜兰和我把戴登太太房子的价格拉高了。那个小地方才值大约两千镑。这间房子会合理要价的,大约两千镑。我想建筑协会会贷这笔款子给我的。”

那天我回家吃午餐时便已兴奋得涨红了脸。协会的人很支持,贷款不成问题。

“看起来很乐观呢,海伦。”我说,“幸好我们没有买到另一栋房子。这一栋恰到好处。稍微大一点,但是结构很好,花园又大,有果园,还可以俯瞰溪谷的风景。拍卖会定在下礼拜五,所以不必等太久了。海伦,就是这栋房子,我知道一定是的！”

我太太深深地凝望着我:“吉米，你必须答应在拍卖会上保持冷静,我才会同意这件事。"

"冷静?我不明白你的意思。"

"呃,你很清楚上一回你激动地出了我们根本付不起的价格。我现在只是要求你保持冷静,不要再像上次那样了。"

"冷静……激动……我不懂你的话。"我高傲地说。

她很有耐性地笑笑:"哦,你一定记得的,你那时脸色白得像鬼一样,到后来更是全身发抖。我还在想不知道你有没有办法站起来走出去呢。"

"你太夸大其词了。"我板着脸答道,"当时我遭受到相当大的压力,仅此而已。"

海伦的微笑突然转为大笑:"哦,我知道,但是除非你答应最高只出价到三千镑,一分钱都不能多,我才要和你去。我说的是真心话,吉米。"

"对……对……我答应,当然。反正,我也不会做出那样的傻事的。"

我很快便把这段插曲给忘了,不久又回到旧日的幻想中——想象海伦轻快地在新房子里移动,孩子们爬到果园的树上去摘水果。

我出诊时不断地改变路线,好驶往德纳比路,顺便去看那个地方。海伦和我已经去附近勘察过。这房子太完美了。很快,非常快,这房子就会是我的了。

一直到星期五,我们走过市场到多福路口去时,我才从云端走下来。当我们走入拥挤的拍卖会场时,我突然感到胃部抽痛,这一切都令人惊恐地想到了上一次。同一个房间,同一个拍卖会主持人站在讲台上用手指敲着他前面的桌子,面带愉悦的笑容扫视人群。等我们挤到一个地方坐下后,我的心跳已十分急速。

不久,主持人开始了前言,告诉我们所有我已知道的那房子的优点。他喋喋不休地说着时，海伦紧紧挨着我，因此可能察觉到我的四肢微微颤抖，便抓住我的手，手指与我的交缠在一起。

她低声说："放松些，吉米。"

我吸了吸气："我非常放松的，我向你保证。"我低喃着，眼看开始出价，极力想忽视耳中轰隆隆的声音。不过，在这种情况下，深呼吸确实很有帮助。

大概在我第三次深呼吸时，我听到了拍卖会主持人说："现在已经有人出价两千九百镑了。"他似乎以出人意料地迅速便喊到了这个数字，我立刻举起了手。别人的手也纷纷在我周围举起。我听到他说："现在是三千镑。"

就在那一刻，海伦抓着我的手猛地握紧了。她是个高大而健壮的女人，她这一握使我领悟到如果我再继续出价的话，她会将我的手指压成纸浆。

反正那也不会有什么不同的，因为整件事极其快速地完全超脱了我的控制，三千一百、两百、三百、三千四百……然后，不消多久，当我哑然呆坐时，他已报出了四千镑，而还有许多人仍在竞价。到了将近五千镑时，一时缓慢了下来。但是我还未做完深呼吸运动，便听到锤子敲到桌面的响声——五千镑卖给某某某先生。一切都结束了，我甚至连一点机会也没有。

正当我们站起身，想要和人群一起走出时，我看见一个灰发男人和主持人握手，并以令人难受的自以为了不起的姿态大声笑着。然后我们便到了外面，走在市场的碎石路上。

失败的感觉并不次于上一回。海伦仍握着我的手。我勉强挤出一个微笑："呃，又是同样的情况。"我低喃道，"只不过这一回我没有那么苍白了吧？"

我的妻子仔细审视我的脸好半晌,“没有……只有一点苍白,但比不过上一次。”然后她笑了,“可怜的老公,你根本没机会变得苍白。一切都在迅雷不及掩耳中便结束了。总之,不要紧。我常想有很多事到头来都是对的。”

“然而,又是一次失望。”我说,“上一回我们还有戴登太太给我们一点安慰,今天却没半个人。”

我说话的当儿,觉得有人扯了扯我的衣袖。一转身,我看到是贝特罗令。他有一小片田地和刚刚卖出的那栋房子相毗邻。

“嗨,贝特。”我说,“你也到拍卖会去了吗?”

“是呀,哈利先生,而且我真高兴你没买到那房子。”

“啊?”

“我说幸好你没买到,因为我到过那里很多次了,所以我可以告诉你,那地方是表里不一。”

“真的吗?”

“是呀,那房子外表是很好看,但那屋顶漏水漏得厉害呢。”

“不会吧!”

“我不是瞎扯的。我到阁楼上去过,看到那里放了好几排用来接水的桶和锅,他们试着修理那屋顶已经好多年了,可是他们一直修不好。”

“老天!”

“阁楼上的木材也因为受潮而腐烂了。”

“我的天!”

他拍拍我的臂膀,笑道:“所以你瞧,你幸好逃脱了。我只是想最好告诉你。”

“呃,谢谢你,贝特。那真的使我们觉得好多了。”我对他挥挥手,看着他快步走过了市场,然后才又转向海伦:“嗯,这不是太奇怪。我们终究还是有人来安慰我们的。也许下一次还会有第三次的运气吧。”

尽管又经过一次挫败,我们的决心依然坚定不移,或者该说“我的”决心吧。因为,如我所言,海伦似乎毫不忧虑,可是我却铁了心。我将本地报纸的广告全看过,热心地在“地区花园”项中的每一个“出售”栏停下来细读,但一时并无所获,直到我们在一次聚餐会中结识了鲍伯和莉莎·莫礼。他们是年轻的建筑师,和我们年纪相仿,在附近的市镇有间办公室。

“你知道,”莉莎说,“你费尽心力想要找一栋合适的房子,但是以三千磅的价格,我们可以帮你盖一栋很好的房子,由你们自己计划,可以有你想要的所有特点。这对你们来说会有更好的展望,而且事实上到头来可能还便宜些呢。”

海伦和我对望一眼,我们从未想过这一点。

“只要你们找一块地, 鲍伯和我在几个月内就可以为你盖好一个地方了。”莉莎又说,“总之,想想看吧。”

我根本无须多想。整个展望充满了炫目的光芒。“这是个好主意。”我热切地说。而海伦也点点头:“我们怎么没有想到这点呢。就这么办吧!”

莫礼夫妇不太肯定地望着我们:“你们确定吗?你们何不多考虑几天呢?”

我坚定地摇摇头,说:“不必多想了,我们就这么办。你们开始画图,我会尽快到乡间去找一块地。”

鲍伯微笑道:“好吧。但是慢着,我们必须坐下来好好谈谈,才能知道你们究竟想要什么。我们需要很多细节。”

我说:“我们只需要有扇传菜窗。”

"传菜窗？就这样吗？……海伦，你呢？"

"传菜窗。"我太太坚定地答道。我们两人的脑海中都浮现了由厨房墙上的小洞将菜传到餐室的美好画面。

在史盖得居的长长通道上走了这么多年后，一扇传菜窗自然是我们最想要的。莫礼夫妇为此大笑了一场，不过他们可没见过史盖得居的通道。

"对。"莉莎在笑声中说道，"那我们就由厨房和餐厅之间的一扇传菜窗开始，来设计这栋房子吧？"

"一点也没错。"更多笑声了，只是在海伦和我的笑声中却有些严肃。

后来，我们还是坐下来详谈，讨论了较不重要的事项，例如卧室和浴室。不消多久，莫礼夫妇便画出了非常迷人的蓝图。

"这是一栋很美的房子。"海伦审视蓝图，喃喃说道，"这么美的小玄关和楼梯，以及所有有用的壁橱和壁柜。你们什么都想到了。"

"尤其是那扇传菜窗！"莫礼夫妇异口同声地说罢，又哈哈大笑起来。

同时，我常到乡间去勘察，寻找一块地，结果却发现相当困难。由于一个所谓"乡镇计划"的存在，我不能随便请求我的一个农夫朋友将他们田野中风景不错的一块地卖给我。

他们都是很好的人，虽想帮忙，却帮不上忙。

"我很乐意的，吉米。"其中一人说，"可是法律却不允许。甚至于我想在自己的田野上替我儿子盖间房子也不行呢！"

那是一致的说法。最后我意识到我得在沿德禄镇周围所划出的建筑区界限内找到一块地。我的搜寻变得越来越迫切了，直到有一天，我在德禄镇边缘找到了夹在两栋房子之间的一块空地。这里景致不错，但就是太窄了些。

“只有一件事。”鲍勃·莫礼说,“要是你买这块地的话,我们就得把这栋房子横着放了。”

这使我们担忧。“但是太可惜了。”海伦说,“这房子那么美——我就是喜欢它的正面。”

鲍伯耸耸肩:“只有这个办法而已。有很多人都想找地盖房产。你们也许得等好久才会碰到一块合适的地,而且我们可以修改呀。我们可以让它横着盖,但还是很迷人的。”

莉莎拿了修改过的设计图给我们看,那确实是可以接受的妥协。

我们买下那块地,准备行动。我们几乎立刻便碰到了意想不到的障碍。在50年代早期,英国人仍处于战后萧条的恢复期,有很多物资仍然短缺,包括建筑工人。我们找了很多地方,却找不到有人愿意承揽建筑这栋房子。最后我们决定惟一可以动工的办法便是雇用不同行业的人,如水泥工、木匠、水管匠等。这办法倒行得通,不多久我们便已打好了地基。

自那时起便令人十分兴奋,但也挫败连连,因为不止一次我去工地造访时发现水泥工人坐在一旁抽烟、喝茶。他们的解释都是一样的:“我们没办法进行,木匠还没来呢。”要不便是木匠在喝茶,因为水泥工人还没来。我听怕了“我们没法进行”这句话。

因为这样,进度便很缓慢了。好几周过去,墙壁只砌到及膝的高度。我们离开到外地去度两星期的暑假,当我们回来驶过空地时,我们以为会看到很大的进展,但一看到房子根本没有任何进展时,我们的希望瞬间落空。

不过,这些难题最后都一一自行解决了。在几周的一鼓作气下,这栋房子开始以奇迹般的速度增长。

终于有一天，急于要取悦我却也很诚实的泥水匠们，将山形墙砌到了几乎到达屋顶的高度。

“哈利先生，明天我们就可以盖屋顶了。”其中一人愉快地对我说，“惟一一件事就是木工们应该已经在这里把梁木和最后的圆柱钉上了，但是我们会把山形墙先砌好，下午木工们一来再用圆木撑住。那样我们都会很快乐了，我们来把旗子插上。你看到会很高兴的！”

他说的是实话。能看到我们的新居屋顶飘着传统的旗帜，我不只会很高兴而已，一定会感到心醉且很有成就感。我等不及明早第一件事就是跑过去看了。

那一晚疾风猛吹，根据收音机报道，风速每小时达九十英里。但是我并未多想，直到我开车前往，看到了满目疮痍。木工们并未如期前来，因而那面没有支撑，面对前方马路的山形墙变成了一堆砖块，倒卧在前面花园里，到处都是扭曲的脚手架。我无法形容自己的心情。

是的，在那命中注定的夜里，一阵疾风吹起，将整栋房子都吹垮了。那不是任何人的错，只能怪自己运气不好，也因此我才得为必须延迟去看马而向哈顿爵爷道歉。

就如人生中多数的小灾难一样，这次灾难也被克服了。山形墙又重新砌起，在几周之内那栋房子也胜利地完成了。那确实是栋很好的房子；它的各种新颖的特征和现代化的构想不但使它成为一项璀璨的成就，也是鲍伯和莉莎之出色技巧的不朽明证。

将我们自己造屋的整个构想付诸实现，最后我们得到了心里想要的一个让全家人居住多年的快乐的家。只是有时我不免回想起当我开车驶上柏登路，在依然狂啸的风中从车里看到那一堆砖块和倒塌脚手架的那个早上。

那真是悲惨的一刻。哦，真的是碎片。

吉米腺

那是卡隆在时，有一回我还以为自己产生了幻觉。一天早上，我从史盖得居的前门走进去，在通道上我看到卡隆的獾玛琳慢吞吞地朝我爬过来。它现在常在屋里爬来爬去，而我也逐渐喜欢上了这只友善的小动物了。

“嗨，老女孩。”我拍拍那个有着白色条纹的头，“你真友善，是吧？我开始了解为什么你的主人会对你这种动物感到狂热了。”

我转入办公室，却吃惊地呆立了一会儿。卡隆就坐在桌前，肩上仍扛着玛琳。

“怎么……怎么……”我结结巴巴地说。

卡隆抬起头，正要回答时，西格大步走了进来。

有一会儿，他难以置信地瞪着那年轻人：“这是怎么回事？我在外面差点没绊到你那只该死的獾，现在它又在这里面了。”

卡隆笑笑。“啊，是的。”他不置可否地说，“在通道上的并不是玛琳，而是柯利。”

“柯利？”

“是啊，我的另一只獾。”

西格涨红了脸：“‘另一只’獾……我不知道你还有‘另一只’。”

“噢，我不得不找它来。我看得出玛琳很寂寞，我知道有哪些征兆。你瞧，”他真挚地说，“它虽有我做伴，但是当一只动物感到寂寞时，除了再去找一只同类，别无他法。”

“是啊，那非常好。”西格的嗓门逐渐拉高，“只不过有一只獾在屋里爬来爬去已够我受的了，现在竟然有两只。你以为这里是什么地方，专为獾所设的寂寞之家吗？”

“哦，不，不。可是你必须承认它们是很可爱也很友善的小东西，它们一点也不麻烦的。”

“那不是重点。我……”

电话铃声打断了西格的话，他拿起话筒。他听电话的当儿，柯利慢吞吞爬了进来。过了一会儿，西格搁下话筒，跳起身来：“该死！哈顿爵爷的那匹骏马情况并无好转，事实上，反而更糟。我得去一趟。”他难以置信地又瞥了那两只现在在地板上玩的獾最后一眼，才匆匆出门。

卡隆问道：“他没生气吧？”

“呃，只有一点，但是他会忘记的。我要是你的话，就先把柯利留在你的住处至少几天。”

他点点头，然后指着窗外：“罗得·米朋的货车刚刚驶了进来。他带了一头母羊来，我想是纤维化造成的子宫颈无法扩张。”

现在正是小羊诞生的季节。以前为羊进行剖腹产并不寻常，但今年却十分流行。其中原因很多。农夫和兽医都一致认为在许多接生过程太久的事例中，最好还是替母羊剖腹，“将它们从旁边取出来”

比较好。

对母羊一个不小心，将子宫颈破开而拉出过大的小羊很容易会将肌肉撕裂，这会造成绝对的致命。又不知为了什么，今年“平滑子宫”十分普遍。所谓“平滑子宫”是子宫颈并无寻常的褶皱感，而只是平滑的肌肉组织，即使是在打了催生针之后，仍无法将小羊挤出。在这种病例中，最好便是立刻动手术，不要拖延，以免母羊白白受苦，还可将小羊活活取出。

兽医也为妊娠中毒严重的病例进行剖腹生产，这样一来，生出小羊的母羊有较佳的复原机会。结论便是，我们时常进行剖腹，以至于农夫便常把他们的母羊带到手术室来，省得我们多跑一趟。我们引领罗得·米朋驶入庭院中，已将一手洗净的卡隆便立刻探进母羊体内。“典型的平滑子宫，罗得。”他说，“所以我们最好别再拖延了。我们着手准备，你将它的毛修剪一下。”

罗得从车中取出了剪子，将母羊倒过来，熟练地将侧面浓密的羊毛剪掉。我将羊刮净、消毒后，又对该部位施以局部麻醉。卡隆也端了一托盘消毒过的仪器出来了。卡隆是我所认识的兽医中对消毒执行得最彻底的一位！只要他出诊，一定带着一个铁箱子，里面装着刚刚经过煮沸杀菌的刀、镊子、针等，因此他和我们共事不久，其高度的成功率便已十分明显。只要是由卡隆执刀动手术，他的病患便得以存活。

现在我便让他动手。看着他那长而强壮的手指干净利落地操刀切开皮肤、肌肉和腹膜，然后又割开子宫，取出两只蠕动的黑脸小羊，实在令人不由得赞叹。不消多久，他已开始缝合伤口，对着两只摇摇晃晃走向母亲乳房的小羊咧嘴而笑。

罗得十分高兴。“太棒了！幸好我立刻赶来。我们得到了双胞胎，还有健康的羊妈妈。”他将小羊抱到货车后方的干草堆里，母羊也跳向它们,仿佛若无其事一般。

我自己也做过不少剖腹手术,但是每想到母羊在手术后看似毫不受影响,就总使我感到惊异。有一次我在一座农场的羊圈里刚刚将剖腹后的伤口缝好,那头母羊便从农夫的手中抬起头,从它躺卧的干草堆中跳起来,用力一跃,跳过羊圈的下半扇门,跑进田野中去了。

几天后,我碰见那农夫,便问起那头母羊。他说:"是呀,它回来喂它的小羊,否则天晓得我是不是还会看到它。"

罗得·米朋将他的羊载走之后,我们便开始了手术室里的工作。拉布拉多将心爱的球吞下肚中,我为它做了剖腹手术,而卡隆则以他惯常的沉着为一只西班牙小猎犬摘除了乳房肿瘤。

我们正在清理时,他指着门旁的三个猫笼:"那些猫怎么了?"

"噢,它们等着摘除卵巢。我要把它们带到葛伦·贝奈那儿。"

"这种手术你从不自己动手吗?"

"对呀。所有的猫和母狗都送到贝奈那儿去。"

卡隆瞪着我:"为什么你要这么做呢?"

"噢,他是个中高手,最棒的。处理得当,所以猫狗的复原情况都很好。"

"我想也是。我听说过葛伦·贝奈。但是,吉米,你有足够的能力可以动这种手术呀!"

"噢,我知道,只是我们一向都这么做的。我们是个大型的动物企业,这不过是条支线。"

他笑道:"自从我来这里以后,我看过你做剖腹手术、肠切开术,以及子宫积脓祛除术。摘除卵巢手术又有什么不同呢?"

"呃,我真的不知道,卡隆。其他那些手术都是紧急情况。或许是因为做卵巢切除术时,你要割的是一只健康的动物吧。说起来,是有点可笑。”

“我明白你的意思。万一客人带来的小动物本来很健康,结果手术却失败的话,那你会很受不了。”

“大概是那样吧。或许原因在于缺乏自信。我总是想,身为一个农场动物医生,我不该做那一类的事。”

卡隆举起一根手指:“呃,吉米,我是真心诚意的。你一定要改变这种想法。小型动物才是未来的趋向。乡村兽医只因为自认为没有时间便不去做像卵巢切除术这样的工作,那种日子已经过去了。”

“或许你是对的。什么时候我们也该接手过来了吧。”

“何不现在呢?”“啊?!”“我们就从这三只开始吧。割除卵巢很容易的,我在大学诊所内就做过很多次了。”

我想开口抗议,但卡隆已将一个猫笼放到桌上,抱出一只三个月大的漂亮小猫。“来吧。”他喊道,“卵巢摘除第一号——史盖得居新纪元的开始。”

我受到他的热情感染,不久我们便为那只小猫上了麻醉药,且将局部消毒好。卡隆从容地在它身侧划上了细细一刀。微创手术是我们所要做的。因为很容易,所以无须割太大刀。就像这样把子宫取出就可以了。

他用镊子探入切口内。“一点也不麻烦。”他用镊子末梢夹出薄薄的一条肌肉组织,“就是这个,你瞧,连小孩子都会。”然后他停了一下。“不对,不是这个。”他把那条东西推回去,又更深入地搜寻。可是当他拉出镊子时,他所夹出的依然不是他所要找的子宫,而是那同样的神秘粉白色线。

“该死!我从没碰过这样的麻烦!”他咕哝着,又开始在小腹之中寻找。他刚刚又将那错误的组织夹出时,电话铃响了。

“产牛乳腺炎，昏过去了。紧急状况。卡隆，我必须出去一趟。你可以应付吗？”

“当然，我可以的。只是这子宫到底在什么鬼地方呢？”

我留下他愤愤地瞪着那只小猫。

稍后我们再度碰面时，他冲我凄惨地一笑：“吉米，很抱歉我的示范错误。你才刚出门，我便找到了子宫，在几分钟之内便结束了手术。然后我又为另外两只猫进行手术，没有问题。”我相信他。卡隆是个天生的外科医师。只是这件事并未就此终结。

几天之后，我们又接了四个要割除卵巢的病例。由于诊所里只有卡隆一个人在，所以他用戊巴比妥钠而非我们惯用的氧气和乙醚为那些小动物麻醉后，再自己操刀。我走进手术室时，他正要开始为最后一只动刀。

“吉米，很高兴见到你。”他说，“我刚刚为那三只动了手术。”他指指那三只仍在沉睡的猫。“以加倍快速的时间做完了。轻而易举。总之，现在你既然在这儿，我可以让你看看是怎么回事了。”

他将镊子伸入切口内，又拉了出来，不是子宫，而是和上次一样的粉白色线状纤维。他瞪着那东西好半晌后，试了一次又一次，但结果却一样。

“我真不敢相信！”他吼道，“简直就像黑魔法嘛！”

我笑着拍拍他的肩膀：“真抱歉我没空等了，卡隆。我只是趁着两件差事之间的空档来看看你的情况而已。”

“在你进来之前，一切都很顺利的。”我走出门时，他大声吼道。

此刻回想起来，我意识到这是我一生中难以解释的奇怪小插曲之一。因为第三次，大约一周之后，我走进手术室，发现我的同事正弯向一只沉睡的猫。

他抬起头,亲切地对我笑笑:“啊,吉米,你又来了。我刚完成两个卵巢切除手术,不费吹灰之力。现在我刚要为这一只动手,你看看我怎么做吧。”

他自信满满地将镊子伸入内部,但取出的仍不是意想中的子宫,而是那同样令人不解的粉白色线条。他将那线条推回,试了一次又一次,还是没有成功。

“去他的!”他吼道,“这是怎么回事?!上一次我以为我太自大了,但现在我知道了,是你!”他张大眼睛瞪着我,“你是个巫医!每次你都用邪眼对我施法!”

“哦,要命,卡隆,我很抱歉。”我拼命压住笑意,说道,“实在是很不幸——不过,你不断拉出来的那玩意儿‘到底’是什么呢?那到底有没有名字?”

“现在有了,”我的同事吼道,“叫做吉米腺!”

这名词被正式纳入我们的术语中。在子宫切除术早已不再新奇,成为简单而规则的例行工作之后,只要那条粉白色纤维一出现,便会有这么一声叫喊:“嘿,吉米腺又出现了!”

我在搬进山梨园后的第一个早晨醒来，发现自己和平常一样立刻陷入清醒的准备状态，像一个已经就位的短跑选手，急于穿好衣服，开始在史盖得居的例行跑步。由于积习难改，当闹钟响起时，我的腿便开始抽搐，随时准备奔跑。过了两分钟后我才意识到点火、和煤炭炉对抗，以及持续跑步以免受寒的这些程序都已成为过去了。

一切都触手可及。我几乎毫不费力地穿上一件袍子，走下几级楼梯到小玄关，然后走进温暖的厨房。小狗丹丹在它的篮子里摇尾问候。我摸摸它，与它交换了早晨的问安，由它眼中我看得出“这不是很棒吗”的表情。这简直是天堂。

我心醉神驰地将水壶放到电热炉上，又在茶壶内放入茶叶。当我端茶上楼去给海伦时，几乎不觉得自己是在爬楼梯。

回到厨房里，我又为自己倒了茶，伫立了半晌，闻着浓郁的茶香。靠着新式的炉子，并眺望外面青翠的田畴山野，觉得自己就像个苏丹国王。

我想，人生的乐趣不过如此。

一切都很清楚了，在拍卖会上我没买到那些房子，在当时似乎使我的希望完全破灭，但事实上却可归之于我的好运。现在我拥有一栋好得多的房子——现代化，小得合理，方便……而且温暖。我凝视着那扇我们期待已久的传菜窗，哦，这的确是梦想的实现。

在这一想法的抚慰下，我感激地在椅子上坐下来，却因下方突然爆出的嗞嗞声而立刻又跳起身来。我的宁静被摧毁无疑。我拿起椅垫，发现有人恶作剧地在下面放了充气的塑胶袋。尖锐的笑声从楼梯顶传来。我猛地推开门，只见小吉米和小罗丝快活地俯靠在栏杆上。

“你们这两个捣蛋鬼！”我快步奔上楼，边大声吼道，“就在这第一个早上！我要给你们好看！”但是等我追到他们时，这两个小鬼已将自己锁进卧室内，而我也没时间再继续追究了。

第二次坐下时，我思索着从现在起必须格外小心的事实。开老爸的玩笑是我这两个孩子的嗜好。如：假墨渍，咬下去时会吱吱出声的面包，打开时会发出刺耳的嗡嗡声的信封——尤其是在我警觉性最低的早晨。

每次我们到格拉斯哥去探望我的父母时，他们便会不厌其烦地跑到皇后街的薛普恶搞玩具店去补充新货，而现在搬到这个小房子，我就成了极易下手的目标了。

不过，喝过几口茶后，我又恢复了先前的迷醉状态。我难以相信房子里会这么温暖，且每件东西都触手可及。对海伦来说，生活将会惬意轻松得多了。

这份安宁并未持续太久。不到几分钟，孩子们下楼来了，厨房里立刻回荡着震耳欲聋的吵闹声。小吉米把附加扬声器放在架子上，而我们喜爱的莫非牌收音电唱机则放在隔壁的餐室内。不一会儿，猫王的声音已在我耳畔宣扬福音。

我借着为海伦端上第二杯茶而逃脱了一会儿。在史盖得居那么久,对于我百般请求她早上不要那么累,她只同意让我端茶给她这一项,因此我决心在新家里也应该继续这件例行工作。我下楼时顺便在前门处拿了早报,端起茶杯,又一次在餐桌旁坐下。

坐在我旁边的罗丝随着音节的节拍上下晃动,最后因为动得太厉害,当她向下动时,一个旋转,椅子的一脚便压在了我穿了拖鞋的脚趾上。当时她是个胖胖的小女孩,体重不轻,因此我痛得叫了一声,一杯茶随着飞到半空,热腾腾的茶水连着茶杯泼落到我的报纸上。我跳起身痛得不停跳跃时,我的儿子和女儿却尖笑不止,而小狗丹丹也乐得狂吠。

在疼痛中,我想着在短短几分钟内这已是那两个小鬼第二次将他们的快乐建立在老爸的痛苦上了。这真是令他们难忘的一天。

音乐将会成为每早上学前的例行公事。最初那叫人难受,因为我一生都是古典音乐的忠实听众,觉得流行乐曲让人听得昏头昏脑的。对我来说,那只是既响又刺耳的吵闹声。但是在山梨园度过几个月之后,每天我都被迫倾听《蓝色绒面鞋》、《别这么残忍》、《监狱摇滚》以及其他歌曲,慢慢地,我也对猫王有了特殊的感情。

而今,四十年后,当收音机播放任何一首猫王的歌时,都会使我回到在山梨园厨房里的那些早晨,孩子们吃着玉米片,我的狗在我脚边,整个世界都是年轻而无拘无束的。

然而……当时还有另外一件牵动我情绪的事:离开史盖得居远比我所想象的要难多了。当货车将我们的最后一批物品载走之后,我在空荡荡的房间里走来走去,只觉得处处都回荡着孩子们的笑声。那间我曾在那里读床边故事,以及更早一些时候西格、屈生和我都未婚时都曾躺在那里伸开四肢躺着聊天玩闹的大客厅,似乎以它那永恒的魅力和优雅在斥责我。

美丽的壁炉和壁炉上方的玻璃柜,和我们曾用来装现金用的白蜡大酒杯都还在那儿,落地窗敞向有高墙围住的长方形花园,花园里有青草地、果树、芦笋和草莓……这些都构成了如潮汹涌的回忆。

楼上,我站在大卧室里,海伦和我曾睡在这个房间里;而我们也曾把还是婴儿的孩子们抱进来,和我们一起睡在曾立在角落里的硬床上。

我踏步走过光秃秃的地板到吉米和罗丝曾共用的更衣室去,几乎可以听见他们在每个新的一天到来时作为序曲的嬉笑声和打闹声。

我又爬上一层阶梯,到屋檐下夹层的几个小房间。这里是我和海伦婚姻生活开始的地方,有张长椅靠墙而放;还有瓦斯炉,它曾是我们煮东西的惟一工具。

然后我走向窗畔,俯瞰小镇高高低低的屋顶和翠绿的高原,强咽下喉间的哽咽。亲爱的老史盖得居,我真高兴我们仍得以留下它当诊所;我还可以每天走过它的门扉。只是我的家人就将离开了,我不禁想着未来在这儿的日子是否仍像以前那么快乐。

有獾的兽医

“我可以和有獾的那位兽医谈谈吗？”

当我把话筒递给我们的新助手时，我突然想到这样的要求已越来越平常了，而这对我有益无害。这表示农夫们已渐渐接受了卡隆。就算有人要他而不要我，我也毫不介意。我怕听到的是“不要叫那个年轻的生手过来”！

当我们邻近地区的兽医雇用新助手时，我就听过类似的说法。

我们很幸运有像约翰·克鲁克这样杰出的助理，所以想要有第二个一等一的人出现，无疑是对命运要求太多了。所有刚毕业的兽医都比我以前得到了更好的教育，可是有些人却因为其他的原因而过不了关。其中有一些就是无法面对一般诊所漫长而且辛苦的工作，时间又不固定；还有一些人缺乏和顾客相处的能力，也有人学业成绩优秀却不切实际。

卡隆似乎毫不费力地便适应了这份工作，令我如释重负。不过，一如约翰与屈生的各异其趣，他也和他们两人不同，非常不同。他那只永远与他同在的獾令人着迷;他那高大又带有海狮八字胡的外表、热烈的友善,以及他对人生不同寻常的看法,都使农夫及一般小动物顾客对他很感兴趣;但是,最重要的是,他的能力很强,是个好兽医。

菲思·科卫是我们一个很有幽默感的顾客,每次我到他农场去时,他都叫我"快乐哈利"。他以一贯直截了当的方式对我说了他对卡隆的意见。

"那家伙,"他说,"是一名'兽医'!"

这一天,我的同事放下话筒后转向我说:"那是艾迪·寇特,听说他有一头牲畜'有点没劲儿'。我好像变成了没劲儿的动物专家了。"

我笑道:"很好,卡隆。那你就快去吧。"

他陷入了沉思,一会后他说:"吉米,我想要问你一件事。我可以稍微改变一下工作时间吗?""怎么改呢?不同的半天吗?"

"不是。我想在每早6点开始,下午2点就结束。"

我惊讶地瞪视他:"这是打的什么主意?"

"那样我比较有机会到乡间走走,查看更多关于这附近野生动物和野花的生态。"

"呃,很抱歉,卡隆。我知道你对那一类事非常感兴趣,只是你选的时刻并不实际。我们不能那么做,那行不通的。"

他不置可否地耸耸肩:"好吧。"说完便转身要走。

"卡隆,等一下。"我说,"既然我们谈起了,我想向你提另一件事。你有些令人无从捉摸。"

"哦?"

"是的。当我们需要你时很难找到你。你也知道,有不少小农场并没有电话,所以有时候我若要找到一名助手,只有趁着他在吃饭的时候。可是你吃饭的时间却很不一定,而且你常常在我并不知道的情况下进来又出去了，而正巧说不定有什么急事等人去办。所以，拜托你只要进来时一定要接通电话给我。”

卡隆嘲讽地对我举手行礼：“遵命，长官，我会向你报到的。”

我们一起走出门到施药处去。在通道上，我闻到了一股恶臭。更恶心也更可怖的是，这股臭味似乎是从楼上传来的，我可以看到一丝丝的烟气从卡隆的住处飘出来。

“该死，卡隆，那要命的臭味！那上面在搞什么鬼?！”

他有点惊讶地望着我：“噢，我不过是在为我的动物煮一些内脏呀。”

“内脏！哪一种内脏？”

“就是普通的牛胃，从屠夫那儿要来的剩货。他说他随时都可以给我有点发臭的牛胃。”

我用手帕掩着脸，隔着手帕喊道：“发臭的牛胃，你不是在开玩笑吧?！看在老天的分上，快上楼去把那锅拿开。还有取消向屠夫的订货！”

我头昏眼花地走到后花园里，深吸了几口气，靠向墙壁，心中有些怅然。我原以为我和卡隆会有很和谐的关系，可是世上没有完美的事情。

当天稍后，当我进屋去吃午餐时，证实了他确实将我早上的话听进去了。电话铃响了，另一端传来了卡隆的声音：“请求得到吃饭的许可，长官！”

“批准，年轻人。”他的诙谐使我感到愉悦。当时我还不知道，此后他在诊所的那段时间内，我每天都会听到那些话。他必定要先报到之后才会进来吃饭。现在我回想那几年，想到他时，我似乎还能听到那句话：“请求得到吃饭的许可，长官！”

便宜没好货

我们刚在史盖得居定居时，我常到家庭拍卖会去寻找我们所需要的许多主要物品，但也不知为什么，我常会买些无用的东西回家。这些东西可列出一份长长的清单：一艘装在玻璃瓶里的大型帆船模型，铜烛台，当然还有那个小六角形风琴，以及那令人难忘的一次性购买的二十四册的《世界地图全集》。

当我们搬入山梨园时，我又急于想要帮忙了。我的一个构想便是在后花园盖一座草地网球场，主要是为了孩子，但也为了海伦和我，因为我们都打得很好——只要我们有空打球之时。

在测量过球场后，我意识到最大的问题是防止网球被打出花园，滚到远处。显然，架上高网为边是必要的。因此当一个渔夫上门来出售他的大型渔网时，我便以为我的问题解决了。他说他刚刚结束生意，所以要将这些网便宜卖掉。我买了一大捆的东西，用柏油绳紧紧绑着，一共用了十二英镑。然后我很得意地向海伦展示。

她并不为所动："吉米，你确定你不是又做了什么傻事吗？你知道你是很容易受骗的。”

我很不高兴:“受骗?不可能!可以看得出这个渔夫非常老实。他是从弗雷泽堡来的,穿着深蓝色运动衫。他说这是最后一批网,所以他以非常便宜的价格出售,只求脱手,他也好回家去。”

“嗯。我不喜欢这个说法。”海伦低喃道,“你有没有看看他的货车内是不是还有呢?”

“呃,没有……没有这个必要。我向你保证,这回我真的买到便宜货了。来,我来证明给你看。”

我们走到草地上,我开始解开那一大捆渔网。当我将网张开时,我的心也开始下沉。这些网上有许多大洞,有些直径达数尺之长。海伦开始笑。当我拉开一张又一张布满了洞的渔网时,她忍不住大笑,笑得前俯后仰。

“哦,老天,”她拭去笑出的泪水,说道,“幸好这个家还有个讲究实际的人。谢天谢地,我从不做像这样的傻事。”

我狼狈不堪,闷闷地瞪着那团无用之物,说道:“也许我可以用线把那些洞补起来。”

“噢,算了吧。”海伦又忍不住笑了,“别再逗我开心了,我快站不住脚了。”

那些网令我心痛,所以接下来数周,我都避开这个话题。但是我真的设法在不为人知的情况下躲到草地去试图缝补,然而却只是徒劳无功。

在这次灾难后,我试图以想出一些改进花园的新构想来挽回我的一点可信度。一个星期天,我在报上看到了以钟形塑胶罩保护娇嫩植物的广告,立刻觉得这玩意儿在约克郡严酷的气候下必然很有用。广告图片显示塑胶罩成排而立,看起来既好看又有效,而且也好像异常便宜。

我没有对海伦提起，便订购了一大批。

我以为我会收到一个大板条箱，但没想到邮差却送来了一个并不很大的扁平包裹。这不可能是我在图片上所看到的东西吧？

这个谜团很快就解开了，因为我原以为是硬塑胶之物，结果只是普通的软塌塌的聚乙烯塑胶套。还不仅如此，随套附上了一大团脆弱的细铁丝，还有语意模糊的指示如何将A杆套入B缺口，再和C边缘相接。我向来不善于拼装，因此花费令人疯狂的数小时和这些铁丝挣扎，而海伦则在一旁好奇地观望。

我不得不将我的阴谋向她招供，又因她立即的怀疑反应而懊恼。

她狐疑地注视着我买来的那堆东西，嘴角抽动——显然是在强忍住笑。我固执地继续奋斗，终于装好了一排铁丝，便将塑胶套套到上面。结果实在悲惨，就在我打量着那长而低滑的铁丝线条和那半附着铁丝、在风中不住翻飞的塑胶套时，海伦又出来看看是怎么回事。

我太太再也忍不住了，她靠向屋子的墙壁，大笑了约两分钟后才踉跄进屋，坐了下来。留在花园中的我还想维持一点尊严，但是我也受不了再看那些塑胶罩了。我尽快将它们全塞回原来的包裹中，把它们藏到车库里。这是另一次的灾难，也使我的信誉再度受损。

一周之后，我出诊回来，发现海伦的情绪异于往常。她两眼圆睁，非常兴奋，有点上气不接下气。

“吉米，你快进来看。”她说着，拉着我走进客厅。家具都被推到一旁以容纳一面又大又绚丽的厚地毯。

我问：“这是什么玩意儿？”

“呃，”她更加气喘吁吁地说，“今天下午有个人上门来兜售这块地毯，是真正的Kasbah地毯。”

“真正的什么？”

“Kasbah地毯呀。是一种非常稀罕的东方地毯。”

“东方？”

“对呀，这个人刚刚从印度回来。他是从前线一个部落的人那儿买来的。”

“一个部族的人，前线？”我头都大了，“你在说什么呀？”

海伦精神一振。“很简单呀。我们有机会买下这面美丽的地毯。这是我们需要的东西，而且也很划算。”

“多少钱？”

“二十镑。”

“什么?!”

“很便宜呀！”海伦的脸兴奋地涨红了，“这是真正的Kasbah地毯呢。那人说本来至少要值好几百镑。还好他很幸运，碰到那个部落的人，在前……”

“别再往下说了。”我说，“我简直难以相信。这个人呢？”

“他随时会再回来。我告诉他说你会想见见他的。”

“我当然想。”

我弯身触摸那面Kasbah地毯。这好像是用什么扎人的材料做的，扎人的毛向上竖立，刺痛了我的指头。太过抢眼的染色每隔几寸便会突出，高到足以将人绊倒。我从未见过像这样的东西。我正想出声指责时，又及时停住口。我自己这种受骗上当的记录也多得很，所以我的立场并不稳固。我不能说这是一块很可怕的地毯。我说话必须要十分谨慎才行。

“海伦，”我很温和地说，“你真的确定我们要这个吗？听着，这块地毯太厚了，使我们连门都关不起来。”我示范了一下，“而且你不觉得这些色彩太过抢眼了吗？”

我太太开始面露怀疑之色:“嗯……或许我是太急了些……不过我想按门铃的一定是那个人了。”

她将那个地毯专家带进来。这个人年约四十,神情愉快,而且显示出强烈的推销技巧。他面露热切的微笑,用力与我握手,又递给我一张名片以证明他真是个航海的人。接着,他开始滔滔不绝地大肆吹嘘那块Kasbah地毯。他的目光片刻也没有从我身上移开,这造成一种催眠的效果。但是当他开始谈论前线那个部落的人时,我总算恢复神志,制止了他:“多谢。但是我们真的不要这块地毯。”

他十分震惊,甚至难以置信我们竟会放弃这天赐良机,但是我却坚持而委婉地推拒。他口齿流利又有说服力,但在他一次又一次地将价钱压低之后,熟悉而恶劣的词句开始出现了“现在,我告诉你怎么办吧”和“老实说吧”和“我很坦白地说”,直到最后我设法制止他再说下去。

我说:“我帮你把它扛出去。”

他显然对我极为失望,严肃地低下了头。那块地毯重得令人难以相信,我们在静默中跌跌撞撞地抬出去,一路上也不知掉了多少彩色的细毛。

他离去之后,我对这次事件并不多提。事实上,自那以后,我几乎是绝口不提。由于我的纪录,我无法因此而趾高气扬。我们两人之中,明理又务实的无疑是海伦,而那张地毯是她惟一一次出错。不过这些年来每当我自讨苦吃时,有她这小辫子握在我手中也真是管用。在我无计可施时,最后我便会提出那真正的Kasbah地毯的话题。

爱玩把戏的小毛

我从未见过像小毛这样什么把戏都会玩的狗。

“来吧，小毛。”他的主人阿诺·雷威叫道，“让我们看看路易·郝德式发球吧。”

小毛——一只美丽的边境柯利牧羊犬——便以后腿站起，将一只前爪举过头，又向下用力一挥。我看得忍不住笑：“那太好了，阿诺。我不知道小毛也会打网球呢。”

“噢，是的。”那大块头弯身赏识地注视他的宠物，又摸摸那颗毛茸茸的头。“它没有什么不会的。它就像它的主人一样什么运动都会。我对路易·郝德的球路很清楚，所以可以教它那样发球。”

“你见过他吗？”

“见过他？他是我的老朋友了，我和他是好伙伴。路易很看重我呢。”

我看着阿诺，又一次感到惊异。这是每次和他在一起都会有的感觉。他是个退休的建筑业者——至少他是那样自称的，只是没有人记得他建筑过什么东西。他是个高壮结实的单身汉，六十好几岁了，对每一种运动都有狂热的热情。他的运动知识如百科全书，而且他好像每个人都认识。他如何办到这一点就不清楚了，因为他极少离开德禄镇，可是世界一流的运动员几乎没有一个不是他的朋友。

“现在，小毛，”他对他的狗说，“我们来打点板球吧。”我们走到屋后的小草地去。“你要在位置上接球，对吧？”他举起一支球棒和一颗软球；小毛则蹲下来等球。阿诺快速地将球击向小毛的侧边，小毛便腾空跃起，将球咬住，送还给阿诺后，又回到了原来的位置。阿诺重复这个动作，先是左侧，继而是右侧，每次那只狗都会将球咬住。

“一次都不失误。”阿诺十分满意地说着，将球棒举起，“这就是我跟你说过的那根球棒。连·哈登都曾借去打过一两次。我记得他说的每一个字。‘阿诺，这是一块好木头。’他说。”

我已听过这段故事。连·哈登的传奇，后来被封为爵士，当时他是英国队的队长，也是得分纪录的保持者，全世界都知道这个名字，而在风靡板球的约克郡则无疑是一个神一样的存在。“还有这双靴子。”他举起一双已旧得发白的板球靴，“他也借过这双靴子，常常借去穿呢。他说这双靴子可以带给他运气。”

“是的，阿诺，我记得你这么说过。”

“是呀，我玩板球也有一段历史了。”他沉浸在回忆中，我知道他正在回想自第一次世界大战以来的运动往事。我是过来帮小毛剪脚趾甲的，只是我早已预料到将会有什么情况。“是呀，当时我们的大军在法国和炮手队比赛。我们投的球被打得满地都是，分数向上飞升。上校把球丢给我说：‘雷威，我得叫你上场了。情况很不妙。’嗯，我立刻使出了帽子戏法。”

“真的吗？”

“是呀,连续三次击中三柱门,轻而易举。然后上校又走向我说,‘雷威,我最好换你下来。你制止他们得分,不过我们也不想做得太过火。’嗯,同样的情况又发生了。他们的打击手又将我们投的球打得满场飞了,所以上校又来找我了,他说‘真抱歉,雷威,我又得再调你上场了。’”

阿诺停了一下,严肃地望着我:“嗯,我又一次不负使命。”

“你是说……又是帽子戏法吗?”

“不错。”

“太神了。令人惊异。”我举起指甲剪,在空中剪了几声,但阿诺却似乎没注意到。

“我们来玩汤姆·芬尼的游戏吧!”阿诺喊着,拿出一只足球,在草地上滚了过去。这是小毛在聚会时玩的把戏,我曾见过。只是当那只小狗以两只前爪控球,将球沿着草地边缘推动时,我仍和那大高个儿同享喜悦。“现在射门得分!”阿诺一叫,小毛立刻将球滚向草地边缘的两根迷你球柱之间,用鼻子推球让球滚过。

我们两人都哈哈大笑,用力鼓掌。小毛则朝我们跳过来,猛摇尾巴。我很高兴看到小毛如此轻快,因为它已经相当老了,超过九岁。

我问:“它喜欢玩那个,对吧,阿诺?”

“是呀,它最爱玩一点运动了。它在玩游戏时最快乐不过了。”他深思地吁了口气,“我已经有一段时候没看到汤姆了。”

汤姆·芬尼当时正值事业巅峰。他代表英国国家队参加国际大赛,守三个不同的位置,毋庸置疑是英国有史以来最伟大的足球运动员。

我问:“你认识他吗?”

“噢,当然,当然,我们是好朋友呢。得很快找他聚一聚才行。嘿,小毛,”他又对他的狗挥挥手,“打点高尔夫球吧。我们来看看你的汤尼·

洛克姿势。”

我举起一只手:“下次吧,阿诺。我得把事情办完。”

“好吧,吉米,我不想耽搁你。”他笑了笑,“只是说到高尔夫球,使我想到了和汤尼在一起的那些好时光。”

“另一个朋友,哦?”

“生死之交啊!”

我在替小毛剪脚趾甲时不禁想着世界上知名的运动健将不知有没有阿诺不认识的。当时洛克是世界高尔夫球的巨人,却又是阿诺的另一个密友。

小毛和多数的狗一样,并不喜欢剪趾甲。我抓住它的脚爪时,它便忧虑地喘着气,嘴巴大张,舌头挂在嘴边。不过它天性温驯,所以乖乖认命,既不吼也不叫。

“这些黑爪子很难剪。”我说,“没办法像白爪子那样,可以看清脚趾甲长了多长了。所以我必须非常小心。要是我把你剪痛了,小毛,只怕你永远也不会原谅我吧。”

尽管害怕,这只大狗听到它的名字仍勉强摇了一下尾巴。我为它剪完趾甲后便拍拍它的头;它一跃而起,放松地在草地上小跑。

阿诺说:“吉米,进屋来喝杯茶再走吧。”

我犹豫不决。我实在没有时间,但是我知道他喜欢说话,而且他总是有好玩的事可说。“呃,谢谢,阿诺。”我说,“不过得快点才行。”

那是单身汉的厨房,可以用,但缺少一分舒适。当阿诺放水壶、取杯子时,小毛跟在他身边转,使我意识到有它的陪伴真是阿诺的运气。要是没有小毛,只怕这间厨房必然更要冷清多了。但是由于阿诺似乎总是有足够的钱可用,眼前并无任何贫穷的迹象。

他啜饮着热腾腾的茶:“吉米,什么也比不上一杯好茶,对吧?”

“的确令人精神一振，阿诺。不过你一向爱茶成痴，对吧？在大战时买不到茶，你一定很痛苦吧。”

他用力摇摇头：“我根本没问题。有一两个印度酋长源源不绝地寄茶叶给我，直到大战结束。”

“酋长啊？”

“是呀。我在第一次世界大战时曾驻守印度，所以和许多酋长熟识。他们都是很好的人呢。所以呢，到了第二次世界大战爆发时，他们都记得我。我一直都有很多茶叶。”

“呃，那太棒了。”阿诺的从军纪录十分辉煌，据他说他到过许多地方；我所听过的便有法国、比利时、意大利、美索不达米亚、埃及，还有印度。

我喝完茶后便离开继续出诊去了。当我离开时，阿诺正开始与他的狗打高尔夫球。

除了职务所需外，我常常见到阿诺，因为他每晚都坐在多福酒馆末端的同一张椅子上。有一晚，我在挥汗如雨的情况下接生完一头小牛之后，便到多福酒馆去喝一杯解解渴。阿诺也在酒馆里，坐在他的老位子上，而小毛也照常躺在他的座椅下。

我在他身旁坐下来。“我到海汀里去玩了一天。”他说，“也看了几场精彩的板球赛。”

“你真幸运。真希望我也在那里。”我驱车行驶于农场之间时，一直听收音机转播台斯杯比赛，心里盘算着说不定星期六时可以和海伦一起到里兹去。

“是呀，实在是精彩极了。你知道吗，我坐在第一排，丹尼·坎顿走过来对我说‘嘿，阿诺，真高兴找到你。我就希望能够看到你。有个队友说今天你会来，所以我是来找你去吃午餐的。我找你找了半天了呢。’”

“哦,真棒。”我说,“所以你就和他们全队一起共餐吗?”

“噢,对呀,实在有趣极了。一起用餐的有比尔·伊瑞和西若·华鲁,都是了不起的澳洲人。凯兹·米勒、尼尔·哈维、雷林渥等等,他们都很高兴再看到我,当然,我以前就见过他们所有人了。”

“当然了。”

就在这时,甘尼·狄朋——一个魁梧、红脸的年轻人—— 一屁股在我朋友的另一侧坐了下来。

“嘿,阿诺。”他咧嘴笑道,“在谈板球是不是?你最近有没有把你的靴子借给连·哈登呢?”

阿诺板着脸转向他,瞄着眼睛,粗声说了一句:“甘尼,你少来这一套。”便又转回来面对我。他的回想使他在这小镇上享有“名声”,所以年轻一辈不时都会取笑他。但他对挑衅变得极为敏感,总会立刻便噤声不语。

我和他见过那么多次,从未主动谈起他的运动经验,也从未表示对这些事情感兴趣,那样,当他全然放松时,他就毫无防备,那些有趣的故事便会倾泻而出。

这可怜人不只受到嘲笑,还有一大堆虚有的轶事都假托是由他所编,继而到处流传。根据这些虚有的轶事,阿诺曾形容第一次世界大战当他在法国服役时,曾成为一个非常有名的足球守门员,到最后有许多顶尖的足球运动员都排队输踢罚球对抗他一个人。他们对着他踢那只足球不知踢了多久,却都无法得分。阿诺固若金汤。最后,他们迫切地将那只球装入一管大炮内,对他发射。不用说,阿诺给了这故事一个简明的结论:“呃,我当然接到球了。不过我的肋骨也撞断了两根。”

大家又流传说他还说过另一个故事。在俄国的冬季演习时,士兵们组织了一个踢球比赛,阿诺赢了!事实上,他把球踢得老高,以至于当球掉下时，上面还沾了雪。这些故事和其他过分离奇的谎话其实都是本地的年轻人编造的，却假托是阿诺说的。但是因为我本人从未听他说过，所以便对其可信度打了折扣。这正如我对阿诺有名的描述说在埃及战后的一次危机中，他如何抱着艾伦比将军渡过尼罗河一样。

然而，这些故事却全都成为本地的传说，而且我预料它们将会一直流传下去。

我记得有一次在德禄镇礼堂的一场慈善音乐会上，一个善于说笑话的小提琴演奏者在台上站起来宣布："现在我要演奏'阿诺·雷威幻想曲'的第二乐章。"引起了哄堂笑声。

算了，我还是喜欢这个老小子。我也是个运动迷，而阿诺不过是在回想时对各种运动的各方面都如数家珍、侃侃而谈，我便一向都喜欢听他谈话。而且，他也很爱动物，又全心钟爱他的狗，这也是我们的共同点。

在我为小毛剪过脚趾甲的几周之后，一个阳光明媚的下午，我带着丹丹到河边田野去散步时，看到阿诺和小毛。一如往常，他在玩一种球戏，而他的大狗则跳个不停，在枝叶垂挂在水面上的大柳树下追着一只球玩。

我注视着小毛瘦削的腹部和突出的肋骨，问道："阿诺，它瘦了不少。它还好吗？"

"噢，好呀，精力充沛，食量像匹马。它只是没有赘肉罢了。为了足球季而接受全盘训练。来吧，小毛，要一记斯坦利·马修斯球吧。"

小毛逗弄着那只球，将它推来推去，以小步伐盘球前进，确实使我想到了那个伟大的足球员。"好久没见到斯坦利了。"阿诺沉思道，"他一定在想我到底躲到哪里去了。"

又过了一个月后，我才又听到这位老先生的声音。在电话里，他听起来似乎疲惫不堪。"希望你能过来看看我的狗，吉米。它很不好。"

"它怎么了，阿诺？"

"其实没怎么样——只是毫无生气。"

我到达时，那不可分离的一对就在花园里。小毛的外表令我震惊。它瘦得只剩皮包骨，一动也不动地坐在草地上，没精打采，也不对我打招呼。

"我的天啊。"我说，"阿诺，你为什么听任它变成这样呢，它看起来真糟糕！"

"呃，我看得出它越来越瘦了，可是它却很会吃，食量大得像匹马。我还以为也许它只是太好动了。过去几天来，它的情况突然恶化。我是不会疏忽我的狗的，对吧？"

"当然不会了。你说，它还是很会吃吗？"

"是呀，很会吃，所以我才想不通。"

"它也很会喝水吗？"

"是的，喝个不停。"

我开始检查小毛，但就在我动手之前，我心里也没有太多疑问。体重减轻，胃口出奇得好，不正常的口渴，极度的懒散。那只可能有一个原因。

"阿诺，"我说，"我想它得了糖尿病。"

"哦，要命，那很糟吗？"

"是的，恶化到这个地步，恐怕是很糟了。可能有生命危险。"

那大块头无比震惊地瞪着我："天呐，别这么说！它会死吗？"

"我希望不会。我们还可以做多方面的治疗。"

"吉米，你可以立刻开始吗？"他心慌意乱地揉着头发，"我决不能失去它。”

“我会的,阿诺,但是首先我必须要确定一件事,我必须先排除是肝有毛病的可能性。明天早上第一件事,我要你取下它的尿液样品。当它抬腿小便时,在它下面放一个干净的汤盘,然后把尿液放进这个瓶子里,再把瓶子和小毛带到诊所来。”

他点点头:“对……我会的……但是也许它并没有那么糟。”他捡起一颗足球,将它滚向那只狗。“来,小毛。”他热切地喊道,“让我们看看你学汤姆·芬尼吧。”

小毛没有动。它不安地用鼻子碰碰球,然后抬起头以毫无光泽的眼睛望着我。它的主人走向它,摸摸它的头。“哦,小毛,小毛。”他低声叫唤。

第二天一早,我测试了尿液样本,呈葡萄糖阳性反应。

“现在完全证实了,阿诺,是糖尿病。所以我们这么办,我现在要给它打一小针胰岛素,而你必须每天早上带小毛和新的尿液样本过来让我测试。如果还是阳性反应,我会慢慢增加胰岛素的分量,直到它的情况稳定下来,也就是当它尿液中的葡萄糖成分呈阴性反应时才停止。”

“好的,我会每天都来,不管要多久……只要……只要它还活着。”阿诺的脸犹如一个愁容面具。

我点点头:“只要它还活着,阿诺。”

在糖尿病例中,有时候第一针胰岛素就会带来惊人的改进,但小毛却并非如此。它的病况已经太严重了。阿诺连着好几个早上都带小毛到诊所来,可是我却看不到任何好转的迹象。这只大狗已病入膏肓,了无生趣,与昔日那只全能的运动狗判若两狗。伤心却又坚决的阿诺每早9点整就到了诊所。这样过了十天后,我对他深表同情:“阿诺,每天都要这么做,你也太辛苦了。”

他昂起头:“只要能救我的狗,就算累得必须爬到这儿来,我也会那么做的。”

大约是在那个时候,我察觉到小毛有一点改变。它仍和先前一样瘦巴巴的,仍然懒洋洋提不起劲,但它的眼睛似乎已经出现一抹光泽——不再是那么死气沉沉了。由那时起,我的希望慢慢增加,而那只狗慢慢显露了昔日的精力。

过了三个星期的治疗后,那每日样本终于呈阴性反应。我又有一只快乐地摇尾巴的狗望着我看,仿佛它已可以再玩球了。

“阿诺,”我说,“它终于稳定了。它不会有事了,只是从现在起就交给你了。在小毛的余生里,你每天早上都要给他打一针胰岛素。”

“啊?我给它打针?”这想法并不使他快乐。

“是的,你办得到,在他吃过早餐后。这很快便会成为你们的每日程序的。”

他怀疑地看了我一眼,却没有说什么。我便把他需要的一切都给了他。

小毛一旦有了好转,便以飞快的速度复原,而阿诺在过了几天后便消除了我对他能否执行注射的疑虑。事实上,有一阵子他可以说成了巴尔干战役中的军医私人助理,对皮下注射非常熟悉。

这段糖尿病插曲,我最终的快乐回忆是当我隔着树篱望向阿诺的花园,看见他和小毛在草地上摔跤。

我喊道:“阿诺,你想干什么?”

“对小毛玩下肢扭抱——教它踢橄榄球呀。”这便是他的回答。

当秋天渐渐转为寒冬时,德禄镇洋溢着兴奋的情绪,因为根据公告,约克郡和兰卡郡这两个敌对乡郡的男子曲棍球赛将在本地球场举行。这两支球队都是顶尖的球队,有好几名队员是国际选手。人人都盼望看到这些选手打球，因此星期六下午我在自己所希望的时间出完了诊。然而，站在边线的人群已有好几排了。我从未在这里看过这么多人，正当我想着是否还有可能找到一个观球的好位置时，我听到了有人叫我的声音。

"嘿，吉米，这边有个空位。"

是阿诺，他舒适地坐在俱乐部会所前的位置上。

"你确定吗，阿诺？""当然啦。我特别为你保留的，坐下吧。"

呃，这真是太好了。球赛就要开始，而我有最棒的位置。不知什么东西在扯着我的裤腿，我低头一看，是小毛用鼻子在推我。它照常趴在主人的座位下面，似乎是在告诉我它又处于巅峰状态了。

我搔搔它的耳朵，看着比赛。

一如所料，这是一场精彩的球赛，而四个国际选手更是表现突出。

阿诺不断地发表评论。"那是皮普·查曼，约克郡的队长和英国队的中锋——我的老朋友。那是格瑞·霍拉，兰卡郡的队长和侧翼——也是我的好友。那另外两个打国际杯的，提米·莫柏和强尼·哈特，我和他们很熟，认识好多年了。"

半场休息时，选手们聚集在三柱门中间，阿诺更是滔滔不绝了。"真高兴看到冬天的比赛又开始了。不过我一直想着在史盖泊板球季的最后一场球赛。我坐在那儿晒太阳时，福瑞·杜门看到了我。他说'阿诺，我到处在找你呢。'"

这最后一句话所提到的是另一个板球名将。坐在我们后面的一群年轻人听到了这句话，在半压抑的几声笑后，其中一人开口了："福瑞·杜门吗，阿诺？真正的福瑞·杜门吗？到处在找你？"阿诺绷着脸，以因长久练习而有的尊严微微点点头。这却引起了另外一阵讪笑声，以及低声重复着"到处在找你"这个似乎令他们发笑的句子。

我的朋友对他们置之不理，僵硬地坐在位子上，两眼定定地瞪视前方，直到另一个年轻人又开始攻击。"阿诺，我听说现在球场上也有你的老朋友吗。那四个顶尖的球员，你认识他们多年了，嗯哼？"阿诺依然只是点了一下头，而我却感到一股急剧的焦虑。这一回我们好像是有麻烦了。阿诺说过的话在我们四周浮动，他坐在末端的座位，就在两队选手要进俱乐部休息区的必经通道旁；那些人与他的距离近在咫尺，不可能会没看到他。

最后一声口哨响起时，球员们开始朝我们大步走来，当时我的喉咙发紧。看来马上就要有恐怖的事发生了，真希望我当时不在现场而免于遭遇此种尴尬的场面。

兰卡郡那个留着八字胡的大块头球员霍拉，是第一个走上阶梯而来的人，满头大汗，膝盖上全是污泥。他瞧了阿诺一眼，便从他身旁走过。就在我开始感到胃痛之际，他停下来，后退一步。他低头看了一会儿，然后开口道："是阿诺·雷威！"他又喊道，"嗨！老朋友，你好吗？"他用力和我的朋友握手，并叫唤他的队友："嘿，皮普、强尼、提米，看看是谁在这儿。是我们的老朋友！"这四名球员围在阿诺身旁，拍着他的背，又笑又叫，一时塞住了甬道的通路。

小毛从座位下面跳出来，一如狗最爱做的，在这欢乐的场面加入了快活的吠叫声。

皮普·查曼以亲切的眼神注视着阿诺："阿诺，你可知道，我们就想到也许你会在这儿。整场比赛中，我们都不停地在边线处眺望人群。我们到处在找你呢。"

哈维家的误会

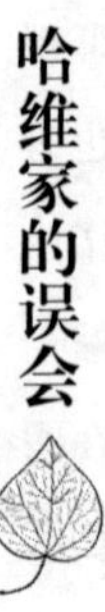

我的顾客和我之间的意见有很大的出入。虽有一两个怪人认为我很出色，大部分的人都觉得我是个稳定而可靠的兽医，还有一小部分的人认为我能力有限。但是私底下坚信我脑袋瓜有问题的，确实只有一户人家，那便是哈维一家。这实在很可惜，因为我蛮喜欢这一家人的。

由于一些不幸的小意外，才会造成这种局面。而在这个阳光艳丽却又十分清寒的一月清晨，我一点也不知道就在这一天我将会播下使我形象破灭的种子。在一夜之间下了场大雪，将整个世界都变成一片雪白；通往哈维农场的路在万里无云的晴空下，向前穿过闪闪发亮的霜雪。

这是一条漫长的路，颇为崎岖难行，蜿蜒向上大约一里，时而会消失在绝壁和露出的山岩之后，直到抵达农场。我驶上第一道门时，农场褪色的红屋顶隐约可见。

在忙碌的日子里，这些农场的门令人头痛，它们只会浪费人宝贵的时间。不过在这天早上，当我下车时，太阳暖暖地照在我脸上，清冽的空气使我神清气爽。

我推开第一道闸门，环顾广阔的景色，沉静平和地躺在覆雪的山丘下，深深庆幸自己的好运。这种闸门一共有六道，我快活地跳过每一道，脚下的雪吱吱作响。

西布和约西·哈维正在攻击院子里堆积如山的芜菁，将它们叉到停在庭院中的拖车内。尽管天气寒冷，他们转头对我微笑时，脸上却冒着汗。

“嘿，哈利先生，早安。”他们是典型的溪谷农夫，安静、礼貌，性情温和。我一向和他们处得很好。

我问道：“今天小牛们怎么样？”

“好多了。”西布说，“谢天谢地。本来我们还有点担心呢。”

我也松了一口气。沙门氏菌是很棘手的，对小动物的生命有很大的威胁，对于人类来说也很危险。前两天我来看小牛时，只觉得令人忧心忡忡。

我和他们两兄弟走进中庭，到末端的大牛棚里。我的“病人”，大约二十头，都站在那儿。我感到十分满意，一切已展现全然不同的景象。两天前，牛棚中笼罩着不幸的气氛，焦躁不安的小牛都低垂着头，痢疾沿着它们的尾巴流下；但是现在它们却充满了生气，兴趣盎然地望向倚着栏杆的我。

事实上，我心中暗自为自己的处理得当而得意。我可以将这种情况视为普通的腹泻处置，但是它们的高温和低咳却令我警觉。我从它们的肛门取样测试证实了我的诊断。因此我双管齐下，不但为它们注射了氯霉素，又让它们服食了痢特灵，显然十分奏效。

“嗯，很好。”我爬进牛棚里，说道，“到目前为止情况不错。我再替它们打针，你们也要在接下来五天里定时让它们服药，然后我想就没事了。别忘了事后一定要把手洗干净。”

约西摘下帽子，抹抹额上的汗珠：“哈利先生，真是好消息。幸好我们立刻将你找来，不然恐怕就到处都是死牛了。”

打完针后，西布招呼我进屋去。“我们都想梳洗一下，再说也到了10点的休息时刻了。”

稍后，在厨房里，当我啜饮着茶，咬着一块哈维家的自制松饼时，他们两个的年轻可爱的妻子——一个黑发，一个红发——都和我聊天。我坐在温暖的火炉旁，还有一个婴儿在我脚边爬来爬去，两个牙牙学语的小孩快乐地在石板上摔跤。我觉得人生实在是恬静快活。我真想在这儿待上一整天，可是却还有别的事要做。和我一起喝茶的两兄弟也开始有些不安了，无疑是想到了外头那堆芜菁。不行，我得走了。

在院子里，我们互相告别，哈维兄弟又举起了叉子，而我也伸手要拉车门，可却拉不开。我试着扭动门把，但门把却动也不动。我绕过车子，试开另外一扇车门，结果亦然。我把自己锁在车外了。

主犯是我的小狗丹丹。我在治疗小牛时，听到它对着农场的狗狂吠；那是它的嗜好之一。在它吠叫之际，由于它猛扑向每扇车窗，它的爪子必然按下了锁门钮了。

我对哈维兄弟唤道：“看哪，真糟糕，我进不了车子。”

“噢，是的，怎么回事呢？”他们走过来，望进车内。垂着舌头又高兴地摇着尾巴的丹丹，则望着车窗外的人影。在它身后，我的钥匙仍插在启动装置内，近在眼前，却拿不到。我解释过情况后，约西惊讶地望着我：“你总是带着那只小狗出诊吗？”

“噢，是的。”

“但是你离开车子时，却不取下车钥匙吗？”

“是的……呃……恐怕是的。”

“那么，这种事以前竟没发生过才真是奇怪呢。”

“呃，是的，大概是吧。仔细想想，真可惜偏偏在这儿发生了。”

“怎么说？”

“呃，只怕我得请你们载我回家一趟，去拿我的备用钥匙了。”

西布张大了嘴巴：“回德禄镇去吗？”

“恐怕是的。我别无他法。”

我试着不去想那十英里路程。哈维兄弟面面相觑了一会儿，又望向那一堆芜菁，然后又回头望着我。我知道他们心里在想什么。不仅是芜菁而已，农场里总是有成千的事要做，而我却正要毁了他们做好其中几件事的机会。

然而，他们终究人很好，没有指着我的鼻子叫我滚蛋。

西布吁了口气：“是呀，呃，那我们最好立刻上路吧。”他转向他弟弟，“约西，你得一个人干一会儿了。等你把芜菁装运好后，最好快去把堆肥铲出来。我们下午再把羊群赶到下面的庭院去。”

约西点点头，一语不发地再次抓起了叉子，而他哥哥则去把他们的车开了出来。这辆车和大多数山区农夫的车一样又大又旧。我们铿锵地驶下山路。我每次要打开一道闸门时，便会被排气管冒出的浓烟所包围。

到德禄镇的路程感觉很长，而回程似乎还更长。我试图以评论运动、闲聊天气和农作情形打发时间，但最后半个小时里谈话却显得苍白无力。

到了农场，西布打开车门，对我匆匆一挥手，便赶去找他弟弟了。

丹丹对我的回返狂喜不已，在我身上乱跳，又拼命舔我的脸。但是当我驾车离开时，我却强烈地感觉到，那些被我留在身后的人已不再像以前那般欢迎我了。

不过，一周之后当我最后一次去检查小牛时，一切似乎已被完全遗忘了。上一回我的确很麻烦，但这一回哈维兄弟皆面带笑容向我打招呼。而我下车时曾有难堪的一刻；当我正要开车门之际，他们两人都异口同声地喊道："嘿，别忘了把钥匙拿出来！"

我有点不好意思地顺从了，觉得自己很蠢。因为自上一次的事件后，我便留心到要这么做。

当我看见小牛已完全康复时，心里便舒坦多了；等到我将手洗净，照例在厨房里喝着热茶时，我觉得自己已可以将那可笑的事件完全抛诸脑后。

几天后，我回到家时，海伦以一个奇怪的口信迎接我："有个哈维太太打了一通可笑的电话给你。"

"你说'可笑'是什么意思呢？"

"她说你拿了她丈夫的眼镜。"

"什么?！"

"她是这么说的。"

"怎么……怎么会？我根本不知道你在说什么。"

"呃，他们为了找那副眼镜，到处都找过了。在屋子里绝对没有，而他们又仅有你一个访客。她确信是你拿走了。"

"我这辈子从未听过这么疯狂的事。我要那副眼镜干吗？"

海伦双手一摊："我也不知道，可是哈维先生却急着要找到它。那是他看书用的眼镜，所以他没法看《农牧业者月刊》。他很生气。你最好找一找。"

"这太可笑了。"我虽这么说，仍将工作服上下搜了一遍，又开始翻找口袋。在瓶瓶罐罐、剪刀和其他兽医用的各种小东西之间，果真有个眼镜套,就放在我用来装温度计的皮夹旁,两者极为相似。

我难以置信地望着那个眼镜套。“老天,果然在我这儿。我一定是在厨房里冲洗过温度计后,误把它收进来的。”

我打电话到农场去,向西布道歉。我笑道:“是又一次无心之过。”他没有不同意的表示,依然很有礼貌,且拒绝了我将眼镜送回去给他的提议。

“不,没关系。我现在就下山来拿。”显而易见,他仍等着要看《农牧业者月刊》。

想到他为了我必须跑这样一段长路,我便觉得过意不去。而三天后当我看出诊登记簿,看到我还得到哈维家去一趟时,那困窘的感觉仍未离我而去。

我抵达农场时,在牛棚里找到了那两兄弟,他们正忙着将干草叉到架子上。他们并未对我笑脸相迎。事实上,看到我他们似乎很意外。

我愉快地宣称:“我是来看你们那头跛脚乳牛的。”

他们面无表情地对看了一眼,然后又转向我。

“我们没有跛脚乳牛。”约西说道。

“可是……今早你们打电话到诊所了呀。”

他们又茫然地交换一眼。

“呃……一定是弄错了。”我强笑了一声,却未得到任何回应,而我又忍不住望向那一排乳牛。

西布举起一手:“说真格的,哈利先生,它们都没有跛脚。要是你愿意的话,你可以检查一下。

“不,不,当然不用了。我……诊所里不知道谁把电话记错了。你介意我用一下电话吗?”

西布带我到厨房去,我立刻便拨了诊所的号码;但是当我看到他拿起眼镜套,谦逊地收进口袋里时,我并不因此觉得好受些。

我拨通了史盖得居的电话后，发现我应该是要到距此才半里远的波维农场去才对。可是,这是怎么回事?为什么我非得一直在这儿出丑呢?

我拿起电话旁的圆珠笔,写下农场的名字,以免再度弄错,然后转向那两个年轻的妻子:"实在很抱歉,我老是给你们惹麻烦。"我正要离开时,其中一人伸出了手:"哈利先生,请把笔还给我们好吗?"

我红着脸将笔从口袋里掏出,狼狈而逃。

几天后我又被唤回农场去时,仍感到强烈的困窘。

我抵达后,西布阴郁地指着躺在牛房地板上的一头小母牛,说道:"它站不起来,而且那只后腿突了出来,样子很奇怪。"

我弯身注视那头牛,轻轻弹了一下它的耳朵:"来吧,小姑娘,你再试试看吧。"

母牛挣扎了一会儿,立刻又瘫到地上。毫无疑问的,造成困扰的原因是它的右后腿——似乎完全使不上劲。

我用手按着那只腿慢慢向上检查,直摸到骨盆附近时,便很容易诊断出毛病了。

"西布,它的臀部脱臼了。"我说,"并没有摔断什么,只是它的大腿骨顶端脱臼了。"

"你确定吗?"西布怀疑地望着我。

"百分之百。这里,摸摸这块突起的地方吧。事实上,你几乎可以看见那骨头突了出来呢。"

西布并未将插在口袋内的双手掏出来。"呃,我不知道。我还以为它是用力过度而扭伤了肌肉。或许你可以给我什么药膏为它揉一揉,说不定它就会好了。"

“不是的，我可以向你保证。我心中一点也没有疑问。”

“那，好吧。我们该怎么办呢？”

“嗯，我们必须试试把关节再拉回原位。这并不容易，但是幸好这才刚刚发生，所以我想我们成功的概率很大。”

西布抽抽鼻子：“那好吧，动手吧。”

“很抱歉。”我微笑道，“不过这是件大差事，所以我一个人无法进行。事实上，就是你和我两个人也还不够，我们需要更多帮手。”

“帮手？我没有什么帮手。约西到野地里去了。”

“呃，我实在很抱歉。可是你得去把他找回来。而且，我们大概还需要你去找邻居来帮帮忙，最好是个强壮的大高个儿。”

“见鬼！”西布瞪着我，“找这么多人干吗？”

“我知道这样是很麻烦，但是它虽然只是一头小母牛，但体积仍然很大也很重。为了要将它的关节推回原位，我们便得克服肌肉的抗拒。我告诉你，我们需要猛力且正确的一拉。这差事我干过很多次了，我很清楚的。”

他点点头：“好吧，我去看看查理·拉森可不可以过来一趟。那么，你就在这儿等吧。”

“不行。我必须回诊所去拿麻醉面罩。”

“麻醉！那又是怎么回事？”

“我跟你说过肌肉抗拒的。我们得让这头母牛睡着才能克服。”

“哈利先生，你听我说。”西布举起一根凶恶的食指，“你确定我们非得这么麻烦吗？你不认为我们可以涂点药膏什么的吗？”

“对不起，西布，这些麻烦都是必要的。”

他转身走出了牛棚，一路咕哝不止，而我则快步朝车子走去。

回德禄镇又折回农场的这一路上，有两个想法一直浮现在心头。

这是兽医工作中颇棘手的一项,但一旦成功了,则能令人赞叹。一只毫无希望的跛脚动物会站起来,若无其事地走开去。同时我迫切需要做点什么事来恢复我在这农场内的信誉。

当我拿着麻醉面罩回到农场时,约西和查理·拉森都已经和西布一起在庭院里等着了,“哈利先生来了。”“可以动手了,哈利先生。”但是他们都以怀疑的目光看着我。我可以看出西布必然已对他们说过他的怀疑。

“你们能集合在一起实在很好。”我愉快地说,“我希望你们都觉得干劲十足。这活儿可不好干。”

查理·拉森咧嘴一笑,摩拳擦掌,“是呀,我们会尽力的。”

“好,现在,”我低头注视那头母牛,“我们最好将它往门口移近些,那样我们可以更用力去推。然后我们再把麻醉面罩套到它嘴上,捆住那只腿。我对关节施压的同时,你们便使劲拉。不过我们先将它推滚过去。”

当他们三人都推着母牛的侧面时,我试着把那只跛腿塞到它的下方。它一滚动时,发出“咔”一声巨响,然后它快速地朝四周张望了一下,便站起身来,走出门去。

我们四个人都目瞪口呆地望着它悠闲地走过庭院,穿过一道闸门,进入田野中。它完美健康,毫无跛脚的迹象。

“呃,我从未碰过这种情况。”我喘息道,“一定是滚动和关节上承受的压力使它的脱臼猛然接回的。真令人难以置信!”

三个农夫都面无表情地瞪了我一眼。很显然的,他们都不相信。

我走回车子的途中,听到西布对其他两人低语道:“早知道为它涂点膏药就行了。”我驾车驶离之时,经过了那头在翠绿的山坡上咀嚼着青草的母牛,西格在我们刚合伙之初所说过的话又浮现在我心中:“我们这个行业提供了无与伦比的机会使你自己成为一个傻瓜。”

这句话不但千真万确，而且是千古不移的至理名言。只是为什么，为什么，为什么这回偏偏要发生在哈维农场呢？

不到一周之后，当我在出诊登记簿上又看到哈维的名字时，简直不敢相信。

“西格，”我说，“我希望你到那里去。我在那地方特别倒霉。”

他惊奇地望着我：“可是你很喜欢那里呀。而且他们总是要求你去的。”

“噢，我知道，但是现在我有种不祥的预感。”我把最近的一连串经历对他说了。

“胡说，吉米！”他不以为然地一挥手，“那都是你的想象。那些都是微不足道的小事呀。”他靠向椅背，大笑道：“是很有趣，我承认，但是都不重要。哈维一家人都很棒，他们根本不会去想这种小事的。”

“我可不那么肯定。我知道他们是好人，但是我深信他们觉得我有点不太正常，认为我哪根筋有点不太对劲。”

他又大笑：“哦，胡说八道！你快走吧。不过是一头病猪。这回不可能出错的。”

也许真是我想象力太丰富吧，只是当我在农场下车时，我觉得哈维兄弟显得有些不安。那头病猪是一头有十二头小猪绕在它身旁吱吱乱叫的母猪。它躺在猪圈内一个阴暗的角落里，因为太过幽暗，以至于我几乎看不到它。但我对此已习以为常，仍以触摸和感觉做过不少工作。

我爬进猪圈内，那头母猪不过是一团阴暗的黑影。我取出体温计，摸向它的肛门。

“你说它今天没吃东西吗？”

“没有,什么也没吃。”约西答道,“而且它一直躺在那儿,都没离开过。那些小猪仔看起来也很饿,它们好像没有喝够奶。”

“是的……是的……我明白了……”我急切地想要找到肛门,好将体温计插入,可是却找不到。它的尾部黑漆漆的一团,但是我也曾在黑暗中摸到过许多猪肛门的,但这次就是找不到。我摸得到尾巴,只要我的手向下一滑,体温计便会插进肛门内了,可是没有摸到。我又更向下摸时,却摸到了阴部。解答如一抹强光般突然迸现!

“这头猪没有屁股!”我喊道。有一会儿,这似乎是个足以向世人宣告的胜利性的科学发现,但我突然意识到我说这话是选错了地方。

那两兄弟无比沉默地俯视我。当西布开口时,他的声音透着一丝疲惫:“没有什么?”

我依然蹲在那儿,抬头望向他:“没有屁股,没有肛门。罕见的情况,非常有意思。在小猪仔倒是很常见,但我从未在成年的动物身上看过这种情况。”

“哦,是的。”约西说,“要是它没有屁股,那些粪便又是怎么来的?我每天早上要从这儿铲一大堆出去呢。”

我迫切地答道:“那些排泄物是从阴道排出的!在这种情况下便是这样。”

“它活了这么多年都是这样吗?”

“是的,真的没错。听着,拿根火把来,我指给你看。”

两兄弟又交换了一眼:“不要紧,我们相信你。”显而易见的,他们并不相信。

我更进一步地加以解释,但我立刻便意识到我的急促,便又打断了自己。总之,当我把手放到那头母猪的肚子上时,我摸到了它肿胀而发烫的乳房。

“不管怎么说，我不需要再测量它的体温了。它得了乳腺炎。它的乳房又热又肿。我给它打一针抗生素，它就会没事了。”我试图一本正经，却无法令人信服。

约西又开口了：“你不必量体温了吗？”

“对，没有必要。”

“当然，没有必要。”他说着，和他哥哥一起点点头，“哈利先生，你别担心。不要紧的。”

我觉得我的脚趾都蜷起来了。他们竟想迁就我，这才是最令人难受的。

我机械地为那头母猪打了抗生素后，急忙将手洗净，婉拒了喝一杯茶的邀请。

当我驾车驶离时，西布和约西并肩站在庭院里的碎石路上，严肃地举手挥别。我看见他们的太太也由厨房的窗子向外眺望。我可以看出他们心中的想法：可怜的老哈利，其实人并不坏的。看着他这样患了精神病，实在是很悲哀。

老狗和电视机

我将听诊器按过那只老狗的肋骨时，不禁想着它到底还能撑多久。

我对弯腰驼背坐在厨房炉火旁扶手椅上的老钱勒先生说："唐的心脏并没有好转。"

我尽可能避免太过消沉。唐的心脏绝对是恶化了；事实上，我记不得曾经听过像这样的心跳。那不是只是寻常瓣膜无力时的喃喃声而已，而是咻咻作响，充满了杂音。这颗心脏竟还能将血液推送到这只老狗体内所有的器官里，这令我感到无比惊讶。

唐十四岁了，是只毛茸茸的柯利牧羊犬的混种。因为心脏衰弱，便引发了无可避免的慢性支气管炎，使得它的胸腔内更是加入了哔哔啵啵的交响乐曲。

"是呀，或许是吧。"钱勒先生弓身向前，"可是它别的方面还不算太坏吧。它吃得也不错的。"

我点点头："噢，是的，它是很快乐，这点毫无疑问。"

我拍拍那只老狗的头。它躺在壁炉旁的地毯上，摇动的尾巴拍得地板砰砰作响，仿佛是在印证我的话。

“它并不痛苦，而且还在享受人生。”

“全都是因为那该死的咳嗽。”它的主人咕哝道，“它一直都咳个不停，今天又比以前更厉害了。所以我才请你来的。”

“噢，现在它是不可能摆脱了，不过万一咳得太厉害时，我倒是可以帮助它。我现在就为它打一针，再留些药片给它。”

打过针后，我又数了好几天份的止咳药。

“哈利先生，谢谢你。”老先生接过药包，放到壁炉架上，“你想它存活的机率如何呢？”

“很难说，钱勒先生。”我迟疑着，“我看过有心脏病的狗又活了好些年，不过——谁也不知道。任何时候都可能发生任何事情。”

“是的……是的……我明白。我只能抱着希望。只不过当你变成一个像我这样的老鳏夫时，这实在有点令人沮丧就是了。”他搔搔头，强笑了一下，“我担了一夜的心。电视是很好的伴侣，但这会儿也不奏效了。”他指指房间角落那空白的荧光屏，“下午茶时就开始不大对劲了。我每个钮都转过，却一点用也没有。你对这些玩意儿有点概念吗？”

“我大概不行，钱勒先生。我自己也才刚买了一部电视机呢。”

在50年代初期，电视仍是很新奇的；对像我这种对机器一窍不通的人而言，更是一项不可参透的奇迹。然而，我还是走过去，将电视机扭开。我开始拨弄各种指针和旋转钮，拉拉电线，开开关关。

我听见钱勒先生突然的叫声：“嘿，有影像了！又有影像了！”

我难以置信地瞪视屏幕。没错，有一队骑兵骑着马驰过德州的平原。也不知怎么的，我把他的电视机修好了。

“哟，哈利先生，真了不起。”老人的脸布满了笑意，“那可真令我高兴。”

一股连我自己都感到不习惯的得意蹿上心头。“呵呵，真高兴我能帮得上忙。”可是，当我望向横躺在地毯上的那只老狗时，我又不觉得快活了。

我说：“要是它情况恶化，你要通知我。”

当我离开那木屋时，我只觉得不消多久我就会听到钱勒先生的坏消息了。那将是某种伤感的结局，因为我已变得很喜欢老唐了。它是只性情温和的病狗，我已经为它治疗多年，它也很爱对我摇尾巴。我没有等多久。

三天之后，晚上7点时，电话铃响了。

“哈利先生，我是钱勒。”

他的声音透着悲伤和焦虑，使我必须硬起心肠来听接下来的话，“我不想麻烦你，哈利先生，但是你可以到我这儿来一趟吗？”

“是的，当然，钱勒先生。我立刻过来。我听得出你有多焦急。”

“是呀，这实在很糟糕，但是我知道你会修理。”

我想起透过听诊器所听到的那些声响，觉得自己必须诚实相告。“钱勒先生，十四年已经是很久了。老瓣膜是会渐渐失去功能的，你知道。”

“十四年？！那该死的玩意儿才不过两年！”

“两年？”这老头子精神错乱了吗？“唐？两年？”

“唐？我不是说唐呀。那只老狗吃了你给的药后一直都很好的。我说的是那部要命的电视机，又没影像了。我想你可以过来一趟帮我修一修吗？”

神秘的贝索

白何先生怀疑地摸了摸下巴。

“我真的摸不透这个家伙。”他说，“他又不像农夫。事实上，他说他以前曾当过老师，不过看得出他对养牲畜略有所知。总之，我让他试试。想要找到人到这个乡下地方来工作还真是难，所以我也不能太挑剔。让我知道你对他的想法吧。”

我点点头：“好的，我会的。他结婚了，对吧？”

“好久了！”那农夫笑道，“还有七个孩子呢。”

“七个！好个大家庭。”

“可不是嘛。我想那也是我雇用他的原因之一。他似乎急于要找个地方住，而我们又有一栋又大又好的木屋。我为那家伙感到有些难过。”他停住口，若有所思地望向庭院，“正如我说的，他很不寻常。”

我正要走开时，他又唤住了我：“对了，他的名字是贝索·柯奈，听起来也有些不同凡响，对吧？”

在牛棚里，我兴致盎然地打量贝索。我想，他大约三十五六岁吧。

很瘦,黝黑,几乎像是西班牙人。他以一脸的笑迎向我:“嘿,医生,今天可真冷啊,在田野里只差没把人冻死了。”

“你说得对,”我答道,“的确很冷呢。”

我又一次打量他。他说话的口吻不像老师。不过他整个人显得活泼愉快,黑眼珠也透着友善。我喜欢他。

我来看的那头乳牛右后脚跛了。我弯下身,将一根手指放到楔子之间时,它警告地对我踢了一记。

我说:“请你按住它的头。”

贝索优雅地点了一下头,便走进了牛棚里。但是他没有用一般的方式抓住一只牛角,再将手指按到牛鼻子内,而是以双臂圈住牛的颈部,紧紧将牛头抱在他的胸前。我从未见过有人这样按牛头的,但看起来似乎也有效果,那头乳牛静静地站立,让我抬起它的脚。

我用蹄刀的把柄处轻敲脚底,很快便找到了敏感的部位。

“那里面有点脓。”我说,“我必须将脓清理干净。要是能把它这只后腿抬到那条横木上,我比较好动手。请你拿一小段绳索来给我好吗?”

他又一次微微一鞠躬,便以优雅的步伐迈向牛棚。当他回来时,他又以曼妙的姿态将绳索递给我,从臀部以上向前弯,倒像个一流的裁缝在展示他的器具。

我用绳子绕住那只伤脚,又将绳子的另一端绑到横木上;在贝索愉快地拉紧后,我开始清理脓疮。

我边刮着硬皮,边说道:“听说你当过老师。”

“噢,是呀。我可教过不少人呢,我告诉你。”

“真的,你教什么科目呢?”

“呃,这个教一点,那个教一点。没什么我不能教的,你知道。”

"我明白了。你是在哪儿教的呢？哪一所学校？"

"噢，这里那里，这里那里。我跑过不少地方呢。"贝索摇头微笑，似乎这话引起了某些愉快的回忆。

我继续清理脓疮的时候，他喋喋不休地聊着，没什么特定的话题。在谈话中，他暗示他也曾在大学里教过课。

"你真的在大学里教过课？"

"噢，是的，没错。"

我开始有种不真实的感觉，可是我必须问清楚。

"哪儿所大学呢？"

"呃……这里和那里，这里和那里。"

一股脓在我的刀下冒出，结束了我们的对话。这股脓液却是我努力的快乐结果。

"清掉了。"我说，"它很快就没事了。我再给它打一针，过一两天它应该就恢复正常了。不过我要些热水洗手。"

贝索大大咧咧地用手一挥："你可以进屋里来好好地清洗一下。"

我跟着他走向紧邻着农场建筑物的木屋。他将门敞开后，又有板有眼地引领我入内。在大厨房的一侧靠了张长桌，他们全家人都坐在那儿享用星期六的晚餐。柯奈太太是个很胖的金发女人，面带微笑，带领着一群看起来很健康、正在攻击成堆食物的孩子们。

在地板中央，有个很壮的婴儿坐在一个马桶上；随着那孩子吹胡子瞪眼的努力，马桶内也传来了噗噗声和噼啪声。

贝索对着这居家的一幕一挥手："这是我的太太和家人，哈利先生。我们都很高兴认识你。"

他并未夸大其词。那群孩子都展现了热烈的笑容和接连的点头，而他们的父亲则骄傲地观看。这的确是个快乐的家庭。

贝索引领我走到水槽前，只见水槽内装满了好几餐饭留下的、未清洗的碗盘。事实上，我很难把手伸到水龙头下面，直到贝索为我清出一小块空间，把油腻的锅、盘推到一侧，优美地从肥皂盒四周挑出培根和香肠凝结的碎片。

我洗手时，地板上那个牙牙学语的小孩决定空出马桶上的座位。贝索弯身拾起那马桶，满意地检视内部。然后他大步走向墙边那口下面有焦炭烧着的锅子，掀开锅盖，将马桶里的东西倒进锅底。即使是这个动作，也是十分优雅的。

柯奈太太半立起身："哈利先生，你要喝杯茶吗？"

"不……呃……不要了，谢谢你。我还得到另外两个地方去，真的该走了。不过谢谢你，我也很高兴认识你。"

在其后的几个月里，我必须数度回到农场，而贝索似乎颇为称职。只是我总是注意到，他做起事来，和我所认识的其他畜牧业者截然不同；他处理动物的方式极不寻常，事实上，他的方法有点奇怪。

有一次，为了要为一头跑脱的母牛系上绳索，他竟然倒吊在梁木上——好像他对农场的事务一知半解，也没有太多经验。

我到农场去时，贝索总喜欢和我闲聊，而在他的谈话中又时常隐隐指出他那令人惊异的过去。种种片段指出他曾涉足演艺业、建筑业和其他许多种行业。似乎他也一度教过交际舞，但尽管我一再试图套出他的工作地点，却从未超越他一贯的答复"这里和那里"。

我也在德禄镇上见过贝索几次。他并不是很会喝酒，可是他喜欢在星期六晚上到镇上的一家酒馆去。当我第一次在那里见到他时，我又一次注意到他与众不同的行为。他和一大群咧着嘴笑的农夫围着一张大桌子而坐，每个人眼前都放了一个可装一品脱的高杯子，只是贝索喝的并不是啤酒。他倚靠着座椅，两腿向外伸直，握了一杯红酒，以手掌托着,酒杯底从两指间露出。我在电影里看过有人——外国贵族之类的——这样拿着酒杯,但在约克郡的酒馆里这可是头一遭。

一如往常,他所呈现的是一幅高雅的画面。他几乎完全靠卧在椅子上这个动作吸引着听众,他一手优雅地挥动以强调他的叙述,偶尔也啜饮一口酒。显而易见,那些农夫们都全神贯注地听他说话。一阵阵的笑声,愉快的点头,以及惊讶的表情都证明了他们沉醉于贝索的叙述中。

在这些人中,他很快便成为一位名人。

我猜想,虽说对他们而言他是个神秘人物,而最令他们着迷的,是他模糊地暗示他的大学经验。他们称他为“贝索教授”,而整个农业社区也传遍了他这个称呼。人人都只能引用他经常说的“这里和那里”的回答,但是尽管有关他各种不同的理论流传着,有件事却是肯定的,似乎人人都很喜欢他。

三月里,我经常碰到贝索。每年这个时节,牲畜们的健康都走到最下坡。整个漫长的冬季,动物们都被关在房子里,所以它们对疾病的抵抗力便减到最低。小牛在这时期尤其脆弱,而由贝索照顾的那些小牛都染上了腹泻——一种致命率极高的痢疾、一种可以潜伏好几代的诅咒,随时躲藏,随时出击。跟食物环境有关的任何错误都会带来麻烦。

幸好,现代化的进步已将经过大量改良的武器放到兽医手中。那时我用一种抗生素和磺胺的颗粒状混合药剂,已取得很好的效果,可是在医治这些小牛时却没有什么成效。

染病的小牛一共有十六头,关在一长排的牛棚里,而我只能以越来越焦虑的眼神望着它们。它们无精打采的,十分可怜,多半都有白色的液状排泄物沿着尾巴流下来,有几只倒在干草堆里。

“贝索,”我说,“你确定它们服药的分量没错吗?”

“噢,是的,哈利先生,完全照你所说的。”

“而且你每天早晚各喂食一次吗?这是很重要的。”

“当然了。这你不用担心。”

我将双手插进裤袋里:“嗯,我真不明白。它们没有任何反应,接下来就是肺炎了。我一点也不喜欢它们这副模样。”

我为它们打了加维他命的针以强化医疗效果,之后便离开了。但是我有种不祥的预感,只怕什么不好的事已经迫在眉睫了。

一整天都非常得冷,沁人心脾的寒风通常是下雪的前兆。当晚8点时,当大片的雪花开始飘落时,我一点也不觉得意外。不到一个钟头,乡间已被皑皑白雪所覆盖。然后雪停了,我为此而谢天谢地,因为下了大雪后要到某些高地上的农场便十分困难了。在这种时候,铲子成为重要的装备。

次日清晨7点,当我接到电话要到溪谷顶端一处偏远的小农场去接生小牛时,我对夜里没有再下雪而深感庆幸。9点时我已接生完毕,踏上回程,心中有股接生小牛后总会有的暖意和满足,对于周遭的新世界也充满了赏识的心情。高地上的景致总是很美的,但是雪更造成了神奇的改变,添加了雪白的宁静。

我正在看路边在夜里被风吹造成的奇形怪状堆雪时,看见了通往白何农场的闸门。这是检查那些小牛的好机会,因此我便转弯开上了那条路。

当我驶抵农场内时,四周一片寂静。我注意到的第一件事是,在贝索的木屋和牛棚之间,是一片未经踩踏过的雪地。

我敲敲门后,贝索前来应门,他脸上所展现的仍是一贯的活泼和愉悦。

“哈利先生,请进!今早好吗?我太太在楼上整理床铺。我叫她下来为你泡杯茶。”

“不了，谢谢。”我答道，“我只是顺道来看看那些小牛。它们今早好吗？”

“噢，差不多一样吧，我想。”

“你给它们服过药了吗？”

“噢，是的，给了。在早餐前就给它们吃过了。”

我将他带到厨房的窗口：“贝索，你过来。”

我们一起望向屋外。他静静地伫立，眺望那一片无人踩踏过的白雪。

“你根本还没出去过，对吧？”我说，“而且昨晚你也没出去。那场雪在9点时就停了，而你应该在睡前再给它们服一剂药的。”

他没有说话，只是缓缓转向我，似乎有个面具从他脸上移开了，活泼的笑容消失了，只留下僵硬的表情。他用锐利的目光注视着我。

这戏剧化的转变使我最初的怒意融解了。我们在静默中对峙了半晌后，我缓缓开口：

“听着，贝索，这件事我不打算对你的雇主说，只是你让我非常失望。你可以答应我以后好好做事吗？”

他木然地点点头：“好。”

我说：“我们现在就去看那些小牛吧。”

他坐下来，拉上他的长筒靴，然后以萧索的表情抬头望着我，说：“哈利先生，我告诉你，我并不是恶意的。我也不愿疏忽那些小牛，只是我的心并没有放在工作上。我不适合农场的工作，永远也不适合。”

我没有吭声。他又往下说，“我已经跟白何先生谈过，不久我就要走了。”

“你找到别的工作了吗？”

“是的……是的……我心里有别的想法。但是在我走之前，你不用担心，我会好好照顾那些小牛的。”

他说话算话。从那天起，那些小牛的情况慢慢地好转。在我最后一次去探视时，十六头小牛都已恢复了精神，站在它们的牛棚里，将头探入通道找寻食物。

在这之后不久，贝索便离开了本地，但“贝索教授”的声名依然留存，而这个农家社区也为他的离去感到惋惜。有个乳牛工人对我表达了一般人的想法。

“老天，他真是个奇妙的家伙。”他说，“不过我们和他在一起倒也很有乐子。你不由得就会喜欢他。”

我点点头：“是呀，我也有同感。不知道他到哪儿去了。”

那工人笑道：“谁也不知道，但是我想一定是‘这里和那里’。”

我以为再也不会见到贝索，但是我错了。一天晚上，海伦和我开车到百萝屯去庆祝她的生日。我们在那镇上的一家饭店预订了晚餐。当我们坐在那间有着列柱的高雅餐厅里时，我们有很强烈的喜庆感觉。这间富有维多利亚式情调的餐厅是百萝屯永恒的魅力所在。

对我们而言，那是特别的一餐，我们每一口都吃得津津有味。但是当我们在享用餐后咖啡时，我注意到海伦专注地盯视着餐厅的另一头。

“吉米，那个服务生，就在那一侧。你一直背对着他，可是……”

我转头去看。“我的天！”我说，“是贝索！”

我转过身以便更仔细地观察。毫无疑问，那人便是贝索。打着白领带又穿着白色燕尾服的他，弯身在服侍一对老夫妇，看起来无比的优雅。我强烈地感觉到，他黝黑而英俊的容貌、他的高雅仪态，以及他自然的风范，都使他足以当侍者的典范。

我着迷地注视着。他转向那位女士，以我熟知的微微鞠躬后为她上蔬菜，面带微笑地听任她选择。他也在说话，我可以想象那一如在牛棚里令我开怀的滔滔话语。那对老夫妇点头而笑，显然为他着迷。我不禁猜想他在对他们说些什么。是他多彩多姿的经历吗？看起来很像。

我坐在那儿，听任杯子里的咖啡变凉。我越看他越相信贝索已找到了一份适合他的工作。他在餐桌之间优雅地移动，在手臂上托着盘子，仿佛他一辈子都在做这件事。他的神态轻松而快活，他和客人交谈时也显然从容自在。这真的是他。我发现自己衷心希望贝索教授的事业不会再有任何转换。

海伦问道："你要和他说话吗？"

我犹豫了一会儿："不……不要……最好不要。"

当我们离开餐厅时，我们经过他正在服侍的另一对年老夫妇的餐桌，只隔几尺之遥。那对老夫妇笑得很开心。那位老先生举起一只手。

"对了。"他问道，"你做这件事时，是在什么地方呢？"

"噢，这里和那里。"贝索答道，"这里和那里。"

卡隆友善地戳了我的肋骨一下:“吉米,我希望你哪天早上和我一起去看鹿。我问过你好多次了,你就是没来过。”

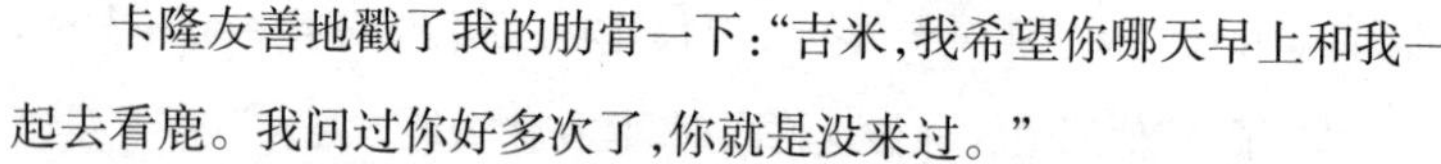

我们坐在多福酒馆的一个温馨的角落里喝啤酒。在这里相当平静,因为酒馆的常客对卡隆的獾已习以为常。最初,和卡隆一起去喝啤酒总是会引起骚动,因为他总是把玛琳带到肩上同往,所以全酒馆的人都会将我们团团围住,但现在情况已平息到只是好奇地注视和愉快地问候。农夫们所称的这个“带獾的兽医”,已成为本地一景。

我喝了一口啤酒:“噢,卡隆,我会,我会的。我答应。”

“你总是这样说。何不明天来呢?”他的黑眼睛紧紧盯视着我,使我感到无法动弹。

“哦,我不知道。明天有很多事要做。”

“不,其实没有很多。道格·贺汀取消了他的结核菌素试验,所以早上有一段空档,这是个好机会。”

我不知道该怎么说。一方面我想看看卡隆的自然世界——他有空时都到乡间闲逛,研究植物花卉,观察野生动物的习性。可是我又觉得相形之下自己实在是很无知。我是在格拉斯哥这个大都市长大的;虽说我已爱上了约克郡的乡间,我却明白对动植物的知识最好是在童年时便已获得。西格有这种知识,我的两个孩子也有,且常想教育我。但我知道自己永不可能成为一个专家。当然,我绝不可能像卡隆那样,他不但熟知野生世界,而且那更是他的心之所系。

“明天,嗯哼?”随着杯里的酒渐渐消失,我的疑虑也渐渐驱散。“呃,也许我可以吧。”

“太好了,太好了。”我的同事又点了两大杯啤酒,“我们到史黛佛树林去,我在那里盖了个藏身处。”

“史黛佛树林,那里没有鹿吧。”

卡隆对我神秘地一笑:“噢,有的,有很多。”

“呃,我很惊讶。我经过那片树林只怕上千次了,还常带着狗去那里散步,但是从未见过鹿的痕迹。”

“明天你就会看到了。你等着就是。”

“好。我们何时出发?”

他摩拳擦掌道:“我清晨3点来接你吧。”

“3点!要那么早吗?”

“哦,是的,我们得在破晓之前到达树林才行。”

等我喝完第二杯后,整个计划都似乎十分迷人。在黎明之前便上山去探查树林的奥秘,我不明白自己先前为何那么担忧。

第二天一早2点45分,当闹钟在我耳边响起时,我的感受就不同了。多年来每天一大早就得从沉睡中被扯离,这使我养成了对床铺的热爱。现在,我却故意离开温暖的被窝,在寒冷的黑暗中开车到树林里去——为了好玩。我一定是疯了。

我和卡隆碰面时，立刻便看出他的想法与我的不同。他兴奋而热心，笑着拍我的肩膀："吉米，你一定会喜欢这个经历的，我一直期盼能够和你一起做这件事。"

我爬进他的车时忍不住颤抖。天寒地冻，街道黑漆漆的一片。我紧缩在座位上，听任卡隆一边开车疾驰，一边吹着口哨。

他一路上愉快地聊天。显而易见的，卡隆喜欢在整个世界仍沉睡之际到乡间去漫游。但是等我们驶过几里路后，我觉得有些不对劲。

"嘿，"我说，"这不是到史黛佛树林的路呀。我们刚才应该左转才对。"

他转向我，露出微笑："我们要走另一条路。我的藏身处是在树林的另一端，离大路远得很呢。我们从福列·韦朋的农场过去。"

"福列·韦朋的农场！我的天啊，我们必须走上两里路呀！"

"别担心，我已安排好交通工具了。"

"交通工具……你在说什么呀？"

卡隆嬉笑道："你会知道的。"

我们在福列·韦朋的农场附近下了车。这座农场坐落在高地上，田野变成了陡坡，向四周延伸，陡然落向一条河流，然后又上坡，直到远方树林的边缘。天还很暗，我对这附近的所知全是来自我的记忆。在茫然困惑中，我想着卡隆所说的交通工具。

卡隆将手探向后座，拿出了一桶玉米。

我瞪着他："那是干吗用的？"

"给马吃的。"

"马？"

"是的。我要诱使那两匹马走过来，这样我们才能骑马到树林去。"

"什么?！"我怒喝道，"你从没说过有这回事！"

他安慰性地笑笑:“噢,不要紧的。那会使一切都容易多了。”他摇摇那桶玉米,而我的嘴却张得老大,只见两匹巨大的本地马从黑暗中走了过来,马蹄声嗒嗒作响。

“这太荒谬了!”我难以置信地瞪着那两只动物。我不是个好骑士,尤其是骑无鞍的拉车马。

“我们不能骑那些庞然大物！你想福列·韦朋会怎么说呢？”

“都打过招呼了。我已经得到福列的允许,只要我想用它们,随时都可以用。来吧,我扶你上马。”

我还在抗议时,他已将我拖上其中一匹马,自己也跨上另外一匹。他脚跟一蹬,发出欢快的呼声。在我还未完全领会到是怎么回事之前,我们已往青草坡地疾驰而下了。

“抓紧呀！”卡隆喊道,“在山脚下有条小河。”

他无须告诉我。我从未这么卖命抓紧过,紧紧揪住马鬃,两眼圆睁,深信在几秒钟内我便会摔下这宽广的马背,掉进外围的黑暗中。然而我仍设法坐紧了,我们的座骑随即像跑障碍马赛般跃入小河中。然后,我们又爬出小河,开始爬上另一侧山坡。

我们以惊人的速度前进,但卡隆似乎还觉得不够快,继续对着他的马鼓励地呼叫。我隐约可见在我前方的他飞速冲过一道狭窄的路口,我想到身下这匹巨马绝不可能通过那个路口,一时感到十分惊慌。我至少猜对了一半,因为路口的柱子撞到了我的膝盖,重重一击,使我以为那一只腿必然已经断了。

我们又飞速驰过一片长长的田野,然后我的同事拉住马,从马鞍上跳下来。

“老天,棒极了!”他喘着气,而我则在呻吟声中滑到草地上。“你的脚跛了！怎么回事？”

"在路口那里撞破膝盖了。"我低吼着，一边蹒跚而行，一边揉着疼痛的关节。

"噢，真抱歉！但这省下了我们漫长的徒步。我们现在就快到树林了。"

我们爬过一道围篱后，他便领着我在黑漆漆的树木之间穿行了好一阵子，直捣树林中心他在一块空地附近所盖的藏身处。在第一抹暗淡的曙光中，我看得出那是个很隐秘的地方，是用落叶松和杉树的树枝以及草皮筑成的。

"坐在这儿。"我的同事低语道。他显然处于一种高度兴奋的状态，两眼睁大，脸上半带笑意。

我们并没有等多久。当黎明的曙光穿过枝丫时，由树林里传来了喘息声和走路的声音，接着，一只接一只的鹿开始走到空地上。这么多年来，我从未在这树林里看过一只鹿，而此刻它们聚集在我眼前。温和的母鹿和雄伟、长角的公鹿来回走动，嚼食青草。这是一幕难以形容的恬静美景！我着迷地坐在那儿，明白自己这个享有特权的观察者的地位，忘了所有的不快和辛苦。附近有个獾的巢穴，卡隆快活地指给我看他最喜欢的动物带着它们的小獾到外面来玩。

事后，我们穿行寂静而味道清新甘美的树林，脚下踩着软软的针叶。卡隆侃侃而谈，不只是谈鹿，也谈森林里其他的野生动物，以及在这些秘密之地处处可见的奇花异草。他似乎无所不知。我开始明白他的兴趣有多深厚，因此他的一生才会如此多姿多彩。他握有通往神奇之境的钥匙。

我们走到田野时，太阳已经出来了。我回头望去，可以看见点缀在暗色树干之间的串串蓝铃花。在最初透过枝丫的阳光所照到的林间空地上，樱草花和秋牡丹开了满地，犹如散落了一地的珠宝。

等我们又骑回到山坡上之后，按照我的要求，缓慢平稳地骑着马。我跛着脚走到车旁，膝盖已经僵硬。当我拖着腿爬进车内时，忍不住发出呻吟。

“哦，你的膝盖只能怪运气不好。”卡隆同情地对我笑笑，但表情旋即改变，“不过没关系，我要给你一个惊喜。”

我瞥眼瞧他：“哪一种惊喜？”

他咧嘴而笑：“我要你和我一起吃晚餐。”

“晚餐，哪里？”

“在我的住处啊。我知道海伦今晚要去开会；她本来是要留点东西给你吃的。嗯，我已经和她说好了，我要为你煮一餐饭，我们要吃烤鸭。”

“鸭！谁来烧呢？”

“我呀！我亲手拔毛烹煮。”

我觉得有些天旋地转。我知道他在花园里养鸭——西格以他有偏见的眼光视此为“动物园”的一部分。但是这个对食物毫无兴趣，事实上似乎偶尔才吃一顿饭的人，竟提议要为我亲自做烤鸭和我共餐，这件事实在令人难以相信。不过我确信他是善意的。

“呃，卡隆……你真周到……你要我几点到呢？”

“8点整。”

到了指定时间，我爬上楼到他的住处去，随即受到了热烈欢迎。卡隆让我坐下，端了一杯酒给我之后，又跑回厨房去。我浏览着那间小客厅；这里和他第一天走进时完全一样。以前住在这里的人或多或少都会根据其喜好而略加改变，但卡隆对地毯、窗帘或家具却都不感兴趣，餐桌上未铺桌巾，只是放了两副刀叉，还有盐和胡椒。

他很快又回来了，在我们的座位前各放下一个盘子。当他打开烤箱时,一股可口的香味从厨房传了出来。

“好了,吉米!”他得意洋洋地叫着,端进了一个装有两只鸭子的烤盘,然后叉起其中一只放在我的盘子上,自己又拿了另外一只。

我等着蔬菜和其他配菜,但卡隆却一屁股坐下来,对我挥挥叉子:“吃吧,吉米,希望你会喜欢。”

我低头看我的盘子。原来和卡隆共进晚餐就是这样,一人一只鸭,别无他物。他忙不迭地大快朵颐,所以我也开始吃了起来。但是我很快便放慢了速度,因为我的同事还留了不少鸭毛,所以我必须小心翼翼地边吃边拔毛。

然而,卡隆似乎毫不在意,快速地吃完了鸭子,便心满意足地发出一声长叹,靠向椅背。我本来对他的速度感到惊讶,直到我意识到他可能在过去二十四小时里都未进食。

我们没有点心或咖啡之类的,所以不久他便送我出门了。

大约10点时,海伦开完会回到家。她脱下外套,问道:“呃,你和卡隆的一天过得如何呢?”

我揉揉膝盖,这实在不是一个易于回答的问题。“还不错。很有趣……刺激……好玩……”我想着适当的形容词,“很新鲜!”

她大笑:“你刚刚形容的是卡隆。”

“没错。”我也笑道,“这是个卡隆日。”

老威廉的神医

"那是老威廉·何利打来的。"西格说着,放下了话筒,"说话的口气有些激动。他的一头小牛昏迷不醒,可能快死了,而他今年又没有很多小牛。可怜的老小子。我们得快点过去看看。"

我放下手中的出诊登记簿:"可是我们今早10点必须为传特上校的马取出肿瘤呀。"

"是的,我知道。不过我们在途中可以拐到何利那儿,反正是同一个方向。"

我们开车驶离,这是很熟悉的状况。西格热烈期待为马动手术,而我——他的麻醉师与他同行,我们的搪瓷托盘里则装满了刚刚消过毒的器具,在后座上铿锵作响。这是个晴朗的早晨,对我们有利,因为我们的手术台便是户外的田野。

驶过三里路后,我们弯向一条狭窄的小路,不久便看到了何利的农舍——比那些点缀在高原绿地上的灰石谷仓大不了多少。

那些端正、坚固的谷仓和环绕着放牧草地、无尽绵延的石墙,在我看来便是整个溪谷的心脏。我由车内向外望时，心中又不免想着：这是世上独一无二的地方。

苍苍白发由破帽子下跑出来的何利，焦急地注视在牛房角落的一处牛棚里弯身检查小牛的西格。

“法先生，你认为怎么样呢？”他问道，“我从未见过这种情况。”

他眼中的恳求掺杂着绝对的信心。西格是他心目中的英雄，一个了不起的兽医。甚至在我到德禄镇来之前，他已为镇上带来多年奇迹式的治疗。威廉·何利是那种思想单纯的农夫，在50年代时硕果仅存，而今在科学和教育的武装下更是早已绝迹。

西格严肃地说：“的确很奇怪。没有腹泻，没有肺炎，可是这小东西却躺在那儿。”

他十分谨慎地用听诊器按过小牛全身，听它的心、肺和腹部。他拿出体温计，拉开牛嘴，注视牛舌和喉咙，检查眼睛，又仔细抚摸小牛身上柔软的毛。然后他慢慢地站起身，当他低头注视那一动也不动的躯体时，脸上毫无表情。

他突然转向那老人。“威廉，”他说，“你可不可以拿一段线来给我？”

“什么？”

“一段线，拜托。”

“线？”

“是的，大约这么长。”西格伸开双臂比了比，“而且请快一点。”

“好，好……我去拿。现在，我要到哪里去找一条这么长的线呢？”他困窘地转向我，“哈利先生，你可以来帮帮我吗？”

“当然。”我跟着他快步走出牛房。一到屋外，他便揪住了我的胳臂。显而易见的，他要我同来，不过是要向我问个明白。

“他要一条线做什么呢？”他困惑地问。

我耸耸肩：“何利先生，我真的不知道。”

他高兴地点点头，似乎这答案便是他所预期的。一般兽医不可能知道法先生心里的想法。西格是个传奇人物，以在行医时善用各种奇怪的方法著称——以紫色烟雾治疗跛马，在颈静脉开几个洞放出几桶血以治疗蹄叶炎。

老威廉听说过所有的故事，所以如果有任何人会用一条线使他的马恢复健康，此人必是法先生无疑了。

但令人心急的是，我们找遍了农场内外，却找不到这样一条线。

“该死。”他说，“那里一向都挂有一团合股线，现在却不见了，我一天到晚都会到处绊到线，今天偏偏没有。他对一个没有线的农夫会怎么想呢？”

他在惊慌中到处乱撞，当他看到有一条线横躺在一堆麻布袋上时，几乎要高兴得哭了。“哈利先生，这条线如何？长度对吗？”

“我敢说差不多了。”

他抓着线，拼着老命尽快跑回西格那里。

“嘿，法先生，”他喘着气说，“我没有太迟吧？它还活着吧？”

“噢，是的，是的。”

西格接过线，将线垂直放下，目测长度。然后，我们眼睁睁地看着他快速将线缠绕在腰上。

“威廉，多谢你了。”他喃喃说，“这样好多了。刚才我一弯身，这件该死的外套就会分开，使我无法工作。昨天我掉了两颗纽扣。一头乳牛的角钩到衣服下面，就把扣子拉掉了，这种事总是发生在我身上。”

“可是……可是……那条线……”老农夫的脸上不知是何表情。“那么你对我的牛是无能为力了？”

“我当然有能力。你怎么会认为我无能为力呢？”

“呃，你知道它患了什么病吗？”

“是的，我知道。它得了CCN。”

“那是什么？”

“大脑皮层坏死症。这是一种脑部疾病。”

“听起来真吓人。它的脑？那么这是一种无药可医的绝症了？”

“一点也不。我要在它的静脉内注射维生素B。通常这具有神效。你将它的头按住一会儿。你看到它的背部是怎么弯曲的吧？典型的病征。”

西格很快为小牛打了针后便站起身来。“明天我或者吉米会再过来看一看的。我敢打赌到时它就会好多了。”

第二天去造访的人是我。那头小牛果真已经站了起来，也会吃东西了。威廉·何利乐不可支，他说：“法先生给它打的东西一定很神奇。”

在他看来，那是另一个奇迹。但从他的神态上，我可以察觉到在前一天当西格绑紧外套时我便已见过的若有所失的神情。他最喜欢的兽医又奏了奇功；但我知道，在他心中，他仍为自己没有先用那段线将小牛治好而感到怅然惋惜。

健忘

西格懒洋洋地躺卧在炉火边的座椅上，看起来十分轻松。“吉米，你能顺道过来真好。任何时候都很高兴见到你。我们在白天时并没有什么谈天的机会，你说是吗？”

这一晚，我在附近出诊后，顺道到他家来造访。他塞给我一杯酒后，便在那张扶手椅上坐下来，一脸的敦厚可亲。

“有什么问题吗？”

“没有，没有。我刚到约翰·兰卡的农场去为一头母牛医乳腺炎。我离开时，那头牛已经可以站起来了。”

“啊，很好，很好。这个约翰，他是个好人。”

“是呀，很好的人。当我拍拍那头牛的臀部，使它蹒跚站起身时，他非常高兴。”

“好极了。兽医这一行的小胜利。我也有过那种日子，事事顺心如意。真的，能够放松心情，在一个寒冷的夜里，坐在炉火边，实在是很正点。现在几点了？”他瞟了眼壁炉架上的钟，“7点半。不必再看病，享受几小时的安宁,真是很好。"

"说得好,西格,我明白。你要到明天早上才要再出诊吧?"我啜了口酒,友爱地注视他。

他将一条长腿伸向炉火,用穿了拖鞋的脚趾将一根木头拨进火中。"还有一件事,有部电视机可以看更增乐趣。"他指指在火炉另一侧、他刚买不久的电视机。电视的画面闪动,声音却关到极小。"近来大家都颇不以为然,人人都在谈论这凸镜箱子和白痴台灯。但我很喜欢看那些节目。我知道这玩意儿在溪谷地区是种新的怪物。但是,我告诉你,我一直都坐在这儿看一个有趣的节目,而且我发现它很有抚慰作用。"

他的坐姿更舒适了,同时将双腿都伸到火边。"今天下午我到德瑞·梅妥那里去了。他们杀了一头猪,给了我一大堆肉,有肋骨、猪肝、猪排。他们是最慷慨的人。"

"是呀,溪谷的农夫们大概都是这样的。我不时会收到礼物,有牛油、蛋和他们自己种的菜。"

西格点点头:"一点也不假。我和德瑞聊了好一阵子,他对我说了一件事,我最好告诉你。大约半个月前,你答应过要为他的乳牛切角,但你却没再给他任何消息。"他充满疑问地望着我。

"哦,该死,是的!我明天就去找他。反正那些牛不会因此受害的。"

他深陷在一堆椅垫中,再次微微一笑:"话是不错,但是你忘了,对吧?"

"是的,我是忘了。不过我会纠正的。"

"我确信你会的,吉米。"他严肃地点点头,沉默了半晌,又说,"奇怪的是,还有一件类似的事。鲍勃·哈第告诉我说他的结核菌素试验已经过期,你却说你上个月做过了。"

我耸耸肩:“哦,要命,对了。不过只过期一两个星期而已,不严重。我会去办。”

西格又对我笑笑,轻轻挥动一根手指:“但是你忘了,对吧?”

“好吧,好吧,但正如我说的……”

“吉米,请见谅。”他举起一手,“你很容易忘掉事情。这是一个相当优秀之人的一点小瑕疵。并没有很多兽医像你这么尽心尽力、能力又强的,然而健忘却可能投射出一个极不同的形象。人们可能以为你并不关心他们的动物,以为你不在乎。”

“慢着——”

“让我说完话,吉米。这是为了你好。”他将十个指尖并在一起,“健忘是很容易治好的,只要你知道该怎么避免。只要你在一开始时便加强你想记得的是什么样的印象,这些不幸的事件便可以预防了。”

“老天爷,说得真精彩……那……”

“再等一下,好友。正如我说的,每当你定好一次约会时,便努力将这承诺深印在你心上。这是非常容易的,我自己便常常用这个办法。那样,你总是会记得的。”

我正想对自己竟被全约克郡最健忘的人以健忘为题向我训诫提出强烈抗议时,电话铃响了。

西格懒洋洋地伸长手臂,拿起话筒:“啊,魏夫。我的老友,你好吗?”他深陷在坐垫之中,两眼半闭。

电话另一头传来了拉开嗓门的回答声:“我很好,法先生。”那是魏夫·班立,本地农夫讨论小组的主席。他属于以为只要大声吼叫便有助于千里传音的老一派农夫,所以自我所坐之处,我可以很清楚地听到他的话。“不过我希望你也很好。”

“我好得很,魏夫。”西格喃喃说着,握着话筒的手离耳朵有一大段距离。

“啊,呃,那很好。我们还以为你出事了呢。”

“出事……怎么说?”

“呃,礼堂挤满了人,都站到门口了,我们以为你半小时前就会到了,正在担心说不定是你在出诊时出了什么意外。”

西格猝然站起身,嘴巴大张:“礼堂……”

“是呀,我们至少有两百个人在这儿呢。去年你的演讲非常精彩,所以我早就知道有很多人都想再听你演说,而他们现在都还耐心地等着。你知道,演讲人不来,我们便无法开始!嘿——嘿——嘿!”

西格的表情黯淡而沮丧。他好似在那一会儿之间突然老了好几年。“我真的非常抱歉,魏夫,我……”

“不,法先生,你不必道歉,你太忙了。你永远不会知道下一分钟会发生什么事。一天到晚匆匆忙忙地跑来跑去,偶尔迟到也是免不了的事。”魏夫的声音甚至更响了,“毕竟,我们知道你并不是呆坐在那儿看电视而已!嘿、嘿!嘿——嘿!”

西格瞪大了双眼:“是的,魏夫,是的,对……当然。哈——哈——哈!好主意。哈——哈——哈!”这压抑的笑声很困难地发自于那张苦恼的脸。“我就快准备好了,我过几分钟就到!”

我的伙伴用力摔下话筒,猛然离开了他的椅子。“吉米,我得走了。明早见。”

当他快步朝大门走去时,我感到一股难以克制的冲动。

“西格!”我喊道。

他在大门处停住脚,对我怒目而视。

我对他挥挥一根手指,觉得自己的五官都挤成了一个眨眼。“你忘了,对吧?”

卡隆的『动物园』

我走出配药房，经过西格身旁时，他揪住了我的胳臂，神情显得很苦恼。

“吉米，”他脱口说，“现在卡隆又想再要一只狗了！他对你提过了吗？”

“他是略微提过，说他要和你谈谈。显然那是一只他已拥有好一阵子的狗，现在在他母亲那里，所以他想把它带到德禄镇来。他可以这么做的，对吧？”

我的同事下巴一抬：“我不认为他可以。刚开始时他有一只獾、一只狗，现在他有两只獾和一只狗。这还不够，他要在他那个小地方养两只獾和两只狗！再说，我已经告诉他那不合适了。”

“噢，西格，我觉得你也太严苛了些。他一个人住，也许很寂寞的。他只是想要他的动物陪伴他。”

西格深吸一口气：“他当然是那么说的，但是我的看法却是，他得寸进尺。我清楚得很，要是我们现在让步，他会在那上面开一间动物园的！”

“哦,得了,”我笑道,“你太夸张了!那是绝不用担心的。他是个很好的青年,你知道,也是诊所的一项资产。我想我们应该帮助他感到安定与快乐,而且他想要和他的另一只狗团圆也是很自然的事呀。”

我的伙伴瞪着我,呼吸更急促了:“我就知道你会这么说,你太好说话了。但是我知道我是对的——我不准,就是这样。”他将两瓶钙片塞进裤袋里便踏步而去。

接下来的几天里,卡隆又向我求了几次。我认为他的请求十分合理,可是西格却坚定不移。

当我在多福酒馆里喝着啤酒,再次提出请求时,西格涨红了脸,却还是耐着性子听我把话说完。

“我希望你会改变心意。”我说,“我看不出让他的狗来有什么坏处。两只狗的麻烦并不比一只狗大多少。而且我也说过了,他的表现很好,所以我们应该给他些鼓励。你对他就是有些偏见。你的忧虑根本就是多余的。”

“多余的,嗯哼?”他吞了一口酒,差点没被呛到,随即放下酒杯,“我不这么认为。我有种感觉,而且这感觉是不会消失的。”他顿了一下,环顾酒馆内部,“可是你快把我烦死了,而今晚我又很累。我看你们两个在这件事上是不会听我的了,所以你可以告诉他想要怎么做就怎么做吧。”

我拍拍他的肩,笑道:“哦,谢了,西格。我知道这样做是对的,你绝不会后悔的。”

他无力地笑笑:“你尽管大笑吧。不过我告诉你,我们可犯了一个大错了。”他对着我的脸挥一下手指,“我一定会后悔的。记住我的话吧!”

第二天一早,当我对卡隆透露好消息时,卡隆很高兴。几天之后,我听到楼上住处传来新的吠叫声,心里也感到一丝满足。

西格正在办公室里拆信，我面带笑容转向他说："很高兴听到这叫声。卡隆现在一定很快乐了。"

他冷冷地回望我一眼。就在这时，我们的助手走了进来，身旁跟着两只巨大的杜宾犬。

西格蓦地站起身，问道："这是什么鬼玩意儿？"

"噢，只是我其他的狗。"卡隆轻笑一声，答道，"见见美琪和安娜吧。"

"两只！"西格怒吼道，"你本来说是一只狗的！"

"噢，我知道。我本来是打算只接一只来的。我只想带美琪来，可是可怜的安娜看起来那么悲哀，我实在不忍心丢下它。它们是很好的朋友。而且，真的，它们和老绵羊一般温驯的。"

"在我看来它们一点也不温驯！"我的伙伴又吼道，"你骗我说要再带一只狗来，结果却带这两只杀手走进这里来！"

他的话透着挑衅的味道。那两只杜宾犬四周环绕着静谧的杀机。它们一动也不动地站着，高大精瘦，若有所思地望着我们这两个陌生人，那模样颇令人警觉。我觉得它们在任一刹那都可能发动攻击。

"这就是不够好！"西格的声音更高了，又对着卡隆挥动一只手。那两只狗不喜欢这种充满敌意的表示，开始令人战栗地低吠，眼睛盯着西格的脸不动，嘴唇颤抖，露出森森白牙。

"安静！"卡隆喝道，"坐下！"两只狗立刻一屁股坐在地板上，以敬爱的目光仰视他。它们显然也和所有的动物一样，都为他着迷。

"呃，杰克·史金的农场有一头乳牛等着看诊。"卡隆看看他的单子，"我要走了。"他转身带着那两只大狗走了出去。

西格无奈地望着我说："记得我说过的话吗？已经开始了。"

又过了一周，我走过花园的小径要到屋子后面去时，听到了一些声音——一阵狗吠声,夹杂着一个人的高声呼救声。在手术室外面有个较小的庭院,这些声音似乎便是从那里传来的。我们并不常用这个小院子,那里面放有扫把和簸箕,有一间库房和一间自建屋以来就有的小厕所。

从花园有扇侧门通往这个庭院,所以我立刻透过这扇门向内望去。

着急呼救的是西格的声音,从那间门关不牢的老厕所内传出。更令我惊恐的是,我看见那两只杜宾犬对着那间厕所不停地猛扑,狂吠不止。我全身的血液都冻结了,我的伙伴在那间厕所里,万一那扇老门撑不住了,只怕就会出人命的。我一筹莫展。虽然我并不怕狗,但我深信假如我胆敢插手,我的下场大概也不会太好。

我立刻冲出花园,奔进屋内。"卡隆!卡隆!"我吼道。

他跑下楼梯。当他听到那喧闹声时,就二话不说地和我一起奔向屋后。"美琪!安娜!你们两只坏狗,立刻到这儿来!"

狗叫声立刻停止,两只杜宾犬跑了过来,绕着卡隆的脚边团团转,鬼鬼祟祟地抬头望他,咧嘴露出逢迎的笑。"到楼上去!"他一吼,两只狗便进屋去了。

聪明的卡隆决定跟着它们入内,将西格留给我。我拉开那扇破门,放出了一个非常暴躁的外科兽医。"老天!吉米。"他圆瞪双眼,说道,"那真叫千钧一发!昨晚我摘了李子,吃多了些,一时情急,必须到最近的一间厕所去解放,正要坐到位子上时,那两只吃人恶魔便狂吠不止、冲进了庭院。幸好我及时将门关上,用一脚顶着。我敢说刚才我的脚要是移动半寸,它们就已经将我咬烂了!我被困在那里面也不知道多久了!"

"天啊!西格,我真抱歉。"我说。我不只是抱歉而已,而且还充满了罪恶感。这都是我的错,是我说服我的伙伴放弃他较佳的判断的,而他说的一点也没错。唉,动物园已初具雏形。

杰特的新家

一个星期六晚上8点，我正准备出门去看一头病牛时，电话铃响了。

“我是柏思先生，长藤街十号。我有一只病狗，你可以来吗？”

“是什么毛病呢，柏思先生？”

“我不知道。它不肯吃，你能来吗？”那口气坚定且不耐烦，听起来好似此人另有其他更紧要的事待做。

“好吧。我很快就过来。”

电话另一端砰然挂断。我又一次想着，兽医是不被当人看的。他们并不像别人那样，在星期六晚上，待在家里陪伴家人。

长藤街十号是一长排古旧的砖房，我按铃等待，没人应门。我又按了一次，还是没有结果。然而借着窗口的灯光，我看得出屋里有人。我按铃又敲门好几分钟后，终于有个大约五十岁、穿吊带裤的男人将门打开。他似乎匆匆忙忙，独断地招呼了一下，便转身沿着通道快步走进了前厅。他用手指指指角落的一个狗篮子，然后便一屁股坐下来加入那围坐在喧闹电视机旁的一家人中。

那一张张脸孔兴致盎然地瞪视着荧光屏幕,没有一个人对我表现出一丝兴趣。当我意识到绝不可能从这些人口中得到病况之后,我便走到篮子旁去检查我的病狗。

这是一只体型颇大的拉布拉多狗,下巴靠在篮子边缘,以友善的眼光望着我。我蹲下来时,它的尾巴拍了几下,接着它又舔舔我的手,但随即转身狂乱且担忧地搔抓身上的毛。我看见它全身各处都有疼痛掉毛的地方,便抬起它的前腿,继而是后腿,看见肘下和大腿内侧的皮肤感染更为严重。这是典型的疥癣,但在这病例中却受到忽视,直到这只可怜的动物已发痒疼痛,吃不下任何东西。

我十分肯定我的诊断,但仍决定例行地采下皮肤碎屑。当我走出门到车里去取常用的皮肤刮刀并听任大门敞开时,没有人稍加注意。回到屋内,我刮下一点感染的皮肤屑在玻璃切片上,再将切片放进信封里。那只狗耐心地凝视我,而电视则喧嚣地响着。

当我做完检查后,我走进厨房去洗手,只见水槽内塞满了黏着蔬菜屑和约克郡布丁屑的脏碗盘。再度回到客厅里,我环顾着那天塌下来也不管的一群人。父亲,母亲,和年纪已二十好几的一个儿子和一个女儿都边抽着烟,边张嘴瞪视荧光屏。我总得找个人说话的,所以我选择了父亲。

我对着他的耳朵吼道:"你的狗有疥癣!"他眨着眼转向我,但由于荧光屏上传来刹车声和一阵枪声,他立刻又被催眠似的将目光移回。

我拿出两包强烈的硫磺疥癣洗洁剂。治疗外部寄生虫更现代化的药物已经上市,不过我所钟爱的"第三号洗洁剂"——我们的昵称——效果一向很好,所以我对它保持忠实。

"遵照包装上的指示办。"我吼道,"明天好好为它洗个澡,别遗漏了任何小地方。过一周后再用另一包重复做一次,然后我再来看它。"

柏思先生点点头，目光茫然。我似乎也别无他策，因此便把两包药放到柜子上，自己开门走出去。

在黑暗的街道上，我靠着车站了一会儿。干兽医这一行常会碰到怪事，但这件事真的很怪异。在那间屋子里一整段时间里，没有人说一句话或问一声为什么，而他们对那只好狗数周以来置之不理，以致使它陷入如此可悲的境况之后，他们又为何决定在一个星期六晚上打电话找兽医来呢？啊，人生真是无奇不有。我坐进车里，驶离了长藤街。

我要看的那头病牛是在德禄镇两里外法洛先生的农场里。我走进庭院时，那农夫正叉着干草为一群小母牛铺床。他一看见我便放下叉子，高兴地张开双臂："嘿，哈利先生，好啊，好啊。"

他这句话说得慢条斯理，几乎显得很虔诚，脸上也露出愉悦的笑容，"真抱歉在星期六晚上麻烦你，但是真高兴再见到你。好久不见了！"他高大的儿子背着一袋粮食走过，也对我微笑挥手。

我正想走进小牛房时，法洛先生举起一只手："不对，不对，你得先来看看我太太。"他拉着我快步走进农舍的厨房，"艾蒂，艾蒂！"他急切地唤道，"哈利先生来看我们了！"

法洛太太是个害羞的女士，但她站了起来，对我微微一笑："呃，哈利先生，你有好一阵子没来了。看到你真是令人高兴。我来烧水，等你看完病后就进来喝杯茶，好吗？"

"好的，真谢谢你，我会的。"我又走进庭院里，脸上感觉得到外面的冰冷，心里却因受到欢迎而觉得温暖。法洛一家人一向如此，尤其是在我到过柏思家后，内心的感受自然分外深刻。

他们对于自己的动物关切的程度也有很大的差异。乳牛的病痛来自肺部充血，很容易就会发展成肺炎。我为它打过针之后，不用我说，法洛先生和他儿子便开始用干草绳捆扎一个厚麻布袋。等我要离开时，乳牛的胸部已经以麻布袋裹住，不致受寒。

“你们考虑得很周到。”我说，“喂它吃过硫磺新药和抗生素后，很容易就会忘了还应该好好照顾它，但这其实是很重要的。”

回到诊所之后，我把刮到的皮肤碎屑放到显微镜下，只见可怖的小虫子都在望着我。那种叫“疥癣虫”的小虫子腿上长有刚毛，无情地咬啃那只好狗，对它百般折磨。不过，这仍比另一种状似雪茄的“毛囊虫”要好些，至少不至于死。

“毛囊虫”通常是无法治疗的绝症，但是我所信任的“第三号洗洁剂”却可以将眼前这种病清洗干净，尽管病况十分严重。然而，那一整个周末，我不断地想着：柏思那一家子可能遵照指示去做吗？他们能做得好吗？想到法洛父子对那头乳牛的尽心呵护，便令人更觉得柏思家的情况叫人难以忍受。

到了星期一早上，我已忍不住了，便到长藤街十号去，摁了门铃。“早安，柏思太太。”我轻快地说，“我正好经过，便想到再来看一下你的狗。”

“噢，呃……”那女人似乎有点进退维谷。但在她犹豫不决之际，我已从她身旁溜入，走进了前庭。

那只狗仍躺在篮子里，而我留下的两包药剂也依旧放在柜子上。

“我们有点忙。”她嗫嗫嚅嚅地说，“我们今晚才要帮它洗澡。”

我注视那只狗。我一向都觉得黑色拉布拉多狗的毛皮有种特殊而美丽的光泽，但这只狗的样子简直就是亵渎狗。它那受损的皮肤在日光下看起来更可怖，两只后腿因时常发痒而抽搐不止。

“它叫什么名字？”我问。

“杰特。”

我弯下身摸摸狗头，“可怜的老杰特。”我说，“你受苦了。”当狗用力摇尾巴，又把舌头伸向我的手时，我下定了决心：“柏思太太，请你给我一桶温水,我要先为它进行第一次治疗。只消两分钟就够了。”

“来吧,杰特。”我一下令,杰特便顺从地跟着我走到后花园里;后花园中有几棵乏人照顾的龙眼包心菜垂垂无力地立在遍地杂草中。我将药剂加入水里,很快地搅动了一会儿,想到那些疥癣虫便觉得有种难以言喻的厌恶。我也觉得有点尴尬,因为我从未替顾客这么做过。但我无法管那么多了,便用那浓稠的液体拍打杰特全身,心里感觉十分痛快。

我将那药液揉进狗的皮肤内,并不忘顾及大腿和脚肘处的皱褶。杰特快活地看着我,尾巴摇个不停。我由经验中得知狗并不喜欢洗澡,但这只大狗却似乎因为引起人的注意而狂喜不已。对于整个过程,它都甘之如饴。

我在工作之际,意识到有个人头隔着花园的围篱在看着我。我抬起头,一个老先生愉快地对我点点头:“早安,你想必是兽医吧?”

“是的。”

他叹了一口气:“老天,你无时无刻不是那样洗狗,一定很忙了。”

我为他所想象的外科兽医师的生涯感到好笑。“噢,是的,这是份很忙碌的工作。”

他一直盯着我看,看我为狗洗完澡,用毛巾很快地为它擦干,并为自己已对那些咬入皮肤中的顽强小虫子做第一次反攻而感到高兴。

老人又开口道:“那是只好狗。”

“一点也不错。”

他压低声音,告密似的低语道:“你知道,那一家人并不照顾它。它的境况很惨。”

我没有答腔,但看着杰特全身湿湿地站在那儿,身上的毛已掉了一半,犹如一只稻草狗,这光景便足以证实老人的话了。

“你可以医好它吗?”

“应该可以的，只是这需要时间。同时，必须经常用我这药剂为它洗澡，每周一次，直到它康复。”

“下星期开始吗？”

“没错。我要请柏思太太在下周一时为它洗澡。”

“才怪呢。”老头子咕哝了一句，将头移开了围篱。

在厨房里，我将我的指示对柏思太太说了。她吸了一口气说：“我看见你和郝尔那个老头子在说话。他是个爱管闲事的老家伙，一天到晚隔着那篱笆监视我们。”

我心想，不管他是不是好管闲事，他对你的狗可比你关心多了。当我要离开时，我最后又望了那只狗一眼。它虽历经苦楚，却快活地摇着尾巴。我知道下周一我又要到长藤街十号来了。

到了那一天，虽自觉愚蠢却又下定了决心。我又到了柏思家门前，按着门铃。柏思太太照样毫不热心地让我进屋，脸上毫无笑容。她将我带到后花园，随后便将头转向围篱的方向。

“隔壁的人在替它洗。”她说罢便转身进屋去了。

我走到围篱旁，向另一边望去。在一个干净的小花园中央，杰特站在一个热气腾腾的水桶旁，而郝尔先生和他太太则忙着将那洗洁水揉进它的皮肤里。

那老人一抬头看见我，便露齿而笑道：“兽医先生，我们在做你的工作了。柏思那家人是绝不可能照你说的那样每星期都替它洗澡的。所以我就问是不是可以由我们来洗。我们喜欢这只狗。”

“呃……很好。而且你们做得很好。”

杰特抬眼注视我。它虽一脸药水，眼睛里却跳动着快乐的光芒，尾巴也摇个不停。它好像在对我说：“这真是太棒了。”那对老夫妇在为它洗澡的当儿，仍不忘一直对它说话：“来，杰特，这里再多洗一会儿。”

“老小子，让我看看另一只腿吧。”这友善的低语持续着，那只大狗则热心地听着它毫不熟悉的关注。

我一直旁观着，直到他们完事。

当他们用毛巾为狗擦拭身体时，我又开口了：“这真是太棒了。你们做得非常好，而且没有半点遗漏。”

那位老太太笑了笑：“是呀。呃，我们听见你说如何开始。我们想让它好过些。”

“好……好……你们做得很对。”我望着身体依然到处光秃秃的杰特，“你们知道必须要很长一段时间后，它的毛皮才会恢复正常。不过目前最重要的问题是，它不再痒得那么厉害了吧！”

“噢，是的。”郝尔先生答道，“它还是会痒，但比先前好多了。它不再那么常抓痒，而且食量也不错了。”

“很好，很好。到目前为止都很好，只是还有很多后续工作。你们愿意连续好几周都这么做吗？毕竟，它并不是你们的狗。”

“哦，我们会的。”老太太热切地说，“我们会按时为它做的，你不必担心。”

我惊讶地注视着郝尔夫妇：“你们真的很爱狗，对吧？然而你们自己却没养狗吗？”

片刻沉默之后，老先生答道：“我们以前是养过狗，它跟了我们十二年，哈利先生。但是你从未见过它，因为它从未生过病。”他顿了一下，吞了口水，“但就在一个月前，它被车撞死了。”

我望着那两张哀伤的脸，半晌后才开口道：“真遗憾，我了解那种心情。实在很可怜。不过……你们没想过再养只狗吗？这个办法不错的。”

郝尔太太耸耸肩：“我们明白，也真的想过。只是我们都已七十多岁了，如果我们现在找只小狗来养，万一我们又有个三长两短，只留下它一个,我们也永不会知道它会不会再得到适当的照顾了。”

我点点头,满怀敬意地注视这对老夫妇。真心付出关爱的人便会有这样的态度。

“总之,”我说,“目前你们有杰特这个好友。我看得出它很感激你们为它做的一切。我再留几包洗洁药剂给你们。我知道它会得到妥善照顾的。”

我信任他们,因此没有再到长藤街去探访。过了三周后,我才又见到杰特。郝尔夫妇到市场去买东西,杰特则跟在他们身边。它神色愉快,皮肤却仍有皱褶和光秃处,布满了治愈了一半的伤口。

我说:“你们带它出来了。”

“是呀。”老太太揪住我的胳臂,“它现在是我们的了。”

“你们的?”

“是的。柏思太太说它身上还是光秃秃的,所以认为它不会好转,而她又不要为了常请兽医来看并给它药剂而花一大笔钱。她说她丈夫和她都想让杰特安乐死。”

“哦,老天……然后呢?”

“呃,我就说我们愿意养它,也愿意支付医疗的账单。”

“真的吗?”

“是呀。起初她有点迟疑,但是我说这笔账一定不少,而且你因为那个星期六出诊会要双倍的价钱。”

我看看她,见到她眼中一抹淘气的光芒。

“我们并不这么做。也许我们应该要双倍价钱才对,但是我们不这么做。不过……你只是想说服她,对吧?”

“呃……”她眨眨眼睛。

我笑了:“总之,杰特搬到隔壁去了,而我相信这对每一个人都好。就连柏思一家人——他们对它似乎毫不感兴趣。”

“是呀，没错，而它是这么可爱。他们从来没有带它出去散步，只是听任它到处乱逛。我真不明白为什么像他们那样的人还要养狗。”

“关于你上次对我说的，你们怕自己年纪已经太大的事呢？”

她挺起胸膛：“哦，我们两人讨论过了，而且我们又想到杰特毕竟不是一只小狗——它现在六岁了。所以……我们三个可以一起老死。”

“那太好了，与我同老，快乐时光犹未尽！”

他们两人都笑了。郝尔先生竖起一根指头：“对了，说得好。那句诗十分贴切。能拥有杰特是件妙事。失去诺比之后没再养狗，我们都很难受。我们一直都有狗，所以现在我们很快乐。”

他们看起来确实很快乐，而杰特也是；人对着我大笑，而狗则对着我摇尾巴。

又迟了许多个星期之后，我再度见到他们。德禄郡四周田野上环绕了很多条骑马小径，我正走在其中一条小径上。万里无云，阳光炽烈，即使从很远的地方也看得到杰特那黑色毛皮的闪闪光泽。当我与他们并肩之时，我弯身摸摸那只大狗的头。

“嘿，你真是只好看的狗呢！”我说着，摸过那毫无瑕疵的颈部和肋骨。我转向那对老夫妇：“所有的光秃都不见了。我几乎可以在它的毛上看到我的脸呢。你们将它照顾得很好。”

郝尔夫妇谦逊地笑笑。杰特知道我们在谈它，拼命摇着尾巴，喘着气在我们四周跑来跑去。“哦，那是值得的。”老太太说，“我们和它在一起过得很好呢。拥有这样一只狗，我们真是太幸运了。”

我目送他们走过那茵绿的小径。杰特追着一根树枝，我可以听到郝尔夫妇鼓励它的愉快叫喊声。

我又一次想到那句白朗宁的诗。当我望着他们三个的身影消失在树林之间，我强烈地相信他们。

巴比先生

“好的，巴比先生。”电话那一端传来急切的声音，使我在回答时也感到紧迫，“我很快就过来。”

“呃，最好快点！我一点也不喜欢这头乳牛的样子。它两眼下陷，哼叫不止，而且对它的饲料看也不看一眼。它可能会死的。别耽搁太久！”

我倾听那急切的长篇大论之际，脑海中浮现出那个红发农夫瞪大眼睛对着话筒吼叫的模样。他已反复对我说过那些症状好几次，以确定他的话刺穿过我的厚脑壳。巴比先生人不坏，但是他的脾气急躁，而且似乎总是处于惊慌边缘。我知道我最好快点行动。

我看看登记簿，又看看手表。早上9点，并没有什么紧急的电话，我可以先去巴比先生那里，以免他不高兴。

我抓起医药箱，往前门走去。年轻的葛内太太抱着她的梗犬站在台阶上，神情苦恼。

“哦，哈利先生。我正想按你的门铃呢，威威有些不大对劲。它今早出门时，跳过花园的闸门，现在它的一只前腿跛了。”

我强笑一下："好吧，带它进来。"

我们走进诊室。我把那只小狗抱到桌上，很快就摸出了它的桡骨和尺骨有点骨折。

"它摔断一只腿了。"

"哦，天啊！"葛内太太哀号道，"真糟糕！"

我强颜欢笑："噢，别担心。它的骨折并不复杂，而且治前腿要比后腿容易多了。我们很快就可以把它接好。"

一只腿无法动弹的威威，颤抖又焦虑地望着我，发出无声的哀求。它希望有人能帮助它，而且越快越好。

我从橱柜里取出熟石膏，问道："它吃过早餐了吗？"

"没有，今天还没吃过东西。"

"好，我可以为它施行麻醉。"我往针筒内注进药水时，有种熟悉的感觉，这是一种会使兽医师患胃溃疡的情况。巴比先生必须等一等了，而我可以想见他在院子里一边绕圈踏步一边还诅咒着我的样子。

几毫升的麻醉药便使威威陷入平静的睡眠中，我开始将绷带浸到温水中。葛内太太将那只断腿轻轻拉直，让我细心地裹上绷带。通常我很喜欢做这件事，看着石膏慢慢变硬，直到形成一层足以支撑的坚固硬壳，并且知道这只小动物醒来时会觉得疼痛已经消失，而它的腿又可以用了。但是此刻我却为时间的流逝而惴惴不安。

我拍拍石膏，已经像石头那么硬了。

"好。"我说着，将那只狗从桌上抱起来，"它得戴着这石膏大约一个月，然后你务必要再抱它回来复诊。要是在这期间有什么问题，可以随时打电话给我。但是我确定它会没事的。"

我将威威放到葛内太太的车后座上，又看看手表——9点45分了。我再度拿起药箱，第二次出发。

沿着两边都围着干石墙的窄路行驶了半小时后，才到达巴比先生的农场。我远远便看到那农夫站在那儿，两手叉腰，双腿分立，衬着后方坚固的农舍和长满了羊齿植物的高原，一副威风凛凛的姿态。我下车时，只见巴比先生和我原先想象的模样完全一样。他两眼怒视，而且他帽子下方伸出的赤黄色头发则气愤地竖起。

"你到什么鬼地方去了？"他吼道，"你说过你会直接过来的。"

"是的，我知道，但是就在我要离开之际，有只狗需要我料理。"

"我的牛比任何见鬼的狗都重要！"

"呃，是的，可是我必须治疗它，它断了一只腿。"

"我不管它什么毛病。这头牛是我的生计，万一它死了，我的损失就惨重了。另一只动物不过是只宠物，一只小狗。"

"不是一只小狗，巴比先生，是一只韧性很强的小梗犬，而且它非常痛苦。它的女主人非常喜爱它。"

"喜爱，喜爱！那就要耽误我的时间吗？"我想巴比先生就要爆炸了。他吼道："一只狗！一只见鬼的狗！我的牛算什么，那与她的口袋无关吗？她不必花任何钱吗？"

我正要说她的心很软，而且宠物在人们的生活中也很重要之类的话时，巴比先生的脚已开始抽动，在碎石路上上下动弹。我从未见过有人真的会气得跳脚，也不想现在开始看，所以便转身朝牛房走去。

当我看出那头乳牛不过是瘤胃有点淤血时，我松了一口气。它不但清晨时到过外面庭院，而且还偷吃了几棵芜菁。不过在我为它检查打针之际，巴比拉着牛尾巴，不断地自言自语，咕咕哝哝："我靠这么个小地方过活，你却不认为一头牛很重要。你以为我是怎么赚钱再买另外一头的？我告诉你，这么一间山区的小农场只够糊口而已，可是你好像没有任何概念。狗……见鬼的狗……无聊的宠物……这是我的生计……你不在乎……”

我基本上是个牛医师,而我也多半是靠这些被我视为衣食父母的山区农夫而活。但此时我闷不吭声。

次日当我再度前往农场时,我发现那头乳牛已完全复原了,但巴比先生依然闷闷不乐。他并未原谅我。

又过了几星期,一天早上当我要出门时,海伦拉住我:“噢,吉米。我刚刚接到一通电话,有只狗要过来。那只狗痛得哀号。我没有问清姓名,那人很快便把电话挂了。”

我揉揉下颚。在那年头,我们几乎都看大型动物,所以没有定下诊疗时间,更不可能是在早上。

“不管是谁,都得等一等了。”我说,“罗得·薛特有一头公牛血流不止,把一只角撞断了。我必须先到那里去一趟。”

想要一个人同时在两个地方,是我工作上经常碰到的难题。我尽量不去想那只狗,加速驶入山区。

那是个典型的断角病例,血如喷泉般射入空中数尺,落到附近各处。薛特先生和我设法拉住那头牛,好让我用磺胺类药剂敷在断角处,再铺上棉花,用八字形绷带捆缚到另一只角上;同时,我们两人也都被喷了一身的血。敷药和上绷带颇为费事费时,事后的清洗也相当费事,所以当我婉拒了薛特太太给我的茶,朝德禄镇驶回时,已过了一个多钟头了。

一到史盖得居,我匆忙走过通道,推开了候诊室的门。我惊讶地停住了脚步。是巴比先生,他坐在角落处,膝上抱了一只威尔斯小狗,脸上的表情与我头一次去看他的牛时一模一样。

“你到什么鬼地方去了?”他吼道。连他的话也字字相同。“我在这儿坐了一个钟头了,而且我打过电话的!”

“巴比先生，非常抱歉。我去看一头血流如注的公牛。我非得离开不可。”

“一头见鬼的公牛，那我的小狗怎么说？痛苦地等在这里！那并不重要，对吧？”

“当然重要，但是你和我一样清楚那只动物可能会因失血过多而死的。那对农夫而言会是一个很大的损失。”

“很大的损失？是呀，你的意思是，损失很多钱。但是万一我的好狗死了呢，它的价值超过任何金钱。它是无价之宝！”

“噢，我了解，巴比先生。它看起来的确是只很好的小狗。”我迟疑了一下，“我不知道你除了农场的看门狗外，也有宠物狗。”

“我当然有，这是叮当。我太太和我很珍惜它。要是它有个三长两短，我们会心碎的！而你却为了一头见鬼的公牛而忽略它！”

“哦，得了吧，这不是忽略它的问题。你一定了解我不能听任那头牛流血，它是那个农夫的生计呀！”

“你又来了！钱！你只会想到钱！”

我弯身想抱起那只小狗，几乎在我一碰触到它时，它便痛得尖叫。

巴比先生两眼瞪得更圆了：“你听听！我告诉过你它的情况紧迫，不是吗？”

我抱着那只威尔士狗走过通道，感觉到它的肌肉非常僵硬。我已确知它是怎么回事了。

在诊疗桌上，我轻捏它的颈部，那只狗又痛叫出声，而巴比先生则继而发出呻吟。

体温很正常，事实上，除了僵硬和疼痛之外，一切都很正常。

巴比先生瞪着我问：“它会死吗？”

“不，不会的。它患了风湿症。这对狗而言是很疼痛的，但这种病很容易治。我相信它很快就会痊愈了。”

“但愿你是对的。”巴比哼道,“我只希望你早些看它,而不是因为跑出去看一头牛而听任它受苦。你看重钱并无所谓,可是爱与同伴之情的价值却远超过金钱的,你知道吗?”

我往针筒里注满药水,“巴比先生,我很同意。请你将它的头按紧。”

“年轻人,人生中并不只有金钱而已。你年纪大些时就会明白了。”

“我确信你是对的。现在,你每天早晚都要喂它吃一片。如果它明天没有好转许多的话,再把它带回来吧。”

“我会的,而且我希望要是我带它回来的话你会在这里。”巴比先生的怒意已经渐渐消散,代之以一种自以为是的神气。“我本以为像你这样的人会了解有一只宠物的意义。物质享受并非一切。”

他把那只狗揣在腋下,往门口走去。当他一手按住门把时,他又转回头说:“我再告诉你另一件事。”

我叹了口气。他的演讲尚未结束,他挥动一根手指说:“人并不单靠面包而活。”

他沿着通道而行时,叮当转过头回望我。它似乎已经好转。幸好风湿症虽来得猛,却也容易治疗。

是的,叮当很快就会复原了,但我知道它的主人却会记得我的拜金和无情。

蒙手帕的『罪犯』

德禄镇警长的声音从话筒传来时，夜已深了。

“哈利先生，我想我们抓到了一名罪犯。他鬼鬼祟祟地在多克巷内摸着黑路，还把脸蒙起来。问他夜里10点在那儿干什么，他说他要去快餐店。这听起来很可疑。最近有很多空巢盗窃和偷窃的案子，所以我们就把他带到局里来了。”

“我明白了。但是这跟我有什么关系呢？”

“呃，他坚持说他是无辜的，而且你可以为他作证。他说他叫百纳·魏恩，在霍尔屯附近的荒野有一处小农场。”

我恍然大悟，笑道：“他的面罩是一条红白点的手帕吗？”

“对！你怎么知道呢？”

“因为你们抓到的人是克里克小子。”

“什么?！”

要对警长详细说明得花一段很长的时间，但一切都情有可原。

百纳四十多岁，和他那个勇敢可敬的姐姐共有一小块地。说他经营这块地面并不很对，因为他只是奉命行事。而他姐姐魏恩小姐对他的意见则只有她最爱用的两个字："没用。"

多年下来，我对每次探访时她重复说个不停的话已经很习惯了。"是呀，呃，哈利先生，你多费心了。百纳帮不上你什么忙的。他很没用。"

我向警长叙述我当天傍晚到魏恩农场去时所发生的事件。一头母羊分娩，魏恩小姐便从镇上的电话亭打电话来。"它努力了一个下午。百纳把手探进它肚子里后，说有很大的麻烦，但我想如果是你，一定不会有太大的麻烦的。百纳很容易就会手足无措。他很没用。"

在通往农场的碎石小路上有三道闸门。我驶进庭院时，百纳就站在我的车头灯灯光中，一如我所认识的他——瘦小、黝黑，永远面带笑容。

他绞着双手，急于讨我欢心，所以我一下车，他便向我微微鞠躬："哈利先生，你来了。"但是他没有任何动静，直到他姐姐大步走出屋子，弯曲的双腿撑着她小而圆胖的躯体走过庭院。

她至少比百纳年长十岁，望着他看时下巴总抬得高高的。"来呀，别尽站在那儿。拿着这个水桶，带哈利先生去母羊那里。哦，你不知道。"她转向我，"我们把母羊放在马厩里，但我想百纳忘了！"

我走进那临时的羊圈去，在手臂上涂了肥皂，检查那头母羊。它站在及膝长的干草堆里，偶尔用力，但并无不当的病态。事实上，当百纳笨拙地抓住它颈部的羊毛时，它快速地跳开了。

"天呐，你就不能为哈利先生将那头羊抓牢吗？"他姐姐喊道，"快呀，用双臂绕住它的脖子，把它拉到角落去。天呐，你怎么那么慢吞吞的！对了，就是那样，终于抓住了。太好了！我刚才叫你带来的那条毛巾呢？你把毛巾也忘了？"

我将手探入母羊的阴道内时，魏恩小姐交叠双臂，只顾在一旁说话。“我知道你不会有任何麻烦的，哈利先生。百纳应付不来，因为他对接生小羊一无所知。事实上，他什么都不知道。他很没用。”

站在羊头旁的百纳点点头，咧嘴而笑，仿佛他刚刚听到的是赞美。他其实并不愚笨，只是很不切实际，善良温和，完全不适合农场粗重的工作。

我跪在干草上，将手更向内伸。魏恩小姐又开口了：“我敢打赌里面一定都好好的。”

她说的没错，一切都没问题。有时这样伸手一探便知道有一只体积过大的小羊，或许死了，没有任何空间可容手探触且里面黏黏的。在这种情况下，无论那农夫耗费多少时间，还是不会有什么结果的。但是眼前的情况并非如此，母羊腹内有很大的空间可容触摸，子宫里面至少有两只小羊干净而潮湿地躺着，已受到胎盘液体的润滑。制止它们冒出来的惟一原因是那两个小头和一大堆的腿都想同时挤入子宫颈内。只要将其中一只羊的头和腿暂时挡住，即可在一分钟之内接生出这两只小羊，将它们活生生地放在干草上。

事实上，当我以一根手指将腿推向正确方位时，我突然想到如果我进行太迅速的话，百纳等一下麻烦可大了。

当然，他本可以轻松地做完这整件事，可是在一头母羊旁打转这类世俗的事，对他而言却是一种诅咒。我可以想象他发着抖探手进去便被卡住的景象。

我抬起头，看出那张笑脸上有一丝忧虑。毫无疑问的，我要让这些小羊在妈妈肚子里多待一会儿。

我转动手臂，第一只小羊便伸出舌头压向我的手，使我惊喘一声，低声哼气：“魏恩小姐，说真的，这可真麻烦呢。很可能是三胞胎，而且三只小羊都扭在一块儿了。我告诉你，这要费点事儿。现在我看看……这只腿是哪只小羊的呢？……不对……不对……老天，真不容易。”我对抗着想象中的战斗，咬牙呻吟，“我告诉你，这是只有兽医才能解决的问题。”

我说话之际，魏恩小姐眯了眯双眼。或许我做得过火了些。总之，百纳应该不会受到责难了。我用一根手指钩住了第一只小羊的腿，将它拉了出来，放到干草上。小羊抬起头，用力摇了几下。这是很好的迹象，但也有可能它是为这延迟而感到困惑。

“现在，我们还有什么呢？”我忧心忡忡地说着，再度将手探入母羊体内。这件任务已接近完成，但为了百纳，我又演了一会儿戏，喘气呻吟了几分钟，才将第二和第三只小羊拉出来。它们躺在干草上蠕动不止，嗅着四周的空气，这实在是一幅很美的画面。第一只小羊已努力用抖动的腿站起身来，很快便找到妈妈的奶了。

我抬头对魏恩小姐笑笑：“就这样了，三只小羊，我再放进两个子宫压定器就没事了。不过，因为那几只小羊刚才将腿全盘在一块儿，才会使情况变得很复杂。幸好你把我找了来，不然你说不定会失掉这三只呢。”

她双臂依然交叠，低下头，毫无笑容地注视我。看起来她似乎为失去另一个斥责她弟弟的机会而感到懊恼。不过，她仍发动了另一次攻击。

“告诉你吧。”她突然说，“有头乳牛需要产后清理已经五天了。既然你在这儿，倒可顺便做做吧。”

这是那种不会在晚上9点做的例行工作，但我没有争辩。这可省得我再来一趟。

“好吧。”我说，“请你给我一些清水好吗？”

就在这时我注意到百纳眼中闪现了惊慌的神色。我记起了他受不了强烈的气味；而在乡下兽医这气味颇多的一行中，就以去除母牛的胎衣最是臭气冲天了。我在清理时，他得为我拉住牛尾巴。

当他提了桶热水回来时，他把水桶放下后，便从裤袋里掏出一条红白点的大手帕，小心翼翼地绑在脸上，在颈部后面紧紧打了个结，然后他便在那头乳牛旁边站好位置。

当我将手臂伸进那头牛的腹内，抬头接触到百纳那双在面罩上微笑的眼睛时，我又一次想到我们为他取的绰号实在很恰当。为他想出“克里克小子”这绰号的是屈生，因为他实在长得很像那个著名的大盗。在可能刺激百纳鼻孔的任何过程中——接生小牛、解剖验尸、为腹部鼓胀的牛放气——那条手帕便会出现。事实上，我每一想到他，便是蒙着手帕的这副模样。

这似乎给他一种安全感，因为只要他蒙着脸，他便可以愉快地和我交谈，虽说偶尔他也会在嗅到某种难以忍受的臭气而痛苦地闭上眼睛。

幸好这次清理相当顺利，没多久百纳便送我出门，对着驾车驶离的我挥别了。在黑暗的庭院中，他脸上仍蒙着那条手帕，就像个活生生的克里克小子。

我觉得已向警长描述得很清楚了。

然而，他仍无法全信。

“但是他到德禄镇来时不必蒙着那条手帕呀。”

“百纳会的。”

“你是说，他忘了把手帕拿下来吗？”

“一点也没错。”

“呃，这家伙真是个怪胎。”

我可以了解他的惊异，但在我看来，百纳的行为并不出奇。接生小羊和产后处理使他过了颇为痛苦的一晚，所以他会立刻跳上单车，骑进镇里，借吃一盘快餐而得到点慰藉。这是可以理解的。我知道他最爱吃这种炸鱼加薯条的快餐了。除掉手帕这类小事，他根本没放在心上。

“呃，好吧。”警长说，“我想我可以相信你的话。”

“警长，”我说，“你抓到局里的那个人是全北约克郡最无害的人了。”

有片刻静默。“好吧，那我们最好快点取下他的手铐。”

“什么，你们没有……”

“没有，没有，哈——哈——哈！只是跟你开点玩笑而已，哈利先生。你说‘克里克小子’时也开了我一记玩笑，所以我只是回敬一下。”

“好，很公平。”我回以一笑，“百纳很烦恼吗？”

“烦恼，他才不呢，他毫不在乎。他只担心卖炸鱼和薯条的快餐店会关门。”

“老天，是不是关门了？”

“还没有。这点我可以向他保证，他们今晚会开到11点。”

“很好，很好，那么百纳会有个快乐的结局了。”

“大概是吧。”警长又大笑几声之后才挂断电话。

只是，事情可能与想象全然相反。如果农场有电话，接到这通电话的人会是魏恩小姐。我忍不住想着，当她获知百纳连到镇上去吃炸鱼和薯条都会被警察逮到时，她可能会有什么反应。

我可以想象她愤怒地叫喊：“没用！没有用的东西！”

彩票

没有什么景象会比一窝垂死的小猪更令人沮丧的了。

“布希先生,看起来没什么希望。”我靠着猪圈的墙说道,“真可惜,这么好的一窝小猪。一共有十二只呢,对吧？”

那农夫低哼道:“是呀,事情总是这样。”他本来就不是个爱笑的人,现在双颊下陷的长脸更是一脸阴郁。

我低头注视那些挤成了一堆的粉红色小猪,液状的黄色排泄物从它们的尾巴泻落。猪仔腹泻——影响初生小猪的急性痢疾,除非迅速就医,否则几乎总是致命的。

我问:“它们什么时候开始腹泻的？”

“差不多,出生就这样了。那是三天前……”

“嗯,真希望我可以早些看到它们。早两天的话,说不定我还有办法医治。”

布希先生耸耸肩:“我还以为无关紧要,说不定是母奶无法消化而已。”

我打开门走进猪圈里。当我检查小猪仔时，它们的母亲哼声喷气,仿佛热烈邀约。它横身躺着,露出长长的两排奶头,可是它的孩子却不感兴趣。我举起那些软弱无力的小躯体时，认定它们是不可能再吸吮了。

然而,我又不能不尽心做事。“我们试它一试吧。”我说,“谁知道呢,说不定我们可以救活一两只呢。”

那农夫默默无语地望着我走向车子。在我的记忆中,他不曾笑过,而他的弯腰驼背和忧郁的神色更平添几许哀愁。

至于我,我因他们没有早些把我找来而感到失望,因为我有一种本来可能帮得上忙的新药。那种新霉素混合液装在塑胶瓶内,可以使抗生素直接滴进嘴里。我用这种新药治愈过不少牛,但还没有机会医治过猪。然而当我抱着那些毫不抗拒的小猪仔,在每一只小猪的舌头上滴上几滴药后再把奄奄一息的它们放回地上时,我却觉得是在浪费时间。

我又为它们补打一针硫磺药,为自己已尽力而心安,一切办妥后,便准备要离开了。

我把那瓶混合液交给那农夫:“拿着这个。如果明天还有小猪活着,就为它滴几滴。要是你想设法救活任何一只,一定要让我知道,不然,便不值得我再来一趟。”

布希先生默默地点点头,走开了。

三天之后,我还是没听到任何音讯,心下认为我那不幸的预言必已成真。但我一直记挂着应该给布希先生一点关于日后的忠告。有一种大肠杆菌的预防针可以在母猪未生产之前便为它注射,而他还有两头将要生产的母猪应该受到保护。

由于我出诊回家途中正好经过布希的农场，我便转入了闸门内。

当我下车时，那农夫正在庭院的一个角落扫地。他连头也不抬一下，使我一颗心徒然沉落。同时我也感到有点困惑：失去那窝小猪并不是我的错，他不必那样对我不理不睬的——我已经尽心了。

因为他依然对我置之不理，我便走到猪圈去，看看猪圈里面。

起初我还以为自己看错地方了，但是不然，我认得那头母猪，它的一只耳朵缺了一小块。我难以理解的是看到一窝粉红色的小猪仔推推挤挤地要抢夺乳汁最多的奶头。由于它们挤成一团，要数出共有几只并不容易，但最后它们都安静下来拼命地吸吮，露出了满足的模样，我算出了一共有十二只。

我望向门外："嘿，布希先生，它们全活下来了！每一只都如此！"

那农夫慢条斯理地走过庭院，手里仍握着扫把，和我一起望着猪圈。

我依然难以置信。"啊，真是太好了。一个奇迹。我还以为它们全都死了，结果它们都安然无恙！"

布希先生面无喜悦之色。"是呀。"他低喃道，"不过它们少喝了好几天奶。"

当我驶向葛列爵士的农场时，布希先生的话仍在我耳边回荡。

直到我驶入皇家空军基地，听到海岸巡逻队的喝令"嘿，你，过来"时，我才意识到平日身为约克郡农庄的外科兽医所受到的敬重，已是我习以为常、视之为理所当然之事。然而那其实是很不寻常的，那与我的诊治成败无关。有时候一些病况是无法挽回的，偶尔我也会因我的顾客而感到失望。但在这一切之后的感觉是：我是个专业人员，为动物们尽心尽力，也因此而受到尊敬。

但是葛列爵士的部下并不比布希先生更尊敬我。丹尼、博特、休伊和乔视我为完全无关紧要的人物，令我总是感到很不舒服。并非他们不喜欢我或是态度唐突，事实是，无论我表现如何，他们都不以为意，甚至于好像一点也不感兴趣。

这实在很奇怪，因为每个兽医都知道，有些地方事事顺手，而有些地方就是很不顺遂，而葛列爵士这里则属于前者。在这里，我觉得我的仙女守护神总是在眷顾着我，在处理每一个病例时都感到一帆风顺，所以这一长串的成功纪录令我自己都颇觉欣慰。

今天，在我下车走进庭院后，我便相信这次一定又会得手了。我望着那头独自站在干草中，似乎百无聊赖的乳牛。它那样子看起来很惨，好像有一半的肠子挂在身侧，这是子宫脱出的病例。那景象会使任何一名外科兽医的脸上失去笑容——不但要辛苦工作半天，且可能赔上那动物的性命。不过近年来它的威胁性已大大降低了。虽说我自然会感到焦虑，却觉得以我的新知识和设备，我可以使这头可怜的母牛恢复正常。但是同时我又知道我不会因此而受到任何的敬重，至少在这座农场不会。

我将拖拉机开过来，又用新发明的“贝克韦尔”式起重机将牛的骨盆束紧后，将它后侧举高，这样工作起来比较容易。我在施行过脊椎麻醉之后，便毫不费力地将子宫又塞回它的腹内。那头乳牛若无其事地走开了。我正为这神奇的复原而沾沾自喜之际，那四个人却不为所动，一语不发地离开了。在这里一向都是如此。

不久之后，我又去照料一群因感染小病而团团绕圈的羊。只消打一针盘尼西林，过两天它们便会恢复正常了——颇为惊人的治疗。那四个人的反应则没有任何变化，一贯的不感兴趣、不表敬意。

一个星期后，我又为了一头子宫扭曲的乳牛而再度造访。它生不下小牛，躺在干草上使劲地用力，已到了精疲力竭的地步。如果没有我的帮助，它势必被送去宰杀的。但我使它滚动数次之后，便使绞扭的子宫解开,为它接生下一头美丽的小牛犊。当我赞叹而满意地注视我的成果时,爵爷的手下们没有任何评语,只是冷淡地进行术后清理工作。也不知第几百次了,我不禁想着到底我要怎么做才能打动这些人。

我正要穿上外套时,有个信封从口袋里掉了出来。那是利物浦的一家足球赌注公司寄来的,只是为了打破沉默,我说:"啊,这是我这一周获胜的彩金呢。"

这句话的效果犹如电光石火,先前的冷漠立刻代之以盎然的兴趣。他们审视邮寄来的彩金,虽只有两镑多,却使他们极感兴趣。"老天,你们看!""我们就是毫无收获!""我第一次看到赢的彩券!"他们七嘴八舌地竞相发言。然后丹尼说:"你常常赢吗?"

他们的兴奋和前所未见的兴趣令我不免得意,便信口答道:"噢,是的,常常赢。"这当然是夸口,因为我很少获胜;不过这句话又得到了他们的张嘴惊叹。我第一次成为这些人注意的焦点。

一会儿之后,丹尼清清喉咙,说:"哈利先生,我们每周都赌三次——每个人出一先令,到现在还没赢过半次。你可以为我们填写彩券吗?"

我在心中哀叹,只怕自己突然这么受欢迎的事实很快又要消散无踪了,但仍接过了彩券,以牛背为桌,依他们的请求填写了。

那张彩券中奖了!就在那一周内,丹尼出现在我的候诊室里。"哈利先生,我们每个人都赢到了三十先令呢。这是前所未有的,所以大家都快乐死了。请你再帮我们写一次,好吗?"

"当然。"我愉快地答道,在小方格内画下了××记号。这张彩券又赢了!这回他们四个人都一起来了,洋洋得意,面带笑容。"哈利先生,每个人又分到三十先令了!了不起!这个礼拜我们要将赌注提高一些。"

我觉得这情况有些难以收拾了。“小伙子，听着，我想这次我最好别再写了。我不想使你们输钱；而你们若是开始提高赌注就势必会输钱的。再说，我并不是这方面的专家。当我让你们以为我每个礼拜都获胜时，我不过是在开玩笑的。”

房里鸦雀无声，四双眼睛都眯成了细线。他们不相信我的话。

我无助地望着那四张面孔，可是他们却好像石像般站在那儿，等着我行动。

“告诉你们怎么办吧。”最后我说，“这个礼拜我还是为你们填写，可是这是最后一次了，好吗？”

他们全都拼命点头。丹尼代表发言：“好，我们都同意。”

“就这个礼拜，下不为例。”

我又一次在小方格里画了××记号。当我将彩券递回时，我不忘最后一次请求：“以后你们不会再要我这么做了吧？”

丹尼举起一手：“不会了，哈利先生，绝不会了。我们答应。”

连续第三周，这张彩券又赢了。即使是此刻，我仍觉得难以使任何人相信，但这是个真实的故事。

当我自己也赢到了最大的一笔彩金七十七镑四先令十一便士时，我对命运的运作感到惊异。这笔金额深刻在我的记忆中，直到永恒。

那一晚，我以颤抖的手将邮寄来的彩金拿给我的合伙人看。“西格，你看看这个——一大笔钱！如果我再赌一次的话，我就会赢到头奖了——一万六千镑！”

西格看着那笔彩金的数字，吹了声口哨：“吉米，这值得庆祝一下，我们到酒馆去吧。”

在酒馆里，西格挤到了吧台前。“贝蒂，两大杯威士忌。”他喊道，“哈利先生刚刚赢了一万六千镑的彩金了！”

“不对，不对……”我抗议道，想要制止我这个兴高采烈的同事。“并没有那么多……”

可是太迟了。贝蒂瞪大了双眼，其他的顾客差点没被啤酒呛到，损害已经造成。这消息如燎原之火席卷德禄镇。在那年头一万六千镑可是一大笔财富，所以其后几周，我所到之处皆可见到神秘的笑容和知情的眨眼。这大约是四十年前的事了，但直到今天，我们那小镇上仍有人相信吉米·哈利曾因赢了赌注而成为有钱人。

下一次我到葛列爵士的农场，是为了替牛测试结核菌素。这没有什么难的，只要从牛头部剪下两寸毛，注入皮肤内。不过比起我以前用我的医技展现神奇治疗、救活动物性命的时候，这一回的气氛却截然不同。

那四个人注意听我的每一句话，非常虔敬地有求必应。“是的，哈利先生。”“来了，哈利先生。”以前他们对我视若无睹，现在他们却全神贯注于我的一举一动。我意识到在他们心中我已成为操纵足球赌注的神奇人物。当我回头看他们四个人时，在他们眼中看到了前所未见的神采——充满了深深的敬意。

志同道合

我又在一个熟悉的处境中。我几乎趴在碎石地上,整只胳臂都伸进一头正在用力的母牛腹内。我已忙了一个多钟头了,开始觉得气馁。在那里面有一头活生生又巨大的小牛犊,而制止它出世的原因是一只向后伸的腿——只是很普通的胎位不正,极易矫正的。然而,那正是我感到挫败的原因——我无法相信竟会被这么容易的事击败,但问题在于这头母牛很小,所以腹内没有让我转动手指的空间。我一次又一次地设法够到那只小牛脚,却只能用两根手指环住,而每当我开始拉,那只脚便又滑脱了。最要命的是,那头母牛不住地用力,使我的手痛苦地卡在小牛的头和母牛的骨盆之间。

我全心希望我的手臂可以多长上几寸。只要我的手指可以超过那平滑的蹄子,抓住那只毛腿,那么几分钟之内便可完事了。只是我尝试这么做已不止一个小时,而我的胳臂也渐渐变得麻痹而使不上力。

在这种情况下,我通常会找来农场里的一个高大些的小伙子,请他脱掉上衣,试着把手探到我够不着之处。可是纪丁先生和他儿子的身材都是矮壮而四肢短小型的,他们只怕还不比我伸得远。

我突然记起了一件事。卡隆在距此不到一里外的一座农场里进行肺结核菌素的测试试验。如果我能找到他,问题便可迎刃而解了,因为卡隆的许多特色之一便是长手长腿。

“纪丁先生,” 我说道,“你可以打个电话到艾勒农场给卜强先生,请他过来帮我一下吗?我想我需要一点帮助。”

“卜强?那个有獾的兽医吗?”

我微微一笑。不仅在我们那个区域,即使是在好几里外,卡隆依然以此闻名。“是的,就是他。”

那农夫快步走开,不一会儿便回来了。“是的,他刚做完测试,说他马上就过来。”他是个好人,对我在他的牛房地面上漫长而毫无结果的滚来滚去并无任何怨言,可是他却掩不住焦虑,说道:“哈利先生,我希望你们可以想想办法,我直的很想得到这头小牛。”

几分钟后,卡隆大步走入牛房。他望了那头躺在地上的母牛一眼,便咧嘴而笑:“有点困难吗,吉米?”他表现出一贯的轻松自在。

我解释过情况后,他便立刻将上衣脱掉,和我一起趴到越来越硬的碎石地面上。我将左臂伸入,直到可以摸到小牛的嘴部,卡隆则将他的右臂一起伸入。

“对。”我说,“我将它的头向后推,同时你想办法抓住那只脚。”

“好。”他答道,“动手吧。”

我用力推,就在小牛头移开,留下了我们所需要的空间之际,母牛却又一个用力,将小牛头又推回给我。卡隆因手指受困而痛叫出声:“哎哟!好痛!你得更用力些才行!”

我咬紧牙关再试一次,整个手臂使劲抵抗母牛的力道。

“快抓到了。” 卡隆哼声说,“快了……快了……用力!你没有用力！”

“我是在用力，该死！”我喘着气说，“但是它的力气比我大，而且你要知道我已经用力用了一个多钟头了。我的胳臂简直就像是面条。”

我们又试了好几次，喘气、呻吟，然后卡隆沮气地垂下头：“我知道了，我们休息一下吧。”

我求之不得。我放松下来，觉得小牛的舌头在舔着我的手心，至少它还活着。

我们躺在那儿，几乎是脸贴着脸，手臂仍深入母牛腹中。我的同事又绽出笑容：“呃，既然我们在休息，我们该聊点什么吧。”

我并不想聊天，但我尽量配合他的意愿。“噢，我不知道，你有什么有趣的新闻吗？”

“呃，有的，事实上有的。我要结婚了。”

“什么？”

“我说我要结婚了。”

“你开玩笑的吧！”

“不是，我是说真的。”

“什么时候？”

“下个礼拜。”

“好呀……好呀……是我认识的人吗？”

“不是，你不认识。是个在伦敦学院外科部门工作的女孩。我是在修课时在那儿认识她的。”

我震惊地躺在那儿，觉得难以接受这个事实。我从未想象过像卡隆这样的年轻人也会想过要成家。我仍试着理清思绪时，他将我带回了现实。“来吧，我们再试一次。”这一惊吓，似乎为我的身体带来了一股新的力量。因为这一回我瞪着双眼用力一推，竟足以一直撑住牛头，直到卡隆发出欢欣的喊叫声:“我抓到了!”

他既已抓到那只脚,便未再松脱。两眼紧闭,牙关咬紧,他用力拉,直到那只脚出现在阴户。他满头大汗的脸上又绽放出微笑:“这真是可爱的景象!”

一点也不假。我们现在已拉出了两腿和头,虽说整个小牛身躯仍在里面。我拍拍那头母牛的屁股:“来吧,老女孩。现在我们需要你了,你想多用力都可以了。”

仿佛是回复我似的,在那头母牛使劲帮忙下,我们又拉出了另外两只腿,不久整个嘴部都露出了,鼻孔翕动,宽广的额头。在我想象中,对这延迟深不以为然的那双眼睛,最后整个身躯也都出来了,我们终于有了一头在干草堆中蠕动的小牛。

我觉得很棒,只是这一回我心中却还有另一件事:卡隆宣布他即将结婚的这一记轰炸,我等不及要看卡隆会带回一个什么样的女子。

他是个这么不寻常的年轻人,他的想法和一般人都大不相同,因此这个女子什么模样都有可能——丑陋、古怪、肥胖、瘦削。我不住地揣想着各种可能性。但我很快就解除了这种焦虑。

一天下午,我打开客厅门,只见我这个同事和一个女孩并肩坐在客厅内。他开口道:“这是蒂蕊。”

她的个子很高,而浮现在我脑中的头两个形容词是“和善”和“慈祥”。不过我要声明,“和善”和“慈祥”并不表示她不迷人。蒂蕊是个很迷人的女子。而今,将近四十年后,当我想到她那六个极有教养又争气的小卜强时,我觉得我对她的第一印象是完全正确的。

我和她握手时,她的笑容热切而温暖,她的声音柔和,令我想到卡隆又成功了。他虽新奇有趣,却总是能将基本的事务弄得很妥善。现在,在选太太这件事上,他又找到了每个年轻人在每天早上睁眼看到都会感到高兴的那种女孩。

我们或曾想过要举办一场欢庆热闹的婚礼,但这种想法很快便被驱散了,我意识到其实那正是他们典型的做法。他们静静地偷溜到祈乐教堂去,在毫无喧闹的情况下举行了结婚仪式。

我到过英国各地,却没见过一个像祈乐教堂这样的地方。这是一所古老的教堂,是诺曼人在12世纪初所建的,宏伟壮丽地孤立在层层的田野之中。附近有一座农场,但最近的村庄则在两里路外。教堂在我们诊疗区域的边界处,但由于在公路上却清晰可见。而每当我开车经过时,我总是会放慢速度,再次欣赏这栋后方山峦起伏、四周尽是绿野田畴的古老建筑。对我而言,这景象是浪漫而动人的。

这么多世纪以来,教堂的礼拜仪式总是规律地进行,每次都有来自四周农场和小村的一群人聚在那儿,因此教堂得以保有它的华丽庄严。它的美是赤裸的岩石之美,与德禄镇教堂闻名的细纹堡垒和花饰窗格大相径庭。海伦和我便是在德禄镇的这所教堂里结婚的,且对于其壮丽优美一直都十分着迷。

然而,卡隆和蒂蕊却到位处荒野的祈乐教堂去。我可以了解这座教堂吸引他们的地方。他们婚后度了个短暂的蜜月,就这样而已。

每当我经过那幢巍巍耸立、庄严俯瞰空旷田野和崇山峻岭已达九百年之久的教堂时,我便再一次想到卜强夫妇就在那里面宣誓共创未来的生活,实在是再适合不过了。

我有种好的预感,就是蒂蕊会在卡隆的住处加进一些女人味,带来她个人的家具和装饰而使得那里更舒适些,没想到却非如此。对于人生的这一面,蒂蕊并不比卡隆更加关切,她的兴趣是在户外。她也和他一样,对北约克郡的生物、树木和花卉极感兴趣。

他们的住处依然保持原状,没有印花棉布的家具之类的东西。但是，当她在那儿走来走去，通常穿着宽松长裤且打着赤脚，她却似乎非常快乐。她的心境与她的新婚夫婿完全相同。

当他们有时间一起出门时，总是跑到林间和山区去观察动植物。如果卡隆的工作阻止他去进行对这世界的重要探索之时，蒂蕊便会快活地取代他。在一个愉悦的夏天傍晚，薄暮时分，当我必须派卡隆去出诊时，我便看到了这样一个例证。

“卡隆，”我说，“史提霍滋的农场有只乳牛疝痛，你可以尽快赶去吗？”

“当然。”他答道，“给我几分钟帮蒂蕊爬到树上去之后，我便立刻出发。”

日益壮大的『动物园』

当卡隆的第三只獾抵达时，一种无可避免的恐怖感开始萦绕在我心中。

新来的这只獾叫做比尔，而卡隆对于它的来临并未多说。他曾随口对我提过一次，但却谨慎地不曾向西格透露。我想他是认为再次激怒我的合伙人并无多大意义。再说，西格似乎已被那些到处乱跑的各种动物弄得昏头昏脑了，所以认定他不会注意到多一只或少一只也是合理的。

我在取药处的门口和同事们讨论当天的工作时，西格蓦地弯身躲避。“那是什么鬼玩意儿？”他指着一只刚刚从我们头顶上飞过的大鸟问。

我说：“噢，那是卡隆的猫头鹰。”

西格瞪着我：“那只猫头鹰？我以为它病了。”他转向我的助手，“卡隆，那只猫头鹰在这里干什么？你几天前将它抱回来的，现在它看起来病已经好了，再把它送回原来的地方吧。你也知道我是喜欢鸟的，但是不能像老鹰那样在我们的诊所里飞来飞去的,这很可能把到这里看病的动物吓坏的。”

卡隆点点头:“是的……是的……它差不多完全康复了。我会很快带它回树林去的。”他把出诊名单塞在裤袋里便出门去了。

我没有说话,但我可以肯定的是,一旦卡隆将那只猫头鹰视为己有,他是不可能急于和它分手的。我预见了某些不舒服的境况。

“你再听听那些小狐狸!”西格又说,“它们简直吵死了!”这叫声和狂吠声从屋子的后侧传来,在通道上回响不止。它们的确是很吵的小东西。

“卡隆要它们在这里有什么用呢?”

“我也不确定……他是说过的,只是我记不得了……”

“嗯,”西格咕哝道:“我只希望一旦没问题之后,他会把它们送走。”

当天稍后,西格和我正在为一只狗接好骨折时,卡隆走进手术室。玛琳照样在他肩膀上,不过今天它并没有同伴,而舒适地坐在那年轻人臂弯中的,是一只小猴子。

西格正在为熟石膏上绷带,抬头一看,惊愕地张大了嘴巴:“我的天,不行!这太过分了,不能再弄只猴子来!这简直就像是住在动物园里!”

“是的。”卡隆得意地笑笑,“它的名字叫毛弟。”

“不要管它的名字!”西格怒吼道,“它在这里干吗?”

“噢,别担心,这并不是宠物,可以说它是来看病的。”

西格眯眯眼睛:“你这话是什么意思——‘可以说’?它有病吗?”

“呃,也不尽然……黛安·施登请我在她出门度假期间代为照顾它。”

“你当然说好了!毫不迟疑!那正是我们这里最需要的。别的动物还不够,再来一群猴子在这里跑来跑去!”

卡隆严肃地注视他:“呃,你知道,我的处境很尴尬。施登上校人很好,又是我们的大顾客,有大农场、狩猎马和一大堆狗。我实在不好拒绝。”

我的合伙人又低头缠绷带。熟石膏已渐凝固;我看得出他需要一点时间思考。“呃,我明白你的顾虑。”一会儿之后,他开口道,“不过确实只是黛安去度假的期间吧?”

“噢,绝对是的,我保证。”卡隆用力点点头,“她很爱这个小家伙,一回来便会将它接走的。”

“哦,算了,大概不会有问题的。”西格瞄了那猴子一眼。那猴子龇牙咧嘴吱吱作声,显然是在讥笑他。

我们从手术台上抱起那只沉睡的狗,将它放到康复狗屋中。西格似乎不想开口,所以我没有打破那份沉默。我不想讨论卡隆刚刚带来的这只动物,因为我正巧知道黛安并不是只到史盖泊去过两个礼拜,她要到澳洲去住半年。

当晚我必须出诊,便先到诊所去多拿一些药。当我沿着通道而行时,我听到由房屋后侧传来各种动物的叫声。一打开通往后院的门,只见卡隆和他的朋友们都在那儿。三只獾把脸埋在放食物的碗里,猫头鹰懒懒地在一根架子上扇动着翅膀。巨大却友善的“风暴”摇着尾巴表示欢迎,而两只杜宾犬则若有所思地望着我。猴子毛弟显然已臣服于卡隆的魅力下,由一张桌子上跳到卡隆怀中,对我咧嘴而笑。在一个角落里,小狐狸们仍不停地低狺狂吠。我又注意到两个笼子,里面装了两只家兔和一只野兔——显然是新来的。

我环顾这房间,意识到西格打一开始就是对的,动物园已颇具规模。

当我开门要走出去时,我不禁想着不知这动物园将会有多大的规模。

我刚踏入通道上,卡隆便放下他在一个大碗中搅了一半的无名食物,转过头来说:“吉米,在你离开前,我要告诉你一个令人兴奋的消息!”他喊道。

“噢,什么消息?”

他指着一只杜宾犬,说道:“安娜下个月就会有宝宝了!”

小爱咪和大绅士

当我下车去打开通往农场的闸门时，我极感兴趣地注意到在草地边缘有一个奇形怪状的东西。这玩意儿盖在石墙的遮荫处，俯瞰着山谷。它似乎是用好几层防水帆布披在铁架上所形成类似帐篷的避难所，形状很像爱斯基摩人的圆顶冰屋，但却是黑色的。只是，这玩意儿在这儿有何用途呢?

正在我猜想之时，前方的油布被掀开了，冒出了一个高大且蓄了白胡子的男人。他站起身，张望了一下四周，将身上那件长及膝盖的古旧大礼服的灰尘掸了掸，戴上一顶维多利亚时代所流行的礼帽。他似乎没有察觉到我的存在，只是站在那儿，做了几下深呼吸，凝视山路边向下延伸到无尽远方的石楠荒原。过了好一会儿之后，他才转向我，严肃地举起帽子。

他以一种属于大主教之流所有的声音低声说了一句:“早安。”

“早安。”我答道，并压抑着心中的惊异。“今天天气很好。”

他的表情放松，露出了笑容。“是呀，是呀，的确很好。”然后他弯身拉开油布:"爱咪,来吧。"

在我的注视下,一只小猫以曼妙的步伐走了出来。当它伸懒腰时,那男人将一条皮带系到它的颈圈上。他转向我,再次举举帽子:"再见了。"然后和小猫一起轻松自在地朝镇上的方向走去。镇中心的教堂塔楼,在两里路外隐约可见。

我从容地打开闸门,边望着那逐渐变小的身影,只觉得好似看到了一个幽灵。我并不在平常的诊疗范围内,因为一个叫艾迪·卡莱的忠实顾客继承了离德禄镇几乎二十里远的这座农场,却请求我们继续为他的牲畜看病——也算是对我们的赞美。虽然必须开这么远的车实在不方便,尤其是在三更半夜时,但我们还是答应了。

农场与大路之间还隔了两片田野。我驶进庭院时,看见艾迪走下了谷物仓的台阶。

"艾迪,"我开口道,"我刚刚看到了一样很怪的东西。"

他大笑:"你不用告诉我,你看到尤金了。"

"尤金?"

"对呀。尤金·艾森,他住在那儿。"

"什么?"

"是真的,那是他的住处。他在两年前自己搭盖的,然后就在那儿住了下来。你也知道,这本来是我父亲的农场,他以前就常跟我谈起他了。他不知道从哪里来的,带着他的猫到那里定居下来,之后就没再离开过了。"

"我没想到他会得到许可在草原边缘上盖房子的。"

"我也没想到呀,只是好像也没人来打扰过他。我再告诉你另一件好玩的事吧。他不但受过高深的教育,而且还是柯尼列·艾森的弟弟。"

"柯尼列·艾森,那个工业家?"

“没错，是那个大富翁。住在百腾路上长达五里的那片产业上。你得看看他们那闸门旁的大木屋呢。”

“是的……我知道那儿……可是怎么……”

“没人知道内情，不过似乎是柯尼列继承了一切产业，而他弟弟却什么也没得到。他们说那个尤金旅行过世界各地，到过荒凉落后的国家，经历过各种历险。但无论他到过哪里，他又回到北约克郡来了。”

“可是他为什么住在那么奇怪的地方呢？”

“那是个谜团。我只知道他和他哥哥互不往来，而且反正他住在那儿似乎很快乐，也很满足。我老爸就很喜欢他，所以他以前常到农场这儿来吃点东西，洗个澡什么的。现在也还来。不过他很独立，不喜欢吃人家的闲饭，固定到镇上去吃饭和领抚恤金。”

“总是带着他的猫吗？”

“是呀！”艾迪又笑道，“总是带着他的猫。”

我们走进牛棚去进行结核菌素的测试，但当我一次又一次剪毛察视并加以注射之时，我的脑海中却不断地浮现那对人与猫的怪异影像。

两天后我为了回去看测试结果，又将车驶上了农场的闸门处。艾森先生坐在一张柳条椅上，边晒太阳边看书，膝上躺着那只猫。

我下车时，他又像上回那样举举帽子：“午安。很舒服的一天。”

“是呀，真的不错。”我说话的当儿，爱咪跳下来，走过草地来迎接我。我弯身摸它的下颚，它便弓起身子，发着喉声在我两腿之间转来转去。

我说：“真可爱的小东西！”

那老人的态度由礼貌更进了一步：“你喜欢猫吗？”

“是的，我一向都喜欢猫。”我继续摸着猫，又逗趣地拉拉它的尾巴。那张漂亮的猫脸仰望着我，喉间发出的咕噜声也更响了。

“嗯,爱咪好像很喜欢你呢。我从没见过它这么爱表现。”

我笑了:“它知道我的感觉。猫总是知道的，它们是很聪明的动物。”艾森先生微笑同意。

“我那天见过你,对吧。你来找卡莱先生吗？”

“是的,我是他的兽医。”

“啊……我明白了。原来你是个兽医,而且你喜欢我的爱咪。”

“我身不由己,它真的很美。”

老人似乎乐坏了。“真谢谢你的赞美。”他犹豫了一下,“我在想,你是……呃……”

“哈利。”

“啊,是的,哈利先生,我在想,呃,当你处理过卡莱先生的事情后,是不是愿意和我一起喝杯茶？”

“我很乐意。我在一个钟头内就可以结束了。”

“好极了,好极了。那么,我会等你来的。”

测试结果极佳,没有任何不良反应,甚至连可疑的病例都没有。我在测试簿上记录了结果后,便赶往回农场的路上。

艾森先生在闸门旁等着。“现在有点凉了。”他说,“我想我们最好进屋去。”他领头走向那圆顶屋,拉开开口处的油布,以旧时代的优雅风度引我入内。

“请坐。”他低喃道,挥手要我在一张看来曾是汽车座椅的破皮椅上坐下来,而他自己则坐在我刚才在外面看过的那张柳条椅上。

他摆好两个茶杯后,从一个很旧的炉子上取下水壶,开始倒茶。我借机注视内部的东西。一张行军床,一个鼓鼓的背包,一排书,一盏破灯,一座矮柜和一个爱咪睡觉用的篮子。

“哈利先生,加牛奶和糖吗？”老人优雅地颔首相问。“啊,不加糖。

我这儿有几个小面包,请务必吃一个吧。镇上有一家非常好的小面包店,我是他们的常客。"

我吃着面包,啜饮着茶时,偷偷瞄了那排书一眼。每一本都是诗集。布莱克、斯温伯恩、朗费罗、惠特曼,每一本书都因经过多次翻阅而显得破旧。

我问:"你喜欢诗吗?"

他笑笑:"啊,是的。我也念别的东西。公共图书馆的货车每个星期都会到这儿来。不过我总是会再回头找我的老朋友,尤其是这一本。"他拿起一本四角皆已折损的诗集,也是他先前所读的那本书——《罗勃·W·赛微诗集》。

"你喜欢那一本吗?"

"是的。我想赛微的诗是我最喜欢的。也许没有古典的格律,但他的诗句可以打动我的内心深处。"他凝视那本书,然后他的目光越过我,不知望向何处。我猜想他可能已经漫游到阿拉斯加或加拿大去了,一时之间我希望他能够对我说说他的过去。不过,他好像又不愿意谈这个。他只想谈他的猫。

"哈利先生,它是个最不寻常的小东西。我一辈子都是孤单一人,却从未感到寂寞。可是现在我知道,如果没有爱咪的话,我一定会非常寂寞的。你觉得这话很傻吗?"

"一点也不。也许那是因为以前你从没有过宠物,对吧?"

"是的,以前我没养过。似乎总是待得不够久。我喜欢动物;曾有过几次我想过要养狗,但从没想过要养猫。我常听人说猫比较没有感情;它们很自足,从不会真的喜欢任何人。你同意这个看法吗?"

"当然不。那绝对是胡说八道。猫是很有个性,但是我治疗过好几百只友善可亲的猫,都是它们主人的忠实朋友呢。"

“我很高兴听你这么说,因为我自认为这只小东西真的喜欢我。”他低头注视刚跳到他膝上的爱咪，轻柔地抚摸着它。“那是显而易见的。”我的话使那老人高兴地绽出笑容。

“你知道,哈利先生,”他接口道,“当我刚在这儿定居时,”他挥手比着他的住处,好似这是一幢华厦里的客厅,“我没有理由认为我不会再过以前习惯的那种孤独的生活。但是有一天这只小动物走了进来,也不知来自何处,仿佛是应邀而来的。从此我的整个生活就改变了。”

我笑道:“它将你领养了。猫就是那样。那是你的幸运日。”

“是呀……是的……一点也不错。哈利先生,你对这些事好像十分了解。现在,让我再为你添点茶吧。”

从那以后我又多次到艾森先生奇特的住处去探访他。每次我到卡莱的农场去,便会去圆顶屋看看,只要艾森先生在家,我们便会一起喝杯茶,聊聊天。我们无所不谈,谈书、政治状况、他所熟知的自然历史,只是谈来谈去最后总是会谈到猫。他对于如何照顾、喂食猫和猫的习性与病症,全都想知道。我渴望听他谈他的世界游记,可是他只是偶尔含糊地提及;而他却瞪大眼睛像小孩般兴致盎然地倾听我的兽医经验。

有一次我们在闲聊时,我特别提出了有关爱咪的问题。

“我注意到它不是在这儿便是和你一块儿出去，可是它会不会自己独自到外面去逛呢？”

“呃,会的。就在最近它才这么做的。它只到农场去。我总是注意不让它跑到路上去,以免被车撞了。”

“艾森先生,我不是这个意思。我想问的是在农场那里有好几只雄猫,它很容易就会怀孕的。”

他猛地坐直了身子:“老天,是的!我从未想到这一点,我真蠢。我最好别让它出去了。”

“非常难。”我说，“还是将它的卵巢摘除比较好。”

“啊？”

“让我为它做子宫切除术，将子宫和卵巢都割掉。那样它就安全了。因为这附近的猫太多了，对吧？”

“对……对……当然。只是动手术……”他以受惊的目光瞪视我，“会不会有危险……”

“不会，不会。”我尽可能轻松地说，“那是个很简单的手术，我们常常做的。”

他优雅的风度消失了。我从一开始便认为他是个见过许多世面的人，因此再也不会因任何事物而失去冷静态度的，可是现在他却好像缩回到他自己的世界了。他缓缓地抚摸着那只依然坐在他膝上的小猫，然后伸手拿起那本黑皮金字的《莎士比亚作品集》——这也是我抵达时他正在看的一本书。他在书里夹进书签，然后才谨慎地将书放回书架上。

“哈利先生，我真的不知道该怎么说。”

我鼓励地对他笑笑：“没什么好担心的。我急需给你这样的忠告。要是我能够将这个手术加以详细描述，我确信你就会放心了。这真的只是小手术，我们切一小刀后，将卵巢和子宫拉出来，在根部处结扎住……”

我急忙停住口，因为那老人闭上眼睛，往一侧倾倒，使我以为他会掉到柳条椅下。我对外科手术的解释会产生不可预期的效果，那也不是第一次了，所以我改变了策略。

我大笑几声，拍拍他的膝盖：“所以，你瞧，这没什么呀，根本没什么！”

他睁开眼睛，颤抖地深吸了一口气：“是的……是的……我相信你是对的。但是你一定要给我一点时间去想一想。这对我来说太突然了。”

“好吧。我相信艾迪·卡莱会为你打电话给我的。可是不要想太久呀。”

没有听到那老人的音信并不使我惊讶;这整个主意简直就把他吓坏了。又过了一个多月后,我才再次见到他。

我将头探入油布门帘内。他坐在他常坐的那张椅子上削着马铃薯,抬起头来以严肃的目光望着我。

“啊,哈利先生,快进来坐坐吧。我一直想和你联络,真高兴你来了。”他下定决心似的一昂头,“我决定接受你对爱咪的建议。任何时候只要你认为合适,就为它动手术吧。”尽管如此,他说话时声音是颤抖的。

“太好了!”我愉快地说,“事实上,我车上就有个猫篮,所以我可以直接带它去。”

当那只猫跳到我膝上时,我尽量不去看他那张悲伤的脸。“嗯,爱咪,你和我一起来吧。”当我注视那只小动物时,我迟疑了。是我的想象,还是它的腹部明显地鼓胀呢?

“等一下。”我喃喃说着,触诊那个小躯体,然后抬头望向那老人,“很抱歉,艾森先生,可是有点太迟了。它已经怀孕了。”

他张大嘴巴,却说不出话来。然后他咽了一口口水,低语道:“那……那我们该怎么办?”

“不怎么办,不用担心。它会生下小猫,如此而已。我会为它们找到家的,一切都会很好的。”我的语气已尽量轻松了,却似乎没什么帮助。

“可是哈利先生,我对这些事一无所知,我现在担心死了。它说不定会难产而死,它这么小!”

“不,不,绝对不会。猫极少会有那样的麻烦。告诉你怎么办吧,当它开始要生小猫时,大概一个月以后吧,找艾迪打个电话给我。我会到这儿来看看情况是否正常。怎么样?”

“你心真好。这一切使我觉得自己笨手笨脚的。问题在于……它对我意义深重。”

“我知道。你别再担心了,绝对不会有事的。”

我们一起喝了杯茶。等我要离开时,他已经冷静多了。

再下一次我是在毫无预料的情况下见到他的。

那大约是两星期之后,我去参加当地农会的年度餐会。那是个颇为正式的餐会,与会者有各种不同的农民、大地主和农会的官员。我是因身为牛奶供给委员会的一员才去参加的。

我正在和一位顾客喝餐前酒时,差点没被一口酒呛到。“老天,艾森先生!”我叫了一声,指着那个高大且蓄了白胡子的身影。他身穿洁净的白燕尾服且系着白领带,和一群人站在房间的另一端,那头平常杂乱不整的银发向后平梳,光耀整齐。他一手持酒,神态自若地滔滔不绝地讲话,而围在他四周的人则恭敬地频频点头。

“我不敢相信!”我又叫了一声,“噢,是他没错。”

我的朋友哼声道:“可恨的小人。”

“什么?”

“是呀,他是个老滑头!就连他祖母他也敢骗的。”

“呃,奇怪。我认识他并不久,可是我喜欢他,我很喜欢他。”

我的顾客耸耸双眉:“我想你是惟一喜欢他的人了。”他尖酸地低语道,“我从未见过比他更老奸巨猾的人。”

我困惑地摇摇头:“我不明白。那些衣服,他到哪里去找来的?我只在他的路边茅屋里见过他,而他看起来没这么光鲜的。”

“嘿,慢着!”我的顾客大笑,用力敲了我一记,“我懂了。你说的是他的弟弟,老尤金。站在那儿的人是柯尼列!”

“我的天,真令人惊异!他们竟如此相像,他们是双胞胎吗?”

“不是的，他们相差两岁。不过，正如你说的，他们几乎难以分辨。”

那高大的老人好似知道我们在讨论他，突然转向我们。那张脸与尤金相似，只不过尤金的柔和慈善换成了侵略性和傲慢。我只瞥了那令人心悸的一眼，他便又别过头去，继续对他那些同伴发表长篇大论了。这是种怪异的经验，所以我一直盯着那一群人，直到我的朋友打断了我的沉思。

“是的，很多人都犯过那样的错，不过这两兄弟只是长得像而已。他们两人的个性根本就是南辕北辙。尤金是个老好人；至于那个老滑头，我从未看过他微笑。”

“你认识尤金吗？”

“和大多数人差不多吧。我年龄和他相近，而且我的农场就在艾森的产业上。他们的父亲去世后，将一切都留给了柯尼列。不过我想尤金对经营纺织王国和那片产业也不会感兴趣的。他是个梦想家和流浪者，善良温和，与世无争。钱和社会地位对他而言都毫无意义。他上过牛津大学，你知道，只是不久之后便离开了，有好多年都没人知道他是死是活。”

“现在他回到路边那个小地方来了。”

“是呀，真令人难以置信，对吧？”

的确是令人难以置信，我很少听到如此奇异的故事，因此接下来几周里，这件事一直浮现在我脑海中。我不禁想着在圆顶屋的那老人与猫不知如何了，也不知小猫出世了没，应该还未出世吧。我确信他会让我知道的。

一个风雨交加的夜晚，我终于有了他的音信。

“哈利先生，我是在农场打的电话。爱咪还未产下小猫，可是它……很大，躺着发了一天的抖，也不肯吃东西。我并不想在这个暴风雨之夜麻烦你，但我对这些事一无所知，而它又显得很……很不快乐。”听到这样的描述，我心里真不好过，不过我还是试图以轻松的口吻说：“艾森先生，我想我只好出去看看它了。”

“真的，你真肯来吗？”

“千真万确。不麻烦的，我们待会儿见。”

40分钟后，当我跌跌撞撞地摸过黑路，拉开圆顶屋的布帘时，所看到的一幕既奇异又显得很不真实。风雨摇撼着油布墙面，借着晃动的灯光，我看见尤金坐在他的椅子上，摸着躺在他身旁篮子里的爱咪。

那只小猫肿大了许多，令人几乎认不出来。当我跪下来，用手覆住那鼓胀的腹部时，我感觉得到它的皮肤已绷得很紧。它肚子里的小猫咪已呼之欲出，但它却精疲力竭且奄奄一息。它也在用力，不时舔着它的阴户。

我抬头望向那老人：“艾森先生，你有热水吗？”

“有的，有的，刚刚才烧开了一壶。”

我在小指头上抹上肥皂。只有这根指头才能伸进那小小的阴道内。我一摸便发现子宫口已全开，后方却是一团纠结，微微动着。只有天晓得那里面塞了多少只小猫，但有件事却是肯定的：它们是不可能出得来的。没有足以运作的空间，我束手无策。爱咪将脸转向我，苦恼地发出微微的一声“喵”，使我心痛地想到再拖下去它可能会死的。

“艾森先生，”我说，“我必须立刻带它走。”

“带它走？”他困惑地重复了一句。

“是的。它需要一次剖腹生产的手术。那些小猫不可能以正常的方式生下来的。”

他挺直脊背，点点头，既震惊又不完全明白。我连篮子带猫抱了起来，冲向外头的黑暗中。然后，我想到那老人正茫然地望着我的背影，觉得自己也太不周到了。我又将头探入油布帘内。

“别担心,艾森先生,”我说,“不会有事的。”

我将爱咪放到后座上再开车驶离之时,内心其实十分忧虑。在我轻松无谓地说过猫的分娩不费吹灰之力之后,我竟可能走向一个悲剧,使我不禁诅咒嘲弄人的命运。爱咪那样躺着到底躺多久了?子宫破裂了吗?败血症?各种可怕的可能性飞驰过我的脑海。为什么在芸芸众生中,这种事情偏偏发生在那个孤单的老人身上呢?

我在镇上的公用电话亭打了通电话给西格。

“我刚离开老尤金·艾森。你可以到诊所来帮我一个忙吗,猫的剖腹产,情况十分紧急。很抱歉在你休息的晚上打扰你。”

“没问题,吉米,反正我没在干什么。待会儿见,好吗?”

我到达诊所时,西格已将消毒水煮沸,也将必要器具都准备好了。“这是你施展身手的时候,吉米。”他低声说,“我来进行麻醉吧。”

我已将手术部位的毛清理干净,手术小刀也放到那肿胀的肚皮上时,西格吹了声口哨说:“老天,这简直像是切开肿瘤一样!”

他的形容颇为贴切。我觉得一旦我划上一刀,那些小猫便会迸裂弹出。果然,我只是轻轻切过皮肤和肌肉,沉甸甸的子宫便惊人地凸显出来。

“要命!”我喘息道,“到底有多少只呢?”

“相当多。”我的伙伴说,“偏偏它又是只极小号的猫。”

我万分谨慎地切开腹膜,至少腹膜看起来干净而健康,令人松了一口气。我继续切割,等着看一堆小猫头和猫脚出现。然而我却越来越惊异地望着手术刀慢慢沿着一个炭黑色背脊滑过。等我终于用手指钩住那脖子,拉出一只小猫,将它放到手术台上后,那子宫已空空如也。

“只有一只!”我惊喘道,“你相信吗?”

西格笑道:“是的,但却是一只巨无霸呢,而且活生生的。”他抱起小猫,更仔细地观察了一会儿。“真是只大黑猫,和它母亲差不多一样大呢!”

我缝好伤口,又为沉睡的爱咪打了一针盘尼西林后,觉得紧张在快乐的波浪中慢慢漂离。爱咪情况良好,我先前的恐惧消失得无影无踪。最好将小猫留给母猫哺育几周之后,我再为它找一个家。

“西格,谢谢你过来一趟。”我说,“最初这情况显得颇为棘手。”

我等不及要回去找那个老人,他必然因为我抱走他心爱的猫而仍处于惊吓状态。事实上,当我拉开油布帘时,他看来似乎没有自我上回看到他的位置移开过半寸。他坐在椅子上,没有在看书或做任何事,只是瞪视着前方。

当我把篮子放到他身旁后,他缓缓转过头,惊讶地低头看着刚刚从麻醉状态中清醒、正要抬起头来的爱咪,以及那只已在摸索着由它独享奶头的小黑猫。

“艾森先生,它没事了。”我说着,尤金慢慢点了点头。

“太好了。真是太好了。”他低喃道。

十天之后我过去为爱咪拆线时,发现圆顶屋内有种欢庆的气氛。老尤金乐不可支,爱咪横身躺着,而它那只巨猫仔则忙着吸奶。猫妈妈抬头看我,神情傲然。

老人说:“我想我们应该喝杯庆祝茶,吃一个我最喜欢的小面包。”

等着水烧开的当儿,他用一根手指抚着小猫的身子:“它真是个俊小子呢,是吧?”

“的确是的。等它长大会是一只很美的猫。”

尤金微微一笑:“是的,我相信它会的,而且有它和爱咪作伴会很棒的。”

我顿了一下,接过他递给我的面包:“不过,艾森先生,你真的不能同时养两只猫的。”

“为何不能？”

“呃，你常牵着爱咪到镇上去；要是你想一次牵两只猫，在路上会有麻烦的。再说，你这儿的空间也有限，对吧？”

他没有吭声，所以我又继续说：“那天有位女士问我是不是可以为她找一只小黑猫。有很多人都会问我们是否能为他们找到某些特定的宠物，通常是取代刚死的老宠物，而我们似乎总是会感到力不从心。但是这一回我很高兴，因为我可以说我知道有一只。”

他缓缓点点头，想了一会儿之后才说：“哈利先生，我相信你是对的。我真的没有想清楚。”

“而且，”我说，“她是位很好的女士，又是个十足的爱猫人。它会有个很好的家。和她在一起，它会过着苏丹国王般的生活。”

他笑道：“好……好……也许我偶尔可以听到它的消息吧？”“那当然。我会随时向你报告的。”我看得出我已顺利地跨越了障碍，便改变了话题。“对了，我一直要告诉你，不久之前我第一次看到了你哥哥。”

“柯尼列？”他面无表情地望着我。我们从未谈过这个话题。“你觉得他怎样呢？”

“呃……他看起来并不快乐。”

“他不会的。他不是个快乐的人。”

“那也是他给我的印象。然而他拥有那么多东西。”

老人温和地笑笑：“是的，但是有很多东西他也没有。”

我啜了一口茶：“没错。例如，他没有爱咪！”

“说得对！事实上，我本来就想这么说，可是我以为你也许会认为我很傻。”他抬头大笑，快乐而孩子气的笑。“是的，我有爱咪，最重要的东西！我真高兴我们英雄所见略同。来吧，再吃一个面包吧！”

奈特

“哦！噢！呜！你这个混蛋！你搞什么鬼！”奈特·布雷抱着左臀部，在牛房里跳着脚，对我怒目而视。

“抱歉，奈特。”我说着，拿起注满了S19疫苗株堕胎药水的针筒，“你正好落在我的针上了。”

“落在？是你把那鬼玩意儿插进我屁股上的！”他的块头很大，平常就显得颇为凶悍，此刻更像是要杀人似的。他为我按住小牛的头，好让我为牛打针，然而这头牛却在错误的时刻猛地转了个身。

我给他一个安抚性的笑：“其实也不尽然，奈特，不过是扎了一下而已。”

“少来了！”那大块头弓着背，揉着屁股，呻吟道：“我觉得整根针都没入了！”

他的两个同伴——瑞伊和菲尔——快活的笑声并未消除他的怒意。他们三人在犹坦·蓝朋爵士的农场共事已久，我们也都十分熟识，但奈特是个怪人。其他两人总是很愉快，禁得起玩笑，而奈特则老是板着脸孔，粗声粗气的。

我的工作包括预防注射。在与许多挤在畜舍内或通道上的牲畜对抗之际，我的针偶尔会扎错目标，没插入动物的身上，反而扎到了人。最平常的受害者便是我自己，因为我的病患极少静止不动，而我一手捏住皮肤，另一手持着针筒在一寸的距离外，所以非常容易刺到自己的手。每当兽医遭到针扎或被动物踩到脚，总会引起一阵笑声；当我叫痛且在畜舍里跳来跳去时，无可避免地会惹来狂暴的大笑。这回扎到针的竟是执拗的奈特，惹笑的效果反而更佳，尤其是当我发现我的目标竟躲到他背后去了。

“是呀，你们尽管笑吧。”那大块头吼道，“只是现在会发生什么事呢，我被打了一剂见鬼的堕胎药，我会怎么样呢？”

“奈特，你又不是牛，对吧？”菲尔咯咯笑道，“他们说那种预防针只对怀孕中的母牛有危险，但我看你也不像头母牛。”菲尔和瑞伊又爆发出一阵笑声。

奈特下巴一抬：“随你们怎么说，但那玩意儿还是可能在我体内产生作用的。”

“听着，奈特，”我开口道，“你并没有被扎进什么药。”我举起那根仍有满满5cc药剂的针筒，“你不过是被针刺了一下，说不定有些痛，而我也为此抱歉。但这不会对你造成什么伤害的。”

“那是你的说辞，哈利。可是我们走着瞧吧。总之，我要离你远远的。其他的牛头找别人抱吧。”

瑞伊拍拍他的肩膀：“不要紧的，奈特，你才刚刚结婚，会有人照顾你的。不管你要坐在哪儿，你的新婚妻子都会为你把椅垫铺好的。”

这个小意外无疑使菲尔和瑞伊乐了大半天。只是事后有很长一段时间每次我到蓝朋农场去，就要受到他们那个脾气暴躁的同事疲劳轰炸。根据他的说辞,他的屁股因而肿大,且痛了很久,造成了极大的不便。但是我深信他的冗长抱怨纯属夸大之词,所以对他不加理睬,直到有一天他上门来对我发动了一串更严厉的攻击。

奈特·布雷将他那张愤怒的脸逼近我的脸:“哈利，我要告诉你一件事。你使我永远都无法拥有一个家庭了。”

“什么！”

“是的,我不是开玩笑的。我太太和我已试了很久,但还没有任何迹象。医生不知道为什么,但是我知道！都是因为你那一针！”

“哦,得了吧,奈特,那太荒唐了。那个小意外怎么可能产生任何效果呢？”

“怎么可能？我来告诉你！你打到我体内的那玩意儿与堕胎、生育和那一类的事有关。由此可以证明你使我和我太太无法生育！”

我难以相信会听到这种话。我央求他,也试图加以说明,可是这大块头却真心相信他的想法：我毁了他的一生，所以他是绝不会原谅我的。

他的同事们也帮不上忙。

“哈利先生,别听他的。”瑞伊喊道,“是他自己不行,他只是在找借口。”紧接着是更多笑声和粗鲁的评语。

尽管有这样的打趣逗笑,这件事仍令我困扰,因为我不只是到农场去时会有麻烦而已。

我不知道在何时何地会碰见这个人。在德禄镇的市场,我必须承受他的斜眼瞪视。晚上当我在某个乡下酒馆喝点啤酒以缓解情绪时,我会发现他频频对我投以不友善的凝视,心里的平静也随着消散得无影无踪。

有好几个月,我到蓝朋农场去时倍感苦恼。奈特已不再对我正面攻击，但我却时时可以感受到他的敌意。他很少提到那件事，但我们两人似乎都接受了一个假设，我必须对他永远无法生育的事实负责。

在那挨针事件过了许久之后，有一次我又到农场去治疗一群感染了肺炎的牲畜。大约二十头年轻力壮的牛挤在庭院里被围住的一个角落内，因此又是平常的一番缠斗。我举着注满了抗生素的针筒，而他们几个帮手则挤在牛群间走动。奈特抓住的是一头特别狂野的公牛，背对着我。我永远也不会知道是他被牛给推向后呢，还是其他人碰到了我的手臂；因为，在下一刹那，他发出了另一阵痛苦的嚎叫。

“你这个该死的混蛋，哈利，你又用针扎我了！”他踉跄地转着圈，紧抱着屁股，狠狠瞪着我。

我难以置信历史竟会如此精确地重演！但毫无疑问的，眼前这一幕似曾相识。奈特抱着屁股又吼又叫，另外两个人则笑得直不起腰来，我自己则恐惧得无法动弹。

依然捧着臀部的奈特转向我，一副要吃人的样子：“这玩意儿又会对我怎么样了，啊？”他怒吼道，“你这个混蛋，你上回对我已造成了很大的损害了，现在我又要受什么苦了？”他对我怒目而视。

“奈特，我真的很抱歉，但是我只能说这不可能对你造成任何伤害，这筒针内只有抗生素，就像盘尼西林，只是稍微更强些。”

“我不管这是什么东西，那是应该打到这些牲畜身上的，而不是我。我已经受够你了，哈利，又对我做出了同样的事。”

“并不是同样的，奈特。”菲尔喊道，“这回是你的右臀挨针的。哈利先生只是让你得到平衡罢了。我一向都说他是个处置得当的兽医，所以他总不能放着另一半不管的。”他和瑞伊简直就快笑疯了。

在那次事件之后，我对蓝朋爵士的牲畜享有一段长时间的健康而衷心感激，而我也将必要的几次探访交给了西格。大约过了一年后，那三个人才又与我碰面。我们在工作时,我发现奈特并非极不友善,这使得我如释重负。上一回我以为他就要动手打我了,这一回他却默然不语地揪住那些挣扎的牲畜。

在休息的片刻,我在针筒里重新注入药水时,瑞伊开口道:“哈利先生,我们有个消息要告诉你。”

“噢,是吗?”

“是的,好消息。奈特做爸爸了!”

“嘿,那太棒了!恭喜你,奈特!是男孩还是女孩呢?”

当爸爸似乎使这大块头的脾气收敛了不少,因为他脸上浮现了一个羞怯的笑容。“双胞胎。”他骄傲地说,“一男一女!”

“哎——太好了。那真是最好不过了!”

菲尔插嘴道:“我们也是那样对他说的,哈利先生。他以前怪你因为那第一针而使他无法生育。呃,那第二针必然就是解药了!”

买房记3

一天，西格合上出诊登记簿后，从办公桌后方站起身，对我说道："吉米，这件事你可以想一想。"

他格外地严肃。我惊讶地望着他："什么事？"

"呃，我知道你在山梨园度过了许多年的快乐时光，但是你一直都有想住在乡下村庄里的野心。"

"没错，或许等将来什么时候吧。"

"嗯，海内里有个很棒的小地方要出售，叫高原居。我觉得这是栋很特别的房子。我确信这地方很快就会推出了，或许你愿意去看一看。"

这事对我而言有些突然。很久以来，我的确有搬到小村庄居住的想法，只是我是个痛恨任何改变的人，所以一直仅把这想法视为一个遥远的梦想，从未进一步去探索其可能性。现在我突然要去面对这个梦想。

我揉揉下巴："我不知道。我已经有好一阵子没想过这回事了。或许有一天吧……”

“吉米，你这个人就是需要很多刺激才肯行动。”我的合伙人对我挥挥一根手指，“但是我告诉你，那一天总会来临的，而当它来临时，你才会开始到处乱找。可是你却绝不可能找到比我现在所说的这个地方更好的住处。海内里是最美的村子，而那栋房子更是再适合你不过了。”

他的建议令我无法反抗，西格太了解我了。过了好几个小时，等我的思绪也慢慢适应了这个想法之后，我才终于向海伦提到了这个建议。

我的妻子不像我那么忸怩。“我们去看看吧。”她说。

在海伦急迫的催促下，我们立刻就去看了。我对海内里十分了解，因为它就在我们诊疗的范围中心。这个村子极小，平静安宁，只有十几栋房舍，其中有好几栋为农场，坐落在高原上一条并不通往任何地方的小路两侧。那是个美丽的村庄，但不似旅游村镇的那种巧克力盒般齐整的美。没有商店，没有酒店，也没有街灯。在我看来，这是约克郡的一个秘密角落，是这严寒却迷人乡间的一幅小品画。

将要离开的那位医生带我们参观。房子虽不很大，却雅致齐整，面对属于它自己的田野，一片有绵羊在啃食青草的山坡牧地。广阔的草地向下延伸到一条潺潺的小溪，流入池塘；池塘上有一群悠闲自在的野鸭，还有轻拂在水面上的丝丝垂柳。

事后，在五月的阳光中，海伦和我带着爱犬丹丹爬上屋后的河岸，走过花开满树的林间，爬过斜坡，到达似乎俯瞰着全世界的青翠高原。

我们走过高原，站在高处，俯瞰那些从容嚼食的羊群和下方的房子。在我们后方是绿林掩盖的山丘，边缘是高地沼泽。这片壮丽的坡地弯向一片山岬，悬崖高耸，大块大块的岩石板在阳光中友善地闪烁。在另一方，越过小村人家的屋顶，是约克郡令人精神一振的广阔平原和平原后的远山。

在一季寒冷的春天后，整个乡间都柔和温馨，空气中有一丝暖意，充塞着五月的花树香和散布在青草地上的野花香气。在我们右边的一片树林内有一个澄澈的小湖，湖畔长满了青翠的树木，还有满地的蓝铃花。

我们坐在那儿时，三只松鼠一只接一只从一棵高大的悬铃木树上跳下来，淘气地逗弄追赶它们的胖丹丹，轻快地跳过了草地，消失在山坡后，留下了垂头丧气的狗。

海伦说出了我心中的想法："住在这儿就如置身天堂。"

我们一路跑下山坡回到屋内，和医生谈妥了这笔交易。这一回我们并未经历像上一次购屋那样的挫折，只是握握手，一切便决定了。

海伦的预言果然成真。当我们必须将山梨园的快乐回忆抛在脑后时，确实是悲伤的一刻，但等我们搬入高原居后，便立刻意识到住在海内里真的犹如天堂。有时我难以相信我们的好运。我们可以坐在前门外晒太阳、喝茶，观赏野鸭在我们的池塘里戏水；前方的山坡盖满了火红的金雀花，而稍远的上方则是永恒不变的山崖峭壁。这是一个无比宁静的世界，夜晚的静谧几乎触手可及。

每当我持着火把，在夜里带丹丹出去散步时，我什么也听不到，只听见在石桥下永远潺潺流动的溪水声。有时在这些夜间散步中，会有一只獾爬过我的前方。有时在星光下，我可以看到一只狐狸鬼鬼祟祟地在我们的草地上探索。

一天早上我在大清早出诊，当时天刚蒙蒙亮，我惊动了两只在空地上吃草的鹿，着迷地望着它们以惊人的速度跳过田野，跃过围篱，没入了林间。

在海内里，离德禄镇只有几里远，却有使海伦和我永远惊叹的景色，仿佛我们便住在荒原的边缘。

放屁大王

“老天，我流了一身汗！”艾柏·卜德喘着气，两百多磅重的身躯猝然跌坐在我身旁的椅子上，用一条鲜艳的红点手帕擦着脸。然后他痛苦地望了我一眼，“而且我知道不一会儿我又要开始放屁了。”

“什么！”我惊慌地瞪视他。我们刚和卡隆在镇上礼堂成立不久的高地舞蹈俱乐部跳完一组四人方舞，所以我也气喘如牛，坐在这个年轻农夫旁边休息。

“真的，你肯定吗？”

“是呀，再肯定不过了。卡隆将我拉进来跳这个舞时，我并不知道要一直这么跳动、摇晃的，而我又刚刚大吃了一顿，吞下三个约克郡布丁。这简直是要我的命！”

我不知道该说什么，只好安慰道：“你静坐一会儿。我想你等一下就没事了。”

艾柏摇摇头：“甭想了！我可以感觉到肠子的蠕动。这个卡隆真是个混蛋，我才刚吃完晚餐，他便跑进来一把抓住我。星期三晚上我从霍尔屯市集回来后，我妈一向都让我吃得特别好的，有几片上好的牛肉、甘蓝菜、马铃薯，和我刚刚说的三个约克郡布丁和一大盘果冻。我还在金狮酒馆喝了几大杯啤酒。所以我刚才想到厕所去蹲它半个钟头时，他却跑了进来，说我一定得和他来。我以为跳舞是像电视上那个维多席维斯特一样的。”

我对这可怜人的窘境感到非常同情，尤其是礼堂里其他人都过得十分快活。卡隆的说服力显然是很成功的；当唱片机放出吉米·山德的“扭脚”乐曲时，至少有八对本镇的居民下场跳舞。

海伦和我对跳舞的主意颇为赞同；这已是我们第三次来了。我生长在格拉斯哥，在校时便常参加舞会了，只是因为很久没跳舞而舞技生疏，忘掉了不少舞步。不过，对大多数的与会者农夫、教师、医生和各行业的本地人而言，这整件事既奇特又新鲜。但是他们都认为学跳舞很好玩，有时他们的笑声甚至掩盖了音乐声。

我可以了解艾柏为何觉得一点也不好玩。他大约二十五岁，和溺爱他、将他照顾得太好的母亲同住。他和其他许多个年轻的农夫都和我们这些活泼热情的新兽医建立了友谊，所以急于加入我们的活动，但是这种苏格兰舞却绝不是为他设计的。

我常常注意到农家子弟很少有肥胖的，可是艾柏却是个大大的例外。他有两米一高，面如满月，在挤牛奶、网干草和做着农场其他的杂事时，总是设法带着他那个圆滚滚的大肚子跑。他的胃口在本区是个传奇，而对于那些自助餐厅来说，他更是个可怕的威胁。

此刻他显得非常不舒服，两手放在隆起的胃部上，以忧虑无比的眼神瞪视着我。

我很同情他。在跳四人方舞时，我注意到他那张淌满了汗的脸在人群上方跳动，便肯定他是在受苦了。

“我告诉你,吉米,”他又说,“要是我还得再继续这么跳,我就完了。我要开始放屁了,而我一旦开始,就会没完没了!”

“哦,老天,我替你难过,艾柏。四周这么多女士,你一定会觉得很尴尬。”

我无意如此残忍,但他却惊恐地瞪着我。“天呐,该死!”他呻吟了一声,接着说,“老天,我要开始了!我要放屁了,我放屁了!”

他正想站起身时,副牧师那个年轻的妻子走了过来。

“卜德先生,真是的,”她以不赞许的打趣口吻说道,“我们需要一个男人来跳这支舞曲,所以不能让你整晚都靠壁而坐的。”

艾柏惶恐地对她苦笑:“不是的……不行……谢谢你。我只是……”

“哦,得了,你不可以害羞。我们大家也都还在学习呢。”她伸出手,艾柏又绝望地望了我一眼后,便被她带进了舞池。

他被安插在副牧师太太和一个年轻漂亮的德禄镇幼儿园老师之间,目光充满了焦虑,却无法逃脱。唱片机播放出开场的和弦,他们鞠躬为礼后,便跳了起来,手拉着手往一个方向跳动,然后再跳向另一个方向。我着迷地注视他停下脚步,面对他的舞伴。天可怜见,他们开始快舞步了,那简直要他的命!有一会儿,我望着那张痛苦的脸上下跳动,那个圆滚滚的大肚子随着响亮的音乐声如果冻般颤抖不止,然后我看不下去了。

我移开目光,在舞动的人群中搜寻令我分心的事物时,突然想到这快乐的场面是卡隆带到德禄镇来的新事物之一。这些人不过是受到他影响的许多人中的一部分。此刻我望着他,这个高大、留着八字胡的人,如穿着苏格兰短裙的高地首领一般威风,高高跃起,踢出双脚,脚趾以古典的姿态向前伸,而身系苏格兰围巾的蒂蕊则以成熟的舞步优雅地滑过跌跌撞撞的新手之间。

我又一次想到，卡隆对许多人都具有一种无法抗拒的魅力，而且他在他们的生活中注入了新奇而有意义的新动力。然而，对于那些紧紧跟随着他轨迹的人而言，似乎总潜藏着某种危险——无论是跟着他骑无鞍拉车马的我，还是受杜宾犬胁迫的西格，抑或是现在在舞池中痛苦跳跃的那个倒霉的艾柏。

阿里和小黄1

“吉米，你看，那一定是只走失的猫吧？我以前从未看到过它。”海伦站在厨房的水槽前洗碗，指指窗外。

我们在海内里的新家坐落在田原斜坡上，窗外有一道及胸高的矮墙，墙外则是一片青草地，延伸到矮树丛，还有一间木仓库大约在二十米外。

一只瘦巴巴的猫虚弱地在树丛旁探视，在它旁边还蹲了两只很小的小猫咪。

“我想你是对的。”我说，“那是只迷途的猫和它的孩子，而且它在找东西吃。”

海伦将一碗剩肉和一些牛奶放到矮墙上面，然后又退回厨房。母猫等了好几分钟后，才万分谨慎地走上前来，用嘴衔了些食物，再回到小猫那里。

有好几次当它走回草地时，两只小猫也想跟来，但它却以爪轻挥，表示“退回去”的命令。

我们着迷地看着那只饥饿、瘦削的母猫将小猫都喂饱之后，才将碗中剩余的食物吃掉。然后我们静悄悄地打开后门。可是母猫一看到我们，便和它的小猫一起跑向田野去了。

海伦说：“不知道它们是打哪儿来的。”

我耸耸肩：“天晓得。这附近到处是田野乡间。它们可能是从好几里路外来的。而且那只母猫看起来也不像普通走失的猫；它有种野性。”

海伦点点头：“是的，它看起来不像是一只家猫，也不像与人相处过。我听说过像那种住在外面的野猫。说不定它只是为了它的小猫咪才来觅食的。”

“我想你是对的。”我说着，和海伦一起走回厨房，“总之，那些可怜的小东西饱餐了一顿。我想我们再也不会见到它们了。”

但是我错了。两天之后，那三只猫再度出现，在同一个地方，由树丛间向外窥视，饥饿地望向厨房的窗户。海伦又喂了它们。那只母猫仍然强烈地禁止小猫离开树丛，而且当我们想接近它们时，它们又一次飞快地逃离了。第二天一早当它们回来时，海伦对我笑了笑。

“我想我们被领养了。”她说。

她说得对。那三只猫在仓库住了下来。

过了几天后，母猫允准两只小猫到碗边取食，一路小心翼翼地看着它们。那两只小猫还很年幼，大概才几周大，一只黑白相间，另一只则是玳瑁色的。

海伦喂食它们大半个月了，可是它们仍不准我们接近。然后，一天早上，当我要出门到诊所去时，海伦将我叫到厨房去。

她指指窗外：“你怎么想呢？”我望向窗外，只见两只小猫仍照常蹲在树丛下，但母猫却已不见踪影。

“真奇怪。”我说，“以前母猫从不让它们离开自己的视线的。”

小猫在喂食过后因我的企图跟踪而跑开了;它们一跑进长长的青草之间,我便看不到它们了。虽说我在田野里到处找过,还是没找到它们或是它们的母亲。

我们再也没见到那只母猫了,海伦为此颇为苦恼。

几天后当小猫们在吃早饭时,海伦喃喃说道:“它可能出了什么事呢?”

“什么都有可能。”我答道,“流浪猫的死亡率是很高的。它可能被车撞了,或者是遭遇了其他意外。只怕我们永远也不会知道了。”

海伦再次望向那两只蹲在一起吃食的小猫:“你想它是不是遗弃了它们呢?”

“呃,那也是有可能的。它是只颇有爱心的母猫,所以我觉得它也许四处寻找,直到为它们找到一户好人家。它一直等到小猫足以自卫时才离开。说不定它现在又回到它的野地生活去了。它是只真正的野猫。”

那是个不解的谜团,但有件事是肯定的:小猫们永远留了下来。还有另一件千真万确的事:它们绝不可能成为家猫。我们虽多次尝试,却无法摸到它们,更别谈想要赶它们进屋了。

一个雨天的早上,海伦和我隔着厨房的窗户注视那两只小猫坐在墙上等待早餐。它们的毛湿透了,倾盆大雨使它们睁不开眼睛。

“可怜的小东西。”海伦说,“我受不了看它们在外面那样又冷又湿的。我们一定要让它们进来。”

“用什么方法呢?我们又不是没试过。”

“噢,我知道,但是再试一次吧。说不定它们会乐于进来避雨呢。”

我们弄了一盘碎鱼肉——猫儿无法抗拒的美食。我让它们嗅了嗅;它们急切而饥饿。然后我把那盘鱼放在后门内侧,这才走开。可是我们隔窗而望时，只见那两只小猫一动也不动地坐在大雨中，眼睛紧盯着鱼看，却决心不走进那扇门。对它们而言，那简直是无法想象的。

“好吧，你们赢了。”我说着，将那盘鱼放到墙上，转瞬间便几乎盘底朝天。

我正丧气地注视它们时，本地的一名清洁工人赫伯·普拉转过角落而来。小猫们看到他便跑开了，赫伯大笑：“我看见你养了猫了。它们吃的可是好东西呢。”

“是呀，可是它们不肯进屋来吃。”

他又笑道：“是呀，而且它们永远也不会的。我认识它们那一家猫和它们的祖先已经多年了。母猫刚来时我就看到了。在那之前，它住在山坡那一头的老柯利太太那儿。我也记得它的母亲，住在比利·泰特的农场上。它们那一家猫，我可以追溯到好多年前呢。”

“天啊，真的吗？”

“是呀，而且我从未见过它们哪一只会进屋里去的。它们很野，真正的野。”

“呃，谢谢，赫伯。那解释了许多异象。”

他笑笑，拿起了垃圾桶：“那我走了，它们也好把早餐吃完吧。”

“海伦，原来是这样。”我说，“现在我们知道了，它们将会永远待在外面的，但是至少我们可以想办法改善它们的住处。”

我称之为木仓库之处，其实根本算不上是一间仓库。这儿虽有屋顶，却四面通风，一面完全敞开，另外三面则以相隔颇宽的木板条为墙。因为四面通风，所以这是个风干木头的好地方，但用来居住却不太合适。

我爬到青草坡地上，钉上一片挡风用的三合板，又在仓库内铺了一些干草为床，然后在干草床四周堆高木头当作防御用的围栏，这才向后站开,忍不住喘气。

“好。”我说,“现在它们在那儿应该够舒适了。”

海伦赞同地点点头,却更进一步地加以改善。在我的挡风板后,她放下一个敞开了一面的箱子,箱内铺了棉布垫。“这样一来,它们就不必睡在干草上了。在这个箱子里,它们会既舒服又温暖的。”

我摩挲着双手:“太好了。天气恶劣时,我们不必再担心它们了。它们会真心喜欢到这儿来的。”

从那一刻起,小猫们便开始抵制那间仓库。它们依然每天来吃饭,但是我们再也没见过它们靠近那旧住所了。

海伦说:“它们就是不习惯。”

“嗯。”我再次望向那放在一圈木头之中、铺了棉垫的箱子,“不习惯,或是不喜欢。”

我们又坚持了几天。然后,当我们猜想那两只猫可能睡在什么地方时,我们的决心开始瓦解了。我爬上坡去,将那圈木头围栏搬开。那两只小猫立刻回来了。它们绕着那个箱子嗅了嗅又推了推,却又跑开了。

我们站在有利的地点观察。我低声说:“看来它们也不喜欢你的箱子。”

海伦显得很灰心。“真傻的小东西,那箱子最适合它们了。”

但是又过了仓库闲置的两天之后,她出去了。我看见她怏怏不乐地走了回来,一手拿着箱子,棉布垫夹在腋下。

不过几个钟头内,两只小猫就回来了,环顾仓库,如释重负。它们似乎并不反对挡风板,快乐地在干草上定居下来。我们想要制造一个猫的希尔顿饭店的尝试完全失败。

我意识到它们受不了被围住,或逃脱的路径被挡住。躺在那四周开敞的干草床上，它们可以看清四面八方；只要看到一点危险，它们便可以从木板条之间逃走。

“好吧，我的朋友，”我说，“那就是你们想要的。不过我要将你们的底细摸得更清楚一些。”

海伦给了它们一点食物。等它们专心吃东西时，我便偷偷爬上前，撒下一张渔网网住它们。在一番挣扎后，我得以看出玳瑁色的那只是母猫，而黑白相间那只则是公猫。

“好。”海伦说，“我要叫它们阿里和小黄。”

“为什么叫阿里？”

“我也不知道为什么，它看起来颇像阿里。我喜欢这个名字。”

“噢。那小黄呢？”

“就是赤黄色的简称嘛。”

“它又不是赤黄色的，它是玳瑁色的。”

“呃，它有点黄呀。”我没有再继续争辩。

其后的几个月里，它们长得很快，因而身为兽医的我很快便下了个决定。我必须为它们做绝育手术。那也是我第一次遭遇到这个使我忧虑多年的问题——如何对我甚至连摸都摸不到的动物行医。

第一次，当它们半大不小时，还不太困难。我再一次趁它们吃食时对着它们撒下渔网，然后将它们塞进一个猫笼里。它们从笼子里望着我的目光不但惊惶，也充满了控诉。

在手术室里，当西格和我将它们依序抱出来打麻醉针时，我注意到它们虽然因有生以来第一次被禁锢在一个封闭的空间里且被人类攫住、限制而受惊不已，它们却很容易控制。我们的许多家猫病患都会愤怒地抗争，直到我们使它们睡着为止。而爪与牙齿同为利器的猫，也真能造成相当程度的伤害。然而，阿里和小黄虽拼命挣扎，却从未试图咬人或露出脚爪。

西格简明地说出了重点:“这两只小东西吓坏了，却绝对的温顺。真不知道有多少野猫是像这样的。”

在进行手术时,我俯望那两个熟睡的小身躯,觉得有些奇异。这些是我的猫,然而这是我第一次得以触摸它们,仔细检视它们,欣赏它们的毛皮和颜色之美。

等它们苏醒之后,我便带它们回去。我一将它们从笼子里放出,它们便朝木仓库的家跑去。一如这种小手术后的往常结果,它们并未显露出任何后遗症,只是它们对我显然有不愉快的记忆。接下来的数周里,当海伦喂食它们时,它们会挨近海伦,但一看到我却立刻逃跑。我想抓住小黄以拆掉摘除卵巢切口的那一道针缝线,可是一切的尝试都徒劳无功。那条线只怕会永远留着。而且我意识到吉米·哈利已被视为万恶不赦的坏人—— 一个只要你给他半点机会便会将你抓住、丢进笼子里的人。

我很快便看清了情况将永远如此了,因为已过了好几个月,而由于海伦的细心喂食,它们也长成了毛色温润美丽的大猫,当海伦出现在后门时,它们便会跳到墙上弓身而行,而我却只要稍一探头便可以将它们吓得无影无踪。它们随时都要躲着我,这使我很难过。因为我一直都是个爱猫的人,而且已经对这两只特别有感情了。终于有一天,海伦得以在它们吃饭时轻轻抚摸它们的背,这景象更令我伤心。

它们通常睡在仓库里,但偶尔也会不知跑到何处去,躲上好几天,使我们不禁想着是否它们已遗弃了我们,还是发生什么事故了。等它们再度出现时,海伦会如释重负地对我喊:“它们回来了,吉米,它们回来了!”它们已成为我们生活的一部分。

夏季慢慢地转换为秋季。接着,当冷酷的约克郡严冬来临时,我们对猫的坚忍耐寒感到惊叹。透过温暖的厨房隔窗望着它们坐在冰雪之中，一度令我们觉得很难过；可是不管天气有多寒冷，它们都不会被诱踏进屋子一步。温暖和舒适并非它们的渴望。

天晴时，我们单从观察它们便得到了许多乐趣。从厨房可以望见仓库，观望它们快乐的关系令人十分着迷。它们是好朋友，形影不离，时常彼此舔舐，滚动戏耍，在吃食时则从不互相推挤。晚上，我们可以看见两个毛茸茸的小身影紧靠在一起躺在干草上。

然后有一次，我们以为一切都已永远改变了。两只猫再度失踪。好几天后，我们越来越担心了。每天早上，海伦一起床便会叫："阿里，小黄！"以往这叫声总是会使它们从仓库内奔出来，可是现在它们不再出现。过了一星期，两星期，我们几乎已经失去了希望。

我们从百萝屯半日游返回时，海伦便跑进厨房，向外张望。猫儿知道我们的习惯，所以总是会坐在墙上等她。但是空荡荡的墙向前延伸，而仓库也空荡荡的。海伦问："吉米，你想它们是不是永远离开了？"

我耸耸肩："看起来像是这样了。你记得老赫伯说它们这一家猫是怎样的。或许它们像游牧民族一样逐水草而居去了。"

海伦一脸悲哀："我无法相信。它们在这儿似乎很快乐。哦，我只希望它们没有出事。"她闷闷不乐地将买回的杂货收放好后，一整晚都十分沉默。我虽试图逗她开心，却也不甚由衷，因为我自己也裹着层哀伤的毯子。

很奇怪的，就在隔天早上，我又听到海伦如常的叫唤声，只是这回声音凄切。

她奔进了起居室。"吉米，它们回来了。"她喘着气说，"但是我想它们快死了！"

"什么？你说什么？"

"哦,它们看起来很惨。它们病得很重——我确信它们快死了。"

我赶忙跟着她走进厨房,隔窗望去。几尺之外,两只小猫并肩坐在墙上。它们的眼睛几乎完全闭着,且流出了液体;更多的液体从它们的鼻孔流下,而它们的嘴边更衔着唾液。它们的身体因为持续的打喷嚏和咳嗽而颤抖不止。

它们瘦削孱弱,与我们所熟识的那两只优美的猫大不相同。狂风猛吹之下,它们的外观更是堪怜,眼睛也更睁不开了。

海伦打开后门。"阿里,小黄,你们怎么了?"她柔声叫唤。

一件奇特的事发生了。一听到她的声音,那两只猫小心翼翼地跳下墙,毫不犹豫地穿过后门走进了厨房。那是它们第一次站在我们的屋顶下。

"你看!"海伦叫道,"我不敢相信,它们一定真的病了。但是是什么呢,吉米?它们中毒了吗?"

我摇摇头:"不是的。它们感染了猫伤风。"

"你看得出来吗?"

"哦,是的,这是很典型的。"

"它们会死吗?"

我揉揉下巴:"我想不会的。"我虽然在安慰海伦,心中却不免狐疑。猫过滤性病毒的鼻炎死亡率很低,但病况太严重时仍会致死,而这两只猫看来已病得很重。"总之,把门关上吧,海伦。我来看看它们是不是肯让我检查。"

但是一注意到门即将关上,那两只猫便立刻冲回屋外。

我喊道:"快把门打开。"在迟疑了一会儿后,它们又走回厨房里。

我震惊地望着它们,"你相信吗?它们进来并不是寻找庇护所,而是来求助的!"

毫无疑问。它们并肩坐在一起,等待我们为它们做点什么。

“问题是,”我说,“它们会允许我这个敌人接近它们吗?我们最好让后门开着,以免它们感觉受到胁迫。”

我逐步挨近它们,直到我可以伸手摸它们,但是它们并未退缩。怀着一种做梦般的感觉,我将它们依序抱起,为它们做检查。

当我跑到外面,去车子里取来药品和所需要的东西时,海伦轻柔地抚摸它们。我为它们量体温;两只猫都发着高烧——这也是病征之一。然后我为它们注射抗生素,这是我认为治疗最初病毒攻击之后的二级细菌感染最有效的一种。我也为它们注射了综合维他命,又用棉球为它们清除眼睛与鼻孔的液体和脓,再敷上抗生素药膏。在这一连串的治疗之中,我想到这两只猫除了在上回手术时的麻醉状态中之外根本不让我碰触,而此时竟温顺地听任我扶抱处置,感到十分惊讶。

等我完事之后,我很不忍心让它们再到户外去受寒风吹打,便一手一只将它们抱起。“海伦,”我说,“我们再试一次。请你把门关上吧。”

她握住门把,很慢很慢地开始推门,可是两只猫立刻如弹簧般从我手中跳开,奔进花园里。我们望着它们失去了踪影。

“喂,真不寻常。”我说,“它们病得那么重,却还不能忍受被关在屋里。”

海伦几乎快哭出来了:“可是它们在外头怎么受得了呢?它们应该保持温暖才对。也不知道现在它们会留下来还是会离开我们。”

“我也不知道。”我注视着空荡荡的花园,“但是我们必须明白它们是在自然的环境中。它们是坚强的小东西,我想它们会回来的。”我是对的。

第二天一早它们又出现在窗户外,闭着眼睛抵挡强风,脸上的皮毛仍粘着大量的黏液。海伦再次打开门,它们也再次冷静地走进门,毫无抵抗地接受我的治疗——打针、清理眼睛和鼻子的分泌物、检查口腔是否有溃烂处，将它们像家猫般抱起。

像这样的情况日复一日地持续了一周。分泌物好似越来越多，打喷嚏的情况也并无好转。然后，就在我已渐感绝望之际，它们开始吃一点东西，也明显地不喜欢再进屋来了。

我设法让它们进来时，它们便紧张而不快乐，对我的治疗也不再完全顺从。到最后，我已不能再摸它们了。由于它们尚未痊愈，我便把药粉掺进它们的食物里，以这种方式为它们医病。

天气越来越冷了；寒风中往往夹着片片雪花。但是有一天它们终于拒绝再入内了，我们只能隔窗看着它们进食。然而，知道它们在每一口食物中都吃了抗生素，我便已十分满足了。

我继续这样的长期治疗，每天从厨房里观察它们，注意到它们打喷嚏的情况已逐渐减轻，分泌物也逐渐减少，而这两只猫也慢慢恢复了失去的体重。一切苦心总算没有白费。

三月里一个阳光和煦的早上，我看着海伦将它们的早餐放到墙上。光洁美丽、眼睛明亮的阿里和小黄弓身沿墙而来，喉间咕噜有声。它们并不急着吃东西，显然为看到海伦而快乐。

它们来回走动，让她用手轻抚它们的头和背部。它们就喜欢这样的抚摸——并不过度，而它们仍能继续行动。

我觉得自己也有必要行动，便走到门外。

"小黄，"我唤道，并伸出一只手，"小黄，过来吧。"那小动物停下了墙上的漫步，从安全的距离外望着我，眼神中并无敌意，只是满含昔日的警觉。当我试图移近它时，它便跳了开去。

"好吧。"我说，"阿里，我想我也不必试试你了吧。"那只黑白相间的猫向后避开我伸长的手，不予置评地望了我一眼。我看得出它同意我的话。

我伤心地对它们叫道:“嘿,记得我吗?”由它们的神色看来,它们显然是记得我的,只是不是我希望的形象。我感到很灰心。尽管我做了一切努力,却仍然回到了起点。

海伦笑道:“它们真古怪。但是现在它们可真美,健康快乐如昔,印证了所谓的新鲜空气治疗法。”

“的确。”我苦笑道,“但也证实了家有兽医,实在不差。”

玩笑

西格抬起下巴，伸长了手臂指着门，以命令式的口吻说："吉米，回家去睡觉！"

"不，我很好。"我说，"真的很好。"

"呃，你的样子看起来并不怎么好，大概可以送去麦洛的废马场了。你不适合出诊的。"

他提及本地的屠杀废马场并非完全不恰当。我感染上普鲁斯病，但仍然到诊所来，希望一点工作和运动会令我觉得好些。只是我也知道镜中那个虚弱且发抖的人看起来实在派不上什么用场。

我将双手插进裤袋内，想要制止自己发抖。"西格，我很快就会复元的。我的体温很正常，躺在床上反而会令我不舒服。我不会有事的，我向你保证。"

"吉米，也许你明天就没事了，但是如果你现在到外头冰天雪地的乡间去，开始脱掉身上的衣服，你可能会暴毙的。我现在得走了，所以我没时间和你争辩。不过我禁止你工作！明白吗？我告诉你怎么着吧。

要是你拒绝回家去,你可以和卡隆一起出去。坐在他车里一起去就好,什么事也不要做!”他拿起医药箱,小跑着离开了办公室。

那似乎不是个坏主意,总比躺在床上倾听家里的喧闹声从紧闭的房门外传进来、沮丧地感到自己被阻隔在工作的世界外要来得好。我一向痛恨那种感觉。

我转向我们的助手:“卡隆,这样好吗?”

“当然了,吉米。我喜欢有你作伴的。”

我并不是个欢快的同伴,只是坐在车内,默默无语地望着车窗外一闪而过的石墙和覆雪的山丘。然而,当我们抵达第一座农场时,闸门却被挡住了。

“吉米,我们必须走过两片田地了。”卡隆说,“也许你应该待在车里。”

“不,我和你一起去。”我勉强下车,和他一起出发,穿越白茫茫的一片大地。

即使是那短暂的旅程也有使我同事感兴趣之物。“吉米,你看,有只狐狸走过这里。看它的脚印,还有它的尾巴扫过的痕迹。看那些小洞,那里面有小耗子呢。它们的体温将上方的雪融化了。”

他指认了曾停留在雪地上许多种不同的鸟类。这些景观对我来说不过是些紊乱的痕迹,对他而言却是一本动人的书。

农场主人,埃加·石托,在庭院里等着我们。卡隆从未到过他的农场,所以我为他们介绍:“今天我不大舒服,所以由卜强先生来看你的牛。”

石托先生在本地农夫中是个闻名的“万事通”。这并不表示他们认为他特别有知识,而是他自以为无所不知。在他自己眼中,他的才智过人,而他喜欢将人驳倒的倾向并不使他的邻居感到亲近。

他个子高大，体格健壮，明亮的小眼睛嵌在一脸横肉中，对卡隆不怀好意地眨了眨：“噢，今天是由候补人员出勤吗？有獾的那个兽医是吧？我听说过你，我们很快就会看出你几斤几两了。”

在牛棚里，我在一捆干草上坐了下来，享受着那温暖的牛香味。石托先生带领卡隆走过那一排牛，指着一头菊花青色的牛说：“嗯，就是它。你怎么说呢？”

卡隆抓抓它的尾巴根部，望着它毛茸茸的侧腹：“呃，石托先生，有什么不对呢？”

“啊，你是兽医，我指望你来告诉我。”

我的同事对这老笑话只是礼貌地笑笑：“我换个方式说吧。它的症状是什么呢？它不肯吃东西吗？”

“是的。”

“什么都不吃吗？”

“只吃一点。”

“它生育多久了？”

“一个月左右。”

卡隆测了体温，又听诊了胃部和肺部，再将牛头拉过来，闻它的鼻息。然后他挤了些牛奶在手心里，也闻了闻牛奶味，但他显然摸不出头绪。他询问这头牲畜的病历，得到的是石托先生的哼声回答。有好几次，当卡隆后退一步，茫然地注视这只动物时，石托先生的嘴角轻蔑地扭曲。

卡隆说：“请你拿一桶热水、肥皂和一条毛巾来给我好吗？”

他脱下衬衫，将臂膀探入了阴道内，然后又深入肛门中去触诊腹部的器官。

他转向那个站在一旁、两手插入裤袋内，嘲讽地观望他的农夫。

“你知道，这真是奇怪。一切都好像很正常。石托先生，你是不是有什么事忘了告诉我呢？”

那大高个儿弯身大笑：“是呀，是有件事我忘了告诉你。这头牛根本没毛病。”

“啊？”

“我说它根本没什么毛病。它和你我一样健康。我只是想看看你是不是能胜任这份工作罢了。”说罢他爆笑如雷，且一手猛拍膝盖。

当上身赤裸、臂膀上盖满了肥皂沫的卡隆面无表情地回望他时，这农夫拍拍卡隆的肩：“现在，我知道你能胜任这份工作了，年轻人，哈——哈——哈！再没什么比大笑一场更好的了。嘿——嘿——嘿——嘿！”

好半晌，卡隆继续盯视着他，然后他的脸放松下来，也露出了微笑。当他在水桶里将手臂洗净又把衬衫穿上后，他开始轻笑出声，最后更仰头一阵大笑。“是的，你说得对，石托先生！哈——哈——哈！再没什么比大笑一场更好的了。你说得对，对极了！”

那农夫又引领他向前走，“这头才是你必须要看的乳牛。”

一如所料的，他自己已先为此病下了诊断了。石托先生无所不知。“它只是有点慢性热而已。”“慢性热”是本地对消化不良病症的说法，也是一种极易治疗的新陈代谢疾病。“它有种甜甜的气味，而且也有些消瘦。”

“是的，石托先生，你说的好像对。我再为它检查一下。”卡隆仍笑个不停，自牛乳房挤下了几滴奶，闻闻牛的鼻息，又量了体温。同时他不断地低喃着：“真好笑，好一个笑话。”然后他快活地吹起了口哨。直到他把听诊器按到牛的胃部上时，他的口哨声慢慢减缓，而后停止。他开始细心倾听，一脸严肃，由母牛的左侧移到右侧，再移回后面。

最后他站起身:“请你从屋里拿一根汤匙来给我吧。”

那农夫脸上的笑容消褪了。“汤匙,做什么用的?有什么不对吗?”

“噢,说不定没什么。我不想让你担心,把汤匙拿给我就对了。”

当那农夫返回时,卡隆又重新听诊牛的左腹,只不过这回他同时用汤匙轻敲下方的肋骨。

“老天,真的是!”他叫道。

“是什么,”那农夫喘息道,“你在说什么?”

“叮叮声。”

“叮叮声?”

“是的,石托先生,那是第四胃错置时便会发出的叮叮声。”

“错置……那是什么鬼玩意儿?”

“那是第四胃或皱胃由右侧滑到左侧去的一种状况。我非常遗憾,因为这是一种很严重的病。”

“可是那甜甜的气味怎么说呢?”

“呃,是的,第四胃错置时也会有那种消化不良的甜味。这两种病是很容易弄混的。”

“那么,会发生什么事呢?”

卡隆叹道:“它必须接受一次大手术。这手术需要两名兽医,一位切开牛的左侧,另一位切开右侧。恐怕这是件大事。”

“而且要花一大笔钱吧,我想!”

“恐怕是的。”

石托摘下帽子,开始绞扭着头发。然后他转向坐在干草上的我。“他说的都对吗,关于那叮叮声?”

“很抱歉,石托先生,那都是真的。”我答道,“那叮叮响声是很典型的,现在我们碰到不少这样的病例。”

他又转向卡隆："该死！那么手术后它就没事了吗？"

卡隆耸耸肩："真抱歉，我不能保证。不过大多数都可以复原。"

"大多数……万一它不动手术呢？"

"它会慢慢消瘦，最后死亡。你可以看出现在它已经瘦了些。我真的很抱歉。"

那农夫张大嘴巴，一语不发地瞪着那年轻人。

"石托先生，我明白你的感受。"卡隆说，"许多农夫都不喜欢想到动手术，那是血淋淋的事。如果你愿意，你也可以将它送去屠场。"

"将它送去……它是一头很好的乳牛！"

"那么好吧，我们就准备动手术了。哈利先生身体不舒服，不适合做任何事，但是我会打电话请法先生带着仪器过来。"

石托先生承受不住了，一屁股坐到我的干草堆上，头沉到胸前。他坐在那儿，瞪着地面。卡隆的脸上现出了微笑，笑容持续扩大。

"没事的，石托先生。我只是开玩笑的。"

"什么？"那农夫不解地瞪着他。

"只是开玩笑。只是一个小玩笑。哈——哈！它只是消化不良。我会到车里去拿些类固醇来。只要打一两针，它就没事了。"

当石托先生从干草堆上缓缓站起身时，卡隆对他挥动一根手指："我知道你喜欢玩笑。哈、哈、哈——哈！正如你说的，再没有比大笑一场更好的了！"

阿里和小黄2

身为一个爱猫者，我自己的两只猫却看也不想看我，令我颇为气恼。现在小黄和阿里已是我们家的一部分了。我们钟爱它们。每当我们外出一整天后回到家，海伦所做的第一件事便是打开后门，喂它们吃饭。猫儿们熟知这个程序，所以不是坐在墙上等着她，便是在它们当成是家的仓库里等着随时跑出来。

我们到百萝屯半日游后回到家中，它们照常等在那儿，而海伦也将一盘食物和一碗牛奶放到墙上。

“阿里，小黄。”她轻抚着猫，低声唤道。它们不肯让她碰触的日子早已过去了。现在它们会高兴地摩挲她的手，弓身发出咕噜的声音。当它们吃东西时，她便来回抚摸它们的脊背。它们是这么温和的小动物，只有在惧怕时才会显露野性；而和海伦在一起，它们根本不会惧怕。我的子女和来自镇上的几个孩子也赢得了它们的信任，得以小心地抚摸它们。可是对我，它们就是不肯接受。

例如现在，我悄悄跟着海伦走出去，往围墙移动。它们立刻离开食物,退到安全的距离外站着,依然弓着身,但却令我不能靠近。它们看我的眼神并无敌意,但是我一伸出手,它们就退得更远。

“看那两只小乞丐,”我说,“它们仍不肯接受我。”

由于在我当兽医这么多年中,猫一向最令我着迷,而我也以为这有助于我与它们之间的关系,所以眼前的情况令我感到很气馁。我总觉得因为我喜欢它们,而它们也可以感受到,因而我可以比多数人更易于与它们相处才对。我对自己应付猫的技巧颇为自豪,而且我深信自己与所有的猫都很有默契,它们也都很喜欢我。事实上,坦白说,我想象自己为猫的好友。可笑的是,对这两只我已深深关爱的猫而言却绝非如此。

我觉得这实在有些令我难以接受,因为我医治过它们,在它们染上猫伤风时说不定还救了它们的命。它们记得这回事吗?我不禁想着。但是就算它们记得吧,我仍不因此而享有碰触它们的权利。而且,它们所记得的似乎是我用渔网网住它们,再将它们关入猫笼里,而后为它们绝育的这一段。我总觉得每当它们看到我时,浮现在它们脑海中的是那张渔网和那个猫笼。

我只能希望时间会使我们之间彼此了解,但结果却是命运仍要玩弄我很长的一段时间。

首先,是阿里毛皮的那件事。它不像它的妹妹,它是一只长毛猫,所以毛会经常纠住或打结。如果它是只普通的家猫,我可以在一旦有麻烦时便为它梳理。可是由于我根本无法挨近它,所以便爱莫能助了。我们拥有它将近两年时,一天海伦将我叫到厨房去。

“你看看它!”她说,“它看起来真难看!”

我望向窗外。阿里的长毛纠结成一团一团的,看起来很像个稻草人,与它那光洁美丽的妹妹形成强烈的对比。

“我知道，我知道。可是我又能怎么办呢？”我正要转身走开时，注意到一件事。“慢着，它的颈部下有两大团乱毛。拿这把剪刀去把它们剪下，只要两刀就可以了。”

海伦痛苦地望了我一眼：“哦，我们以前就试过这个了。我不是兽医，而且它反正不会让我这么做的。它会让我摸它，但这却是另外一回事了。”

“我知道，可是你试试看吧。其实并不难的。”我将一把弯曲的剪刀放到她手中，开始隔窗指挥。“现在，把手指放到那一大团乱毛后方。很好，很好！现在把剪刀举起来——”

然而，阿里一瞥见那铁器便逃开跑上山坡去了。海伦气馁地转向我：“没用的，吉米，毫无希望。它连一绺都不肯让我剪，而它全身都是纠结的乱毛。”

我望着那站在离我们有一段安全距离外的小动物：“是的，你说得对。我得想个办法才行。”

想办法将阿里麻醉昏迷，这样我才能对它动手。我立刻想到了百试不爽的戊巴比妥钠胶囊。在无数我必须应付无法接触的动物事例中，这种口服麻醉剂是个极有价值的好东西。在其他事例中，我的病患是被关在紧闭的门后，可是阿里却在屋外，还有一大片荒原任它奔驰。我不能让它昏迷在可能会有狐狸或任何肉食动物将它咬死的野外林间。我必须要一直看着它才行。

是下决定的时候了，因此我挺胸说道：“我要在这个礼拜天对它动手。礼拜天诊所比较空闲，我会请西格在紧急状况时代替我。”

那一天到来时，海伦走出去，将两盘剁碎的鱼肉放到墙上，其中一盘掺入了戊巴比妥钠胶囊的成分。我蹲在窗户后方，注视她将阿里引向下过药的那一盘，屏息看着它疑心地嗅了几下。它的饥饿很快便克服了它的谨慎，使它津津有味地将盘子舔得干干净净。

接下来是伤脑筋的部分了。如果它决定像平常那样去探索田野，我就得紧随其后。当它走回山坡，朝通风的仓库走回时，我也蹑手蹑脚地走出屋子。它在干草上所留下的凹处坐了下来，开始清洗自己，这使我如释重负。

我躲在树丛后偷看，看到它很快便已抬不起脚来洗脸；而当它想舔舐伸起的后脚时，它便倒了下去。

我忍不住偷笑。这太理想了，再过几分钟，它就在我的掌握中了。果然不出所料，阿里似乎已经厌倦于东倒西歪，决定睡它一觉也不错。它睡眼惺忪地环顾一下四周后，便蜷缩在干草中。

我又等了一会儿，然后便像偷袭的印第安人那样，爬出我的藏身处，蹑手蹑脚地走向仓库。阿里并非完全不省人事——我不敢给它足量的麻醉药，以防万一我无法跟踪它——但它已动弹不得。我可以对它为所欲为。

当我跪下来开始剪去纠结的毛时，它睁开眼睛，想要挣扎，却使不出力气。我加快了速度。由于它一直都在微微蠕动，我并没有修剪得很整齐，但也将所有常被树枝卡住的毛团都剪掉了。不久我身旁便堆了一大堆黑毛。

我注意到阿里不只在动，而且一直看着我。它虽晕眩，却认得出我，而它的眼神也对我说明了一切。“又是你！”它在说，“我早该想到了！”

当我剪完之后，我将它抱进一个猫笼内，再放到干草上。“抱歉，老小子。”我说，“但是在你完全清醒之前，我不能放你自由。”

阿里给了我困倦的一瞪，只是它的气愤却是显而易见的。“你又把我丢进这里了。你是不会改变的，对吧？”

等到下午茶时间时，它已完全复原了，我也得以将它放走。没有那些丑陋的毛团，它看起来好多了，但它似乎不以为然。当我打开笼子时，它又厌恶地瞥了我一眼，才一溜烟地跑开。海伦对我的工作成果非常满意。

第二天早上，她热切地指着墙上那两只猫："它很帅吧！哦，我真高兴你设法为它修剪了毛。我本来真的很担心呢。它一定也觉得好多了。"

我望向窗外时，也颇觉心满意足。阿里确实与昨天那只毛发零乱的猫不一样了。我无疑已戏剧化地改变了它的生活，为它解除了长久以来的不适。然而我一将头探出后门外时，我的自尊便遭到了刺伤。它才刚开始享用早餐，但它一见到我便无比快速地开溜，消失在远方的山坡后。我悲哀地转回厨房里。阿里对我的评价又降了好几级。我闷闷不乐地倒了一杯茶。生活真不容易啊。

茱莉

那只小狗直视前方，动也不动一下，仿佛黏在了厨房桌上。它在发抖，显然怕得连头也不敢抬，目光里透着惊惧。

我第一次看到它是在几个月前当我在海内里的邻居茱莉·米肯从白露丝修女的狗庇护所那儿将它抱回来时。我立刻爱上它那杂种狗的长毛外型和它那如大笑般咧嘴的友善。可是，现在却变成这种光景。

我问道："茱莉，拉比何时开始这样的？"

老太太对她的宠物伸出手，又缩了回来。

"今早才发现的。昨晚它还跑来跑去，好得很呢。"她忧虑地望着我，"你知道，它好像很怕你会摸它。"

"的确。"我说，"它全身僵硬。照我看，很像是急性风湿症。它有没有痛得吠叫过呢？"

老太太摇摇头："没有，都没叫过。"

"真奇怪。"我摸过那小身躯的肌肉组织，又轻捏它的脖子，没有反应。"如果是风湿症，它应该会痛得叫起来才对。我们来量量它的体温吧。”

那简直像把体温计插入填充玩具似的,我看到结果时忍不住低吹了声口哨——40.5度。

“嗯,不可能是风湿症了。”我说,“若是风湿症的话,体温应该是很正常的。”

我详细地检查那只小动物,触诊它的腹部,又听诊它的心和肺。心跳颇快,但很可能是因为害怕的缘故。事实上,我找不到不正常之处。

“茉莉,它一定是受到什么感染了。”我说,“照它的高烧来看,很可能是肾脏。无论如何,幸好我们现在有抗生素可以用。真是谢天谢地。在这种情况下,抗生素应该是很有用的。”

我为拉比打针时,不禁想着发现它发高烧说起来也令人松了口气,这样我们的新药才有用武之地。在一时无解的病例中,如果体温又很正常,我总会觉得一筹莫展。现在我倒是有些信心,虽说我也不敢肯定我的诊断对不对。

“我留这些药丸给你,每天早中晚各喂它吃一颗。明天我再来看看它。”我深信那一针抗生素可以压退它的高烧。二十四小时后,拉比应该会好多了。

茉莉似乎也这么想。“啊,我们很快就会使它复原了。”她低头望着狗,微微一笑:“傻瓜,这样叫我们担心。”

她是个七十多岁的老小姐,向来被我视为约克郡妇女的典型:自足快乐,不吹毛求疵,时时含着一种幽默感。当她的上一只狗被农地的拖曳机辗过时,她将我找了来;而我在它奄奄一息之际到达。虽然失去了惟一的伴侣对她这样一个独居的老太太而言必然是很严重的打击,她却没有流泪,只是神情肃穆地来回抚摸那个小躯体。

茉莉十分坚强。她接受了我的建议后,才到白露丝修女的狗庇护所那儿去，找到了拉比。

我从桌上抱起狗，将它放到它的床畔。可是它只站在那儿，根本不想躺下。我望着它，更加困惑不解。

我走到窗口边的水槽去洗手，必须伏着头才能望向窗外的花园。那里有一只兔子，在枝条纠结缠绕的苹果树旁晒太阳。它一看到窗内的我便跳开了，钻过古老石墙上的洞而失去了踪影。

这小木屋的一切都是古老的，低矮且架着梁木的天花板，爬着藤蔓和铁线莲的古老石墙，还有那斑驳的屋顶，低垂的瓦片危险地挂在两间卧室的窗子外，而那小窗子大约才十八平方分米大。

我要离开时则再度低下头才能避开大门口的横楣。当我回望拉比时，那只狗仍动也不动地站在它的床铺旁，好像是只小木狗。

次日我前去造访时，茉莉在花园里。

我以轻快的口吻问道："现在，拉比怎么样了？"

当那老太太迟疑着，似乎想以较委婉的说法回答我的问题时，我的心情便沉重了起来。

"也许好一点点了，但是不多。"

它并未好转，仍然以和前一天同样的姿势站在厨房里，依然僵硬，依然发抖，眼中的惊悸之色则替换为散漫疲乏。

我弯身抚摸它："它不能躺下吗？"

"可以的，只是很困难。它在床上躺了几小时，但起床之后就像这样了。"

我量了体温，还是一样的40.5度。即使是打了抗生素又吃了药，它还是没有退烧。我怀着茫然不解的心情又为它打了针，然后才转向茉莉："我想为它验尿。当你牵它到花园去小解时，试试用一个干净的肥皂盘盛一些尿，再倒进这个瓶子里。"

茉莉笑道:“好的,我会试试,不过可能很困难吧。”

“是的。”我说,“可能会很麻烦,但我相信你办得到的。我只需要一点点。”

次日,拉比的情况仍然一样,就连它的体温也照样卡在40.5度。验尿的结果正常,没有蛋白质,没有任何迹象显示肾脏有毛病。

我换了另一种抗生素,又采了血液样本送去实验室化验。实验室打电话回来说血液很正常。在连续五天造访,又照过X光检查之后,那只小狗仍无改善。

我站在厨房里,低头注视我的病患。它一副可怜兮兮的样子,沮丧灰心,僵硬发抖。事实摆在眼前:除非我能查出病因,否则拉比会恹恹而死的。

“茉莉,我得另外想办法了。”我说。我带了一种类固醇新药,便为它注射了1cc。

“你一定看厌了我了,但是明早我会再来看看这新玩意儿是否有效。”

茉莉等不及到次日。她的木屋离我的住处大约才一百米,当天下午,她便登门造访了。

她气喘吁吁地说:“哈利先生,情况好多了!”她喘息道,“它简直就像换了只狗,我希望你能来看看它!”

我迫不及待,一路上几乎是小跑。拉比几乎已像是我以前熟知的那只小狗了。它依然僵硬,可是它已可以小心翼翼地走过厨房地板。而当它看到我时,它的尾巴也摇了一下。它的颤抖已经停止,惊悸的神色也消失不见了。

我如释重负。“它吃过东西吗?”

“是的,你走了大约两小时后,就开始吃饭了。”

“呃，这太好了。”我测了体温；这回是38.9度——终于降低了。“我明天还是要来一趟，因为我想再打一针大概就可以使它完全复原了。”

果然不错。一周之后，那只小狗又一次在花园里跑步跳跃，玩着树枝。它恢复正常，十分活泼。虽然我因为对它的病因仍一无所知而有些困扰，却得以将这整件事以又是个快乐结局而愉快地抛诸脑后。可是我错了。

一个月后，茉莉再度登门，一脸烦忧：“哈利先生，它又开始了！”

“你说什么？”

“和上次一样，全身发抖且无法动弹。”

又一次，在注射了一针类固醇后便使那只狗迅速复原。只是这件事并非到此为止，这只是开始而已。

在其后的两年里，我长期对抗这种神秘状况。拉比会有好几周都正常而健康，然后那可怖的症状会突然又重现，茉莉便会跑到我的住处去。我打开门时，她会站在台阶上，半侧着头，脸上半露忧虑的笑容，说道：“SOS，哈利先生，SOS。”她虽十分担心，却总是很幽默地试图注入一点轻松的气氛。

每一次，我都会带着类固醇冲向那栋老木屋。有时候拉比的症状会很严重，伴以喘气不止，使我每次在为它治疗时都觉得是在救它的命。长期下来，我采用了多种不同的策略，而最成功的是以类固醇药片辅助注射，规律地喂它吃几天，然后慢慢减少、停止。然后我们会屏息等待下一次再发作。

有时一连好几周也没什么状况发生，我们便会放松些，想着也许我们已经获胜，整件事都会像一场噩梦般被慢慢遗忘。然后，茉莉又会再次回到我的门前，侧着头说：“SOS，哈利先生，SOS。”这件事成为我们生活的一部分。

身为邻居，我对茉莉本来就很熟识，可是在那些狂乱的探访中，当我捧着一杯茶坐在厨房的窗口旁，面对远方拖曳的常春藤和苹果树的枝丫时，她便会谈起她的一生。

她年轻时曾在政府机关任职，在那木屋里已经住了三十几年了。不久前她生了场重病，差点死去，幸好在百萝屯接受了杰出的外科医师查理·渥明爵士为她动的手术，才救回了一条命。

当她谈到查理爵士时，她神采奕奕。“天呐，他是那么了不起，又是闻名于世的医生，但对我却那么和善。我只是一个没钱的穷老太婆，感觉却像女王一样。他对我真是太好了。”

在她的一生中还有另外一个英雄——演员约翰·韦恩。每当他的电影来到德禄镇的小戏院，茉莉便会去看。当她发现我也是个韦恩迷时，我们畅谈了他的片子。“哦，他真是个英俊可爱的男人。”她会这样说，然后便讪笑自己的着迷。

我们之间的友情是温馨的，只是时时笼罩着拉比生病的阴影。我到她的木屋去过不知几十次了，但我从未向她索费。她靠老年抚恤金过活。开始，我曾收取过象征性的费用，但现在就连那个也免了。她常会央求我接受一点费用，可是我却根本连想也不想。为了回报我，她便编织些小东西给海伦和两个孩子，还给我们好几罐自制的番茄酱。

当我回顾那些年月，我的那部分生活如缕明亮的金线，流过忙碌的例行兽医生涯。拉比独特的病，查理·渥明爵士，约翰·韦恩以及SOS……我不时想着那只小狗的健忘。我每回见到它都要为它打上一针，所以它一定觉得自己像个针包似的。可是当它复原后，每次它看到我便猛摇尾巴向我冲来，将脚爪按到我的两腿上，欢欣地仰头看我。

不过，有一阵子它的病况变得较为严重，发病的次数也较为频繁。在那情况下，它显得非常可怜，而我虽总是尽力医治它，却渐渐必须面对这是场打不赢的战争的事实。

高潮出现在一天清晨2点时。我听到门铃的响声，便披上睡袍，走出去应门。茉莉又一次站在台阶上，可是这回她无法幽默地说SOS的口令了。

“哈利先生，请你来一趟好吗？”她喘道，“拉比真的很严重。”

我无暇穿戴整齐，抓起药箱便快步和她回木屋去。

那只小狗全身僵硬，不住地颤抖、喘气，几乎无法喘息。这是发病情况最严重的一次。

茉莉平静地说：“请你让它安眠吧。”

“你真的要这样吗？”

“是的，让它走完这条路。我知道，哈利先生，而且我也受不了了。我自己身体也不太好了，这令我十分疲累。”

我知道她是对的。当我将戊巴比妥钠注进它血管中，看到那小狗终于放松安眠时，我一点也不怀疑那样永远终止它的痛苦是最正确的一件事。

和以前一样，茉莉并未流泪，只是一声平静的呼唤，“哦，拉比，拉比。”并轻拍着那只毛茸茸的小狗。

我在厨房的椅子上坐下来。在这里，我曾喝过许多杯茶。我坐在那儿，身穿睡袍和拖鞋，很难相信长久以来的奋战就这样结束了。

“茉莉，”过了一会儿后我开口道，“我真的想查明它的病因。”

她注视我，“你是说，解剖尸体吗？”她摇摇头，“不，不，不要那样了。”

我似乎已帮不上忙，也无话可说了。我走出门去，将那谜团留在身后。当我穿行过月光下的花园时，在失败和挫折的伤痛中，我想着这将是个永远解不开的谜团了。

我很快地又忙于每天的工作,却难以将拉比完全忘怀。无可避免的,每一名兽医都会有病患死亡的经历,而在狗的病例上总是令人心痛:它们的生命实在太短了。我知道如果我每次都和那些伤心的狗主人一起受苦的话,我会受不了的,所以我尽量保持一种职业态度。只是那不总是奏效,尤其是在拉比的例子上。

治疗它的时间实在太久,因此那只小狗留下的回忆不会轻易消逝。更糟的是,我每天都得经过茉莉的木屋,看见她顶着一头白发在她以前和拉比一起玩的花园里。她看起来真是孤单。

我没有提出平常的“再养另外一只狗”的忠告,因为茉莉的健康显然在衰退中,而且我知道她提不起劲再从头开始了。

可悲的是,我的恐惧证实了,拉比去世数周之后,茉莉也死了。那一章终于结束。

过了不久之后,有一天下午我走进诊所,发现西格在发药处配药。

“嗨,西格。”我说,“我这一天过得糟透了。”

他放下刚刚装满的药瓶:“怎么说呢,吉米?”

“呃,每件事似乎都出错。我再度探视的每个病例都恶化了,没有一个好转的。还有些人似乎暗示我是个很烂的兽医。”

“当然不是。那只是你在想象罢了。”

“我不以为然。从今早第一件事,我检查寇林太太的狗时就开始了。它的病因并不清楚,所以我试着向她解释不同的可能性。她茫然地看了我一眼,说道‘总而言之,言而总之,就是你根本不知道这只狗有什么毛病!’”

“你没必要为此耿耿于怀的,吉米。她可能并无恶意。”

“你没有看到她的脸色。接着我去乔治·葛利那里看一头母羊,它患了妊娠中毒症。我正在测量体温时,乔治突然说‘你知道,你在我这地方从来没有治愈过一只动物。我希望你这次会好一点。'"

"可是那不是真的呀！吉米,我知道不是的。"

"也许吧,可是他就是这么说的。"我用手指划过头发,"然后我到老霍金的农场去为一头乳牛做产后处理。我才刚下车,他便蹙着眉头看我,咕哝道'噢,是你。我太太说每次哈利先生来总会有生命的危险。'我的表情必然很颓丧,因为他拍拍我的肩膀说'我告诉你,她倒挺喜欢你这个人的。'"

"哦,要命,吉米,我很遗憾。"

"谢谢你,西格。我不再烦你了。只是一整天就是像这样。在这当中,我还得回自己住的村子去,经过可怜的老茉莉·米肯的木屋。那里有个拍卖会主持人在拍卖她的家具和零零碎碎的东西。在她的花园里堆满了各种不同的东西,使我又一次想到她的狗死了,而我却不知道原因为何,虽然我为它治疗了整整两年。她知道我毫无头绪,所以必然认为我一无所知。我想那是我这见鬼之日的最低潮。"

西格两手一摊:"听着,有多少兽医和医师失去病患却仍不能诊断病因的？你并不是惟一的一个。再说,我们也都有像今天这样的日子,吉米,就是这种事事都出错的日子。每一个兽医偶尔都会有不顺心如意的时候的。你会有很多好日子可以补偿今天的。"

我点头道别后便回家去了。我的合伙人试图安慰我,可是当我抵达高原居时,心情依然低落。

我在茶几旁坐下后,海伦询问地看看我:"吉米,怎么了?你好安静。"

"抱歉,海伦,恐怕我今晚笑不出来了。"我把一天的遭遇都说给她听。

"我就知道一定是和你的工作有关。"她说,"不过真正使你难过的是茉莉·米肯,对吧？"

我点点头:“没错。她是有点特别。看见她的所有物被堆在花园里使我忆起了一切,而我又不喜欢去想茉莉死时认为我是个笨蛋。”

“但是她一直都对你很好的,吉米。”

“她对每个人都很好,包括我在内。可是我知道她必定觉得我令她失望。她已经死了,可是我总觉得在她心里她很看轻我,偏偏我已永远无法更改现实了。”

海伦神秘地对我笑笑:“我想我有一样东西可以使你觉得好些。”她走出房间,我莫名其妙地等着,直到她又走回来,腋下夹了个看似相框之物。

“村里的佩姬·传特去参加了茉莉的拍卖会。”她说道,“她把这个拿来给我。因为这相框挂在那个老太太的卧室内,所以她想也许你会感兴趣。拿去看看吧。”

那并不是一幅画,那是硬纸板相框,在最上面有茉莉灵活的笔迹。我念道:“我最喜欢的三个男人。”

这一行字下面,粘在硬纸板上的是三张排列整齐的照片:第一张是查理·渥明爵士,第二张是约翰·韦恩,第三张是我。

跳蚤之家

那是我第一次看到一个人走出屋子之后，从裤腿上拿开了骑自行车时用的裤管夹子。

一位柯威先生找我到这木屋来看他的狗。我一下车，便看到这个人走出了屋子，然后他谨慎地回头看了几眼，便弯下身来将夹子取下。附近看不到有单车。

“对不起，”我说，“希望你不介意我问，只是你为什么要把裤腿夹住呢？”

那人再次回头看了一眼，然后咧嘴一笑，低声说：“嘿，你是哈利先生吧。我刚进屋去察看瓦斯度数，所以只是采取预防措施。”

“预防？”

“对呀，防止跳蚤。”

“跳蚤！”

“是呀，没错。柯威夫妇很热心，可是柯威太太并不特别细心，所以那里面有很多跳蚤。”

我瞪视着他:“可是……夹子……我还是不明白……”

“呃,”那人笑道,“那是防止跳蚤从我裤脚跑进去里面后爬到腿上的。”他将夹子放进口袋里,便大步走开去,转弯到另一户人家去了。

我站在车旁,忍不住笑。跳蚤爬上他的腿!我从未听过这么疯狂的事。我认识那个查瓦斯表的人好些年了,他一向都似乎很正常的,但显然他有某种偏执妄想,就像某些一天到晚洗手的人。说不定他不管到谁家去都会夹住裤腿的。我走向转角处去看前方的木屋,可是他已消失了踪影。

有些人也不知道是怎么想的,不过我对这些奇想一直很感兴趣,而跳蚤情结则是我前所未闻的。我只希望那可怜人不会因为有这样的幻想而不快乐,但是当他转弯时我听到他在吹口哨,可见他并不感到太困扰。我走回车子时,仍带着笑容,而那是很欢快的笑。因为这一天是礼拜四,而这又是我的最后一趟出诊;礼拜四我只上半天班。

虽说兽医是我的生涯,而我也不愿做别的事,其缺点却是永无止息——除了礼拜四下午。在那特别的一天,我一醒来便不免感到轻松,知道中午时海伦和我便可以到百萝屯去玩了,自由自在。在百萝屯的任何一家优美的咖啡店里吃午餐,然后再与我的友人——来自自治桥的兽医雷戈登和他太太珍——碰面。他们也和我们一样,是电话和长筒靴的逃亡者。

我们会一起购物、喝茶、看电影。听起来虽不怎么样,但对我们而言却是难得的轻松时刻。

这个晚上尤其不同,因为德禄镇音乐协会的中坚分子韦玲小姐给了海伦几张海勒交响乐团的音乐会入场券。我们将回家换衣服,然后再和他们一起去听音乐会。指挥是我崇拜已久的英雄约翰·巴比洛爵士;曲目更令人垂涎,是艾尔加小提琴协奏曲和布拉姆斯第一号交响曲。

我做了个深呼吸后，敲敲柯威的家门。再过大约一小时，我们就要上路了。

开门的是男主人，大概六十多岁，穿着运动衫，胡子未刮，但一脸热情的笑。

“哈利先生，请进。”他喊着，礼貌地用手一比，“真抱歉我们必须把你找来，只是我们没有车，而我们的确又需要照料一下。”

“没关系，柯威先生。据我所知，它被车撞了一下，是吗？”

“是呀，它今早跑到邮局货车的前面，被撞得飞到半空呢。”他脸上的笑容消失了，两眼焦虑地瞪大，“我们希望它的伤并不严重。可怜的老鲁皮——我们叫他‘鲁皮’是因为它的叫声很好笑。”

前门直接通向客厅，里面不但很闷，气味也比牛棚还要强烈。家具上蒙了一层厚厚的灰，桌上和地板上都乱七八糟的散放了报纸、衣物和吃剩的零食。柯威太太确实不怎么细心。

这位女主人从厨房里走出来，和她丈夫一样热情地向我打招呼，但是她的眼睛却因哭泣而又红又肿。

“哈利先生，”她颤声说，“我们好担心鲁皮。它这辈子从未生过病，但现在我们却怕会失去它了。”

我望向那只横身躺在墙边篮子里的狗。它似乎是西班牙长耳狗混种，以受惊的眼神望着我。

我问道：“出事之后，它有没有自己走进屋里呢？”

“没有。”柯威先生说，“我们把它抱进来的。”他哽咽着说，“我们认为它的背骨撞断了。”

“嗯，我们来看看吧。”我在篮子边跪下，柯威夫妇则一人一边在我身边跪下。我将鲁皮的下眼睑往下拉，看到了粉红色的虹膜。

“颜色很好，这里没有内伤的迹象。”我摸过它的四只腿、肋骨、骨盆,都没摸到有断裂之处。

我说:“老小子,我们来看看你能不能站吧。”

我轻轻地将手放到狗的身子下,谨慎地想要将它托起。它的反应是哀号抗议,立刻引起它两位主人的痛苦惊叫:“啊,可怜的老鲁皮!”“不要紧的,孩子!”“嗯,它真是个勇敢的孩子!”同时他们不停地拍抚它。

我不肯放弃,继续往上托,直到它全身发抖站起来一会儿后,才又将它放下。

“嗯,看起来它逃过一劫。”我说,“它有点淤血,而且它的肉趾有点擦伤,但是我确信它并没受什么重伤。”

柯威夫妇高兴地大叫,更加不停地爱抚并安慰鲁皮。鲁皮睁着水汪汪的大眼睛轮番注视我们,一副可怜兮兮的模样,它显然是借此机会大肆撒娇。

我们三人站起身来后,我拿起了医药箱:“我要给它打两针止痛针,使它舒服些,肉趾也能减轻疼痛。”我为它扎了类固醇和抗生素,又数了些盘尼西林药片,“它也受了惊吓,但是我想它也借此佯装一下。”我大笑,拍拍那颗毛头。“鲁皮,你真是个老兵。”

柯威夫妇也快活地笑了起来。“是的,哈利先生,你说得对。它最会装蒜了!”但是柯威太太的脸上仍滑落了一滴泪。“哦,可是知道我们不会失去它还是让人松了一大口气。”

她很快用手背抹干脸颊:“我们一定要喝杯茶庆祝一下。哈利先生,你有时间吗?”

百萝屯在招手,但我又不好拒绝。“好,多谢你们,不过得快一些才行。”

水壶的水很快就烧开了。柯威太太双臂一挥,在丛林般的桌面上清出一块空位，才把茶杯摆上。我啜饮着茶时，望着这对友善的夫妇对着他们的狗爱怜地大笑凝望，心想那个查瓦斯的人说的没错，他们的确是很热心的人。

我的离去也颇有胜利的气势，因为他们不但双双送我出门，且热烈地向我道谢，又不停地挥手相送。

我上车时不忘回头喊道："过两天打个电话给我，让我知道它的情况。我相信它不会有事的。"

我才刚开车转过街角，便觉得两脚足踝都有种刺痛感。或许是新袜子让我发痒，所以我便将袜子向下拉。只是那奇怪的痒痛却向上延伸到小腿。我只好将车停到路边，卷起一只裤腿。我的肉上有好些个小黑点，但这些黑点不停地跳来跳去，还咬进我的肉，而且很快地向上爬到了我的大腿。我的天啊！那个瓦斯读表员说的全是真话！

我想立刻开快车回家去，可是我落在两辆超载的拖拉机后，根本无法超前。等我回到高原居时，跳蚤已攻击到我的胸部和背部，而那令人发疯的痒痛更使我如火中烧般地坐立难安。

海伦正在为百萝屯之游更衣打扮，她惊讶地转过头来看着我冲进卧室里。

我吼了句："我必须马上洗个澡！"

"噢……弄脏哪里了吗？"

"不是，我有跳蚤！"

"什么?！"

"跳蚤！好几万只——全身都是。"

"可是……可是……怎么会？……"

"我待会儿再告诉你。请你过来把我的衣服拿到洗衣机里去，我全身上下都得换新的。"

在浴室里我脱下衣服，浸到热水中，一再将头也浸到水里。海伦走进来，惊恐地望着我那堆衣服，那些灵活的昆虫在我的白衬衫上头明显可见。

“天呐，恶心！”她惊喘蹙眉，用指尖挑起每一件衣物，立刻退回洗衣间里。

我只觉得仿佛可以永远待在澡盆里。躺在水中，挣脱了皮肤发痒的折磨，难以置信地望着水面上的点点浮尸，心头真是无比轻松。我必须要洗得十分彻底才行。我将洗澡水放掉，再装入干净的水，又浸了很长一段时间。我将头发洗了又洗，刷了又刷。

当我终于爬出澡盆，换上全套干净的衣服时，我为自己摆脱了麻烦而谢天谢地。那是我第一次碰到这种事，所以我没想到身有跳蚤有多么的可怖。我常在书中读到某些人在外国监狱里躺在满是跳蚤的床垫上受苦，但是直到此时，我才真正了解那种苦楚。

当我们终于出发前往百萝屯时，想要重新捕捉每周四所感受的那种自由自在并不容易。早上的怪异事件令我们心有余悸。然而，当我们驶离了山区，开始横穿约克郡的宽广平原时，我们也慢慢放松了。不久我们便可以享用午餐，离我的工作领域远远的。然后，这一晚便是享受海勒交响乐团的意外喜悦。

在格拉斯哥上小学时，我曾亲会传奇的巴比洛——那是在他受封为爵士之前，而且是在颇为奇特的情况下。我参加了苏格兰管弦乐团在圣安德鲁厅特别为学童举办的一场音乐会。我在中场休息时去上厕所，意识到一个打着白领带、身穿燕尾服的人站在我的隔壁。我抬头一看，惊讶且快乐地看见了原来那便是那个伟大的指挥家。在那地方见面是很奇怪，但是他问我喜不喜欢当晚的音乐、最喜欢的是什么，以及有关我的事。他的确是个优雅、亲切的人，后来更成为全世界所深爱的人物。

自那次会晤后，这么多年来我一直都注意着他的动向，自他继托斯卡尼尼后接任纽约交响乐团的指挥，直到他自1942年后便接掌海勒交响乐团至今。这些年来，只要可能，我一定去参加他的音乐会，也看着他逐渐老态龙钟。他一向就很矮小，但现在却瘦小脆弱，只是站在指挥台上依然气势逼人。

我将这些思绪与海伦分享，渐渐感到快乐起来。离百萝屯不到一里时，我坐在车座上，突然全身僵硬，也缄口不语。

过了一会儿，我太太望着我："怎么了？你变得很安静。"

我小心翼翼地变换了一下姿势："噢，也许没事吧，只是我有种感觉，好像身上还有跳蚤。"

"什么?!不可能的！已洗了两次澡，而且全身衣服也都更换了！不可能的！"

"我知道是不可能，但是我告诉你，我有相同的感觉。"

"哦，吉米，那只是一种后续效果罢了。别忘了你全身都被咬遍了。"

"我知道，我知道。"我不悦地说，"可是我很确定有新的活动在进行。"

她握住我的手，鼓励地笑笑："那全是你的想象。试试看想些别的吧。"

我尽力试了，但当我走上布朗咖啡屋的楼梯时，却仍坐立不安。各种菜肴的香味、餐具的轻微碰撞声、愉快的走动和女侍们欢迎的微笑，一向都可以使我精神振奋，好似有一面大锣为我们的快乐午后敲响揭幕，可是今天却并非如此。

当我们坐下来看那一向令我喜悦的老式约克郡菜单——烤牛肉

加约克郡布丁、鲽鱼和洋芋片、牛排加红豆派、果酱蒸糕、熏鸭和蛋挞，我的心七上八下，我点菜时堆上的笑容不过是个面具。

啜饮可口的汤、美食当前却没有胃口的我，就像在梦魇之中，拼命想对衬衫下的折磨置之不理。

吃到一半时，有对夫妇绕过坐满了人的餐桌而来；那男人率先向我们发言。

“我们可以和你们同桌吗？”他礼貌地问，“别桌都没位置了。”

“当然可以。”我又勉强挤出一个微笑，说道，“请便。”

他们入座之际，我很容易便可猜出他们的身份——一个农夫和他的妻子，像我们一样，出来散心。他们约五十多岁，有吃苦耐劳、饱经风霜的脸，男的系戴鲜艳的领结，穿剪裁合宜的哔叽呢外套，却坐立不安。他用一只大手拿起菜单后，和他的妻子一起研读。

“呃，好的。”他抬头望向我们，“昨晚下了好一场雨。”

我们点头同意。我不认识他们，因为百萝屯离我的区域甚远。他们很可能是从卧飞谷来的。

我的臆测因海伦用膝盖碰撞我的膝盖而中断了。我转向她，看见她面露惊惧：“有一只在你的衣领上，”她接着说，“哦，跳走了！”

的确跳走了，跳到白桌布的中央。我无助地坐在那儿时，又有一只跳出来，然后又是一只。

原本已要开始友善谈天的农夫和他的妻子惊讶地瞪视那些跳跃的东西。在一片尴尬的沉默后，男的又开口了：“啊，伊娃，窗口有桌位了。”他说着站起身来，“我们通常都坐那里。请两位见谅。”

他们离开后，我们飞速吃完了这一餐，我也不知道到底又有多少只跳蚤跳到桌上。我已目瞪口呆，无法细数，此刻回想起来，我只记得最初那骇人的几只。我们放弃了吃点心的想法，没有快乐地谈论姜汁布丁和苹果派，我们付了账便飞快地逃开。

我们无法再待在百萝屯和珍与戈登会面，家里的浴室才是我们的目标。当我以最高限速开车疾驶时，那些小虫跳到桌布上的画面一再地浮现在我脑海中。怎么可能发生这种事呢？那第二波的跳蚤是如何逃过我的预防的？到今天我还是没有答案；我只知道事实如此。

回到家中，我们重复了早上的过程：全身浸到浴缸中，海伦以指尖挑走我受到污染的衣物，以及全身换新。

幸好我将"好套装"保留到音乐会才要穿，因为我有限的衣物已逐渐减少。当我终于换好衣物，准备出发时，我气馁地转向我太太："这一回我应该没事了吧。"

"哦，一定的。那些小怪物不可能再有残存的了。"

我们必须去接两位韦玲小姐荷丽和菲丽。和平常一样的，她们充满了活力和好心情。她们两姐妹都将近五十岁了，块头都很大。虽说某些人可能说她们胖，我却一向认为她们长得很好看，对于她们两人都未婚感到十分不解。

回百萝屯的旅程倒是过得很快，因为大家一路聊天，而我更为终于没有什么东西再将我生吞活剥而心情轻松。在音乐厅里，我们的两个朋友分坐我的两侧；我认为这是对我个人的赞美。事实上，我被紧紧挤在她们两人之间，因为她们两人都超过了界限。

我欢享音乐厅里熟悉的声音、乐团的调音声、两位迷人的邻居在我两侧的谈天说笑声，以及其他人等待的嗡嗡谈话声。我认为在过了悲惨的一天之后，情况终于好转了。人生还是很好的。

在如雷的掌声中，巴比洛爵士出场了，矮小的身影几乎是踮脚走过舞台。约克郡的民众和所有的人一样深爱他，因此掌声持续不停。当他终于站到指挥台上，在突然的静默中举起指挥棒时，我也在愉快的期待中靠向椅背。第一支乐曲才刚开始不久,我便觉得右肩胛骨处有一阵痒痛。我的天,不,不可能的!但是那越来越密的痒痛却太熟悉了。我试图不加理会,可是过了一会儿后,我却必须用力压向椅背以解奇痒。接着,当那种痒传遍了我的整个背部时,我只好蠕动几下,将身体重心转移到另一侧。我突然且惊恐地意识到,由于自己被挤在中间,即使是轻微的动作也会立刻传达到我的两侧邻居之一。当那令人发疯的痒痛急剧增强时,我想要抓痒、猛地扑倒在地,以各种方式对抗,但那却是连想都不要想的。我必须接受这可怕的现实:接下来的几小时内,我必须静坐不动。这牵涉到超人的意志力,但除非我是印度教苦行僧,否则不可能成功。我尽量将注意力集中于音乐,却被迫每隔一段时间便须小心翼翼地转移重心,有时以背压向椅子,有时转动一下身子用衣服搔痒皮肤。

我推测此刻只有一只跳蚤在活动。在先后两次经验之后,我已成为跳蚤权威,可以确切地追寻它在我身上的进展。在贝多芬的音乐环绕之下,我想到或许可以抓住它,将它压死。因此只要我感到它又咬一口时,我便拼命压向硬椅背,并缓缓地左右移动身子。这些作战策略无可避免地牵涉到侵犯两位邻座的领域。我原期望在这个晚上对韦玲姊妹有更进一步的认识,稍微深入地探知她们的个性,结果我所得知的却是她们的肌肉构造。其浑圆的胳臂、长满了肉的肋骨、颇有弹性的臀部,全都在我的接触下,且在我无奈地蠕动下重复探索。

幸好她们都是教养良好的女士，对我的冒犯没有太多外在的反应,只有偶尔清清喉咙或蓦然急促地深吸一口气。然而,有两次,当我发现我的右膝深埋在荷丽的大腿肉中时,确实有将脚缩开的迹象。还有当我的左手肘笨拙却无情地挤向菲丽沉重厚实的胸部时,我注意到菲丽的双眉挑高到额头上。

我对于那不愉快的一晚实在不想再说了，只除了那些步骤并无改变。埃尔加的小提琴协奏曲原本比任何其他音乐都更能将我引入一个完美的世界中，但这一晚却只是在我个人的战斗中成为背景的噪音而已。我深爱的勃拉姆斯第一号交响曲亦然。我一心只想回家。

在中场休息时，还有在音乐会结束我们向她们道晚安时，两位韦玲小姐不断地对我眉目传情，似乎恨不得把我吞下去。

等到一切终于结束后，海伦和我坐在床边畅谈这一晚的事件之时，我仍感到十分不快。

“老天，好个晚上！”我呻吟着，诉说我和那两姐妹的尴尬事件。而海伦却仍设法板着脸，只是我看得出她费了很大的力气，嘴角的扭动、拼命地皱眉和偶尔将脸埋在双手中都显现了她内心的挣扎。

待我说完一切之后，我绝望地举起双手：“海伦，你知道的，我相信今晚我所经历的痛苦都是因单单一只跳蚤造成的。想想看，只是一只跳蚤！”

我的妻子突然嘴巴大张，撅起唇，试图将她的声音压低几度。

“一只跳蚤！”她说，“哈——哈——哈哈，一只跳蚤！”

“啊，是的，真好笑。”我答道，“不过穆索斯基若遭遇过我今晚的苦，便不会在那首歌曲中放进这么多笑声了。”

两天之后，柯威先生打电话来了。

“鲁皮好得很！”他高兴地喊道，“到处乱跑，好像新的一样。不过它的脚爪上面连着一个断裂的趾甲，会刮到别的东西。我希望你可以过来把它剪掉。”

我一下子没有答腔，过一会儿才说：“你……你能不能自己剪掉……只要用一把剪刀就行了。”

“不行，不行，那种事我总是笨手笨脚的。如果你到这附近来时顺便过来一下,我会很感激的。”

“对……对,柯威先生。今早稍晚些再见。”

“海伦,”我要离开之前,大声喊道,“那是柯威先生又打来的电话。”

“什么!”她环顾厨房门四周,十分惊慌。

“是的……恐怕如此,但是我要先顺道去看年轻的杰克·阿诺。”

“老阿诺的儿子吗?”

“是的,没错。那个一天到晚骑单车竞赛的小伙子。”

“为什么?”

“我要借他的裤夹用一用。”

小不点

露丝修女轻轻将那只颤抖的狗抱到桌上。它是一只混种的小梗犬,用惊吓的眼神望着我。

“可怜的小乞丐,”我说,“怪不得它害怕。这一只就是在哈汶屯的路上找到的那只吧?”

露丝修女点点头:“是的,毫无目标的乱跑乱撞,找寻它的主人。这情况你以前也看到过的。”

一点也不错,狂乱地寻找它曾深爱和信任、却将它抛弃的人们。张嘴冲向一个似曾相识的人,然后又在迷惑中转身走开。这景象令我难以忍受,也引起几乎令我窒息的愤怒和同情。

“不要紧的,老小子。”我摸着那颗毛头,说道,“往后会有更好的日子过的。”

弃狗一旦到了露丝修女的小型动物庇护所,必定会有更好的日子来临的。她的关怀和爱心很快就可以使这些无助的小动物安下心来;透过治疗室敞开的门,我可以看到摇摆不止的尾巴,听到关在笼里的狗儿们欢欣的吠叫。

我是到此尽例行的义务的，检查新来者的健康和状态，为它们注射犬瘟热和肝炎的预防针，为摘除卵巢手术后的切口拆线（所有的母狗都在一到达时便接受手术），并照料任何我所发现的病况。

我说："我看到它缩着一只后腿。"

"是的，它似乎根本无法用那只腿，所以我希望你可以察看一下。但愿这只是短暂的现象。"

我检查了那只脚和爪子，正常。但当我慢慢摸上腿部时，我很快就找到了原因。

我转向露丝修女："它的大腿骨骨折过，却没有被接好。骨头长出了愈合的假骨质，但却未真正痊愈。"

"你是说这小东西断过腿，而它的主人却未加理睬吗？"

"是的。"我抚摸那小躯体，摸到突出的脊柱和几乎无肉的肋骨，"它也瘦得只剩皮包骨。我很少看到这样受到忽视的狗。"

"我敢说它也从未得到过任何关爱。"她轻声说，"你看我们说话时它一直发抖。它好像很怕人呢。"她长长叹了口气，"唉，我们只能尽力了。那只腿怎么办？"

"今天稍后我得为它照张X光片，看看还能不能矫正。"我为这只狗打过预防针后，露丝修女便将它放出去，放在它自己独有的笼子里。"对了，"我说，"你叫它什么名字呢？"

她笑笑："我叫它小不点。不是个很优雅的名字，可是它这么小。"

"是的，我同意。非常合适。"我说着，想到经常得为许多获救的动物命名只不过是露丝修女的许多难题之一而已。她是一所大医院里的放射线技术员，但仍找时间照顾这一家子的狗，又主办各种"狗饼干基金会"的活动而筹钱，更自掏腰包补足。

我正在为另一只脚部受伤的狗包扎之时，看到有个男人在那排狗笼前方走来走去。他将两手背在身后,很仔细地看着笼子内那一张张渴切的脸。

我说:“看来你有个顾客了。”

“但愿如此。我喜欢他的模样,他早你一步到达,正在做彻底的搜寻。”

她说话之际,那人半侧过脸更仔细地看狗。他的身影有几分熟悉。

“那是路普·倪力呀。”我叫道,“我认识他。”

几年前他曾在德禄镇开过一间规模不小的杂货店,但他经过扩张后,改在三十里外的哈洛镇开了一家更大的店,便搬到那里去住了。不过他还是我的忠实顾客,固定地将他的狗带到我这儿来,直到它几周前在十五岁的高龄下病故为止。

我完成包扎后,便和露丝修女一起走向他。

“嗨,路普。”我说。

他惊讶地转过头来:“嘿,哈利先生,我没想到会碰见你。”他的五官虽线条粗硬,但在微笑时却十分迷人。“自从我失去那只老狗后一直很难受,所以我就接受了你的建议。我来另找一只。”

“只有这个办法而已,路普,而且你来对了地方。这里有些很可爱的狗。”

“是呀,你说得对。”他脱下呢帽,将头发向后理平,“只是我无法打定主意。听起来很蠢,但如果我挑中一只,我会为其他那些被我留下的可怜狗们感到难过。”

露丝修女笑道:“有很多人也都有同感的,倪力先生,不过你无须担心。我为所有的狗都找到好的家。我不在乎必须养它们多久——没有一只曾被施行安乐死的。惟一的例外便是年龄已很老了,或是患了不治之症。”

“是呀,呃!那太好了。我再走一趟就好了。”他重新检视狗笼,踱着右腿而行——那是小儿麻痹症的后遗症。

露丝修女说他“彻底”真是一点也不夸张。他走来走去，和那些动物说话，以一根手指探入笼子里搔痒它们的鼻子。有许多只狗都是很好的品种，看似系出名门的高贵的拉布拉多犬、威严的金色猎犬和一只大可获犬赛冠军的德国牧羊犬。我望着那些狗摇着尾巴跳向路普，不禁又想着它们怎么可能会遭人遗弃。每次他经过小不点的笼子，这只小狗便会以它的三只脚跳着随他走，抬头望着他。

最后他停下来，注视那只小狗好半晌。“你知道，我喜欢那一只。”他喃喃说。

“真的？”露丝修女很惊讶，“它才刚到呢。我们还没机会为它做任何事。它仍在受惊的状态，而且脚跛得厉害。”

“是的，我看得出来。但是让我们仔细看看它吧，好吗？”

露丝修女打开笼门，路普便伸手入内将那只小狗抱出来，举到他眼前，凝视它，四目相对。“小家伙，”他轻声说，“你愿意和我一起回家吗？”那只小狗以受惊的目光望着他，一会儿之后便摇了一下尾巴，更伸出粉红色的舌头想要舔他的脸。

路普微微一笑：“我想这是一只脾气很温和的小狗。我们会相处融洽的。”

露丝修女瞪大眼睛问：“那么你要它了？”

“是的，立刻。”

“噢，我真希望我们可以先为你将它照料妥当的。”

“别担心，由我来吧。”他放下狗，将一张钞票塞入捐献箱内，“修女，谢谢你让我参观。你怎么叫这只小东西呢？”

“我叫它小不点。或许你想为它换个名字吧。”

他大笑：“一点也不。来吧，小不点。”

他跛着脚走向他的车,而他的新宠物也跛着脚在一旁跟随。走了几步后,他回过头咧嘴一笑:“它走路像我一样,对吧,同一只腿呢。”

半个月后,我在诊所里又见到了路普和小不点,他们是来做追加预防注射的。小不点的改变十分惊人。它已长了不少肉,更明显的是它的颤抖和惧怕都已消失了。

“它真是改头换面了,路普。”我说,“看它的样子,它终于吃到一些好东西了,而且它也很快乐。”

“是呀,最初几天它吃得才多呢。而且它也安心住下来了。我太太非常喜欢它。”

我注意到当他说话时,那只小动物定定地望着它的新主人。它是只混种的毛小子,但是它的脸却很迷人,眼睛闪耀着忠心的光芒。小不点已找到另一个人让它爱,而且我知道这一回它不会失望了。路普不是个很会表达情感的人,但从他注视这只新宠物的目光及轻抚它的头的样子,显然这只小狗颇讨他的欢心。

我利用机会为那只跛腿照了X光,结果却正如我预料的。

“路普,想要将那只断骨敷上石膏已经太迟了。”我说,“惟一的希望是将骨头的末梢连接在一起,再用金属板固定几周。但即便如此,我还是不能保证它会复原。这种事最好是在受伤时就做的。”

“是的,我了解。但是你知道,我愿不计一切看这小家伙用四条腿走路。它从未将那只坏腿放到地上去,这使我很苦恼。想想看,我会遵从你的建议的。”

为断裂的骨头装上金属片是我未曾尝试过的整形外科手术,但有两件事却促使我决心一试。第一,路普对我的能力坚信不移;第二,卡隆决心将我拉入小动物诊所的现代化世界中。

还有另外一件事。我时常从住在哈洛镇的一些熟人口中听到路普如何深爱他这只新狗。他无论到何处去都带它同行,无论是社交场合还是去工作,都会骄傲地展示它,仿佛它具有最高贵的血统,而不是一般人口中的“杂种狗”。

路普的生意继续扩张,又开了另一家新店,而他本人也十分活跃,参与当地的委员会和行政工作。当他竟带着小不点去开会时,引起不少惊讶的评语。而且若非他个性强悍且握有某些权力,他势必会受到抨击的。

我无论如何要想办法使那只腿复原。我发现自己又陷入了一个熟悉的状况——必须进行一项既未做过、又未见过的手术。我在兽医学院里接受过很好的、科学化的教育,但是在我取得资格之后,却有大量的新药和新方法滚滚而来,所以我只能气喘吁吁地拼命赶上这一切。我所能做的便是熟读我们这一行的期刊,而这也使我得以进行一些牛的手术,例如剖腹接生和切开牛胃,而这些都是我们这地区前所未闻的。说起来,我也算是这方面的先驱了。

然而,这一切都是在不得已的情况下,是我身为大型动物兽医的生涯中无可避免的一部分。至于小型动物较严重的病例,我一向将它们送去给出色的葛伦·贝奈的。但是现在该是正视猫狗病患将会持续增加、渐渐取代大型病患的时候了。这是另一次的革命。

卡隆是个热烈支持这些新主意的拥护者。他会以勇气和决心去尝试任何一种手术,对于有机会修复小不点的腿觉得很兴奋。他不像我,他已有过多次整形手术的经验。现代的兽医学院都附设了施行所有最新技术的医院,这是在我那时代连想都没想到的事。

我们必须买进一些新仪器和设备。在下一个星期日早上时,我们都已准备就绪。之所以挑选这一天,是因为诊所里不会有别的病患,所以我们会有充裕的时间。

我发现,和所有的新手术一样,真正付诸实行时比我在阅读时所预期的还要困难十倍。

我和卡隆埋头苦干了不知多久,挖过小不点的肌肉直到触及受损的骨头,移去部分假骨质和一团乱七八糟的肌肉组织,将喷溅的血管绑住,抓住骨头两端,在将要连接骨头的金属板上又钻又敲。等到最后一针缝上,伤口处只见一排缝线时,我已满脸是汗,累得说不出话来了。想到在伤口下的金属片,我忍不住默默祷告。

接下来的几周里,路普时常带小不点到诊所来检查。伤口愈合状况良好,可是那小狗仍未尝试将那只腿放到地上。

过了两个月后,我们将金属片移去。骨头连接得恰到好处,可是小不点仍是只三脚狗。

我问:"它从来不试着用那只脚碰触地面吗?"

路普摇摇头:"没有。就像这个样子,没有任何不同。或许是它已跛了很久,所以它习惯性地缩着那只腿吗?"

"可能是吧。但还是令人失望。"

"不要紧,哈利先生。你们已经尽力了,我十分感激。这小家伙在其他各方面也都挺好的。"

他离开时,那只小狗仍跛着脚跟在后面。卡隆转向我,苦笑道:"唉,不可能全盘皆赢的。"

好几个月之后,卡隆念出《德禄镇与霍尔屯时报》上的一则新闻。

"听听这个。'星期六将会在市政厅外为哈洛镇的新镇长路普·倪力,举办一场接待会。"

"嗯,好一个路普。"我说,"他对镇上出钱出力,理应当选的。我很喜欢这个人。"

卡隆点点头:"我也是。而且我不介意在他这光荣的时刻看看他。你想我们是不是可能溜到哈洛镇去待半个钟头呢?"

我沉思地望着他:“那会很棒的,对吧？反正星期六到目前为止没有太多事。我会跟西格说的。我确信他会为我们守住堡垒。”

星期六早上，卡隆和我还有围观的群众一起站在哈洛镇市政厅外的亮丽阳光中。在台阶最上端,大门两侧摆放了好几大盆花,五颜六色的花朵更增添了节日的气氛。一群英国国家广播公司的人员端着摄影机待命。

我们并未等多久,市政厅的大门开了,路普走了出来,戴着镇长的链子,与镇长夫人并行,立刻引起了群众的欢呼。他受欢迎的程度反映在四周的笑脸和挥动的手臂上,然后欢呼声突然更响了,只见小不点跟在他主人身后走了出来。人人都知道路普与他这只狗的关系。

然而,当小不点走到前面,抬起后腿对着一盆花洒了泡尿时,欢呼声变成了大笑,也使它以此闻名于全国在电视机前的观众。

在笑声中,那一小支行列走下台阶,开始穿行在自动让路出来的群众中间;小不点在后面压阵。

这是个快乐的景象,但卡隆和我却只注视着一件事。

卡隆用手肘推推我:“你看到了吗？”

“看到了。”我轻声说,“当然看到了。”

“它复原了,四条腿。完全没有跛脚的迹象了。”

“是的……太棒了！”一种胜利感使得阳光显得更加璀璨。我们不能再逗留了。

当我们坐上车后,卡隆转向我:“还有一件事,当小不点在为那些花浇水时,你注意到什么吗？”

“是的,它抬起了没受伤的后腿,所以全身重量都在那只坏腿上。”

“那表示……”卡隆忍不住笑,“它永远不会再跛脚了。”

“对。”卡隆在驾驶座上坐好,发动了引擎,满足地叹道,“唉,有时就是可以全盘皆胜。”

美美和巴布

在“尼尔森爵士酒馆”里，巴布·史岱是惟一不受周遭变动影响的人。他穿着脏兮兮的长筒靴，戴着便帽，坐在吧台尽端的高凳子上，似乎完全无视那永不止息的管乐声和一群群推来挤去的年轻人的谈话声。

我挤到吧台前，点了一杯苦艾酒后，站在靠墙的一点空位上打量人群时，脑海中的思绪悲哀地回到了过去。

一年前，尼尔森还是一家典型的约克郡乡间酒馆。我记得有一晚我和一个来自格拉斯哥的朋友到这儿来。当时这里只有一个大房间，颇像一间大厨房，一端的黑色炉灶下有炭火燃烧着，还有十来个庄稼汉坐在高背橡木椅上，大酒杯就放在眼前的木桌上。那些橡木椅是防风的避难处，使得那些农夫得以避开街上以及在他们工作了一整日的高原上呼啸不止的寒风。

酒馆里的谈话向来只是伴着壁钟滴答响声的喃喃低语而已，而那滴答钟声更平添了一分安宁休憩的气氛。

“老天,这里真是安静。”我的朋友对我说。

他惊叹地望着那个穿着衬衫和便裤的老板从容不迫地走到地窖里去,拿了个搪瓷酒瓶上来为大家倒酒,为了得到泡沫而熟练地控制酒的流量。

“和西奈街不尽相同。”我说。

他咧嘴而笑:“的确。事实上,简直令人难以置信。像这样一个地方会有多少利润呢? 这里人不多,而且他们也喝得不多。”

“我想根本没什么利润。或许每周只赚个几镑吧,可是老板还有一个小农场,有一些乳牛、小牛和猪,就在那面墙壁后。所以这不过是个愉快的副业罢了。”

我的朋友喝了一口酒,伸直两腿,半闭着双眼:“总之,我喜欢。在这里可以完全放松,感觉真好。”

当时感觉确实很好,而在德禄镇四周的多数酒馆也都仍保有其魅力;可是当我望着已现代化的尼尔森酒馆时,心里却不禁想着那些酒馆的原貌可以保存到何时。

当新的老板接手之后,他分秒都不浪费便开始了他的改革。他不是农夫,而是个经验丰富的地主,看得出这家坐落在高地之间美丽小村里的老酒馆具有无穷的潜力。店中的厨房消失了,代之以一个背景为镜子和酒瓶的现代化吧台;古董橡木椅和桌子被扫除了,墙上出现了装饰用的铜马、狩猎号角和运动海报。末端那堵墙被敲掉了,人们就此在那我曾为母牛接生、为猪医过病的优雅餐厅里用餐。

有两件事几乎同时发生,一批批的年轻人开车从约克郡的大市镇涌向这个小村来,而老顾客则渐渐消失不见。我从不知道那些庄稼汉移到何处去了, 可能是到邻近村庄的酒馆去了。只有巴布·史岱留下来。我不明白为什么,但他是个沉默的人,有点独来独往的,所以他或许觉得多年来每周数夜都坐在那个房间里，因此尽管有种种改变，他仍不愿离开吧。

无论如何，每当我到这里来，他总是在那儿，坐在同一张凳子上，而他的老母狗美美，则趴在凳子下。威斯比这个小村坐落在爬上溪谷的漫长公路旁。这条路我来回不知走了几百次，所以只要夜里到附近来出诊，便会到酒馆来喝杯啤酒。今晚我为一头子宫脱落的母牛恢复原状；当我啜饮着酒时有一种手术成功之后的满足感。

我看到吧台前出现了一个空位，便立刻挤过去，在巴布旁边坐下来。“嗨，巴布。”我说，“我可以请你再喝一杯吗？你的杯子快见底了。”

“是呀，哈利先生，谢谢你。是快见底了。”他喝掉最后一口酒，再把杯子推过台面。

他说起话来慢条斯理，字斟句酌。酒馆已近打烊时间，所以他必定已经在此坐了许久了，静静地喝他的酒。他已达到某种不为世事所扰的境界，而这也是我以前就见过的。

我低头注视美美从凳子下方冒出来的鼻子，便弯身摸摸这只身兼巴布帮手及好友的老狗。在白天里，它会为主人赶牛，热切地绕着牛群奔跑，如果它们走脱便对它们吠叫；夜里它便和主人一起放松。

我望着巴布那双友善的眼眸：“巴布，它年纪不小了吧？”

“是呀，下一个复活节时它就十岁了。不过它还是很活跃。”

“噢，是的，我看过它工作。它还可以继续一段很长的时间呢。”

他严肃地点点头。

我们又谈了一会儿。对于像巴布这样的人，我总有份亲切感。这些辛勤工作的农夫们是我生活中的一部分，为我按住大型的牲畜，在接生小牛和小羊时与我并肩一起流汗。能够在工作之余见到他们令我欢快，而我看得出巴布也在享受着我们共有的回忆。他因为这些回忆而浮现了笑容,虽然他的说话有点含糊而且眼已半闭。

我喝完了酒,看看表:“我得走了,巴布。你好好保重,再见了。”

他也溜下了凳子:“我也要回家了。”他谨慎地挤到门口,美美紧随其后。

户外,在夏夜的暮色中,他走向靠墙而放的脚踏车。我在车旁停下脚步。我曾见过这程序,觉得十分有趣。

他从墙边拉过脚踏车后,仔细放正,直到他满意为止,然后他试图抬起一腿跨过车座。第一次他没有成功,站了几秒钟,显然在做深呼吸。接着,他很谨慎地又将脚踏车拉好后,再次抬腿。他又失误了。有一刹那我以为他会连人带车摔到地上去,但他立即恢复了平衡,低头站着,为自己打气。一会儿后他好像下定了决心,挺起胸膛,盯视脚踏车的横杠和把手。这一回,在充满力量的一跃之下,他坐上了车座。

他紧张地坐了好一会儿,踩着踏板,仅仅向前移动了几寸,两手拼命扳着把手,极力要坐稳。最后他终于出发了,一次只移动数寸地沿着公路前行。又过了几米后,他停下来,一动也不动地以某种神秘的方式将脚踏车固定在原地。我不止一次地想到可惜巴布从未参加德禄镇一年一度的脚踏车慢速竞赛。要是他参加比赛,他一定每年都会得奖的。

我靠着车子,注视他前进。老美美显然也很熟悉这例行的表演,耐心地步步跟随,每当他表演奇迹般的平衡停顿时便暂时趴下等候。巴布的木屋距离这儿大约有一英里路,使我不禁想着这段路他要骑多久。

他以前在那家老酒馆的同伴们总是斩钉截铁地说他从未摔下车子,而我个人也从未见过他摔到地上。当那一人一狗终于消失在夜色之中后,我才上车驶回家去。

一如我说过的,我似乎有半辈子都在这条公路上来回,因此在其后数月内,我又到尼尔森酒馆去过好几回;每一次我都看见巴布的呢帽非常不协调地出现在时髦的夹克和洋装之间。但是有一晚，我望过人群时，却注意到似乎有些变化。

我挤过人群挨到吧台角落："嗨，巴布。我看到你今晚没带美美出来。"

他垂眼注视凳子下方的空位，然后喝了口酒，才以黯然的神情望向我。"没有……没有……"他喃喃说，"不能带它来。"

"为什么不能？"

他静默了半晌后，才以嘶哑且几乎令人听不到的声音答道："它得了癌症。"

"什么?！"

"癌症，美美得了癌症。"

"你怎么知道？"

"它长了东西，已经有一阵子了。"

"你以前为什么没告诉我？"

"你会对它处以安乐死的。我还不要它死。"

"可是……可是……巴布，你不能贸然下结论的。并不一定长了东西就是癌症的。"

"这个一定是的。那东西和一颗板球一样大。"

"长在哪里呢？"

"在它的肚子下面。挂在那儿，就快碰到地面了。真糟糕。"他揉揉眼睛，似乎想拭去那幅画面，脸上是无尽的悲哀。

我揪住他的臂膀："现在，听着，巴布，在我听来这不过是很单纯的乳房瘤。"

"什么？"

"母狗乳房长出的肉瘤。这些东西非常普遍，而且常常是良性的，没有任何害处。"

“哦,这个可不是。”他颤声说,“这颗瘤大得很……”他用双手比了比。

“大小无关紧要。来吧,巴布,我们一起到你家去看看吧。”

“不……不要……我知道你会怎么办的。”他露出了动物遇到猎人的眼神。

“我向你保证,我什么也不会做的。酒馆也快打烊了,我们走吧。”

他又气馁地对我一瞥,然后才站起身,谨慎地朝门口走去。

在屋外,我又观看了一贯的脚踏车仪式,只不过这一回在第三次尝试跨骑时人和车都摔到了地上。这是不好的迹象。在前往木屋的这无限漫长的一路上,巴布又摔了好几次跤。我望着他脸朝下趴在他的脚踏车上,意识到他的心已碎了。

在木屋里,巴布正在工作的弟弟亚当从钩到一半的地毯上抬起头来。他们两兄弟都未婚,虽然个性不同,却极融洽地住在一起。

我急忙走到美美的篮子旁,轻轻将那只老狗滚到身旁。那确实是个大肿瘤,但却十分坚硬,包在皮肤内,与乳房的组织并不相连。

“你看,巴布,”我说,“我可以将手指放到它后方,所以我确信我可以将它摘除。而美美完全康复的机会极大。”

他跌坐到一张椅子上,美美则走过去迎接他。他慢慢抚摸着那只狗的耳朵。那摇动的尾巴、那喘着气的嘴和那颗几乎垂落到地面的大瘤,令人对这只老狗产生无比的同情。

巴布没有回答,亚当却插嘴道:“你看看他这个样子,哈利先生。好几个星期以来,我就一直跟他说去找你,他却不理会我。我对他已失去耐性了。”

“怎么样呢,巴布?”我问,“你愿意尽快把它带到诊所来吗?越快动手术越好。你不能再听任它这个样子了。”

他继续摸着狗,好半晌后才点点头说:“好吧。”

“什么时候？”

“我会告诉你的。”

亚当又插嘴了:“你看吧,他不肯说。我现在就可以告诉你,他绝不会带它去找你的。他已决心让美美死了。”

“那太傻了,巴布。”我说,“我告诉你我很肯定可以使它复原的。我现在就带它走好吗？怎么样？”

他没有抬起头，却用力摇了摇头。我决定采用让他震惊的策略：“好吧,那我现在就动手术吧。”

他吃惊地瞪我一眼:“什么……在这儿吗？”

“有何不可？这并不如你想的那么艰巨的。这手术不涉及任何重要器官,何况我车上装了手术用的工具。”

“好主意！”亚当脱口说道,“只有这样我们才可能使它复原！”

“只有一件事需要特别提出，”我说,“它上一次吃饭是什么时候呢？”

“今晚它吃了几个饼干。”亚当答道,“但仅此而已。巴布总是在睡觉前才让它吃一顿正餐的。”

“很好,很好。那么我可以为它施行麻醉了。”

巴布目瞪口呆,既说不出话来也无法移动,看着我和亚当忙碌地准备动手术。我一直就对这两个中年兄弟之间的关系很感兴趣。他们恰恰相反。亚当这辈子从未喝过酒,但对于巴布那以啤酒为中心的生活方式似乎也不以为意。当巴布到尼尔森酒馆去时,他通常会到镇上的学校去上课,编织地毯便是他最近的兴趣。亚当并不在农场工作,而是受雇于收集德禄镇农场生产的鲜奶的大乳品工厂。他个子矮小,动个不停,和他那沉静的大块头哥哥一点也不相像。

我将器具煮沸过后,便和亚当将美美抬到桌上去,快速地打上一针麻醉针,使那只老母狗陷入麻醉状态。我用绷带将它绑在桌腿上后,便与那两兄弟在厨房水槽里刷洗。仍然戴着呢帽的巴布毫无兴趣,当我给那两兄弟一人一根动脉镊子,并举起了我的手术小刀时,他紧紧闭上了眼睛。

我对付这些肿瘤的方式是在皮肤上割出一块椭圆形,然后再用手指将它拉开。这看起来有些原始,却可以阻止大量出血。我划下第一刀后,开始将皮肤往后拨,并接过那两兄弟手中的镊子,将两条喷血的动脉夹住。就在这时,巴布张开了双眼。他发出一声呻吟,步履不稳地退到一张老沙发前,跌坐到沙发上,将脸埋在双手中。然而他那个瘦小的弟弟却比较勇敢,虽然脸色也变得有些苍白,却紧抿着双唇,抓紧了夹住动脉的两根镊子,让我将它们扎紧。

一旦开始,我便振奋起精神集中于这份工作,用手指摸着那颗肿瘤,将相连的筋膜从皮肤上推开。这些筋膜有一部分几乎鼓了出来。这颗瘤不比一般肿瘤那么容易处理,我的切除工作相当不顺。不久我已几乎握有整颗肉瘤了,只剩下底部的一团。我由经验得知,在那下 面有一条大血管。

“亚当,将镊子准备好。”我说着,小心翼翼地撕着皮肤组织,但就在我话刚说完之际,一股鲜红的血已喷溅到他脸上了。

巴布又选择在这一刻松开双手,在惊骇的一瞥他弟弟溅血的眼镜后,他发出一声低喊,向后倒到沙发椅上,用无力的一手拉下呢帽遮住他的眼睛。

“干得好,亚当。”我夸赞那个坚守岗位的小个子。在他以镊子紧紧夹住最后那根血管之时,我割下了那颗肿瘤。“我们差不多快结束了,只要缝几针就成了。”我用尼龙线缝合了切口之后,便十分满意地向后退一步。

“没有那个可怕的东西,这个老女孩看起来好多了。”我说着,用手轻轻抚过那扁平的腹部。很不幸的,我的手指打到了放在桌上的那颗肉瘤,使它“砰”的一声掉到地上,朝沙发滚去。

巴布将受惊的脸转向响声的来源,正好看到那颗血淋淋的东西朝他的方向滚来,一张嘴张得有两张大。“喔,见鬼!”他呻吟了一句,便将脸转向墙壁。

他一动也不动地保持那个姿势,而我便和他弟弟将美美抬到它的篮子里,刷洗桌子,收拾残局。

当我们动手术的迹象全都清除了之后, 亚当拿着水壶到厨房去。“我不知道你怎么样,哈利先生,但是我很想喝杯茶。”

“我也想喝。”我感激地说着,便在一张橡木椅上坐了下来。

亚当转向躺在沙发椅上的人:“巴布,你呢,你也要喝一杯吗?”

巴布动了动,坐起身,紧张地环顾一下室内:“不……不要……”他站起身,走向一个橱柜,从柜子里取出了一瓶棕色的苦艾酒。他为自己倒了一大杯,喝了一大口后,才走到狗篮子旁,注视那扁平的腹部和那一排整齐的缝线。他摸摸狗耳朵,然后回过头来望着我们,脸上逐渐浮现了满足的笑容。

“呃,”他说,“我们办到了。”

“是呀,巴布。”他弟弟也回他一笑,“我们办到了。”

十天之后我为美美拆线时, 得以向巴布证明经过显微镜检查,那颗瘤是良性的,所以他可以安心了。

那之后我有将近一个月没再看到他,直到有一晚我又在尼尔森酒馆内看到了他浮现在人群中的那顶呢帽。酒馆已快打烊了,因此当我挤过人群朝他走去时,他正好站起身来,而美美也从凳子下面钻出来,跟着他朝门口走去。没有那颗肿瘤,美美看起来更年轻,也更快活了。

我隔窗望着那一人一狗。一到外面,美美便趴到地上,等待它的主人完成那历久不变的跨车程序。

巴布抓住他的脚踏车,将它用力摇了几下,仿佛想让它知道谁才是老板。他只试了两次便跨坐到位子上,然后他虽一动也不动地停在那儿调整把手,他的动作却显得很权威。不久,他便上路了。我目送那一人一狗,直到他们走远;虽偶有停顿,但我也看得出并无摔倒在地的危险。

今晚巴布不会摔倒的。他已恢复了正常。

卡隆的离别

在他又一次高超的手术之后，卡隆缝上最后一针，低头望着那只沉睡的猫有好一会儿。

“吉米，”他没有抬起头，说道，“恐怕我要离开你了。”

“噢。”我的心向下一沉，一时间想不出该说什么。卡隆和我们一起已经两年了；和每一个年轻的兽医一样，他也终将开创自己的事业。但是我心中只有一个想法——我不愿他走。

因为没听到任何回答，卡隆又往下说：“是的，我得到了一个我认为会很适合我的工作机会。”

“噢……” 我有限的词汇使我自觉像个白痴。“呃……我了解，当然，卡隆。你要到哪里去呢？”我的脑子又灵光了，想到必然只有一种可能性—— 一个与世隔绝、地处荒原的地方。很可能是北苏格兰吧……说不定是西方的小岛。

“加拿大的新斯科舍。”

“我的天啊！”我突然意识到我毕竟还不够了解他。

他笑道："我就知道你会这么说。我和一个在那里开业的兽医接触过，觉得那里似乎很适合我。那里包含了一整片几乎没有开发过的地区，几个乡间仍是自然景观；未铺的泥土路，粗犷风格的农庄，各种各样的野生动物。据我所知，附近几乎少有人烟。"他的黑眼雾蒙蒙的，仿佛已在望着那片美景。

我也忍不住笑了起来："喔，要命，卡隆。很抱歉我的反应如此。这是个令人震惊的消息，应该说是两个消息。不过听起来确实是很适合你，所以我只希望你到那里之后会很快乐。蒂蕊对这个主意有何想法呢？"

"她很喜欢，等不及要动身了。"

"我一点也不怀疑。我想我听到西格进来了，我们最好告诉他吧。"

我们到通道去迎接这个伙伴。当我们对他说出这消息时，他显得有些肃穆，但他和我一样，随即以愉快的神情敲了卡隆的肩膀一记："小伙子，真高兴你找到真心想要的工作。我相信那会很适合你，我也希望你和蒂蕊都快乐成功。只是，该死，我会想念你的。"

他突然停住口，默然无声地指着一只从他身旁走过的大鸟，"什么？什么……"在黑暗的通道中，它看起来大似鸵鸟。

卡隆快活地笑笑："只是一只苍鹭。几天前我在河边捡到它的。它走来走去，飞不起来，显然是翅膀受了伤，但现在似乎已有改善。"他说话的当儿，那只大鸟展开双翅，拍着翅膀转过转角处，消失了踪影。"啊，看。很快它就完全复原了。"

"但愿如此……但愿如此。"西格瞪着他，然后侧耳倾听两只新近收养的大乌龟在通道另一端爬过瓷砖的声音。他突然咧嘴一笑："是的，我真的会想念你的。"

卡隆要离去前的那几周迅速飞逝。在他和蒂蕊离开之后，我每次走进那无人居住的房间，便又一次有了空洞的感觉。约翰·克鲁克，接着是卡隆，他们已成为我的朋友，所以两人一走都留下了无可弥补的空缺。只是卡隆的走所形成的变化更为剧烈，动物园一消失后的静默几乎触手可及。当我望向窗外，看着他在第一天时将整个蛋糕吞咽殆尽的房间时，种种回忆便浮现在我心头。

“请求得到吃饭的许可，长官。”“我先扶蒂蕊爬到树上去。”吉米腺，以及最鲜明的、当他按着小吉米给他的那六角手风琴时的动人神采……

卡隆住在德禄镇的这段期间，一直是个很有趣的人。不过在他离去后追踪他的事业，几乎同样有趣。我固定地收到他的信，向我说及在新斯科舍泥土路和荒野间日渐开展的业务。他过人的精力使他在该区开了第一家拍卖场，而且他还想发展小动物诊所。有句话牢牢地嵌在我脑海中：“常为猫做卵巢摘除手术，吉米腺不时出现。”他的信常常以“请求休息的许可，长官”收尾，使我不由得回想以前的时光。

训练边境柯利牧羊犬是他的另一项热情所在，而且他常当众展示他的技巧。他的狗有好几代是获奖的牧羊犬后代，而那些牧羊犬则是他住在德禄镇时向一个农夫朋友买下的。他也在卡普顿买下了一座农场，好像他所做的事还不够多似的。

对于他的子女相继出世，我也都得到了通报；等到这个数字达到六时，我忍不住越来越感到惊叹。他们全都依他的方式长大，和他一样深爱户外和野生动物，也和他一样对人生轻柔的事物颇为轻视，并常常到森林和山地去露营。

每每我在阅读卡隆的来信时，便又想到他终于找到了他的理想环境。但是我错了。

他离开德禄镇二十年后，有一天我为他的农夫朋友艾伦·毕屈诊治一头母牛。为我按住乳牛鼻子的艾伦,回头对我说:“你最近有没有卡隆的消息呢?”

“没有。怎么了?”

“他要离开新斯科舍了。”

“不可能吧!”

“是真的。你猜他要到哪儿去呢?”

我的脑中钻进了乱七八糟的思绪。最后,我想到由于他已渐入中年,八成认为在那里的生活有点太简朴、太艰苦了。我想着他必然想要带着家人到一个生活可以较平和、舒适些的地方。说不定他要回这儿来吧。

“我猜不出来。”我说,“告诉我吧。”

“新几内亚。”

“什么?!”

“一点也不错。”艾伦咧嘴而笑,“你相信吗?”

“我的天啊,由冰天雪地之处搬到酷热难当的地方。这种事只有卡隆干得出来!说不定他嫌新斯科舍太舒适、太过度开发了吧?”

“那有可能。他在那里似乎并不满足。据我所知,他大概想到一个还有很多食人族的地方吧。要命,这家伙真是个怪胎!”

我从德禄镇附近的农夫们听到对卡隆的这句描述也不知几千次了,只是现在却似乎更前所未有的准确。我跑到图书馆去查阅新几内亚这个地方,发现直到1930年,那里才有第一个白人和那片处女地的数百万居民的接触。那是一片完全未经文明洗礼之地,而且与外界也没有任何联系。

我注视照片中那些面貌凶恶、几乎全裸的人,他们鼻穿银骨,怒目瞪视摄影机,挥舞着弓箭。这些骇人的人将是他的邻居,而更确定的是他将会深爱他们每一个人,尤其是那些瞪大眼睛的黑小孩。

不久,开始有信自南高地的曼第城传来。一如所料的,卡隆对一切深深着迷。那里的农业停留在石器时代,惟一饲养的牲畜便是猪,多数村落从首批白人发现以来都没有丝毫的改变。而那些原始的农夫们倒也蛮可爱的,虽说他们常常忘了与卡隆约好去听他教他们有关农耕的常识。随着岁月流逝,他显然完全浸润在那个国家的发展和改善之中。我获知他如何对当地农业引进牛、羊和家禽,教育农夫,且全心全力致力于改善于当地的生活。

1988年,他的女儿莎拉写了封信给我。她说:“爸对本地的植物与野生动物的知识依然令我惊异。在他所驻守的农场里,他养了十一只边境柯利牧羊犬,两只拉布拉多杂种犬,两头水牛,五匹马,一大群黄牛、绵羊和山羊,还有各种鸡、鸭、珍珠鸡和一大群的鸽子。”

我放下她的信时,想到卡隆在史盖得居的动物园。当时那不过是为此的一点排练而已!那个有獾的兽医现在应该很快乐了吧。

阿里和小黄3

时间日复一日地流逝，我和那两只野猫的关系没有任何改善，而我又越来越担心地注意到阿里的长毛又渐渐回复到先前那可憎的状态了。熟悉的团团纠结慢慢出现，不到一年内，再次恢复原来的样子。日复一日，有个越来越明显的事实：我必须插手这件事。但是我能再耍它一次吗？我必须试试。

我又做了同样的准备，让海伦把掺有戊巴比妥钠的食物放到墙上。但是这回阿里却嗅了嗅，舔了一下，然后便走开了。在下一餐时，我们又试了，可是它以同样多疑的态度检查过食物后，又一次拂袖而去。显而易见，它察觉到有些不对劲。

我在厨房窗口观看之后，转向海伦说："我要试试抓它。"

"抓它？你是说，用你的网吗？"

"不，不是的，它是小猫时可以用网，现在拿着网根本别想挨近它。"

"那你怎么抓呢？"

我望向外面墙上那只毛茸茸的黑猫。"呃,或许你喂它时,我可以躲在你后面,然后一把将它抓住,塞进笼子里。那样,我可以把它带到诊所里,为它施行全身麻醉,再把它的毛剪好。"

"一把抓住它,然后把它塞进笼子里?"海伦难以置信地说,"听起来根本是不可能的。"

"是的,我知道。但是我也曾赤手空拳抓过几只猫的,而且我的行动可以很快速。只要我能一直躲着。我们明天试试看吧。"

我太太瞪大眼睛望着我。我看得出她对我没有什么信心。

第二天一早,她将一些新鲜可口的碎鱼肉端到墙头上。这是两只猫最爱吃的东西。它们也喜欢煮熟的鱼,但生鱼更是它们无法抗拒的。我打开的笼子,藏在它们看不见的地方。两只猫沿着墙昂首阔步走来。小黄尤其闪亮柔美,阿里则因全身都有纠缠的乱毛而显得颇为狼狈。海伦又照常对它们又哄又摸的,等到两只猫都快乐地吃起来后,她转身走回我所躲藏的厨房里。

"现在,"我说,"我要你慢慢地再走出去,而我将躲在你的后面。等你走到阿里身旁时,它会因专心吃鱼,而可能不会注意到我。"

海伦没有回答;我便从头到脚紧贴到她背后去。

"好,我们走吧。"我用左腿推推她的,我们便一步一步地走出后门,行动一致。

"这太荒唐了。"海伦叹道,"简直就像在演双簧似的。"

我紧挨她的颈背,低声对她耳语:"安静,向前走就是了。"

我们慢慢走到墙边时,海伦伸出手摸阿里的头,可是它忙着吃生鱼肉,连头也不抬一下。它就在那儿,在我胸膛的高度,离我不过两尺,这机会再好不过了。我伸手绕过海伦,揪住它的颈部将它拎起,那是一团黑色四肢胡乱挥舞的毛。两秒钟后,我便将它塞进了笼子里。我用力拉上笼门时，一只迫切的猫爪伸了出来，但我立刻将它压入，将铁闩闩住。它逃不掉了。

我将那个关着阿里的笼子举高到墙上，和我的眼睛齐高。当我注意到它那控诉的目光时，我退缩了一下。那双眼睛似乎是在说："又来了！我真不相信！你为什么老要耍我呢？"

事实上，我心里也不好受。这只可怜的猫虽然因我的攻击而受到惊吓，却没试过要抓我或咬我。就像以前一样，它只想要逃开而已。我不怪它对我另眼相待。

不过，我告诉自己，最后的结果将使它又一次成为英俊优美的猫。"老小子，你会认不出自己的。"我对那只惊恐的小动物说。它蹲在笼子里，笼子则放在我身旁的座位上，我们便朝诊所驶去。"这次我要把你修剪得漂漂亮亮的，使你不但看起来美丽，而且会觉得很舒服的。"

西格自愿帮我的忙。我们将它放到桌上时，阿里浑身颤抖，屈服于人的处置和麻醉药的施行。当它躺在那儿安睡之际，我开始用剪刀为它修剪那一团团的乱毛，心中有股狂野的快感。修剪完后，我又用电剪整修过，再为它仔细梳理，直到最后一小纠毛也被梳平为止。上一回我只是为它胡乱地剪掉乱毛，这一回它才是全身美容呢。

当我在完事之后将它抱起来时，西格大笑道："看来它准备要在任何猫展中获胜呢。"

第二天一早，当那两只猫爬到墙上吃早餐时，我又想到西格那句话。小黄一向是很美的，但是当它的兄弟沿墙而行，美丽柔软的毛在阳光中闪闪生辉时，它却几乎被比了下去。

海伦对阿里的外表着了迷，不住摸着它的背，似乎无法相信这个转变。我当然仍在平常的位置上，隔着厨房的窗子向外窥视。必须要等很久，我才敢再出现在阿里身前了。

不久我便意识到自己的地位更加一落千丈了。因为我只要一步出后门便会使阿里落荒而逃，奔窜到田野之中。情况变得如此恶劣，使我不禁开始思索。

“海伦，”一天早上我说道，“和阿里的这回事使我寝食难安。我希望我有办法可以解决。”

“是有办法，吉米。”她说，“你必须真正去了解它，而且它也必须了解你。”

我阴郁地望了她一眼：“只怕你若这样告诉它，它会对你说它太了解我了。”

“噢，我知道。可是你仔细想想，这两只猫跟了我们这些年来，除了在紧急状况时，根本就很少看到你。每天，喂它们吃饭、拍抚他们的人都是我，它们了解我，也信赖我。”

“没错，可是我没时间呀。”

“你当然没有。你一辈子就是忙，你一回到家里便又立刻出门去了。”

我若有所思地点点头。她说得对。这些年来，我爱上了这两只猫，喜欢看它们走过山坡来取食、在田野的长草中嬉戏，以及被海伦抚摸；但相形之下，我对它们而言却像个陌生人。想到那么长的一段时光竟在转瞬间流逝了，我感到有一丝痛楚。

“呃，或许已经太迟了。你想，我还有别的法子可想吗？”

“是的。”她说，“你必须开始喂它们。你就是必须抽空去做这件事。哦，我也知道你不可能每餐都喂，可是只要一有机会，你就得端着它们的食物出去。”

“所以，你认为只要对它们展示一点别有所图的爱意就够了吗？”

“当然不是。我确信你也常看到我与它们相处的情形。必须在我对它们又哄又摸一阵子后，它们才会去吃东西。它们所要的是关照和友爱。”

“可是我毫无希望。它们讨厌看到我。”

“你必须百折不挠，坚持到底。我也是费了好久才赢得它们的信任的。尤其是小黄，它一向比较羞怯。即使是现在我的手要是动得太快，还是会把它吓跑呢。尽管发生过那一切，我想阿里可能会是你的希望所在——那只猫最友善不过了。”

“好，”我说，“把食物和牛奶都给我吧。我现在就开始。”

那是我人生中的一段传奇的开始。只要一有机会，便由我去呼叫它们，把食物放到墙上，站在那里等待。起初我等也是白等。我可以看见那两只猫从木仓库内看着我——一张黑白相间的脸，和一张黄、金、白相间的脸，从干草床铺上观察我的行动。有很长一段时间，必须等我退回屋里之后，它们才敢下坡来。由于我的工作时间并不规律，我很难保持这种新制度。有时我一大早接到电话出诊，它们便不能准时吃早餐。不过有一次在这种情况下，当早餐已迟了一个多小时，它们的饥饿克服了惧怕，它们在我仍靠墙而立时小心翼翼地走下坡来。它们快速地吃着，不时对我投以不安的目光，吃饱后也立刻就跑开了。我满足地微笑：这算是第一个突破。

在那次之后，有很长的一段时间里，我就是静静站在那儿看着它们吃，直到它们已习惯于我的存在。接着我尝试十分小心地伸出手。一开始，它们会往后退，但是随着时光流逝，我看得出我的手已渐渐不再是个威胁，而我的希望也与日俱增了。一如海伦所预言的，只要我稍一轻举妄动，立刻逃开的总是小黄；反而是阿里在退缩之后，会以评估的目光望着我，仿佛它很可能会愿意忘掉过去，改变它对我的看法。日复一日，我以无比的耐心将我的手越伸越长。当阿里终于静静站立，准许我以一根食指触碰它的脸颊时，那一幕令我终身难忘。当我轻柔地抚摸它的毛时，它以非常友善的目光看了我半晌后才跳了开去。

“海伦，”我回头看向厨房的窗子，“我成功了！我们终于有希望成为朋友了。现在只是时间的问题而已。我终于能像你那样抚摸它了。”我感到一种不可言喻的欢欣和成就感。对一个每天都与各种动物为伍的大男人而言，这种反应似乎是有些可笑，但是我却期盼着能和这只猫建立起多年的友谊。

可是，我想错了。在那一刻，我并不知道阿里在四十八小时内便会死去。

那是在第二天早上。海伦在后花园里叫我。她的声音听起来心烦意乱：“吉米，快点来！是阿里！”

我冲出门去，到她所站立的斜坡顶端、仓库的附近。小黄在那里，可是我所看到的阿里却是草地上黑漆漆的一团。

我弯身看它时，海伦揪住了我的臂膀：“它怎么了？”

它动都不动，四只腿僵硬地伸直，背可怖地弓起，眼睛圆瞪。

“我……我只怕它已经走了。看起来像番木鳖碱中毒。”但是当我说话时，它微微动了动。

“等一下！”我说，“它还活着，但已经奄奄一息了。”我看得出它已不再紧绷，便动动它的腿，毫不迟疑地将它抱起来。“这不是番木鳖碱中毒，只是症状很像而已。和它的脑子有关，可能是中风。”

我将它抱到屋内，它静静躺着，气若游丝。

海伦噙着泪说：“你还可以救它吗？”

“我立刻带它到诊所去。我们只能尽力了。”我亲亲她湿漉漉的面颊，便跑出门去开车。

西格和我为它打了镇静剂，因为它的四肢不住地乱动，然后我们为它注射了类固醇和抗生素后，又为它吊了点滴。我注视躺在大恢复笼里的它,注意到它的脚掌微弱地抽动。“我们无法再多做什么了,对吧?”

西格摇摇头,又耸耸肩。他同意我的诊断——中风,或是脑出血。我看得出他和我感到同样的绝望。

我们照顾了阿里一整天,下午时,我本以为它似乎有点改善的迹象,但是到了傍晚时它又陷入昏睡,在夜里它就死了。

我将阿里带回家去,当我将它抱出车子时,它那光滑而不打结的毛皮仿佛是个嘲讽,因为它连性命都没了。我将它埋在仓库后方,离它睡了许多年的干草床只有几尺远。

当一个兽医失去宠物时,他的感觉和别人并没有什么不同。海伦和我十分伤心。我们只希望时光会渐渐将我们的哀伤冲淡,但是我们还必须考虑另一件重要的事。小黄该怎么办?

它们两只猫在我们的生活中已成为一个完整的个体;我们从未想过将它们分开。显而易见,对小黄而言,没有阿里,世界就不完整了。连续几天,它什么都不吃。我们不断地呼叫它,但它却只离开仓库几步远,迷惑地环顾四周,便又转回它的床铺去了。那么些年来,它从未自己走下山坡过,因此接下来几周里,看着它不停地困惑环顾,寻找他的同伴,令我们为之伤心欲绝。

好几天海伦就在它的床铺旁喂食物,最后终于设法将它哄回墙上。只是小黄每次低头吃东西便会左顾右盼地,仍在等待阿里来和它分享。

“它好寂寞。”海伦说,“我们必须更加费力地哄它才行。我会在外面多待会儿,和它说话。但是如果我们能让它进屋去跟我们住在一起就更好了。可是我又知道那是永远不会发生的。”

我望着那只小动物,不禁想着我是不是可能习惯于看到墙上只有一只猫,但是小黄坐在炉火边或在海伦的膝上却是个不可能的梦想。

"是的,你说得对。不过,也许我可以想想办法。我只试过和阿里交朋友,现在我要开始试试和小黄交朋友了。"

我知道我是在面对一个漫长且可能毫无希望的挑战,因为这只玳瑁色的猫一向是两只猫中较为畏怯的。可是我却下定决心要实现我的目标。在吃饭时间,只要一有机会,我便会出现在后门口,哄着它,劝着它,伸手召唤它。有很长的一段时间,它虽接受我给它的食物,却不肯让我靠近它。然后,或许是因为它迫切需要同伴,使它觉得连我或许也可当作它诉求的对象吧!终于有一天,它没有向后退,反而允许我以手指碰触它的面颊,一如我对阿里所做的。

在那之后,我们之间的关系慢慢却持续地进展。一周周过去,我由触摸进而到抚触它的脸颊,再进到轻轻揉它耳朵,直到最后我得以抚摸它的全身,并搔搔它的尾巴根部。由那时起,未曾梦想过的熟识便逐渐开展,直到它必须来回在墙上走着,一次又一次快乐地弓起背在我的掌心中摩挲,而且以它的身躯擦挤我的肩膀之后,它才肯看它的食物。在这些每日的礼仪中,它最喜欢的一项是以它的鼻子与我的鼻子相碰,呆立一会儿,好望进我的眼睛里。

好几个月后, 有天早上小黄与我便以这姿势对立——它在墙上,用鼻子碰触我的鼻子,瞪着我的眼睛,仿佛它认为我是那么的好,好得它永远也看不够似的。这时我听到一个声音在我身后响起。

海伦轻柔地说:"我一直在看着这个外科兽医工作呢。"

"而且还是快乐的工作。"我说着,并未移动位置,仍深深凝望那双碧绿的眼眸,充满了友爱,离我仅有几寸远。"我要让你知道,这是我最了不起的成就之一。"

本系列其余作品：

《万物有灵且美》《万物既伟大又渺小》

《万物既聪慧又奇妙》《万物刹那又永恒》

他远离密集的人群和荣耀的中心
安静地站在尘土之上仰望星空

作者轶事

这是个有趣的英国男人。

他曾获得大英帝国勋章，受到英国女王共进午餐的邀请。当他儿子目瞪口呆地看着女王的邀请函时，吉米·哈利却只是淡定地说："我想这个邀请我不好拒绝吧，你说呢？"

当他回来之后，家人问他是否坐在女王身边。

"不，"他回答，"我和女王之间还坐了一些不重要的人。"

"谁呀？"

他微笑着说："英国银行的总裁。"

哈利从小就热爱田园生活。

虽然是都市小孩，哈利却常常在日记中记录他对田园景色的欣赏。"今天一整天都和吉米及恰克在山里度过，真是棒极了，我不知道该用什么话语来描述。"这些童年远足的经验使得哈利培养出对野外生活的热爱。

当财富和荣誉接踵而至，事业达到巅峰时，他却在报纸上发表如下心声：

"我觉得我真的要逃离这一切。我已快65岁了，我要的只不过是能够休息片刻而已。我从来都不是属于镁光灯的人，现在，我只想成为一个平凡的人。我想多陪陪孙儿孙女，享受那些我钟爱的事物，像是园艺和散步等等。我想要再度投入那些我最擅长的事，那就是当一名兽医。"